CARLO FEBER

DER TOTE CHAMPAGNER-PRÄSIDENT

CÉDRIC BRESSONS ERSTER FALL

ROMAN

KAMPA

Wenn Sie zweimal jährlich über unsere Neuerscheinungen informiert werden möchten, schreiben Sie uns bitte an: newsletter@kampaverlag.ch oder
Kampa Verlag, Hegibachstr. 2, 8032 Zürich, Schweiz

DIE GRÜNE SEITE DER KAMPA RED EYES
Gedruckt auf säurefreiem und chlorfrei gebleichtem Papier aus verantwortungsvollen Quellen, zertifiziert durch das Forest Stewardship Council. Der Einband enthält kein Plastik, die Kaschierfolie ist aus nachwachsenden Rohstoffen hergestellt und kompostierbar.

Veröffentlicht als Kampa Red Eye
Alle Rechte vorbehalten
Copyright © 2022 by Kampa Verlag AG, Zürich
Dieses Werk wurde vermittelt durch die Agentur Editio Dialog, Dr. Michael Wenzel (www.editio-dialog.com)
Covergestaltung: Lara Flues, Kampa Verlag
Coverabbildung: © Alexey Erofalov / Flasche: iStock/juliaart
Satz: Tristan Walhoefer, Leipzig
Gesetzt aus der Stempel Garamond LT / 2201100
Druck und Bindung: CPI books GmbH, Leck
Auch als E-Book erhältlich
ISBN 978 3 311 12555 6

www.kampaverlag.ch

Montag

I

Non, je ne regrette rien … Cédric bereute nichts. Édith Piafs Ohrwurm ging ihm nicht aus dem Kopf, als er das Glitzern der Morgensonne auf den Reben bewunderte, die er beschneiden sollte. Reihe für Reihe zogen sie sich den sanften Hügel hinunter bis zu den ersten Häusern von Lézy-le-Sec. All das gehörte zu seinem neuen Leben.

Sein Schwiegervater Paul hatte den ganzen Hang mit dem seltenen Petit Meslier bepflanzt, der Spezialität von Champagnes Cherriot. Bis zum Wäldchen von Château de Grécy, unter dem sich der Fluss entlangschlängelte, reichte der Weinberg der Familie, einer von sieben.

Cédric rieb sich mit dem groben Sicherheitshandschuh über die verschwitzte Stirn. Nein, er bereute nicht, dass er nicht mehr Commissaire Cédric Bresson war, der für die steile Karriere bei der Pariser Kriminalpolizei beneidet worden war, sondern bloß noch der kritisch beäugte Stadtmensch von Schwiegersohn. Der erst mal alles lernen musste, was ein echter Viticulteur in der Champagne so draufhaben sollte. Kräftig genug dafür war er allemal. Und hartnäckig sowieso.

Cédric stapfte über das niedrige Gras weiter zum

nächsten Rebstock. Darunter abzumähen stand ihm auch noch bevor.

Non, rien de rien … Die Knochenarbeit im Weinberg war hundertmal besser, als dass jeder dritte Tag mit einer übel zugerichteten Leiche begann oder damit, im Kommissariat im 19. Arrondissement von Paris Powerpoint-Präsentationen der Herren und Damen Polizeifunktionäre abzunicken. Lieber bückte Cédric sich hier zwölf Stunden, grub Erde um oder kontrollierte zig Schädlingsfallen.

Und … Schnitt. Cédric warf die überzähligen Triebe in den Korb neben seinen Füßen und sog dabei die Morgenluft ein, diese herrliche Mischung aus kräutriger Frische und erdigem Hauch. Seine Nase war fein genug. Vielleicht könnte er bald schon wie sein Schwiegervater allein am Geruch des Blattgrüns und den feinen grasigen Nuancen erkennen, wann gedüngt werden musste.

Bis Cherriot senior die Kellereigeheimnisse lüftete, würde es noch ein Weilchen dauern. Einen erstklassigen Jahrgang hatte er vorausgesagt, aber nicht verraten, woran er das erkannt haben wollte. Cédric war der stärkere Blattansatz aufgefallen; sein Schwiegervater hatte nur undeutlich gebrummt. Dafür hatte er ihm den richtigen Schnitt gezeigt, mit dem man verhinderte, dass sich die Reben zu sehr verausgabten.

Cédric streckte sich, über die Reihen hinweg ahnte er in der Ferne das Weingut, wo Maryse im Büro die Bestellungen abarbeitete. Was gab es zu bereuen? Er stand – ja – in der Provinz, aber in der frischen Luft und hockte nicht in einem Dienstwagen im Stau auf dem Pariser Périphérique. Dass die Hetze von Büro zu Tatort zu Laboren zu Gerichten ein besseres Leben wäre, sollte ihm mal einer von den Ex-Kollegen erklären.

Cédric schulterte den Korb und trug ihn bis zum übernächsten Pfosten. Kaum zu glauben, dass noch vor gut einem Jahr der heimliche Kollegenneid wie auch die offene Bewunderung seinem Ego so hatten schmeicheln können. Gut, es kam nicht oft vor, dass sie bei der Pariser Kripo einem mit nur vierunddreißig einen Spitznamen verpassten: *Le furet*, die Spürnase.

Cédric hätte die Blitzkarriere machen können, die ihm alle prophezeit hatten.

Car ma vie, car mes joies, aujourd'hui ça commence avec toi ... Aber alles hatte mit Maryse eine andere Bedeutung bekommen: Lust, Liebe, Leben.

Balayés les amours avec leurs trémolos, balayés pour toujours, je repars à zéro ... Cédric summte vor sich hin, im leisen Rauschen der Reben hörte ihn ja niemand. Er musste lachen, er klang fast wie seine Großmutter morgens um fünf, wenn sie beim RER von Sucy-en-Brie gut gelaunt ihren kleinen *kiosque* aufschloss. Aber Piaf hatte recht. Seine Affären waren ohne Bedeutung. Maryse war die faszinierendste Frau, die ihm jemals begegnet war. Und auch die wandlungsfähigste. Selbst er – Spürnase – hatte sich im Pariser Rockclub L'Utopia in der Frau getäuscht, die mit drei Freundinnen abfeierte. Mit ihrem Lack-Bustier, ihren derben Lederstiefeln und ihrem grün schillernden Neo-Grunge-Make-up war sie ihm wie eine feministische Rocksängerin vorgekommen. Sie war es gewesen, die *ihm* einen Secrestat spendiert hatte und ihn schließlich in ein Hotel in der Rue de Rivoli mitgenommen hatte. Nichts hatte Cédric geahnt. Denn am nächsten Morgen um Punkt sieben Uhr hatte Maryse aus einem soliden Louis-Vuitton-Koffer eine seriöse Seidenbluse gezogen und übergestreift …

Bei den Cherriots begann der Arbeitstag immer so früh. Cédric zählte die Augen am nächsten Rebenaustrieb vor seiner Nase. »Drei zu fünf«, hatte sein Schwiegervater ihm eingebläut, diese Regel war im Champagnergut Cherriot seit sieben Generationen heilig. Wie so manche mehr.

Cédric würde dafür sorgen, dass es auch der achten Generation der Cherriot-Bresson eingetrichtert würde. Und die war schon bald auf der Welt. Cédric gönnte sich ein stolzes Lächeln. Es war verrückt. Er konnte es kaum erwarten, dass er das in Maryses Bauch schon heftig strampelnde *bébé* selbst halten dürfte. Manchmal glaubte er in den Fingerspitzen schon zu fühlen, wie er ganz vorsichtig über zarte Babyhaut strich, die noch empfindlicher war als die von Champagnertrauben.

Aber bis dahin – und danach erst recht – hatte er viel Arbeit. Cédric traf sogar schon den Korb, obwohl die dünnen Stängel des Rebenverschnitts schlecht flogen.

Es gab wirklich nichts zu bereuen. Nach drei Monaten TGV-Paris-Reims-retour-Beziehung mit Maryse war klar, dass der Rhythmus im Champagnerbusiness mit dem von Polizeiermittlungen inkompatibel war. Cédric konnte sich da schon nicht mehr vorstellen, dass er jemals darauf würde verzichten können, alle Facetten von Maryse zu entdecken. Sogar wie sie als alte Dame Champagnerflöten füllen würde, wollte er erleben. Cédric hatte nur ein kleines Appartement und viele Überstunden Abwesenheit anzubieten. Auf dem Pont Saint-Louis zwischen den beiden Seine-Inseln hatte er vorgeschlagen: »Ich verlasse die Polizei, wenn du mich heiratest.« Maryse hatte ganz langsam und sanft sein Gesicht gestreichelt. »Du oder keiner, egal was Papa sagen wird. Küss mich!« Ein vorbeiflanierendes amerikanisches Ehepaar hatte sogar geklatscht. Lachend wie Teenager waren Cédric und Maryse zur Inselspitze gelaufen.

Und jetzt … vier Wochen noch. Cédric vermutete stark, dass Maryse und er doch früher ins *hôpital* nach Châlons fahren müssten. Frühgeburten waren offenbar Familienerbe, Cédric konnte sich die Namen der vielen Tanten und Cousinen immer noch nicht merken, bei denen es so gewesen war. Er blickte die Reben entlang hinunter ins Tal, wo die Dächer von Lézy-le-Sec in einem leichten Dunst verschwammen. Maryse – *tout commence avec toi …*

Piafs Chanson setzte abrupt aus. Seine Unterarme durchfuhr ein nervöser Impuls, wie immer, wenn ein Detail – halb wahrgenommen – darum kämpfte, ganz in sein Bewusstsein vorzudringen. Etwas stimmte nicht. Und er hatte es gesehen.

Cédric wog die Schere in seiner Hand, blickte dabei die lange Reihe zurück. Aber zwischen hellgrünem Gras und braunen Rebstöcken gab es nichts, was dort nicht hingehörte. Auch an den Spanndrähten, an denen die Triebe emporwuchsen, flatterte nichts als Laub.

Cédric drehte den Kopf und ließ seinen Blick wieder ins Tal schweifen. Sonnenlicht glitzerte noch immer silbern im grünen Laub. Aber nicht nur. Dazwischen glitzerte – nein, blinkte! – etwas blau.

Kollegen-Blaulicht.

Das Blinken strich gerade knapp oberhalb der Arbane-Rebenreihen entlang, die Nachbar Guyot zum Fluss hin genau auf Südsüdwest ausgerichtet hatte. Die Gendarmerie war das nicht, dunkelblauer Wagenlack hätte zwischen den Blättern aufscheinen müssen, nicht schwarzer. Aber sonst fuhr nur die Kriminalpolizei mit Blaulicht, erst recht in der Provinz.

Der asphaltierte Weg führte im Tal um ihren Weinberg herum weiter zum Château de Grécy und zu ein paar anderen Weingütern. Möglicherweise hatte es wieder gebrannt. Bei den vielen Gärbehältern entzündete sich schon mal etwas von selbst.

Unsinn, Cédric. Wind strich über seine Wangen. Feuer hätte er längst gerochen, so sauber, wie die Luft in der Champagne war.

Der schwarze Wagen bog ab, vor der alten Postsäule, die die Grenze zur Domaine von Château de Grécy markierte. Der geschotterte Weg von da unten endete nirgendwo anders als an ihrem Weinberg.

Außer Maryse wusste niemand, dass er hier oben schnitt. Und sie hätte ihn hundertprozentig angerufen, wenn sie vor der Zeit … Cédric legte die Schere in den Korb. Der Wagen verlangsamte sich auf Schrittgeschwindigkeit. Maryse war etwas passiert!

Der Energieschub war so groß, dass Cédric die Rebenreihe entlang hangaufwärts rannte.

Beinahe wäre er über die Verspanndrähte gestolpert, die den äußersten Pfosten der Reihe besonders fest verankerten. Cédric machte einen extra großen Ausfallschritt, fing sich und rang nach Luft, die Hände auf die erdigen Hosenbeine gestützt.

Der schwarz lackierte Dienstwagen rollte zwanzig Meter voraus auf dem geschotterten Weg. Cédric brachte sich in die Blickachse des Rückspiegels und winkte mit beiden Armen.

Das Blaulicht erlosch prompt, der Wagen setzte zurück. Durch die abgedunkelten Scheiben konnte Cédric nicht erkennen, wer innen saß.

Die Fahrertür schwang auf. Ein Kopf.

Die Linie zwischen ausrasiertem Seitenschädel und dichtem braunen Deckhaar brachte niemand so messerscharf fertig wie Guy Lacoste. Er war genau der Typ ehrgeiziger Kriminalkommissar, der immer genau dieselbe Sorte Krawatten wie der Innenminister trug, egal wer das gerade war.

Cédric machte einen Satz auf ihn zu. »Ist Maryse etwas passiert?«

Lacoste wand seine langen Beine ganz hinter dem Steuer hervor und richtete seine knapp zwei Meter langsam auf wie unter einem Muskelkater.

Cédric musste ein wenig zu ihm aufsehen. Das lange Gesicht war blass, die Lider verquollen wie bei jemandem, der die ganze Nacht durchgearbeitet hatte. In den schilfgrünen Augen, die gegen die Sonne blinzelten, konnte Cédric nichts lesen außer dem Wunsch, ganz woanders zu sein.

»Verdammt, Lacoste, rede schon! Ist was mit Maryse?«

»Wer ist das?«, fragte eine Männerstimme von der aufgehenden Beifahrertür her.

»Seine Frau«, sagte Lacoste über das Wagendach mit dem aufgesetzten auslaufenden Blaulicht. »Die Schwangere, die uns vom Gut der Cherriots heraufgeschickt hat.«

Nichts passiert. Cédric blies laut Luft aus.

An der Beifahrerseite des Dienstwagens zeigte sich ein mittelgroßer Mann und schwieg erst mal, ganz Chef. Die teure Designerbrille mit dem mattierten Metallrand passte nicht zu dem alten Gesicht. Der graue Einschlag im gebräunten Teint verriet Cédric den schweren Raucher. Diese Art Funktionär zeigte ihre Gehaltsklasse gern: natürlich Maßanzug, natürlich Schuhe von Guimondi.

In den Falten unter dem Brillengestell kräuselte sich das Lächeln eines Connaisseurs.

»Madame ist sehr charmant.«

Das sollte heißen: Sie haben eine sehr attraktive Frau.

»Welch Überraschung, Bresson, dass man Sie jetzt hier draußen findet.« Er winkte in Richtung der Weinberge wie zu Publikum hin.

Und das sollte heißen: Warum um Himmels willen zieht jemand mit Ihren Karriereaussichten *Handarbeit* vor? Cédric schämte sich nicht für seine Jugend in einer Banlieue, wo das keine Schande war, sondern Alltag der meisten.

Cédric schenkte ihm extra das dümmliche Grinsen der Kleinganoven.

»Das hieße ja, Sie suchen mich, Monsieur …?«

»Michel Theuilly-Bazet.«

»Bresson. Du sprichst mit dem Chef de cabinet des Innenministers.«

Ein Herr Ministerialbeamter, deshalb kuschte Lacoste also. Wenn man so ein hohes Tier verärgerte, drohte Karriereschaden.

»Aha.«

»Deinem Vorgesetzten.«

Cédric lachte. »Ich habe keinen mehr. Außer meinen Schwiegervater und meine Frau vielleicht, in Champagnerdingen.« Er zeigte zu den Rebenreihen der Maison Cherriot den Hang hinunter.

Theuilly-Bazet kam ganz um den Dienstwagen herum und legte die Hände vor der Brust aufeinander. So langsam, dass es an das Zusammenknüllen eines Papiers mit ärgerlichem Inhalt erinnerte.

»Ich bin vom Staatsdienst freigestellt.« Es hatte keine lange Diskussion darüber gegeben, dass er sofort den Polizeidienst aufgeben sollte. Ein kleines Champagnerhaus wie Cherriot brauchte jedes Familienmitglied im Betrieb, zumal Maryses Mutter verstorben war. »Mit Stempel und Urkunde.« Als das offizielle Papier schließlich eingetroffen war, hatte sein Schwiegervater wenig überzeugt gebrummt: *Du meinst es also ernst, aber deshalb hast du von Terroir und Kellertechnik noch lange keine Ahnung.*

Theuilly-Bazets Falten wirkten auf einmal tiefer, starr, sein Gesicht verwandelte sich in eine Maske.

»Commissaire Bresson. Ich muss Ihnen wohl nicht die einschlägigen Verordnungen zitieren. Formal sind Sie nur auf Zeit nicht verfügbar. So einfach entlässt die République keinen ihrer fähigsten Diener.«

Diesen bürokratischen Ton hatte Cédric selber angeschlagen, wenn es in seinem Ermittlerteam zu Streitereien gekommen war. Den hatte er noch drauf.

»Sie verschwenden Ihre Zeit. Ich werde Widerspruch einlegen. Das dauert.«

Der Chef de cabinet machte einen Wink mit dem Kinn zu Lacoste hin.

Der wischte sich über das müde Gesicht. »Lass es besser gleich, Cédric.« Er griff in die Innentasche seiner Anzugjacke.

Drei Umschläge streckte er Cédric entgegen.

Auf dem ersten prangte der Stempel des Gesundheitsamts, auf dem zweiten der des Trésor public und auf dem dritten stand *Inspection des Appellations de la Champagne*, die die Einhaltung der Champagner-Qualitätsmerkmale penibel überwachte. Allein eine Steuerprüfung wäre schon heikel genug, wenn Cédric seinem Bauchgefühl traute.

»Sie können Widerspruch einlegen. Natürlich. Frankreich ist ein freies Land.« Theuilly-Bazets Ton klang keine Spur wärmer als zuvor. »Nur werden wir dann die Maison Cherriot, die Ihrer Frau und Ihrem Schwiegervater gehört, mit Steuer- und Normenkontrollen überziehen, bis Sie alle drei nicht mehr wissen, wie man Bürokratie schreibt.« Er nahm Lacoste die drei Umschläge aus der Hand und wedelte damit.

Cédric spürte, wie die Vergangenheit ihn einholte. Er hatte vergessen wollen, wie es gewesen war, als er die missgünstigen Blicke in der Kantine als motivierend empfunden hatte. Als er gelassen die hämischen Gesichter an den Tatorten ausgehalten hatte, wenn er – Spürnase – nicht zack, zack die wichtigste Spur in fünf Minuten identifizierte.

Theuilly-Bazet wedelte noch einmal. »Na? Denken Sie nach?«

Erfolge von gestern. Cédric konnte das: ermitteln. Er wollte aber jetzt lieber lernen, wie man den köstlichen Champagner Cherriot aus diesen grünen und blauen Trauben erzeugte, die hinter ihm den ganzen Hang bewuchsen. Wie im Keller dieses Wunder vollbracht wurde, das die Morgensonne in herrlichen Bläschen einfing und die Menschen heiter und glücklich machte.

Theuilly-Bazet saß am längeren Hebel, das wusste er. Cédric ballte die Faust. *Ein Hieb in dieses Lächeln täte so gut.* Er schloss die Augen und malte es sich für ein, zwei Sekunden aus: seine auftreffende Faust, die Theuilly-Bazet das mattierte Brillenmetall auf die verlebte Raucherhaut quetschen würde. Aber er war längst kein *adolescent* aus der Banlieue mehr. Er würde nicht alles kaputtmachen. Das hatte Maryse nicht verdient – und ihr Kind erst recht nicht. *Merde.* Paris bekam immer, was es wollte.

Cédric machte einen Schritt vor und packte Lacoste am Ärmel. »Warum ich? Er ist hier der zuständige Kriminalkommissar.«

Lacoste zog seine Hand weg. Aus den schilfgrünen Augen traf ihn ein Blick unterdrückten Ärgers.

»Niemand zweifelt an Lacostes Kompetenz.« Theuilly-Bazet schob die drei Umschläge in seinen Händen zusammen. »Aber in diesem Fall wünscht man jemanden, der wie Sie Erfahrung mit prominenten Leichen und verwirrenden Tatorten hat. Sie waren es, der damals das Komplott der drei Angestellten gegen den Modedesigner Jean Serq durchschaut hat, und niemand anders, egal was in den Akten steht.« Theuilly-Bazet ließ den Blick über die Weinberge hinüber zum Wäldchen von Grécy und dann von Cédrics Scheitel bis zu den verdreckten Weinbergstiefeln gleiten. »Der Minister ist wie ich der Ansicht, dass Sie am geeignetsten für diesen Fall sind.« Er wies zum Wagen. »Sie werden Ihren Dienst sofort antreten.«

»Aber … Mit den Stiefeln ruiniere ich jeden Tatort für die Spurensicherung.« Cédric glaubte selbst nicht, dass die Berufung auf übliche Vorschriften noch etwas nützte.

»Oh nein. Gefahr im Verzug.« Diesmal kräuselte Theuilly-Bazet die Lippen ohne ein Lächeln. »Im Übrigen gilt von nun an: Außer mir kann Ihnen in dieser Ermittlung niemand etwas verbieten. Bresson, ab sofort sind Sie der leitende Commissaire. Und: Sie sind ausschließlich mir rapportpflichtig.«

Das klang zwar hilfreich, der direkte Draht nach ganz oben konnte sich aber ebenso gut als vergiftetes Privileg erweisen, sobald Ermittlungsergebnisse die Machtsphäre störten.

Neben der Kühlerhaube stehend wischte Theuilly-Bazet über sein Smartphone, als ob ihn das alles nichts mehr anginge. »Ich übermittle der Flugbereitschaft eben die Geodaten. Der Hubschrauber holt mich gleich hier ab.« Er nickte in Richtung des Dienstwagens. »Nun steigen Sie schon ein.«

Cédric blieb nichts anderes übrig. Er hatte nicht mal zwei Reihen geschafft. Wer sollte bloß den Rest beschneiden?

Theuilly-Bazet beschattete mit der freien Hand die Augen und ließ den Blick schweifen. »Lézy-le-Sec. Ein beeindruckendes Terroir. Ich werde mir ein paar Kisten von Champagnes Cherriot kommen lassen, der Petit Meslier gibt gewiss eine ganz besondere Note.«

Es klang wider Erwarten ehrlich. Cédric staunte. Wenn Theuilly-Bazet die Rebsorten allein am Blattwuchs unterscheiden konnte, musste er selbst Weinberge besitzen.

Vielleicht stammte er aus einer der großen Familien der Champagne.

Als stummen Protest behielt Cédric auf dem Beifahrersitz die groben Arbeitshandschuhe an.

Lacoste blickte ihn vom Steuer her finster an. »Was jetzt?« Die Pause war unüberhörbar. »Chef?« Lacoste würgte es zwischen den zusammengepressten Kiefern geradezu hervor.

So gern er seine Vergangenheit bei der Polizei vergessen hätte, jetzt galt es, sich an alles zu erinnern. Schnellstens. Maryse brauchte ihn jetzt, sein Kind brauchte ihn sehr bald, und Champagnes Cherriot brauchten ihn dann erst recht, aber nicht als Ermittler irgendwo da draußen, sondern zu Hause.

Alle Rangeleien mit den Kollegen verliefen nach demselben Muster. Cédric holte tief Luft. Man musste zeigen, wo der Hammer hing. Eigentlich. Aber hier ging es nicht um Karriere. Er sah Lacoste direkt an. »Mir wäre nichts lieber, als dass du ganz allein ermittelst, Guy, wenn schon mal in unserer braven Gegend einer abgemurkst wird, damit ich dort unten an unserem Weinberg weiterschneiden kann. Und es ist nur einer von vieren, die ich bis Monatsende durchhaben muss.« Er war nicht einmal richtig laut geworden.

Trotzdem zog Lacoste den Kopf zwischen die Schultern ein. »Mein Schwiegervater muss auf eine Verkaufsmesse und kann nicht einspringen. Und was Fachkräfte kosten, die das für uns erledigen – davon fallen dir die Augen aus. Da reicht kein mickriges Kommissarsgehalt.« Cédric hieb auf das Armaturenbrett. »Funktionäre wie der da draußen kümmern sich einen Dreck, was ihre

Entscheidungen mit uns Fußvolk machen. Mir wäre es verdammt noch mal lieber, wenn Paris dir den Fall übertragen hätte.«

Lacoste blinzelte nur, die Hände am Lenkrad.

Cédric sah im Rückspiegel, wie Theuilly-Bazet mitten auf dem geschotterten Weg stand und die wie betend aneinandergepressten Hände vor den Mund legte. Er sah aus wie ein Schauspieler, der sich hinter der Bühne vor einem Auftritt sammeln musste. Der Chef de cabinet war aber eher der Regisseur, der Cédric in den Fall zwang.

Auch wenn er zu den Besten gehörte, niemand war unersetzlich. Einige seiner Kumpels und starken Frauen aus der École Nationale Supérieure de la Police hatten mindestens das Gleiche drauf. Jemanden aus dem regulären Dienst abzustellen wäre viel einfacher gewesen. Stattdessen hatte sich das Innenministerium mit seiner Reaktivierung verdammt viel Mühe gemacht. Und das musste irgendwie mit Theuilly-Bazet persönlich zusammenhängen.

»Alles klar.« Lacoste legte die Hand auf den Schaltknüppel. »Also. Was tun wir, Chef?«

Die Klarstellung hatte gewirkt. Lacoste hörte sich an wie ein richtiger Co: Er sprach ein bisschen leiser als Cédric, aber mit derselben Entschlossenheit. Das war schon mal geklärt. Cédric ließ sich in den Sitz zurückfallen.

»Ab mit uns zum Tatort. *Allez, vite*!«

2

Dort unten.« Lacoste sprang über den Straßengraben, blieb aber gleich an einem orange blühenden Rosenstock stehen, der an die erste Rebenreihe gepflanzt war.

Sie hatten eine Abkürzung genommen, bei der sie das letzte Stück laufen mussten. Cédric hatte das Gefühl, dass zwar einerseits Ermittlungsroutinen in seinem Gehirn einrasteten, die er in seinem früheren Leben auf der ENSP gelernt hatte – Tatort besichtigen, Identität des Opfers prüfen –, sie sich aber andererseits wie verrostet verhakten. Oder die Gehirnwindungen, die er nun brauchte, waren verbogen, weil sie mit Informationen zu Rebendüngung – Gleichgewicht der Biomasse erhalten, optimale Feuchtigkeitsrate – verstopft waren. Fast glaubte er ein Knirschen im Kopf zu hören.

Hinter ihnen thronte auf einem spitzen Hügel die Mühle Patou über den Rebhängen. Ihre weißen Flügel drehten sich langsam im Kreis. Eigentlich war das alte Gemäuer zum Hotel umgebaut worden, aber es stand gerade leer. Zeugen könnten sie dort keine auftreiben. Wieder hörte Cédric so etwas wie ein Geräusch im Schädel: Zeugensuche vor der Tatortbesichtigung zu erwägen, war überhaupt nicht professionell, andersherum war es richtig.

»Gib mir alle Infos, die du schon hast.«

»Ist nicht viel.« Lacoste wiegte so heftig den Kopf, dass Cédric dessen Nackenwirbel knacken hörte. »Ich möchte dich lieber nicht beeinflussen. Die Leiche ist … arrangiert, würde ich sagen.«

Die Mühlflügel surrten über ihren Köpfen, allerdings erstaunlich leise. Von hier wechselten sich bis zum Horizont Weinberge mit Waldstücken ab, dazwischen lagen eingeschmiegt die Dörfer Couzy, Daverny und Saint-Félix-en-Champagne.

Einen Panoramablick des Tatorts nicht vergessen. Unten am Abhang, rechts Richtung Lézy-le-Sec, erstreckte sich eine blühende Wiese gut fünfzig Meter bis hinunter zu einer Schleife des Flüsschens. Ein Polizeiwagen parkte dort unten vor dem Buschwerk.

Arrangiert, das war offensichtlich. Daneben ragte über einem sehr großen Kreis aus hellem Kies ein Kunstobjekt bestimmt fünf Meter hoch auf. »Das Ding heißt *Schwurhand*, nicht wahr? Auf die Entfernung erinnert es wirklich an eine«, sagte Cédric. Die eines Riesen, nur dass dessen Finger aus groben Baumstämmen geformt waren.

Zwei Kollegen der Spurensicherung in weißen Schutzanzügen, wohl ein Mann und eine Frau, steckten darunter Messmarkierungen in den Kies. Cédric war dort nur einmal mit Maryse herumspaziert, als sie ihm ihre erstaunlichen Kenntnisse über Frösche und Molche offenbart hatte.

»Die Jungs von der Gendarmerie halten uns die Leute vom Hals.« Lacoste tippte mit dem linken Schuh auf das Gras. »Von hier oben hat Mireille beim Joggen bemerkt, sagt sie, dass da unten etwas nicht mehr ganz so war wie bei ihrer Runde gestern.«

Cédric konnte sich einfach nicht daran gewöhnen: Alle in Lézy-le-Sec gingen immer davon aus, dass er wusste, welche Sandrine oder welcher Jean-Marie gerade gemeint war. »Hat diese Mireille auch einen Nachnamen oder einen Beruf?«

Lacoste breitete die Arme aus. »Es gibt nur eine Mireille, die joggt.«

»Muss ich erst Maryse anrufen oder meinen Schwiegervater, der mir Mireilles Genealogie bis zu den Urgroßeltern runterbeten wird?«

Lacoste zog den Kopf so weit zurück, dass sein Hals unter dem Kinn Falten warf. »Aber du kennst doch Mireille Langradin. Sie mischt wie deine Maryse groß mit bei den Femmes'tastiques.«

Cédric konnte nicht anders, er zwinkerte Lacoste zu. »Wie könnte ich die vergessen?« Maryses blonde Freundin war sehr sportlich und muskulös wie eine Profitänzerin bei den Sommerfestivals. Die selbst erklärten Epikureerinnen wollten das Champagnerimage mit einem gehörigen Schuss *féminité*, *élégance* und Prickeln ins einundzwanzigste Jahrhundert katapultieren. *Des femmes de cœur, des vigneronnes de talent – Frauen mit Herz, Winzerinnen mit Talent* stand auf der Internetseite, die Cédric sich nach der ersten Nacht mit Maryse sofort angesehen hatte, kaum dass sie ihren Beruf verraten hatte. Cédric durfte gar nicht darüber nachdenken, wie er zu Hause erklären sollte, dass er offiziell wieder Kriminalkommissar war und ermitteln *musste*. Egal, wie viel sie im Gut zu tun hatten.

Das Gewusel der Spurensicherer unter dem Kunstwerk würde ihn länger beschäftigen, als ihm lieb war.

»Mireille hat der lange Schatten irritiert, vor dem die Kollegen gerade da unten knien.«

Unten am Ende der Wiese sammelten sich neben dem Hauptstamm, dem Handgelenk der *Schwurhand*, die Markierungen.

»Genau.« Lacoste machte große Schritte über die Wiese voraus. »Dort liegt das Opfer.«

Fast schien es, als folgten sie den Spuren von Joggingschuhen im niedergedrückten Gras, aber das konnte nicht sein. Bis in der Frühe die übliche Maschinerie von Kripo, Spurensicherung und so weiter angelaufen war, hatte es zwei, drei Stunden gedauert. Die Halme hatten sich längst aufgerichtet. Direkt über ihnen hörte Cédric den Hubschrauber für den Chef de cabinet wummern. Selbst das Innenministerium hatte bestimmt ein bisschen gebraucht, bis es einen organisiert hatte. Cédric würde einen Zeitstrahl an die Wand pinnen, sobald er sein Büro bekam. Sein Büro … Er hatte keines mehr haben wollen, aber jetzt würde das helfen.

Unten am Kunstobjekt spiegelte etwas nicht allzu Großes in der Sonne.

Die beiden Spurensicherer unterbrachen die Arbeit, ein grauhaariger Mann und eine junge Frau, die ihn an Mai Lin erinnerte, die Stewardess von Singapore Airlines, mit der er eine intensive Affäre gehabt hatte.

Lacoste machte den beiden ein Zeichen, dass Cédric trotz Weinbergsklamotten hier zugelassen war. »Macht erst mal weiter.«

Die beiden postierten sich achselzuckend vor ihrem Arbeitstisch schräg hinter der *Schwurhand,* wo sie ihr Material aufgebaut hatten.

Nach ein paar Schritten auf die Baumstämme des Kunstobjekts zu erkannte Cédric, was daran so seltsam das Licht hatte spiegeln können. »Was für ein Zeichen.« Um den wie zum Schwur abgespreizten Riesendaumen war ein dünnes blaues Seil geschlungen. Raffiniert eingeknotet hing darin eine Champagnerflasche, den grünen Hals nach unten. Maryse hatte ihm die Reihenfolge der Knoten zwar einmal gezeigt, aber die Technik war zu kompliziert, als dass er sie sich gleich hätte merken können. So langsam verstand er sogar Theuilly-Bazet. »Das hier baut kein Täter spontan zusammen.«

Lacoste brummte nur.

So markant diese Flasche auch war, erst musste Cédric sich die Leiche vornehmen, das gebot der Respekt.

Was oben von der Windmühle aus wie ein langer schwarzer Schatten drei Schritte seitlich vom Handgelenk der *Schwurhand* gewirkt hatte, war der auf dem Rücken liegende Körper eines Mannes, dessen Arme fest an die Seiten gelegt ruhten.

Cédric machte noch zwei Schritte und beugte sich über den von den Spurensicherern aufgeknöpften Kragen ohne Krawatte. »Verdammte …« Den Rest verschluckte er. Dieses runde Gesicht, diese Augenbrauen mit den markanten Winkeln an der Nasenwurzel – wie zwei zueinander gekippte *accents circonflexes* – kannte jeder in der Region. »Ausgerechnet Sylvain Clouet.«

»Die dunkelrote Linie im Fleisch seines Halses ist wirklich nicht schön.« Lacoste schluckte trocken.

Eher war die tödliche Schlinge abstoßend, die eine Daumenbreite weggerutscht war und böse synthetisch blau schimmerte.

»Er ist gestern Abend erst zum neuen Präsidenten der Ligue de la Vigne d'Or gewählt worden«, sagte Lacoste.

»Auch das noch.« Cédric speicherte das sofort ab. »Dann haben wir erst recht die Medien am Hals.« Cédric erinnerte sich an die Tiraden seines Schwiegervaters über den Strippenzieher. In dem erlesenen Verein versammelten sich alle, die im Champagnerbusiness der Region mitmischten.

Lacoste rieb sich über die müden Augen. »Es gibt Leute, die behaupten, dass Clouets Einfluss bis in den Élysée-Palast reicht.« Lacostes Nase zuckte wegen des unangenehmen Geruchs, der vom Leichnam aufstieg, nicht aus Verachtung, aber richtig den Toten anschauen mochte er wohl nicht. »Bei dem Hubschrauberspektakel ist das Gerücht vielleicht nicht einmal übertrieben.«

»Prominente Leiche« hatte Theuilly-Bazet also nicht ohne Grund fallen lassen.

»Was treibt den neuen *président* noch in der Wahlnacht hierher? Das ergibt überhaupt keinen Sinn.« Cédric betrachtete wieder die markanten Akzent-Augenbrauen. Die Leichenstarre verfremdete das Gesicht bereits und gab ihm eine Härte, die sonst nur unabsichtlich für Sekunden aufgeblitzt war. Cédric hatte den Politiker Sylvain Clouet zwei, drei Mal bei Empfängen in der Region erlebt. Er wusste nicht mehr, ob da eine neue Abfüllanlage eingeweiht oder eine neue Methode der Flaschenreinigung vorgestellt worden war. In den ersten Monaten in der Champagne war viel Neues auf ihn eingeprasselt, weil er Maryse bei allen Außenterminen begleitet hatte.

Wie das Strippenziehen rund um den Champagner in der Region wirklich funktionierte, hatte Cédric noch nicht ganz durchdrungen. Auch weil sein Schwiegervater zu Rundumschlägen neigte, die in seinen Kommissarsohren ein bisschen wie Verschwörungstheorien klangen. Aber der ermordete Sylvain Clouet hatte sicher zu den Leuten gehört, deren Einfluss nicht leicht auszuhebeln war.

»Brutal stranguliert. Rohe Gewalt passt nicht zur *classe* und *élégance,* die das Champagnerbusiness umweht«, sagte Cédric.

Lacoste machte einen Schritt vom massigen Körper weg. »Meinst du wirklich?«

»Es gibt unauffälligere Methoden.« *Cédric, denk nach. Was sagt dir deine Erfahrung?* Der Täter musste gar nicht unbedingt aus dem Business stammen.

»Chef. Wir müssten …« Lacoste zückte das Dienst-Smartphone.

Er hatte recht. Als ermittelnder Kommissar hatte er Entscheidungen am Tatort zu treffen. Wie zum Beispiel eine Nachrichtensperre verhängen.

»Ist es schon an die Presse raus?«

»Offiziell nicht, aber in Lézy-le-Sec …« Lacoste strich sich über die ausrasierte Schädelseite.

»… ist es bestimmt schon rum. Klar.«

Die sportliche Mireille war nicht gerade eine Geheimniskrämerin. Wenn Cédric an den Geräuschpegel im Salon dachte, wenn die Femmes'tastiques bei ihnen zu Hause tagten. »Die *gendarmes* sollen das Dorf auch an der anderen Seite absperren. Nur Einwohner dürfen durch. Wir brauchen das Fernsehen hier möglichst spät.«

Lacoste wählte schon einen Kontakt im Smartphone. »Commissaire Bresson übernimmt die Leitung«, sagte er im Vorbeigehen zu den beiden von der Spurensicherung, die gerade am Arbeitstisch Formulare ausfüllten.

Die zwei musterten ihn.

Der Grauhaarige stemmte die Hände an den weißen Schutzanzug. »*Bon*. Dann werde ich mich mal vorstellen: Meillant, vom Stützpunkt der Spurensicherung in Châlons.« Er blickte Cédric direkt in die Augen. »Die Spürnase kann es also nicht lassen.«

Cédric sparte sich einen Kommentar. Sie kannten alle seine Geschichte, der Kollegentratsch in der Provinz war schlimmer als in Paris. Winzerstiefel hin oder her, das ging so nicht, sonst würde er nie fertig.

»Für Sie beide Commissaire Bresson, bitte«, sagte Cédric ganz betont neutral mit einem bewusst undeutbaren schwachen Lächeln.

Die Botschaft kam an. Der Grauhaarige schnappte kurz nach Luft, die junge Frau an seiner Seite reagierte sofort.

»Mein Name ist Tranh Van. Ich bin die Assistentin der Spurensicherung. Wir waren eben dabei, die Leiche auszupacken. Zirkuläre Adstr…«

»Ist gut, Tranh. Ich zeige es dem Chef.« Er kniete sich neben den Leichnam von Clouet. »Das Seil hat sich tief eingeschnitten. Dem Anschein nach hat es ihn tatsächlich stranguliert, bevor die Schlinge gerissen ist.«

Die Assistentin deutete auf ein Markierungstäfelchen der Spurensicherung, das neben dem Knie postiert war. »Dreck am Hosenstoff, der aber vielleicht nicht vom rauen Kies hier allein verursacht ist. Mineralien und Fasern müssen wir aber noch im Labor mit Spuren an der Stoffseite unterm Po abgleichen.«

Cédric blickte zum weggestreckten Daumen des Kunstwerks hoch. »Was sagt die Erfahrung? Kann der Knoten wirklich unter dem Gewicht der Leiche gerissen sein?«

»Clouet war nicht gerade schlank, wenn auch nicht fett. Zwischen achtzig und fünfundachtzig Kilo, würde ich schätzen. Er ist einen Kopf größer als Sie. War mal Fallschirmspringer.«

»Tatsächlich?«

»Erzählt er doch in jedem zweiten Interview.« Meillant winkte ab. »Fragen Sie Ihre Frau.«

»Das Seil, Meillant.«

»Kann gut sein, dass es unter dem Gewicht des Körpers gerissen ist. Das blaue Ding ist nur so dick wie der kleine Finger von unserer Tranh.« Der Spurensicherer richtete sich auf. »In der Pathologie ziehen wir ihn aus und prüfen noch, ob es Abdrücke eines Sturzes gibt. Wir machen auch den Faserabgleich der Seilenden. Anschließend simulieren wir im Computer, wie er bei solch einem Riss gekippt und herumgerollt sein müsste. Die schwedische Software dafür ist genial.« Meillant legte die Stirn in Falten. »Kann aber dauern. Die Typen im Rechenzentrum und die Leute im Labor streiken.«

Und diese Mitarbeiter würden auch danach nicht schneller beim Abarbeiten des Auftragsrückstaus. Wenn Cédric etwas nicht brauchte, dann war es Zeitverlust. »Aber Ihren Bericht bekomme ich gleich.«

»Wenn die IT-Stelle den E-Mail-Server nicht lahmlegt, auf jeden Fall.« Meillant seufzte leise. »Bei Streiks haben wir schon alles erlebt.«

Cédric richtete sich auf. *Ein Tatort hat eine Tiefen-*

dimension. Hinter den Baumstämmen der *Schwurhand* erstreckte sich eine Wiese, die Straße führte dahinter weiter nach Lézy-le-Sec. Normalerweise suchten Täter, die genau planten, unbewusst ihr Publikum. Für den *président* der Vigne d'Or hätte es aber angemessenere Orte mit größerem Prestige gegeben, wenn man ihn schon umbrachte. »Wo wohnt Clouet?«

»Auf der anderen Flussseite.«

Also nicht in der Nähe. Hätte der Täter Clouet demütigen wollen, wofür die Strangulation aus psychologischer Sicht sprach, wäre vielleicht ein Straßengraben plausibel gewesen oder ein ähnlicher Ort von extremer Banalität. Stattdessen lag die Leiche wie ausgestellt unter diesem, wenn auch nicht besonders genialen, Kunstwerk aus groben Baumstämmen, das fast so aussah, als hätten ein paar Jungs aus Lézy schottisches Baumstammwerfen missverstanden.

Cédric legte den Kopf in den Nacken. Diese Flasche am Riesendaumen … »Diese verknotete Aufhängung kriegt nicht jeder hin.« Auch wenn es für alles Erklärvideos im Netz gab. Er trat unter den auskragenden Holzstamm.

Lacoste ging in größerem Abstand auf dem hellen Kies um das ganze Kunstobjekt herum. »Es sei denn, die geknüpfte Halterung ist irgendwo geklaut. Und jemand anderes hat sie eigentlich für einen Messestand oder einen Empfang vorbereitet.«

»Guter Punkt, Guy.« Cédric war froh, dass Lacoste sich einbrachte. Er arbeitete lieber mit seiner Equipe als allein. »Aber den Flaschenhals so glatt abzuschlagen ist auch eine Kunst.«

»Sabrieren heißt das.«

Cédric wusste das natürlich, aber er ließ ihn lieber reden.

»Schon mal gemacht?« Lacoste hob den Arm.

»Nicht anfassen, der Glasrand ist scharf!«, rief Meillant vom Arbeitstisch her. »Außerdem haben wir eventuelle Fingerabdrücke noch nicht abgenommen.«

»Keine Sorge!« Lacoste hielt einen Zentimeter vor dem scharfen grünen Glasrand inne. »Du setzt den Champagnersäbel mit der Schneide am Bauch der Flasche einen Fingerbreit über dem Etikett an.« Lacoste drehte die Handfläche schräg weg. »Ein Winkel muss sein. Nicht senkrecht zum Glas, eher bloß eine Vierteldrehung. Dann ziehst du den Säbel in einer Bewegung durch, auf den Flaschenhals zu, und schlägst von unten gegen den Wulst des Flaschenkopfes. Der fliegt unter dem Druck des Champagners mit dem Korken leicht viele Meter.«

»Deshalb bleiben keine Glassplitter in der Flasche zurück. Man kann gefahrlos trinken.«

»Genau.« Lacoste klatschte in die Hände. »Hat angeblich Napoleon erfunden.«

Cédric war das egal. Wichtiger war, dass der Täter damit etwas mitteilen wollte, so weithin sichtbar, wie die Flasche aufgehängt worden war.

Lacoste zog die Augenbrauen zusammen. »Eigentlich ist es üblich, dass man den abgeschlagenen Kopf und die Korken mit dem Datum der Feier beschriftet und als Glücksbringer aufbewahrt. Meine Ex-Schwiegermutter macht noch so etwas. Unsere Generation postet lieber alles gleich auf Instagram.«

»Unwahrscheinlich, dass wir den Korken hier finden.« Cédric drehte sich zu den Spurensicherern um. »Prüft das

Etikett unter dem dicken Knoten. Wie wäre es, Mademoiselle Tranh, mit einer Leiter?« Die mitzuführen war Vorschrift. Erhängte Personen waren gar nicht so selten.

Sie spurtete sofort zum Dienstwagen. Meillant rückte seine Brille zurecht und schnappte sich die Kamera vom Klapptisch.

Lacoste postierte sich unter dem Riesendaumen der *Schwurhand* in gebührlichem Abstand zu Clouets Leiche.

Cédric stellte sich schweigend dazu.

Die Aluleiter war schnell aufgeklappt.

»Das Puder für die Abdrücke zuerst«, sagte Meillant, »dann kannst du die Knoten verschieben.«

»Erst die Schnüre oder das Glas?«, fragte Tranh leise.

»Grundregel: erst die glatten, dann die rauen Flächen.«

»Verstehe.«

Tranh pinselte. Meillant reichte ihr eine Fluoreszenzleuchte. »Nichts.« Sie steckte den Pinsel in die Brusttasche des weißen Schutzanzugs. »Aber das hier brauchen wir gezoomt.« Sie schob die Knoten weg, dabei drehte sie die Flasche für Meillant in Position.

Meillant turnte wie ein Modefotograf darunter herum und pfiff.

Er hatte also etwas. Als Kommissar hatte Cédric diesen Moment in den Ermittlungen gemocht, wenn endlich etwas auftauchte. Aspekte, Verbindungen, am besten Widersprüche zu den Tatortfakten, die er ausleuchten konnte. Dieser Ausgangspunkt für seine Ermittlung machte ihm Mut. Und außerdem erhöhte er seine Chancen für eine baldige Rückkehr in die Weinberge.

»Hört sich gut an.« Lacoste wechselte das Standbein.

Tranh bugsierte schon die Aluleiter weg.

»Und?« Cédric steckte sogar wie früher die Hände in die Hosentaschen.

»Auf der Flasche klebt ein spezielles Champagneretikett.« Meillant kam näher, stellte sich neben Cédric und zeigte das Display. »Eindeutig das Gesicht Clouets. Genau aus dem Winkel, schräg von links unten, habe ich es schon ein paar Mal in der Zeitung gesehen. Da hat einer ein Pressefoto ausgedruckt und darüber das heutige Datum eingefügt.«

Vom Arbeitstisch her hörte Cédric ein Piepsen, gleichzeitig summte Lacostes Smartphone. »Die Kollegen von der Gendarmerie texten.«

Meillant rieb sich ein Ohrläppchen. »Die sind doch sonst nicht so fix.«

»Sie haben den anderen Ortszugang abgesperrt, aber da wo die Jungs geparkt haben, steht noch so ein Holzkunstwerk rum.« Lacostes Stimme klang plötzlich brüchig. »Sie schicken gleich die Fotos an die Spurensicherung.« Er blickte zu Tranh hin, die sich über ein Tablet beugte und darüberwischte.

»Entschuldigung ...« Tranh kam mit dem Tablet angelaufen. »Die Aufnahmen müssen Sie sehen, Commissaire.«

Wieder ein blaues Seil, wieder ein mit dem Säbel abgeschlagener Flaschenhals. Aber als Etikett war ein anderes Porträt aufgeklebt. Eine gepflegte Mitfünfzigerin mit Diamantcreolen am Ohr.

»Valérie Varenne, Direktorin Museum in Châlons«, flüsterte Lacoste. »Unter ihrem Kinn ist ein Datum aufgedruckt.«

»Genau in einer Woche.« Cédric überlief ein Schauder.

»In der Mail der Gendarmerie steht, dass an zwei weiteren Holzskulpturen ebenfalls Flaschen baumeln«, sagte Tranh. »Wischen Sie einfach über den Bildschirm.«

Lacoste riss die geröteten Augen auf. »Die Gendarmerie hat echt mitgedacht«, flüsterte er.

Cédric strich schnell mit dem Finger über den Bildschirm zum nächsten angehängten Foto. Das Etikett zeigte einen Mann in den Vierzigern mit rotem Bart. »Kennt ihn jemand?«

»Kein Bretone, auch wenn er so ausschaut. Das ist der Patron von Frigorex, der Kühlmaschinenfabrik in Châlons. Die Firma hat uns vor zwei Jahren die Pathologie ausgestattet. Heißt Marchais oder Marais. Datum in zwei Wochen.«

Eine Serie. Wenigstens gab es nur noch eins. Das vierte Foto zeigte das Gesicht eines Mannes mit grau melierten kurzen Haarlöckchen, der wie ein afrikanischer Professor wirkte. »Jemand eine Idee?«, fragte Cédric.

Alle schüttelten die Köpfe.

Eine Todesliste. Dringender Handlungsbedarf.

»Mailt das letzte Foto sofort an den Erkennungsdienst. Wir müssen schnellstens klären, wer der Mann ist. Ich möchte mich nicht unbedingt auf das Datum in vier Wochen verlassen. Die anderen warnen wir selbst.« Vielleicht sollte er gleich Personenschutz für die angekündigten Opfer anfordern.

Cédric reichte Tranh das Tablet zurück, die ihn erwartungsvoll ansah, wie alle ihn immer in Paris angeschaut hatten, seit er den Spitznamen verpasst bekommen hatte. *Konzentriere dich auf die Botschaft des Täters, sonst wird es nichts.* Cédric blickte an ihr vorbei zur *Schwurhand* und der am Daumen baumelnden Flasche. Mit dem ganzen Aufwand hier sprach der Täter zu ihnen. In dem Tatortarrangement verbarg sich etwas, was ihn zum Urheber führen würde. Schon allein Maryses und des Rebenschnitts wegen würde er den Kampf jetzt aufnehmen. Außerdem war auch ein Mensch ermordet worden.

Lacoste legte die Hände auf den braunen Schopf und ging ganz langsam neben ihm in die Hocke. »Wenn ich das allein an der Backe hätte …« Seine Augen wurden groß. »Dieser Killer kündigt uns eine Serie an.«

Cédric wollte schon Ja sagen, aber seine Unterarme kribbelten, wie immer, wenn Dinge, die er registriert hatte, nicht zusammenpassten.

»Die Symbolik ist unscharf.« Cédric beschrieb mit dem rechten Zeigefinger einen Bogen in der Luft vom geköpften Flaschenhals am Kunstwerk zur blauen Schlinge am Hals des Opfers. »Selbst wenn das Seil tatsächlich zerrissen ist, als der Täter Clouet aufgehängt hat: Die Champagnerflasche ist von ihm gesäbelt worden. Das heißt, er hätte Clouet eigentlich den Kopf abschlagen müssen!«

Lacoste pfiff anerkennend und rappelte sich von den Knien wieder auf. »Das bedeutet?«

Viel, viel Arbeit, verdammt.

»Der Täter hat womöglich etwas anderes vor und lenkt nur ab. Filmen wir alles noch mal ganz genau.«

3

Tatort-360°-Panorama-Kreisel hieß diese Übung, mit der die Ausbilder Cédric traktiert hatten. Gefürchtet von allen in der Abschlussprüfung. Die Prüfer schafften es immer, irgendetwas am Tatort zu verstecken, das einem durchrutschte. Doch vier Jahre in der Pariser Mordkommission hatten Cédric gelehrt, dass es sich auszahlte, die Panorama-Methode zu beherrschen.

Cédric führte die Kamera der Spurensicherer lieber selbst und drehte sich ganz langsam auf der Stelle. Genau unter dem auskragenden Daumen der Riesenhand, wo höchstwahrscheinlich der Täter gestanden hatte, als er die Schlinge für Sylvain Clouets Hals befestigt hatte. Wie auch immer er diese dem Opfer hatte so einfach umlegen können.

Cédric kontrollierte auf dem Display die laufende Aufnahme.

Der gelbe Kies unter dem zentralen Stamm des Kunstobjekts war in einem Kreis mit einem Radius von zehn Metern ausgebracht worden. Der Schärfenausgleich der Kamera war perfekt. Die Maserung der Baumrinde wurde tiefenscharf wiedergegeben. Der Künstler hatte sich bestimmt nicht träumen lassen, dass sein Werk aus groben Holzstämmen einmal als Galgen missbraucht würde.

Cédric setzte die Füße um. Das Grün der Wiese hinter

der fünf Meter hohen *Schwurhand* sorgte für genug Kontrast. Wie auf einem Gemälde. Cédric drehte sich weiter, der Hintergrund glitt über in eine Hell-Dunkel-Schraffur aus Rebenreihen. Das perspektivisch winzige Flügelrad der Mühle Patou oben auf dem Hügel wirkte wie eine Erinnerung an die Zivilisation, während das näher stehende Buschwerk am Flussufer friedliche Natur suggerierte. Dahinter brachten die fernen Dächer von Lézy-le-Sec ein paar ockerfarbene und rote Pixel ein. Und wieder die Wiese. Cédric vollendete die 360° und ließ die Kamera sinken. »Eigentlich ist der Ort geradezu idyllisch.«

»Stimmt.«

Cédric hörte, wie Tranh die Vakuumdeckel auf die Kisten mit den in Plastiksäckchen gesicherten Spurenträgern klackte. Sie trug sie Meillant zum Dienstwagen hinterher, der unter die Heckklappe gebeugt die Markierungstäfelchen verstaute.

Spontane Täter handelten oft symbolisch, planende Täter waren pragmatisch, meinten die Profiler. Einen Menschen umzubringen war schon schwierig genug. Da konnte man beim Tatort nicht wählerisch sein.

Cédric war überzeugt, dass nicht der Tod eines Opfers, sondern erst der Moment, wenn die Polizei die Leiche wegbrachte, der Endpunkt eines Verbrechens war, weil dessen Spuren in der Wirklichkeit erst dann verwischt wurden.

Lacoste stand weiter weg auf der Wiese, hatte das Telefon am Ohr und gestikulierte wild. Es war wirklich keine leichte Sache, mitten in einem Streik den Abtransport einer Leiche zu organisieren. Cédric hörte ihn irgendwas in sein Handy schreien.

»Sollen wir?« Meillant und Tranh falteten neben dem toten Clouet die schwarze Folie des Leichensacks auseinander.

Cédric hasste den Augenblick, wenn die Leiche gesichert wurde – wie ein sperriges Möbel, das man gleich zur Entsorgung wegschaffte.

»Was sagt eure Erfahrung? War er schon tot, als das Seil seinen Hals stranguliert hat? Oder ist er daran gestorben?« Cédric umrundete noch einmal die auf dem Rücken liegende Leiche. »Die Arme drückt man doch nur so eng an den Körper, wenn man friert?«

»Oder Angst hat.« Tranh presste ihre dünnen Arme an den schmalen Bauch. »Als Kind habe ich das gemacht. So.«

Meillant machte sie nach, allerdings hoppelte er dabei auf einem Bein wie ein Clown. »Glaubst du, ein ehemaliger Fallschirmspringer steht so da, selbst wenn er mit einer Waffe bedroht wird?«

Tranh senkte den Kopf und sagte nichts.

»Seine Füße müssen hier aufgeprallt sein.« Cédric deutete auf den gelben Kies unter dem Stamm. »Die Schwerkraft lässt die Leiche direkt nach unten sacken, wenn das Seil reißt.«

Meillant hob das rechte Knie etwas. »Weil er schon stranguliert war, hielt er seine Füße nicht mehr gerade, er kippt also um.«

Cédric machte mit dem Oberkörper eine Bewegung auf die Leiche zu, ließ aber dabei seine Oberarme baumeln. »Der Winkel für den Körper wie auch die minimale Drehung in der Längsachse sind möglich. Aber müssten die Hände nicht beim Abstürzen unter die Hüfte geraten?«

»*Non, non.*« Meillant wackelte mit einem Zeigefinger. »Nicht unbedingt. Weil er diese schwere rechteckige Armbanduhr trägt, beeinflusst das Gewicht die Drehung anders. Wenn er irgendwo ein Implantat oder genagelte Knochen hat, am Knie oder Ellenbogen, ebenso. Bei einem Fallschirmspringer wäre das gar nicht so ungewöhnlich.«

Tranh tippte schnell auf dem Tablet mit. »Die Schweden haben das alles als Tools programmiert. Ich gebe das in die Simulation ein und …«

»Ja, ja, ist schon gut.« Meillant lachte. »Ist unsere Digital Native nicht wunderbar? Können wir ihn jetzt einpacken?«

Cédric blickte noch einmal auf das Opfer. Clouets Gesicht war schon maskenhaft versteift, die Hautfarbe unnatürlich gelbgrün. Selbst der Anzug schien verrutscht und eine Nummer zu eng. Cédric folgte mit dem Blick der blauen Schlinge bis zum gerissenen Stück. »Vielleicht hat die doppelte Schlinge des Knotens am Seil gescheuert, als der Täter ihn aufgehängt hat.«

Meillant brummte.

»Es könnte ja sein, dass er gar nicht da gehangen hat.« Cédric deutete zum Daumen über ihren Köpfen. »Habt ihr geprüft, ob es Faserabrieb am Holz gibt?«

»Optisch war es positiv. Faser- und Rindenprobe ist eingesäckelt.« Assistentin Tranh lächelte stolz.

»Gute Arbeit.«

Die Frage »Was ist passiert?« war noch am leichtesten zu beantworten, schließlich regierten im Universum der Dinge, die man anfassen konnte, die Regeln der Logik. Für die Frage nach dem »Warum?« galt leider das Gegenteil. Im Universum der menschlichen Abgründe, aus de-

37

nen Mordmotive aufstiegen, regierten archaische Triebe, irrationale Lüste oder schiere Bosheit. Manchmal waren die Täter auch einfach verrückt.

»Bewegt eure Hintern verdammt noch mal her!«, rief Lacoste in sein Smartphone und kam von der Wiese her angelaufen. Er versenkte es in seiner Jackentasche. »Faules Pack.«

Cédric nickte Meillant und Tranh zu. Sie falteten den Leichensack neben der Leiche ganz auseinander.

Ding-da-dong. Dreimal knatterten die Töne über die Wiese, jedes Mal näher. *Ding-da-dong.* Die Hupfanfare fuhr Cédric in die Knochen, wie jedes Mal, wenn sie im Hof des Weinguts ertönte. *Sie* hatte ihm gerade noch gefehlt.

»Madame fährt doch tatsächlich ein Facel Vega Cabriolet!« Meillant ließ den Eckzipfel der Matte fallen und richtete sich auf. »So wie das Chrom glänzt, ist es perfekt restauriert.«

Fast alle Gerüchte über Viviane stimmten. Die Patentante von Maryse bekam wirklich noch immer Filmangebote, lehnte aber konsequent ab. Sie war, seit sie den Investmentbanker Rollain geheiratet hatte, wirklich reich, und seit dessen frühem Tod sogar so reich, dass ihr das ehrwürdige Château de Grécy der Marquise de Sillery ganz allein gehörte. Tante Viviane war auch wirklich schon achtundsechzig, obwohl sie mühelos achtundfünfzig hätte behaupten können. Und sie war die uneheliche Halbschwester von Maryses verstorbener Mutter, aber das wusste niemand außerhalb der Familie. Nicht mal die Einwohner von Lézy-le-Sec, die schon immer hier wohnten.

Ihr dunkelgrün lackierter Sportwagen preschte auf dem kleinen Erschließungsweg heran. Viviane bremste scharf hinter dem Dienstwagen der Spurensicherer. Sie zog sich ihr buntes Hermès-Tuch vom Haar, schüttelte die blonde Lockenpracht und schwang die Beine aus dem Wagen.

Ihre Figur war noch immer großartig. Viviane kam in einem engen hellblauen Damenkostüm auf sie zu, mit dem gemessenen Schreiten einer Königin, die wusste, dass der Hofstaat wartete.

Cédric stellte sich ihr in den Weg. Das hier war eine Ermittlung, kein Fototermin. Meillant himmelte Viviane aus seinen grauen Augen so sehr an, dass es Cédric nicht gewundert hätte, wenn er dessen Kiefer gleich hätte herunterklappen sehen.

»Wer ist das?«, fragte die junge Tranh leise.

»Viviane Lemonnier. Hätte sie nicht mit achtundzwanzig aufgehört, wäre aus der Deneuve bestimmt nichts geworden.«

Fans gehörten auch ins Universum der menschlichen Abgründe.

Cédric verschränkte die Arme, obwohl Viviane ihm zuwinkte. Sie hatte ihrem Patenkind mehr als deutlich zu verstehen gegeben, was sie von der Eheschließung mit Cédric hielt. *Mit so einem Kerl amüsierst du dich, chérie. Gut gebaut ist er ja, zugegeben, aber was willst du in deinen Weinbergen mit einem Kommissar? Scheidung vorprogrammiert. Nach der dritten Lese in Lézy langweilt der sich zu Tode.* Aber ganz im Gegenteil, von Monat zu Monat stieg seine Faszination fürs Champagnermachen, je mehr er von den Geheimnissen erfuhr.

»Das ist ein Tatort, Lacoste!«, knurrte er mit Absicht laut.

Der gab sich einen Ruck und machte schnelle Schritte auf Viviane zu. »Madame, bitte, Sie dürfen hier …«

Ihr eleganter Schwung mit der Hüfte war so filmreif wie ihre flache Hand mitten auf Lacostes Brust, mit der sie seinen Co einfach wegschob. »Natürlich darf ich. Grund und Boden hier gehören mir. Und wenn darauf jemand ermordet wird, geht das zuallererst mich etwas an.«

Viviane blieb vor Cédric stehen. »Hat es dich also sofort gejuckt.« Sie musterte seine Arbeitskleidung. »Nicht mal Zeit zum Umziehen hast du dir genommen.«

Zweimal zuckten seine Nasenflügel. Cédric schnupperte es sofort. Wie immer umwehte sie ein Hauch Eau des Merveilles von Hermès. Bei Hochzeiten und Familienfeiern hatte sie Maryse zuliebe ein bisschen mit Cédric geredet, über die Wetterlage oder Maryses Schwangerschaft, gerade so viel, dass es nicht unhöflich war. Ansonsten waren sie sich sorgsam aus dem Weg gegangen.

»Das Innenministerium hat mich reaktiviert.«

»Natürlich. Du hast sie bloß anzurufen brauchen.«

»Ich habe nicht deine Beziehungen, Viviane.« Cédric registrierte aus den Augenwinkeln, wie sie von Tranh irritiert beobachtet wurden. Die ENP trichterte dem Nachwuchs ja ein, dass das unerlaubte Betreten eines Tatorts eine Straftat war. »Ist auch egal. Du musst jetzt gehen.«

»Ich will ihn sehen.«

»Das geht nicht.«

»Quatsch.« Sie schlüpfte so schnell an Cédric vorbei, dass er sie nicht mehr erwischte, obwohl er nach ihrem Arm griff.

Sie kniete sich neben den toten Clouet. »*Mon Dieu.*«
Viviane presste die Hände auf die Wangen. »Ich habe dieses Gesicht Tränen lachen sehen, vor Wut schreien, sogar an Gräbern weinen, aber das hier …« Sie sackte nach rechts auf ihre Hüfte und verharrte einen Moment mit geschlossenen Augen. »Das ist grässlich.«

Cédric zog sie mit beiden Händen an den Schultern hoch, sanft, aber bestimmt. »Bitte, Viviane. Die Gesetze der République gelten für alle.«

Viviane lachte bitter und drehte sich aus seinem Griff. »Sicher, mach deine Arbeit, Commissaire.« Sie warf den Kopf zurück, und dabei fiel ihr Blick auf die gesäbelte Champagnerflasche, die Meillant in einen gesonderten Beweismittelkorb zwischen Watte gelegt hatte.

Viviane beugte sich über das Beweisstück. »Sogar perfekt gesäbelt. Der Täter hat Stil.«

»Einer, der Leute erdrosselt?«

»Immerhin hat unser Mörder als Tatort ein Kunstwerk gewählt, nicht wahr?«

»Eins von vieren sogar, Madame.« Lacoste nickte.

Cédric bedachte ihn mit einem warnenden Blick.

Viviane legte den Kopf so schräg, dass die blonden Locken schwangen. »Es gibt doch nicht etwa noch mehr Tote?«

Ihre Stimme vibrierte.

»Gott sei Dank hängen dort bislang nur Flaschen, Madame.«

»Lacoste!« Cédric räusperte sich. Das konnte ja heiter werden, mit so einem redseligen Co-Ermittler.

»Wieso ›bislang‹?« Sie umfasste ihre Ellenbogen. »Was soll das heißen, Cédric?«

»Das darf ich dir nicht sagen, Viviane.«

Wieder meldete sich Lacoste zu Wort. »Verzeihung, Chef, aber Madame Lemonnier kennt das Opfer persönlich. Sie ist Ehrenmitglied der Ligue de la Vigne d'Or. Vielleicht gibt es ja einen Zusammenhang.« Er wich Cédrics Blick aus, der ihn am Weiterreden hindern sollte. »Der Meldedienst streikt auch. Vielleicht kann Madame die unbekannte Person auf dem vierten Etikett identifizieren. Immerhin besteht die Gefahr, dass …«

Viviane schenkte Cédric ein maliziöses Lächeln.

Er musste sich eingestehen, dass es einen Versuch wert war. Außerdem wusste er noch viel zu wenig und konnte jede Unterstützung brauchen. »Meillant, zeigen Sie ihr bitte die Aufnahmen der Gendarmerie.«

»Aber gern.« Nacheinander präsentierte er jedes der vier Flaschenetiketten auf dem Display der Kamera. »Das ist von dem Objekt unten am Fluss, das von dem oben auf dem Berg, und das steht …«

»Beim Soldatendenkmal, ich weiß.« Vivianes rosa geschminkte Lippen wurden schmal. Sie betrachtete die Aufnahmen hochkonzentriert.

Cédric bereute nicht mehr, dass er die Vorschriften großzügig ausgelegt hatte.

»Die drei Personen haben wir schon identifiziert, Madame.« Meillant genoss offensichtlich jede Sekunde an Vivianes Seite, die sich in ihrem engen Kostüm ganz aufrecht hielt. »Dieser Herr interessiert uns.«

Viviane legte die Fingerspitzen auf das Display und zog das Gesicht größer.

»Sie kennen ihn?«, fragte Lacoste.

Viviane wandte sich zu Cédric um.

»Ich glaube, ich muss mich bei dir entschuldigen.«

Das aus Vivianes Mund.

»Jetzt machst du mich aber neugierig.«

»Der euch unbekannte Mann mit den grauen Kräuselhaaren ist Amadou Mbeke. Er ist ein ehemaliger Diplomat aus Kamerun. Aber das ist es nicht, warum ich jetzt glaube, dass dich das Innenministerium auf eigene Initiative reaktiviert hat.« Sie hob die Hand, an der ein Diamantring prangte, bis zum Gesicht. »Clouet hat eine Firma, die Unternehmen in Sicherheitsfragen beriet.«

Viele ehemalige Militäroffiziere arbeiteten in diesem Wirtschaftsbereich – und der war oft genug mehr schwarzgrau als weiß, das hatte Cédric bei einigen Fällen in Paris studieren dürfen.

»Er hat Mbeke als Aufsichtsrat einem Emir vermittelt, der als Aktionär groß bei …« Viviane rollte die Augen in Richtung Meillant und seiner Assistentin. »… nun, in einem großen Champagnerhaus eingestiegen ist. Am besten, du besuchst mich demnächst mal …« Sie zeigte ihnen ihr berühmtes Filmlächeln, mit dem leicht angehobenen linken Mundwinkel.

Ein kleiner Wimpernschlag über ihren ebenso berühmten azurblauen Augen vermittelte Cédric etwas anderes. *Ich weiß noch mehr über Clouet, aber nicht vor deinen Leuten.*

»Nun, der Tag wird lang werden«, sagte er schnell.

»Noch etwas«, hob Viviane erneut an. »Dass du es nicht gleich siehst, sei dir verziehen, schließlich wohnst du noch nicht lange hier. Aber Lacoste …«, sie wiegte den Kopf hin und her, »Sie wohnen doch in Daverny, einen Steinwurf von hier. Kunst ist nicht Ihr Ding, was?«

Sein Co lief rot an.

»Viviane?«, fragte Cédric so charmant als möglich.

»Der Zusammenhang ist doch offensichtlich.«

»Himmel, ja.« Meillant seufzte laut auf. »Holz oder Stein. Die Jury hat herumgestritten, welches Material für das Skulpturenprojekt zugelassen werden sollte. Das war sogar Thema einer Sendung auf France 3 Grand Est, kurz bevor ich auf Mission nach Martinique abgeordnet wurde.«

Die junge Tranh machte vorsichtshalber gar nichts, spitzte aber sichtlich die Ohren.

»Klärt mich auf«, sagte Cédric.

»Die vier Menschen, die auf den Etiketten abgebildet sind, bilden zusammen die Jury. Die vier haben die Kunstobjekte für Art-en-Champagne ausgewählt.«

Cédric stieß Luft aus. Ein Problem weniger. Keine Zufallsserie. »Das ist schon mal ein Ansatz.« Cédric konnte sich nicht erinnern, je etwas von einer Diskussion über das Skulpturenprojekt gehört zu haben. Aber er war in den ersten Monaten in Lézy-le-Sec auch vollauf mit dem Einmaleins des Weinbaus beschäftigt gewesen. Und mit Maryse, denn sie wollten gleich ein Kind. »Die Kunstobjekte aus Holz wurden gerade installiert, als ich hergezogen bin. Das ist schon vierzehn Monate her.«

Viviane trat zu Clouets Leiche hin. »Sylvain hat auf vielen Hochzeiten getanzt, wie man so sagt. Aber das ist bei den anderen vier Jurymitgliedern nicht anders. In der Provinz kennt man sich. Möglicherweise verbindet sie alle noch etwas.«

Cédric konnte ihr nur recht geben. Und wenn jemand

von informellen Verbindungen zwischen wichtigen Leuten in der Gegend wusste, dann sie.

»Packt die Leiche ein. Lacoste, wir sehen uns beim Patron von Frigorex, mit dem fangen wir an.«

»Ich stehe euch nur im Weg.« Viviane schlüpfte an Meillant vorbei, der ihr noch hinterherschaute, als er schon mit Tranh auf der schwarzen Folie des Leichensacks kniete.

Cédric zögerte, gab sich aber einen Ruck und rannte ihr hinterher. Kurz vor ihrem Facel Vega holte er sie ein. »Nimmst du mich mit?«

Viviane warf einen kurzen, verhangenen Blick zurück zu den Baumstämmen der *Schwurhand*, bevor sie antwortete. »Für Maryses Schatz tu ich alles. Wohin soll es gehen, Monsieur le Commissaire?«

Cédric stieg ein. Das Wichtigste zuerst. »Ich muss jedes der Jurymitglieder sofort persönlich warnen.«

Viviane startete den Motor. »Verstehe. Du solltest dich vielleicht trotzdem erst einmal umziehen. In dem Aufzug nimmt dich keiner ernst.«

Leider hatte sie recht. »Also erst nach Hause, aber schnell.«

4

Cédric schwang die Beine aus dem Cabrio, kaum dass Viviane im Hof von Champagnes Cherriot angehalten hatte.

Drinnen schrie sein Schwiegervater herum.

»Was glaubst du? Natürlich hat dein Cédric die Rebenschere ins Gras geworfen und ist sofort in den Polizeiwagen gesprungen. Jeannot hat es selbst gesehen.«

»Meine Güte, man hört es durch das geschlossene Fenster!« Viviane pfiff leise hinter ihm.

In dem Kasernenton hatte sein Schwiegervater die Zimmerleute zusammengestaucht, als das Dach neu aufgestellt und ewig nicht fertiggeworden war.

Cédric beeilte sich. Er spürte, wie sein Magen verkrampfte. Genau das hatte er befürchtet. Das ganze Misstrauen gegen ihn – *Ein Mörderjäger aus Paris, ist meine Tochter verrückt geworden?* – kochte wieder hoch. Maryse hatte nichts darauf gegeben. Und als Cédric vor drei Wochen entdeckt hatte, dass die bläulichen Äderchen auf ihrem Bauch sich anders verkrümmten, tat sie es damit ab, dass ihr *bébé* halt wachse. Aber er bestand auf einem Besuch bei Docteur Poulac. Und der hatte ihm deutlich genug gemacht, dass sich Maryse besser überhaupt nicht mehr aufregen sollte, geschweige denn viel arbeiten. Hatte sie der Alte noch alle? Cédric rannte auf die mit einer bronzenen Traube beschlagenen Haustür zu.

»Das beweist gar nichts. Jeannot säuft doch schon, bevor die Sonne aufgeht.« Die Lautstärke von Maryses Stimme stand der ihres Vaters in nichts nach. Es schien ihm, dass sogar die Tore der weißen Garage, der Werkstatt und des Stalls vom Getöse schepperten. Ob sie wenigstens den Hubschrauber gehört hatten? Den schickte doch Paris nicht ohne Grund, das müssten sie ihm doch glauben.

Im Flur dröhnte es: »Ich hätte es wissen müssen. Einmal Polizist, immer Polizist. Ist doch klar, dass dein Cédric umfällt. Was ist schon roter Traubensaft gegen echtes Blut von einer Leiche?«

»Er ist doch kein Vampir!«

»Aber wenn da wirklich jemand unten am Fluss liegt, dann ...«

»Dann was?« Ein Hieb wummerte auf eine Holzfläche. »Wieso macht es nicht Lacoste? Der ist auf Karriere so heiß wie, wie ... ach egal. Der ist doch der Kommissar für Lézy.«

»Und der Hubschrauber? Die schicken aus Paris doch keinen nur wegen Cécé!«

Gott sei Dank nannte Maryse ihn noch so. Hätte sie *mon mari* gesagt, was sie so gut wie nie tat, hätte er um alles gefürchtet. Im großen Entrée vor dem Spiegel und der Gallé-Vase hielt Cédric inne. Die beiden stritten nicht im großen Salon, wo Maryse eigentlich um diese Uhrzeit auf der Samtduchesse ausgestreckt ruhen sollte, sondern im Seitenflügel im Büro seines Schwiegervaters.

»Warum nicht? Wenn er heimlich bei seinen Vorgesetzten in Paris gebettelt hat, dass er bitte, bitte wieder zurück in den Dienst darf?«

»Hat er nicht!«

Ein schwerer Gegenstand krachte mit einem lauten Plock gegen Metall, untermalt von einer Kaskade von Papiergeraschel.

Maryse war gut im Werfen. Cédric tippte, dass sie die kleine Aktenablage neben der Tür getroffen hatte. Er schlitterte den kleinen Flur entlang und hätte beinahe die Rahmen der Jahresübersichten samt Personalplaner von der Wand gerissen. Die Pause seines Schwiegervaters war gerade lang genug, dass er es bis zur Tür schaffte.

»Du machst dir immer noch Illusionen über deinen Schatz.«

Cédric schnappte Maryse den zweiten Aktenordner aus der Hand, den sie vom Schreibtisch ihres Vaters hochriss.

Maryse warf den Kopf herum. Ihre Pupillen waren vor Zorn geweitet, die Wimpern zitterten, die Haut unter dem Hauch lila Lidschatten zuckte, bevor sie sich einfach weiterdrehte, in seinen erhobenen Arm hinein.

Cédric spürte ihren gewölbten Bauch an seinem, roch ihr Haar und legte seine freie Hand auf ihren Rücken. »Schscht«, brummte er und wiegte sie. Alle Erklärungen, die er sich auf der kurzen Fahrt mit Viviane hierher zurechtgelegt hatte, schwammen davon.

»Wenn man vom Teufel spricht.« Sein Schwiegervater beugte sich weit über den Schreibtisch vor, groß genug dafür war er, und nahm ihm den Aktenordner ab.

Cédric hob den Zeigefinger. »Nicht mehr schreien«, sagte er bewusst langsam und leise. »*D'accord*?«

Sein Schwiegervater stellte den Ordner wieder neben die Tastatur. Seine ergrauten Locken standen in seltsamem Kontrast zu seinen Wangen, die glühten wie bei einem Fieberschub. Mit beiden Fäusten stützte er sich auf die Schreibtischplatte. »Bresson. Du hast mir hier gar nichts …«

»Papa, hör auf.« Maryse hielt ihr Gesicht an Cédrics Brust verborgen. »Lass ihn bitte reden.«

Er musste Maryse erklären, dass er sofort ermitteln musste, weil Menschen in Gefahr waren, bevor sein cholerischer Schwiegervater zur nächsten Tirade ansetzte. Cédric schob Maryse sanft zur Seite bis auf den Gästestuhl, der mit ihr ein wenig zurückruckte. An der Wand dahinter zeigte eine Karte von Lézy-le-Sec die Weinberge der Familie Cherriot. Viele grün schraffierte und mit roten Qualitätskürzeln markierte Flächen.

»Wo fange ich an?«, sagte Cédric mehr zu sich als zu den beiden. Alles schwirrte in seinem Kopf, Theuilly-Bazet, die Leiche, dass es für Maryse und ihr *bébé* viel zu viel Aufregung war.

»Am besten gleich mit der Wahrheit.« Sein Schwiegervater setzte sich, die Arme verschränkt, wieder hinter seinen Edelstahlschreibtisch.

Der Bildschirmschoner zeigte hektisch-hypnotische Linien.

Cédric wechselte das Standbein. »Es gibt eine Leiche am Fluss, und …«

Maryse strich müde eine Strähne zurück, die sich aus ihrer Flechtfrisur gelöst hatte »Sag bitte, dass du nichts damit zu tun kriegst.«

»Leider soll ausgerechnet ich in dem Fall ermitteln.«

Maryse krümmte sich über ihrem runden Bauch zusammen und stöhnte auf.

Oh Gott. Cédric wusste nicht weiter.

Er war wieder allein, gehörte nicht mehr dazu.

Ein weißer Handschuh strich sanft über Maryses Haar. Viviane hatte Cédric völlig vergessen.

»Dein Mann *muss* ermitteln. Er tut es nicht freiwillig, *chérie.*«

Viviane ging neben dem Gästestuhl, in dem Maryse so eingekrümmt hockte, in die Knie. »Paris zwingt ihn dazu«, flüsterte sie Maryse ins Ohr, laut genug, dass auch sein Schwiegervater es hörte.

»Was heißt das, Viviane?« Dieser verschränkte die Hände hinter dem Kopf, ließ sich gegen die hohe Lehne fallen und drehte sich im Stuhl zu ihr hin.

Sie tauschte einen schnellen Blick mit Cédric, nur einen Wimpernschlag lang, wobei er an *Russische Tulpen* und die kühle Entschlossenheit der französischen Agentin denken musste. Der Spionagefilm war einer von Vivianes größten Erfolgen gewesen.

Viviane fasste zusammen, was Cédric ihr im Cabrio erzählt hatte.

Maryse blühte unter ihren Worten geradezu auf. Sie hob den Oberkörper, Farbe fand in ihre Wangen zurück. Ihr Blick suchte schließlich seinen.

Endlich. Maryse zeigte ein leises Lächeln, aber das reichte ihm.

Jetzt konnte er wieder denken. Doch Viviane war schneller.

»Überlegt doch mal: Wenn irgendwem einfällt, Sylvain Clouet direkt nach seiner Wahl zum *président* der Vigne d'Or zu ermorden und auch noch für alle sichtbar unter einem Kunstwerk zu drapieren, dann ist doch klar, dass Paris sich einmischt.« Viviane zupfte sich die weißen Handschuhe von den Händen. »Was hätte dein Schwiegersohn denn deiner Meinung nach tun sollen, wenn das Ministerium euch droht, die Steuerunterlagen von Champagnes Cherriot genauestens unter die Lupe zu nehmen? Erkläre mir das, Paul.«

Die Gesichtsfarbe seines Schwiegervaters änderte sich, die Weinbergbräune schien auf einmal wie aufgemalt. Er wandte den Kopf zum Fenster. Die athletische Spannung, die seine Haltung sonst immer kennzeichnete, ob im Weinberg, im Büro oder am Verkaufstresen, wich aus seinem Körper.

Cédric räusperte sich. »Ich bin zwar kein alter Fuchs wie du, aber so viel habe ich von unserer komplizierten Buchhaltung schon verstanden, dass du die eine oder andere Zahlung sehr, sagen wir mal, geschmeidig dargestellt hast.«

Sein Schwiegervater seufzte. »Sie haben dir den Spitznamen Spürnase nicht zu Unrecht verpasst.«

»Was soll das heißen, Papa?« Maryse richtete sich ganz auf. »Wir sind doch nicht etwa bankrott?«

»*Mais non!*«

»Aber ich verstehe gar nichts, Papa. Um was für Summen geht es denn überhaupt? Die neue Maischanlage und der mechanische *dégorgeur* waren doch nicht so teuer. Und der Dachdecker hat auch …« Erschrocken legte Maryse die Hände auf den Mund und ließ ein leises Stöhnen hören. »Unsere Hochzeit!«

»Ein wunderbares Fest, oh ja.« Vivianes Blick wurde ganz verträumt. »Du hast allen gezeigt, Paul, was eine richtige Champagnerhochzeit ist.«

Cédric versetzte es einen Stich. Ja, die Hochzeit war ein Traum gewesen: Trauung in der Kapelle, Festessen im großen Saal von Vivianes Schloss mit dreihundert Gästen und Mitternachtskonzert. Sie war aber auch ein Albtraum gewesen für seine Leute aus Sucy-en-Brie in der Pariser Banlieue, die gerade mal das Geld hatten, sich für den Anlass halbwegs passabel auszustaffieren. Von großen Geschenken ganz zu schweigen. Seinem Vater war der Flug von Guyane in Südamerika, wo er als Techniker die Hafenkräne von Cayenne wartete, zu teuer gewesen. Wenigstens hatte das Cédric erspart, mitansehen zu müssen, wie seine Eltern sich anschwiegen wie zu schlimmsten Scheidungszeiten. Denn natürlich hatte seine Mutter – ohne dass Cédric ihn eingeladen hatte – ihren aktuellen Freund mitgebracht. Wenigstens einmal im Leben, seit sein Vater die Scheidung veranlasst hatte, hätte der sich die Mühe machen können. Cédrics Bruder hatte gerade den ersten Job in einem Verteilcenter von Dalmart ergattert, und seine Schwägerin schulte auf Physiotherapeutin um. Von Etage 17 und 21 eines Wohnturms sah die Welt weniger romantisch aus als zwischen den sanften Hängen der Champagne.

Maryse fasste nach Cédrics Hand. »Sag schon, Papa.«

Cherriot senior breitete die Arme aus. Er beschrieb einen Kreis über die Wände mit den Werbeplakaten des Weinguts, der Landkarte und dem großen Terminplaner. »Ich wollte euch einfach die große Reise auf die Antillen schenken. Und eine Hochzeit, auf der man nicht richtig zu Orchestermusik tanzen kann, bringt kein Glück. Ein Cherriot spart nicht bei so etwas.« Er ließ die Arme sinken und streckte das Kinn zu Tante Viviane hin. »Außerdem wollte ich ihr das Geld möglichst schnell zurückgeben.«

»Wie bitte?« Cédric traute seinen Ohren nicht. »*Du* hast ihm Kredit für *unsere* Hochzeit gegeben?« Wo sie monatelang nicht einmal mit ihm gesprochen hatte und nur Maryse zuliebe überhaupt zugestimmt hatte, die Hochzeit auf ihrem Schloss stattfinden zu lassen. Noch dazu hatte sie drei Bedingungen gestellt: Cédric hat bei der Planung nichts zu sagen, Cédric lädt nur seine engste Familie ein, Cédric bringt einen präsentablen Trauzeugen bei. Wenigstens war der Vizedirektor der École nationale supérieure de la police gut genug gewesen.

Viviane lächelte nicht und tauschte diesmal auch keinen Agentinnenblick mit ihm. Ihr ebenmäßiges Gesicht zeigte nichts als reine diplomatische Neutralität. »Sagen wir mal, dass ich Paul geholfen habe, einen Liquiditätsengpass zu überbrücken.«

Deshalb die frisierten Zahlen in den Flaschenbeständen … Cédric hatte es mehr geahnt, als richtig kalkuliert. »Das Geld wollte er mit Bilanztricks herausholen«, sagte er und wandte sich zum Schreibtisch um. »Aber wenn der Trésor public genau nachrechnet, könnten die Finanzbeamten es dir als raffinierte Steuerhinterziehung auslegen.«

»Ertappt.« Sein Schwiegervater fuhr sich durch die Haare.

Maryse legte die Hand an die Stirn. »Das bedeutet hohe Strafzahlungen und Steuerschulden.«

»Die ihr euch nicht leisten dürft, gerade jetzt.« Tante Viviane schlug mit dem Handschuh auf die Schreibtischkante.

Eigentlich wollten sie das Kinderzimmer renovieren, Ausbildungsversicherungen abschließen, das ganze Werdende-Eltern-Programm … Cédric berührte Maryse am Ellenbogen. »Hört zu. Ich bin ja Anfänger beim Champagnermachen, zugegeben. Aber ermitteln kann ich.«

»Ziemlich gut sogar, wie ich oft genug in Paris habe loben hören«, sagte Viviane.

»Je schneller ich herausfinde, wer Clouet auf dem Gewissen hat, desto schneller vergisst der Staatssekretär den Brief an den Trésor public.«

»Besser ist es.« Sein Schwiegervater sprach auf einmal sehr leise.

Maryse fasste sich an die Schläfe. »Aber was ist mit dem Rebenschnitt, den Cuvées im Keller? Wer macht die nächste Messevorbereitung, und wer erledigt die Marketingplanung fürs nächste Jahr?«

Cédric deutete auf die Karte an der Wand. »Der Pinot meunier müsste auch neu gepflanzt werden. Drüben in Daverny wollten wir umgraben. Können wir das schieben?«

Viviane schlug mit der Hand auf die Schreibtischkante. »Du hast tatsächlich ein paar Lektionen gelernt.«

»Cédric ist alles andere als blöd, Tante.« Maryse schnappte sich den Schreibblock und einen Stift. »Also, wer macht was?«

»Du machst gar nichts zusätzlich.« Cédric drehte sich vor der Wand. »Denkt daran, was Docteur Poulac gesagt hat.« Er hob den Finger. »Maryse macht auf keinen Fall mehr, nicht mal Aufsicht für Hilfskräfte, das verbiete ich.«

»Cécé, ich kann doch …« Maryse legte den Kopf schief.

»Nein.«

»Dann musst du aber neben der Ermittlung Nacht-schichten einlegen«, sagte sein Schwiegervater.

»Wäre nicht meine erste.«

Viviane zog Cédric am Ärmel. »Mit Chaos kenne ich mich aus. Das kommt beim Dreh häufig genug vor. Da hilft nur, eins nach dem anderen zu erledigen. Das Wich-tigste zuerst natürlich. Und deine Hauptarbeit ist jetzt der Mordfall. Dein Schwiegervater kümmert sich ums Geschäft.« Sie stupste Cédric gegen die Brust. »Meinst du nicht, du solltest dich jetzt persönlich drum kümmern, ob die anderen Jurymitglieder, die auf den Flaschen an den anderen Kunstwerken prangen, schon gewarnt wor-den sind?«

Sie hatte leider recht. Cédric sah an sich herunter. »Ich zieh mich schnell um.«

»Tu das. Ich warte draußen im Cabrio.« Viviane schritt hinaus, hoch erhobenen Hauptes wie Diane de Poitiers auf dem Weg zur Jagd. Sie ließ die Autoschlüssel zwi-schen den Fingern klappern.

»Entschuldige bitte.« Sein Schwiegervater streckte ihm die Hand über den Schreibtisch hinweg entgegen. »Ich hätte dir vertrauen sollen.«

Cédric schlug ein. Der Händedruck war fest und lang genug, dass er ehrlich wirkte. Er wurde ruhiger. »Ich muss los.«

»Ich werde ein paar Kumpel anrufen, die mir noch einen Gefallen schuldig sind. Das wird ein bisschen hel-fen.« Sein Schwiegervater griff zum Smartphone und wischte mit dem Daumen durch das Verzeichnis.

»Wie gut, dass du deinen Anzug schon aus der Reinigung geholt hast.« Maryse zog Cédric in den Flur hinaus. Und weiter bis vor die Terminplaner an der Wand. Sie umschlang seine Hüften. »Papa hat mir kein Wort davon gesagt, dass er Viviane angepumpt hat«, flüsterte sie. »Ich schwör's dir.« Mit den geflochtenen Haaren und den aufgedunsenen Wangen sah sie aus wie eine derangierte Fee. Die ihm Glück brachte. »Ich habe wirklich geglaubt, er bucht die ganzen Rechnungen nur deshalb selber, damit wir nicht genau sehen, wie viel er uns geschenkt hat.«

Cédric tippte seine an ihre Nasenspitze. »Sonst ätzt er gegen Châteaubesitzer wie Viviane in jedem dritten Satz.« Dabei waren auch die Weinbergflächen von Cherriot nicht ganz so klein, wie er gern tat.

»Er hat seinen Stolz runtergeschluckt. Keine Ahnung, wie lange er daran wohl gekaut hat.« Maryse kicherte. »Für die Fortsetzung von Champagnes Cherriot in achter Generation ist Papa jedes Mittel recht.«

Kein Zweifel. Die Frage aber, warum Viviane geholfen hatte, wo sie Cédric als unangemessenen Bräutigam vehement abgelehnt hatte, behielt er für sich. Er hatte andere Sorgen. Eine prominente Leiche, geköpfte Champagnerflaschen und vielleicht einen Serienkiller. Cédric legte seine Hand auf ihren gewölbten Bauch. »Ich kriege den Kerl, bevor …«

Weiter kam er nicht, weil Maryse ihn so leidenschaftlich küsste, wie er es eigentlich schon die ganze Zeit hatte tun wollen.

5

Am liebsten hätte Cédric die Hosennähte mit einem beherzten Griff zurechtgerückt, an einer Stelle, an die er jetzt unmöglich fassen konnte. Nicht dass der Anzug nicht gut passte, er saß irgendwie falsch – obwohl es sogar sein neuester war, den er in Paris wie eine zweite Haut getragen hatte: Auf Wolloptik gekämmte Baumwolle, gerade schick genug, dass er nicht sofort als unterbezahlter Kommissar erkannt wurde. Vor ihm lief Thierry Marchais, der Inhaber von Frigorex, durch die große Werkhalle, wo in zig Kübeln und Behältern Eis in verschiedensten Formen schimmerte. Von den Lichtspiegelungen leuchteten Marchais' rote Haare wie unter einem Spot.

Vor einer fünf Meter hohen Wand blieb er stehen. Oben spuckte eine Luke Eisbrocken aus. Es krachte kaum, weil der Behälter hinter der durchsichtigen Wand vor der Maschine schon fast bis oben hin angefüllt war.

»Das ist unser neuestes Produkt. La Gigantesque. Die Maschine kann auch Würfelgrößen wie für Drinks oder Schnee oder Crush produzieren. Für Ferienanlagen oder Hotels. Flugcaterings.« Marchais tippte mit erhobener Hand in die Luft, als könnte er die Luke oben streicheln.

»Entschuldigen Sie, Monsieur Marchais. So beeindruckend Ihr Maschinenpark auch ist, deswegen bin ich nicht zu Ihnen gekommen.« Sondern weil er ihn warnen und von ihm mehr über die Vorgeschichte der Kunstjury erfahren wollte. Aber kaum dass Cédric ihn im Büro mit den Fakten konfrontiert hatte, war der bei den Worten »sabrierte Flaschen« aufgesprungen und geradezu in die Werkhalle davongelaufen.

»Commissaire. Sie müssen das sehen, sonst verstehen Sie nichts.«

Cédric verlagerte seine sechsundsiebzig Kilo auf das rechte Bein und hoffte, dass sich die Hosennaht mitbewegte. Pech gehabt. »Was hat das Eis mit der Juryarbeit zu tun?«

»Alles.« Marchais strich sich über die roten Haare. »Ohne das wäre ich völlig unbedeutend.«

Jedem sein Stolz. Cédric lächelte höflich. Auch wenn der Unternehmer vielleicht keine Weinberge besaß, so war Technik vom neuesten Stand für die Qualitätssicherung des Champagners dennoch unerlässlich. »Hat man Sie wirklich nur deshalb in die prestigeträchtige Jury berufen?«

»Sylvain Clouet wollte unbedingt jemanden von der Industrie dabeihaben. Alle denken ja bei Champagner nur an die großen Marken, und die Winzer vielleicht. Dass auch viele, viele Unternehmen wie meines vom Champagner leben, vergessen die Leute gern.« Er strich über die Glaswand mit den Glasbrocken dahinter. »Man braucht sehr viel Kühlung für eine gute Flasche.«

Das hatte Cédric am Anfang in der Halle zu Hause auch überrascht. Schon allein beim Degorgieren der auf dem Kopf stehend gelagerten Flaschen, wenn das Hefedepot auf dem Kronenkorken entfernt wurde, brauchte man stabile Kältebäder. Inzwischen hätte Cédric ihm aufzählen können, welche Maschinen im Keller von Champagnes Cherriot liefen. Zwar nicht die neuesten, aber solide deutsche Fabrikate mit wenig Wartungsbedarf. »Ihre Juryarbeit, bitte. Welche Feinde könnten Sie sich gemacht haben?«

»Ich?« Marchais' Stimme kippte ins Falsett. »Ich habe nur abgenickt, was Sylvain für gut befunden hat. Man legt sich doch nicht mit dem *président* der Vigne d'Or an, wegen irgendwelchen Krams, der in die Landschaft gestellt wird. Das Kunstprojekt war sein Spielzeug. Seines ganz allein. Ein bisschen Glanz für die Gegend. Sylvain gehörte ja zu der Fraktion in der Vigne d'Or, die aus der Tradition die Erneuerung entwickeln will.«

Das klang wie einer der ausgefeilten Texte für die Internetseite, über die sich Maryse stundenlang den Kopf zerbrach. »Warum haben Sie mitgemacht?«

Marchais drehte sich halb um und klopfte mit einem Fingerknöchel an die Gigantesque. »Werbung. Im Kontext der Jury taucht Frigorex in zig Artikeln auf. Ganz ohne Budget. Die Konkurrenz ist groß. Italien, Deutschland, China. Soll ich Ihnen mal vorrechnen, wie teuer es ist, in Frankreich zu produzieren?«

Die Litanei ersparte er sich. Der Kerl wich immerzu aus. »Ich kenne das Problem, Monsieur.« Cédric machte einen Schritt zur Seite. Die riesige Eismaschine verbreitete tatsächlich eine ungeheure Kälte. »Was denken Sie? Mit wem könnte sich Sylvain Clouet so angelegt haben, dass man ihn beseitigt hat?«

»Das weiß ich doch nicht. Sitze ich etwa im Conseil régional? Ich bin kein Politiker.« Marchais fixierte eine Röhrenkonstruktion am Ende der Halle.

Er sucht unbewusst Halt, also lügt er, zumindest ein bisschen. »Sie denken gerade an etwas oder jemanden, nicht wahr?«

Marchais zuckte mit den Schultern, änderte aber nicht die Blickrichtung. »Vor einem halben Jahr, ungefähr im Oktober, kam Sylvain mal mit dem Taxi zu einer Sitzung. Er hat geflucht wie Molières Harpagon. Na ja, nicht ganz so stilvoll.« Marchais ließ die Finger über eine Chromleiste der Gigantesque gleiten. »Jemand hatte ihm zwei Reifen zerstochen an seinem Peugeot 3008 Hybrid, und es gab nicht sofort Ersatz in der *garage* von Gustave Dol in Reims.«

»Klingt nach dem üblichen Leid von Lokalpolitikern.« Oder von Mafiosi. Jedenfalls war so etwas in der Pariser Banlieue keine Seltenheit. »Aber das passt wenig zu den aufwendig drapierten Flaschen. Die vier Kunstwerke waren sehr umstritten, höre ich.« Der Unternehmer mauerte Cédric zu sehr. Er rückte ihm zwei Schritte auf die Pelle. »Wen hat sich die Jury zum Feind gemacht?«

Marchais zog das Kinn zurück und lehnte sich gegen die Glaswand der Gigantesque.

»Feindin, wenn schon.«

Eisbrocken krachten leise über ihren Köpfen aus der Luke. Die Sprechpausen von Marchais wurden immer länger.

»Aber das ist absurd, völlig absurd. Madame Odette mag eine sehr anstrengende, sehr von sich eingenommene, meiner und Sylvains Meinung nach drittklassige Künstlerin sein, aber eine Mörderin?« Er machte ein leises, zischendes Geräusch. Es hörte sich an wie ein Rest Kohlensäure, der aus einer Sprudelflasche entwich.

»Dazu fehlt ihr das Format.«

Marchais sagte nicht: Ihr fehlte der Mut oder der Grund, sondern das *Format*.

»Mein Büro kann Ihnen das Medienecho auf einem Stick schicken, sogar *Le Monde* und *arte* haben über unsere Juryentscheidung berichtet. Meckerer und Neider gibt es immer.« Marchais lachte, zwei Halbtöne zu hoch für seine Baritonstimme, drehte sich auf dem Absatz um und preschte zwischen leise röhrenden Eiscrushern zur gegenüberliegenden Hallenecke. »Irgendwelche Petitionen hat Madame Odette angeschoben. Nie wieder was davon gehört! Wahrscheinlich waren es peinlich wenig Leute, die unterzeichnet haben.«

Cédric würde es nicht wundern, wenn zumindest halb Lézy-le-Sec unterschrieben hätte. Von den Kunstwerken war niemand begeistert gewesen, hatte ihm Viviane im Wagen erzählt. »Warten Sie!«, rief Cédric.

Drei Maschinen weiter stoppte Marchais vor einem Block Eis, der auf einem schlichten Metalltisch lag. Im rechten Winkel ragte eine Metallsäule auf. Der Unternehmer presste die Lippen aufeinander. »Ich suche Ihnen gern die WhatsApp-Nachrichten raus. Aber was Sie jetzt sehen, war Sylvains Idee. Ich schwöre es.«

Schwüre auf sämtliche Propheten oder die Mutter Gottes hatte er bei Ermittlungen in den Pariser Vorstädten genug gehört – damit machte ihm keiner was vor.

Marchais fuhr auf der Rückseite der Metallsäule entlang. Das obere Drittel hob sich, ein Schlitz wurde frei, ein grüner Laserstrahl fächerte über den Block wie bei einem Scan.

»Es ist gar kein Eis!«, rief Cédric.

»Nein. Der Quader ist aus Spezialacryl. Das gebündelte Licht erzeugt innen ein Hologramm.« Marchais steigerte die Geschwindigkeit des Lasers.

Schicht für Schicht zeichnete der Laser in das Acryl das Bild einer sabrierten Champagnerflasche. Nur dass hier kein menschliches Gesicht auf dem Etikett abgebildet war und das geköpfte Stück Flaschenhals wie gerade abgesprengt in der Luft hing, getrennt von einer Säbelklinge, die von keiner Hand geführt wurde.

Verdammt noch mal: Der Täter kannte dieses Acrylobjekt also oder wusste zumindest davon. Die Inszenierungsidee ausgerechnet beim Opfer zu klauen war ungewöhnlich. Und verwies auf ein nicht alltägliches Motiv. Das sagte Cédric sein Bauchgefühl. »Von wann ist das Objekt? Wer hat den Laser programmiert?«

»Weiß ich nicht. Sylvain hat die ›Installation‹, wie er es nannte, bei der letzten Arbeitssitzung der Vigne d'Or vorgestellt. Es war Teil seiner internen Kampagne für die Präsidentschaft. Er wollte die alte Tradition des Säbelns neu beleben und in Osteuropa und im chinesischen Markt ganz neu etablieren. In diesen Weltgegenden hat man ja noch mehr Sinn für Zeremonien auf großen Festen mit Hunderten von Gästen. Außerdem tragen Offiziere dort noch Schmucksäbel, die dafür taugen.«

Solche Ideen zur Absatzförderung gefielen auch Maryse.

»Und warum steht das Teil hier und nicht bei Clouet zu Hause?«

Marchais deutete zur Fußleiste. »Ganz einfach. Weil wir Starkstromanschlüsse in der Halle haben. Und ich es vielen Fachbesuchern aus aller Welt zeigen kann. Sylvain tüftelte noch am Vertriebskonzept.«

So viel hatte Cédric schon begriffen, dass niemand in der Champagne etwas gegen raffinierte Werbung hatte. Die Weltgeltung als bester Schaumwein überhaupt musste immer wieder erneuert werden. Cédric zog seine Karte aus der Anzugjacke.

»Wenn Ihnen noch etwas einfällt, melden Sie sich bei mir. Und seien Sie bitte etwas vorsichtiger als sonst in nächster Zeit. Leider können wir keinen Personenschutz stellen.«

»Keine Sorge.« Marchais lächelte wie alle guten Verkäufer einen Tick zu breit, den Mund zu weit offen. »Mich kriegt der Typ nicht.« Marchais fuhr sich lässig durchs Haar.

Ein bisschen zu demonstrativ. Der Unternehmer hatte mehr Angst, als er sich anmerken lassen wollte.

»Wollen Sie noch unseren Crusher-de-Luxe für Kunstschnee sehen?«

Die weiteren Jurymitglieder schienen Marchais keinen Gedanken Wert.

»Ich habe noch Namen auf meiner Liste, wie Sie sicher verstehen.«

»Natürlich.« Marchais strich an der Metallsäule entlang, der Laser fuhr wieder ein. »Ich bringe Sie raus.«

Wieder schimmerten die roten Haare im vom Eis gespiegelten Licht, als würde er von einem Scheinwerfer begleitet.

Über den Parkplatz hinweg sah Cédric, dass Viviane sich die Wartezeit ebenfalls mit Eis vertrieben hatte. Sie lehnte mit der ihr eigenen Eleganz an ihrem Facel Vega Cabriolet und schleckte mit Genuss ein großes *cornet*. Cédric hätte auch einen Zuckerschub gebrauchen können. Am liebsten hätte er einen ganzen Becher Nougateis vertilgt, sein Lieblingseis.

Das Diensthandy in seiner Brusttasche vibrierte.

Eine Nummer des Innenministeriums wurde angezeigt. Der Chef de cabinet hatte ihm noch gefehlt. »Bresson.«

»Theuilly-Bazet. Ich weise Sie hiermit offiziell an, bei Ihren Ermittlungen hinsichtlich Monsieur Mbeke keinerlei Schritte zu unternehmen, auch wenn er Teil dieser Kunstjury ist, deren Mitglieder offenbar auf den Flaschen abgebildet sind.«

Cédric blieb mitten auf der Fahrspur des Parkplatzes stehen. »Woher wissen Sie …«

»Enttäuschen Sie mich nicht.«

Natürlich erfuhr jemand wie er alles, wenn er wollte. Bei seinem Rang in der Hierarchie der Verwaltung hatte er direkten Zugriff auf die Polizeiserver, die Lacoste brav fütterte. Cédric wich einem ankommenden Auto aus. »Monsieur Mbeke muss aber gewarnt werden. Er schwebt in Gefahr.«

»Wir kümmern uns darum. Die diplomatischen Kommunikationskanäle sind effizient. Mbeke ist in offizieller Mission für das Emirat Kuwait tätig. Keine Fragen, keine Mails, keine Anrufe bei diesem Herrn, verstanden?«

Die Verbindung war unterbrochen, ehe Cédric hätte antworten können. Er hatte Einmischungen erwartet, aber nicht, dass man ihm den Kontakt zu einem möglichen Opfer und wichtigen Zeugen verbot. Dabei war ein kuwaitischer Diplomat als Jurymitglied in der Provinz eigentlich zu ungewöhnlich, um in die Ermittlungen nicht einbezogen zu werden.

Es knirschte nicht weit von seinem freien Ohr.

»Schlechte Nachrichten?« Viviane warf ihre zerdrückte Eiswaffel in den nächsten Abfallkorb.

»Paris nimmt den Kameruner Mbeke aus dem Spiel, der für Kuwait arbeitet.«

»Ausgerechnet den.«

»Das riecht nach politischen Intrigen, findest du nicht?« Viviane kniff ein Auge zu. »Ich könnte ein paar Leute für dich anrufen, wenn du möchtest.«

Ihre Augen glitzerten vor Abenteuerlust. Und das war nicht gespielt. Viviane hatte ihm ja bereits die mühselige Identifikation der Menschen auf den Etiketten erspart.

»Es könnte helfen.« Alles, was seine Ermittlungen beschleunigte, war ihm nur recht.

Sie schwenkte die Autoschlüssel an einem Finger. »Weiter?«

»Auf nach Châlons.« Cédric folgte ihr zum Cabriolet. »Bevor wir noch eine Tote in der Bibliothek haben.«

»In der Verfilmung hätte ich fast die Miss Marple gespielt. Am Ende haben sie doch Joan Hickson genommen.«

Den Film hatte Cédric als Junge gesehen. Aber auf der Fahrt würde er Viviane nicht über ihre Vergangenheit als Leinwandstar, sondern über die Jury ausquetschen.

Es hatte schon etwas, im Facel Vega Cabriolet herumkutschiert zu werden wie früher mit Blaulicht über den Périphérique von Paris, in filmreifem Affentempo.

6

»Du interessierst dich für ausgestopfte Tiere?« Cédric blieb im Treppenhaus des Musée des Beaux-Arts et d'Archéologie stehen. Viviane schien in den Saal links abbiegen zu wollen, in dem Vitrinen mit Raubvögeln aufgereiht waren.

»I wo. Ich habe nur vor drei Jahren im Schloss ausgemistet und ein paar der Jagdtrophäen der Marquis de Sillery gestiftet. Wenn ich schon mal hier bin, möchte ich nachsehen, ob die präparierten Falken wirklich wie versprochen ausgestellt werden.« Sie fasste sich die blonden Haare hinter dem Nacken zusammen. »Persönlich finde ich tote Tiere als Dekoration scheußlich.«

»Gibt es in der Region eigentlich irgendetwas Kulturelles von Bedeutung, bei dem du nicht die Finger im Spiel hast?«

»Wenig.« Viviane verschränkte die Arme und blieb vor einer blauen Säule am Durchgang zum Gemäldesaal stehen. Ihr Blick schweifte umher.

Eigentlich hatte ihn Viviane nur bis zum provisorischen Kommissariat in Lézy fahren sollen, weil man in der Gendarmerie ein Büro für Cédric und seinen Co freiräumte. Aber Lacoste hatte getextet, dass er noch nicht mit den Computeranschlüssen fertig sei. Viviane war einfach am nächsten Kreisel Richtung Route nationale abgebogen und hatte hochgeschaltet. Cédric liebte Geschwindigkeit und auch ein bisschen den Nervenkitzel der Gefahr. Am liebsten beim Kanu-Rafting auf einem tosenden Fluss.

Viviane fuhr mit dem Finger über die blaue Säule vor dem Saaleingang. »Das bringt der Reichtum mit sich. Außerdem ist es mir zu langweilig, nur über Aktienkurse nachzudenken. Ich investiere lieber in Kunst.«

»Und in Champagner. Du bist Mitglied der Vigne d'Or.«

Sie ging ein paar Schritte weiter in den Saal mit den Vitrinen. An dessen Ende beugte sich eine Aufsichtskraft über einen Luftbefeuchter.

»Wollen wir wirklich jetzt darüber sprechen?«, fragte Viviane.

Ihm als Ermittler zeigten Zweifel, Irritationen den Weg. Das hatte Cédric früh genug kapiert.

»Nur weil du gesagt hast, dass du dich an diese Lasermaschine überhaupt nicht erinnern kannst. Wundert es dich nicht, dass Sylvain Clouet euch das Wunderding bei seiner Kandidatur gar nicht präsentiert hat?« Und dass er die zerstochenen Reifen mit keinem Wort erwähnt hatte?

»Sylvain war sehr charismatisch und konnte Dinge in Szene setzen. Besser als mancher Regisseur beim Film.« Viviane wies auf die Vitrinenkästen. »Aus diesem Sammelsurium hätte er sofort die Hälfte rauswerfen lassen, damit man die Prunkstücke besser sieht – und aus der Aufräumaktion eine öffentlichkeitswirksame Matinée gemacht.« Sie lächelte mit einem gespitzten Mund. »Mit den dabei gesammelten Spenden hätte er seine Wahlkampagne finanziert.«

»Für die Vigne d'Or?«

»Wo denkst du hin? Für seinen Sitz im Conseil régional natürlich. Unser ehrwürdiger Verein hat ihn als Politiker nur interessiert, weil er als prestigeträchtig gilt.«

»Weil alle, die in der Gegend Rang und Einfluss haben, Mitglied sind?« Für seinen Schwiegervater war es bloß ein Haufen sehr reicher Leute, elitär und intransparent, die den Kuchen unter sich aufteilen wollten.

»Du überschätzt das wirklich, Cédric.« Viviane drehte sich nach der Aufsicht um. Die dokterte immer noch, nun auf den Knien, am Luftbefeuchter herum. »Das Champagnerbusiness wird heute von den Konzernzentralen bestimmt, nicht mehr von ein paar alten Damen und Herren, die sich eine goldene Rebe an den Kragen stecken.« Sie senkte die Stimme. »Aber wenn es um den Interessenausgleich zwischen den großen Häusern und den paar Tausend kleinen Winzern geht, und vor allem darum, bei Erbschaften oder Betriebsaufgaben die klassierten Weinberge zu verkaufen, braucht man Drähte zu den richtigen Leuten.«

»Und Clouet hatte die?«

»Ohne den jeweiligen *président* der Vigne d'Or geht zwischen Verzy und Ay nichts, das kannst du mir glauben. Die *règlements* sind so kompliziert, da findet sich immer etwas für einen offiziellen Einspruch gegen irgendeine beabsichtigte Transaktion – wenn es sein muss.«

Bei Weinbergen in der Champagne stieg der Bodenwert schnell in die Millionen. Clouet könnte jemandem in die Quere gekommen sein.

»Und, gab es Grundstückstransaktionen in letzter Zeit?«

Viviane blies eine Strähne weg, die ihr ins Gesicht gerutscht war. »Keine Ahnung. Ich habe seit Jahren nichts zugekauft. Alle wissen, dass ich kein Interesse habe, also werde ich nicht gefragt. Ich bin froh, dass ich meine Hänge gut verpachtet habe.«

Cédric hatte es die ganze Zeit fragen wollen. »Warum warst du eigentlich nicht in der Jury?«

»Damit alle nur darüber schreiben, wie gut gealtert Viviane Lemonnier ist, ohne dass sie etwas hat machen lassen?« Sie winkte ab, dass der Brillantring vor den Wieseltrophäen nur so funkelte. »Ich war ganz Sylvains Meinung, dass es um die Kunst gehen sollte.«

»Also hat er dich gefragt.«

»Höflichkeitshalber, nehme ich an. Bei irgendeinem Empfang im Hôtel de la Region oder einer Party, ich weiß nicht mehr.« Sie schaute auf ihre Armbanduhr. »Du solltest jetzt besser Madame Varenne warnen. Ich schaue derweil nach meinen Falken.«

Cédric durchquerte den Saal. *Direction 2ᵉ étage.* Zu den Büros der Verwaltung gelangte man über ein ehemaliges Dienstbotentreppenhaus. Das natürlich in einem Stadtpalast, in dem das Musée untergebracht war, immer noch so breit war, dass zwei Leute hätten aneinander vorbeigehen können.

Der kleine Flur im dritten Stock war schlicht weiß gestrichen. Blaues Linoleum, selbst die alten Holztüren verfügten über keinerlei Zierleisten. Die Tür zum Büro von Madame Varenne stand offen. Cédric klopfte.

»Sie sind der Kommissar, vor dem mich der Empfang gewarnt hat, nicht wahr?«

An einem vergoldeten Bureau plat, Stil Louis XVI, senkte sich ein weißes Blatt vor einem Gesicht. Über die flache orange eingefasste Lesebrille hinweg schauten ihn strahlend blaue Augen an. Das weißgraue Haar der Direktorin war gerade so kurz geschnitten, dass es noch ein bisschen wild wirken konnte. Ein überzeugend attraktiver Kontrast zum südfranzösischen Teint. Lila Lackohrringe, die glänzten wie große Drops. Sie war über fünfzig, auf den zweiten Blick.

»Haben Sie mein kleines Reich endlich gefunden?«

Das war nicht mal übertrieben. Die Tür, durch die er trat, war eine Tapetentür, die offenbar einmal für die Dienerschaft gedacht gewesen war. Er stand in einem ovalen, vielleicht fünf auf sechs Meter großen Raum mit einer sicher historischen Seidentapete voller Vögelchen und Blumenranken. Goldene Leisten umfingen weiße Lackflächen.

»Ich bin froh, es entdeckt zu haben.«

Alles in diesem Büro und auch seine Besitzerin machten auf Cédric einen aufgeräumten Eindruck. Die Art und Weise, wie sie ihn begrüßt hatte, verriet ihm, dass Direktorin Varenne nicht nur eine Gesprächsstrategie hatte, sondern auch einen denkenden Kopf.

Sie wies mit großer Geste auf einen breiten seidenbespannten Stuhl. »Setzen Sie sich, er ist weniger empfindlich, als er aussieht.«

Cédric setzte sich und konterte, mehr aus Spaß am Spiel, ihre Gesprächseröffnung mit Schweigen.

Varenne beobachtete ihn aus ihren blauen Augen. Zu gleichmäßig blau, begriff Cédric. Sie hatte mit farbigen Kontaktlinsen nachgeholfen.

Sie klappte ein grünes Lederportefeuille vor sich auf. »Sie kommen wegen des Einbruchs im Depot im Februar, nicht wahr? Ich würde gern mit der Abwicklung bei der Versicherung weiterkommen. Haben Sie endlich die Leute?«

Das war kein Bluff. Ganz ruhig sortierte sie das oberste Blatt nach links, das kein bisschen zitterte, und prüfte das Datum des nächsten Schreibens. Cédric ließ seine Gesichtszüge einfrieren. Es klappte sogar wie früher. »Madame, ich habe leider Grund, Sie zu warnen.«

Sie blickte auf und beugte sich leicht vor. »Wie bitte?«

»Sylvain Clouet wurde ermordet.«

Varenne legte den Kopf schief wie über einer absurden Geschichte, die ein Kind von sich gibt. Ihre Gesichtszüge zuckten, und ihr Mund öffnete sich, als wollte sie etwas fragen, aber es kam nur ein hörbares Atmen heraus.

Cédric fasste die Umstände des Todes zusammen.

Währenddessen tastete Varenne nach ihrer Handtasche neben den Stuhlbeinen und fischte einen Streifen Tabletten heraus. Sie drückte eine heraus und steckte sie in den Mund, wobei ihr Blick nicht von ihm wich.

»Auf jeder Flasche ein Etikett, sagen Sie? Im Ernst, auch mein Gesicht?«

Cédric fackelte nicht lange, sondern holte sein Diensthandy heraus und hielt ihr die Aufnahmen der Kollegen über das Bureau plat hinweg hin.

Die Direktorin studierte die Etiketten durch die Lesebrille mit der Konzentration der ausgewiesenen Kunsthistorikerin.

Sie reichte ihm das Handy zurück. Ihr Arm schwankte ein wenig. »Wäre es eine Kunstaktion, wäre es ein bisschen schmalbrüstig. Finden Sie nicht? Und das wäre typisch für Odette Hurtois.«

Den Namen hatte Cédric schon bei Frigorex gehört. »Wer ist das?«, fragte er trotzdem.

»Eine selbst ernannte freie Künstlerin aus Lézy-le-Sec. Sie malt bunte Sonnen, Blumen mit Schmetterlingen … diese Art von Zeug.«

»Wie kommen Sie gerade auf diese Person?«

Varenne richtete einen ihrer lila Dropsohrringe. »Weil sie erklärte Feindin unserer Jury und die von Sylvain ganz im Besonderen ist. Und weil Odette in ihrem ganzen Leben nicht zimperlich gewesen ist.«

In der Tonlage zogen eher die Kolleginnen seiner Mutter im Verteilzentrum von *La Poste* über Abwesende her. »Sie kennen Madame Hurtois?«

»*Kannte* trifft es besser.« Varenne presste die Hand auf die Brust. »Diese Tablette rutscht nicht richtig. Entschuldigen Sie.« Sie sprang auf, öffnete ein Schnappfach, das gut getarnt in die Wandtäfelung eingelassen war, und entnahm ihm eine Flasche Evian. Sie trank einen großen Schluck. »Odette war der Grund für meine Scheidung. Ist allerdings zwanzig Jahre her. Seitdem hassen wir uns.«

Ein Beziehungsdrama ist natürlich am häufigsten, aber dazu passten die gesäbelten Flaschen nicht so ganz. Cédric richtete sich im Sitzen auf. »War Clouet ihr Ex-Mann?«

»Nein, nein. Henri hat es mit Odette ebenso wenig ausgehalten wie alle nach ihm. Er lebt heute in Katalonien. Im Gegensatz zu Odette ist er allerdings wirklich Künstler. Stahlobjekte. Man zeigt seine Werke sogar im MEAM in Barcelona.«

Varenne blieb mit dem Rücken zu ihm stehen und verstaute die Evianflasche wieder hinter der Wandtäfelung.

»Verhaften Sie Odette am besten gleich. Sie ist oft genug durchgedreht. Hat Feuer gelegt. Fragen Sie die Leute in Lézy-le-Sec.«

Cédric wollte Varenne nicht sagen, dass er selbst dort wohnte, von einer Feuerteufelin hätte er bestimmt gehört. Außer dass die Künstlerin im Ort ihr Atelier hatte und Malkurse gab, wusste er nichts über Odette Hurtois. Aber der Tratsch im Ort war in den letzten Monaten sowieso an ihm vorbeigerauscht. »Wir werden Madame Odette aufsuchen.« Je schneller desto besser.

Varenne drehte sich langsam um und legte die Hand auf die Rückenlehne ihres Stuhls, setzte sich aber nicht. »Sylvain liebte die Region Champagne. Den unvergleichlichen Charakter dieses besonderen Stücks Frankreich wollte er bewahren, dieses einzigartige Zusammentreffen von uralter Weinbautradition und internationalem Ruf.«

Es klang wie der Text einer Fernsehdokumentation auf *arte*, nur dass ihre Stimme brüchig geworden war.

»Sylvain hatte Einfluss in der Politik. Er saß im Conseil régional und hat einige geplante Sünden an unserem *patrimoine* verhindert.«

Das Zauberwort der Kulturbürokraten, das heilige Kulturerbe Frankreichs. Das so gut wie nie dort gerettet werden musste, wo der ärmere Teil der Bevölkerung wohnte.

Varenne wischte sich eine Träne aus dem Augenwinkel. »Diese Leute haben keine Ahnung, was sie unserer Region damit angetan haben.«

Plural? »Wie kommen Sie darauf, dass es mehrere Täter waren? Eben verdächtigten Sie noch Madame Odette.«

»Das Unbewusste ist eine Quelle der Erkenntnis.« Ihr

Lächeln verunglückte, Trauerfalten legten sich über die Stirn. »Es ist …« Nun setzte sie sich doch. Ein fokussierter Blick aus gar nicht mehr wässrigen Augen traf Cédric. »Wenn ich mir Sylvain vorstelle: Er war ein richtiger Mann, wie man so sagt. Groß, kräftig. In seiner Armeekarriere war er bei den Fallschirmspringern.«

Cédric hatte die muskulösen Beine am Leichnam bemerkt.

»Odette ist einfach zu klein. Und nicht gerade sportlich. Wie soll sie einen Mann von Sylvains Gewicht und Statur überhaupt allein aufhängen können? Er war doch aufgehängt, nicht wahr?«

Bevor die Seile gerissen waren, ja. Cédric nickte. »Wer könnte Madame Odette geholfen haben?«

Varenne nahm die orange Brille ab. »Ich habe keine Vorstellung davon, wer so etwas tut. Die meisten Leute, die ich kenne, haben über die Querulantin nur gelacht. Aber ich bin sicher, dass sie irgendwie verwickelt ist.« Varenne schob die Aktenmappe vor sich ein wenig zur Seite. »Wahrscheinlich war das ein Fehler, Odette nicht ernst zu nehmen. Das hat sie wohl nur noch mehr gereizt.«

»Noch mehr?«

»Von Anfang an hat sie gegen das Kunstprojekt Himmel und Hölle in Bewegung gesetzt. Hat Briefe geschrieben, Online-Petitionen gestartet. Ist nach Paris ins Ministerium gefahren. Und wer weiß, was sie noch veranstaltet hat.«

»Sie wissen es nicht genau? Sie waren doch in der Jury.«

»Wir hatten Arbeitsteilung vereinbart. Ich habe kuratiert.« Sie hob die Schultern. »Es lief alles professionell. Wir haben Konzepte für das Kunstprojekt geschrieben,

Gelder bei den Institutionen besorgt. Natürlich braucht man für eine gewisse Werbewirkung ein paar namhafte Künstlerinnen und Künstler.« Varenne blickte zu den verspielten Figürchen auf den Seidentapeten, die Reigen tanzten. »Odette wollte nicht begreifen, dass wir nicht sie und ihre zwei, drei Lieblinge versorgen konnten.«

Meistens wurde erfahrungsgemäß doch irgendwer versorgt, wenn öffentliches Geld floss. Mal berechtigt, mal weniger. »Eine Jury bedeutet doch, dass es einen Wettbewerb gab, nicht wahr?«

»Sicher. Aber mit den Ausschreibungsregeln kann man steuern, wer sich bewirbt.« Sie ließ sich an die Rückenlehne fallen. »Odette hätte keine Chance gehabt, egal, was wir da reingeschrieben hätten.« Sie wischte mit der gespreizten Hand durch die Luft. »Besuchen Sie ihr Atelier, und Sie begreifen es sofort.«

Im Fragefeld *Kunst* hatte er bei der Abschlussprüfung die wenigsten Punkte im Block Allgemeinwissen gesammelt. Cédric interessierte mehr, was für ein Mensch diese Odette war. »Wie oft traf sich die Jury?«

»Wir haben hier im Musée alles vorsortiert. Zwei Mitarbeiter und eine Praktikantin. Es gab dann ein Treffen hier.« Sie lächelte schwach. »Also nicht hier in meinem Büro, sondern in einer der Werkstätten, wo wir die ganzen Bewerbungsmappen und eingeschickten Modelle der geplanten Kunstobjekte aufgebaut hatten.«

»Wann war das?«

»Am 29. September letzten Jahres.« Varenne strich sich mit der Linken über die Stirn. »Jetzt wo ich es ausspreche, finde ich es allerdings seltsam, dass Odette mit ihrer

Rache so lange gewartet hat. Sie ist impulsiv und spontan wie jede Nervensäge.«

Es war möglich, dass das Opfer mit irgendetwas das berühmte Fass zum Überlaufen gebracht hatte. Die Etiketten hatte jemand auf dem Computer bearbeitet und ausgedruckt, auf die Flaschen geklebt und in einer Nacht vier Kunstwerke damit bestückt. So furchtbar lange dauerte das zwar nicht, die Logistik zwischen den Standorten der Kunstwerke aber schon. Vom Beschaffen eines Alibis ganz zu schweigen. »Wenn Ihnen noch etwas einfällt.« Cédric legte seine Karte auf den Rand des Bureau plat. »Und schicken Sie mir Ihre Korrespondenz mit Sylvain Clouet per Mail.«

»Natürlich.« Varenne erhob sich. Sie hielt die orangefarbene Brille in der Hand wie einen Zauberstab. »Meinen Sie wirklich, dass wir anderen Jurymitglieder bedroht sind?«

»Ich hoffe, nicht.« Mit inszenierten Tatorten lebten Täter Emotionen aus. Welche, würde er noch herausfinden. »Es kann auch sein, dass jemand die Polizei an der Nase herumführen möchte.«

»Wie kommen Sie darauf?«

»Diese sabrierten Flaschen. Die Symbolik ist zu offensichtlich. Der Täter muss wissen, dass die Polizei die Jurymitglieder sofort warnen würde. Wenn man Sie hätte umbringen wollen, dann hätte man es doch leichter ohne Warnung tun können.« Cédric schenkte ihr ein beruhigendes Lächeln. »Passen Sie trotzdem auf sich auf. Bleiben Sie nicht allein in nächster Zeit, weder hier noch zu Hause.«

»Da besteht wenig Gefahr. Wir bereiten eine Ausstellung vor, da ist noch viel zu tun. Und zu Hause warten meine vier Kinder, mein Mann und meine Schwiegermutter auf mich.«

Cédric wandte sich noch einmal um. Befehl aus Paris hin oder her – er ließ sich von Theuilly-Bazet nicht von jetzt auf gleich aus der Weinbergarbeit herausreißen, nur um gleich noch einen Maulkorb verpasst zu bekommen. Was der Diplomat Mbeke in dieser Jury suchte, gehörte einfach in seine Ermittlung. »Falls Sie noch Korrespondenz mit Monsieur Mbeke haben, schicken Sie die gleich mit.« Vielleicht fand Cédric so heraus, warum Theuilly-Bazet den Mann vor seinen berechtigten Fragen schützte.

»Selbstverständlich.« Varenne schloss die Tapetentür hinter ihm.

Der schmucklose Verwaltungsflur war ein seltsamer Kontrast zu all dem Prunk des Grand Siècle. Er war wieder in seiner Welt. Cédric ging die Treppen nach unten. Irgendetwas gab es in der Vergangenheit Sylvain Clouets, das jemanden so provoziert hatte, dass er mordete.

7

Die drei Kletterrosen, rot, gelb und weiß, wuchsen wild durcheinander. Die Stöcke waren sehr alt, armdick standen sie an der Hofmauer des Restaurants. Der Wirt der Auberge de la Grenouille bleue hatte offenbar einen grünen Daumen. Die Blütenpracht war so dicht, dass Cédric die Hofmauer nicht erkennen konnte.

»*Et voilà, le dessert.*« Die Bedienung stellte ihnen tiefe Teller auf den langen Tisch im Halbschatten.

Îles flottantes passten zur eher rustikalen, nicht allzu teuren Auberge. Cédric mochte Eischnee auf Vanillesauce, und jetzt, wo er zum ersten Mal mit den neuen Kollegen zu Mittag aß, schmeckte er ihm umso besser. Viviane hatte ihn auf dem Rückweg von Châlons hier abgesetzt, nachdem er die Nachricht von Lacoste bekommen hatte, dass eine Lagebesprechung verabredet worden war.

Der griff nach den gereichten Tellern, Corinne am Kopfende der Bank ebenfalls.

»Darin könnte ich baden«, sagte Amadou aus der Technikabteilung.

»Dann schwappt's aber heftig, Dickerchen.« Corinne neben ihm stieß ihn in die weiche Seite. »Willst ja nur wieder die doppelte Portion abstauben.« Corinne tauchte ihren Löffel in die Sauce.

Cédric mochte sie sofort. Sie war zwar ausgesprochen dünn, hatte viel Kajal um die Augen und fast ledrige

Haut, aber der Eindruck täuschte: Tatsächlich hatte sie die Bronzemedaille im Marathon bei den Polizeimeisterschaften gewonnen. Hart, aber herzlich. Sie arbeitete normalerweise in der Abteilung für Prostitutionsüberwachung in Châlons. Cédric hatte nicht mitbekommen, warum sie heute in Lézy dabei war. Vielleicht zur Verstärkung, wegen des Streiks.

»Egal. Du küsst mich ja doch nicht.« Amadou strich sich einen Saucentropfen vom Kinn. »Die paar Holzskulpturen in den Reben ... Nur weil Clouet abgemurkst worden ist, tun jetzt die in den Medien so, als hätten sich die Lézyois gegenseitig die Köpfe eingeschlagen. Kein Wort wahr.«

»Wie lange wohnst du schon hier?«, fragte Cédric.

Amadou saß ihm am Tisch gegenüber. Er kniff ein Auge zu. »Bin zwar ziemlich schwarz, aber hier geboren. Mein Vater ist bei der Traubenlese hängen geblieben, sozusagen.«

Cédric hob einfach kurz die Hand neben dem Teller. »Also gibt es gar keinen echten Streit über die Kunstobjekte in Lézy?«

Corinne zwickte Amadou in den Oberarm. »Wo lebst du, sagst du? Schon vergessen, wie Odettes Trüppchen vor die Mairie gezogen ist? Sogar stinkenden Traubentrester haben sie auf einem Laster rangekarrt.«

»Abgekippt haben sie das Zeug aber nicht.«

Corinne lachte rau und leckte lasziv den Löffel ab. »Wenn es nicht knallt und brennt, zählt es in Frankreich gar nicht.«

Kein Wunder. In der Banlieue, aus der er kam, war man einiges gewöhnt. Cédric lachte trotzdem einfach mit.

»Apropos Brand. Die Museumsdirektorin sagte mir, die Malerin Odette habe Feuer gelegt.«

Lacoste schluckte den Eischnee herunter. »Gerüchte. Es gab zwar mal einen Brand, da wo ihr Atelier steht, aber das war noch kurz vor dem Kunstdings, im Sommer letzten Jahres. Die alte Scheune nebenan. Hat sich als Kurzschluss in den morschen Leitungen herausgestellt.«

Sein Schwiegervater verschleppte nötige Renovierungen in Haus und Nebengebäuden auch. Als Cédric bei Maryse eingezogen war, hatte er irgendwann den Werkzeugkasten geschnappt und alle lockeren Schrauben an den Maschinen festgedreht, die wackeligen Leisten im Salon angenagelt und die schiefen Regale im Versand gerichtet.

»Eigentlich gab es nur eine kleine Gruppe«, Amadou teilte mit seinem Löffel behutsam den Eischneeberg in seinem Teller, schob ein Stückchen an den linken Rand, »die lauthals protestierte. Diese Leute schwafelten von Verschandelung der Landschaft, als ob man die Skulpturen von weit her sehen könnte wie Windräder in Flandern.«

Lacoste nickte.

»Kein Wunder«, fuhr Amadou fort, »dass alles so schnell genehmigt wurde. Denn die Messieurs und Mesdames der feinen Gesellschaft kämpfen natürlich für Kunst und Kultur.« Er zog die Us übertrieben in die Länge. »Von der Schlossherrin ganz zu schweigen, die sich mal wieder aufspi...« Er zuckte von Corinnes Tritt unter der Bank, der Cédric nicht entging.

Ihm fiel wohl jetzt erst wieder ein, dass die Schlossherrin ja die Patentante von Maryse war. »Also, ja ... die

Schlossherrin, die gleich einen Standort auf ihrem Grund freigab.«

Corinne tauchte ihren Löffel in die Vanillesauce, als wäre nichts gewesen. »Und? Weiter?«

»Dem größten Teil der Bewohner von Lézy war herzlich egal, was da für die Touristen in die Weinberge gestellt wurde. In die Reben geht man nur, um zu arbeiten. Spazieren ist nichts für Einheimische.«

»Warum hat sich Madame Odette überhaupt so aufgeregt?« Es störte Cédric, dass Lacoste die Malerin noch nicht ausfindig gemacht hatte. An ihrem Atelier klebte angeblich nur ein Zettel: *Bin Farbe einkaufen in Reims.*

»Meine Mutter sagt immer nur ›die alte Kitschkuh‹.« Amadou deutete mit dem Löffel auf Lacoste. »*Mamie* hat dich übrigens vorgestern hinter Madame Clouet in Reims aus dem TGV steigen sehen, Lacoste.«

»Ach ja?« Er wischte sich mit dem Handrücken über den Mundwinkel. »Ich war auf Fortbildung in Paris.«

Da hatte Cédric noch mit seinem Schwiegervater drüben in Daverny auf dem Hang mit dem Pinot blanc den Rückschnitt geübt.

»Gendersensibilitätstraining oder Terrorismusbekämpfung bei Budgetsperre?« Corinne machte eine Faust und streckte sie Lacoste zum Anstoßen hin. »Meistens ist es so was von einem Scheiß.«

»Fahndung mit Algorithmen.« Lacoste stieß seine Faust gegen ihre. »War sogar ganz interessant.«

»Der Herr spricht jetzt informatisch. Respekt.«

Amadou kratzte mit dem Löffel die letzte Sauce aus dem Teller. »Habt ihr überhaupt schon die Witwe von Clouet benachrichtigt?«

Cédric gefiel es, wie sie sich unkompliziert die Bälle zuwarfen. In den Ermittlerequipes in Paris ließ man Neue eher schön zappeln, bevor man sie integrierte.

»Ich habe angerufen. Sie braucht noch ein paar Stunden, bevor sie jemanden sprechen will.« Lacoste stach in seinen Eischnee. »Das respektieren wir. Außerdem mache ich das nicht ohne den Chef.« Lacoste sah knapp an Cédric vorbei.

Angehörige nach Todesnachrichten zu befragen war harte Arbeit. Entweder saß man hilflos vor Menschen im Weinkrampf, oder sie plapperten fahrig oder sie saßen einsilbig da wie Puppen, an deren Fäden keiner mehr zog.

»Vorschrift 394-Blabla«, sagte Corinne. »Ich würde auch meine Ruhe wollen, wenn du mir meinen strammen Jean-Luc als Leiche ankündigen würdest.«

»Hui.« Amadou schob die Unterlippe weit vor und wiegte den Kopf. »Danièle Clouet als trauernde Witwe, das ist ja eine Überraschung.«

Cédric kannte noch kaum die Namen der wichtigen Leute in Lézy, geschweige denn den Klatsch im Ort. »Nun sag schon, was du gehört hast.«

Amadou kratzte sich am Kopf. »Meine Mutter meint …« Er drehte die Handflächen nach außen. »Meine Frau sagt, dass ich nicht auf die Großmutter meiner Kinder hören soll, aber *mamie* weiß, was in Lézy läuft.«

»Ach ja?«, fragte Lacoste, aß aber weiter.

»Monsieur und Madame Clouet seien ein vorbildliches Ehepaar für die Presse, die Empfänge und die Vernissagen. Aaber sooonst …«

Silbendehnung schien eine Macke von Amadou zu sein.

Corinne hatte den Teller leer gegessen und lehnte sich zurück. »Bei Swingerpartys, wenn wir die Ausweise der blutjungen angeblichen Gattinnen kontrollieren, ist mir noch keiner von beiden untergekommen.«

Amadou lachte in sich hinein. »Clouet macht so was doch nicht in der Gegend, der ist doch nicht blöd.«

»Du schon, was?« Lacoste stieß ihn mit dem Ellenbogen an.

»Leila ist ein Goldstück, das brauche ich nicht.«

»Habt ihr seinen Wagen gefunden?« Corinne griff nach ihrer kleinen Handtasche. »Ein Typ wie Clouet läuft doch nicht nachts im Weinberg herum.«

Cédric hatte erst nach dem Essen fragen wollen. Pausen mussten einfach sein, sonst wurde man schneller betriebsblind, als einem lieb sein konnte.

»Die Gendarmerie ist dran, Chef.« Lacoste schob den Teller weg und machte der Bedienung ein Zeichen. »Jemand Kaffee?«

Cédric beeilte sich. »Geht auf mich. Ich brauche ein paar neue Freundinnen und Freunde bei der Polizei«, sagte er schnell.

»Ist nett«, sagte Corinne, »aber ich muss gleich zum Gericht als Zeugin.«

Sie stand auf und schnappte ihre Lederjacke. Sie duckte sich unter den Rosenranken und ging.

»Drei *café*, bitte.«

»Kommt.« Die Bedienung ging mit einem vollen Tablett weiter.

Amadou unterdrückte einen Rülpser. »Am meisten wundert mich, dass es Marchais nicht erwischt hat. Auf den waren doch eine Menge Leute geladen.«

»Er lief vorhin in der Firma buchstäblich vor mir weg«, sagte Cédric. »Sag schon, woran du denkst.«

»Du meinst das falsche Softwareupdate von Frigorex letzten Sommer?«, fragte Lacoste.

»Genau. Ein paar Winzer haben einen Prozess angestrengt. Wenn im August die automatische Kühlung ausfällt, kannst du den geregelten Gärprozess vergessen.«

An die Steuerung ließ ihn sein Schwiegervater noch nicht ran. »Wer hat gewonnen?« Er nahm eine kleine Tasse vom Tablett, mit dem die Bedienung um den Tisch herumging, bevor er den Bon unterschrieb. »*Merci.*«

»Es wurde irgendwie hinter den Kulissen geregelt. Jedenfalls habe ich nichts mehr gehört.«

Die Vigne d'Or? Interessenausgleich sei der Zweck des besonderen Vereins, hatte Viviane gesagt. Gerade weil es in Frankreich keine Präsidentschaftswahl gab – weder für die Nation noch für irgendeinen kleinen Verein –, in der die Kandidaten nicht mit allen Mitteln gegeneinander intrigierten, hatte das System aber irgendwie versagt, sonst wäre der frisch gewählte *président* nicht ermordet worden. Sie hatten noch viel zu tun. Cédric klopfte auf den Tisch. »*Allons.*«

8

Natürlich lag das Haus von Clouet am Rande von Lézy-le-Sec. Im mittelalterlichen Ortskern gab es nur drei repräsentative Häuser. Die Mairie, die alte herzogliche Einnehmerei und die Maison verte, ein schiefer Adelssitz aus dem sechzehnten Jahrhundert. Die reich gewordenen Familien aus dem Champagnerbusiness hatten schon im neunzehnten Jahrhundert die sanften Hänge mit ihren Villen bebaut. Die Allée des Tilleuls wurde nach Osten hin vom alten Bahndamm begrenzt. Allerdings war dieser von den großen Linden und Buschwerk verdeckt.

»Ich verstehe das nicht«, sagte Cédric. »Die Kollegen von der Gendarmerie kennen doch ihren Ort. Hast du noch eine Idee, wo Clouet seinen Wagen geparkt haben könnte?«

Lacoste hob den Kopf und kniff ein Auge zu. »Die Lindensaison beginnt, vielleicht hat er deshalb nicht auf der Straße geparkt.« Er deutete auf Clouets Haus, das noch gut dreißig Meter entfernt war und von dem man nur die vielen Dachspitzen hinter den Hecken erkennen konnte. »Wenn die Bäume bluten, klebt das Zeug wie blöd auf dem Lack, und man kann dauernd in die Waschanlage fahren.«

»Na, na. So groß, wie das Anwesen ist, haben die Clouets doch eine Garage, wenn nicht zwei.«

»Dort steht der Peugeot aber nicht. Das wurde über-prüft.« Lacoste wich einem tief hängenden Lindenast aus. »Clouet war vielleicht zu faul, dauernd reinzufahren und rückwärts auf die Straße rauszurangieren. Die Allee ist ziemlich steil.«

Cédric merkte das beim Laufen auch. »Clouet hat aber den Empfang mit dem Wagen verlassen, wo ihm als neuem *président* der Vigne d'Or gehuldigt wurde, sonst würde das Auto noch beim alten Couvent stehen. Bei der *Schwurhand*, dem Tatort, hat er es ja auch nicht geparkt, wohin er aus unbekanntem Grund wohl zu Fuß gegangen ist. Wo anders hätte Clouet in der Nacht also vorher hinfahren sollen als nach Hause zurück?«

Lacoste ging auf dem Trottoir weiter. »Wie ist es bei dir, wenn du angetrunken Auto fährst? Parkst du dann in deine Garage ein?«

»Ich fahre nie, wenn ich trinke.« Er hatte sich seinen Führerschein zu sauer mit Nachtschichten im Postver-teilzentrum verdient, wo seine Mutter Gruppenleiterin geworden war. Außerdem hatte er sich so eine Dumm-heit als Kriminalkommissar nicht leisten wollen.

Lacoste strich sich mit beiden Handballen über die akkurat ausrasierten Seiten seines Schädels. »Hier neh-men es viele nicht so streng. Außerdem waren die Kom-mandeure der Gendarmerie auch eingeladen, an dem Abend wurde nicht kontrolliert. Das weiß jeder.« Lacoste nickte zur Allee hin. »Was hältst du davon, wenn ich die Nachbarn befrage, ob ihnen etwas aufgefallen ist?« Er blinzelte gegen die Sonne. »Während du Madame Clouet aufsuchst?«

Angehörige zu befragen, die noch unter Schock standen, war kein Vergnügen. Und brachte meist wenig. Lacoste war so besser eingesetzt. »Mach das, Guy.«

Der dicht bewachsene Bahndamm lag im Schatten. Die Gleise der Strecke nach Saint Félix wurden schon lange nicht mehr genutzt.

»Also dann.« Lacoste ging die Lindenallee weiter hinauf.

Hinter einem schwarzen gusseisernen Gitter führte ein kurzer heller Kiesweg zum Haus. Es wirkte zur Straße hin klein, zwei Fenster im Erdgeschoss, darüber eine Gaube im Stil der Belle Époque. Rote Klinker mit weißen Fenstereinfassungen und lackierten Zierbalken.

Der Öffner der schlichten Tür summte, kaum dass Cédric die Finger vom Klingelknopf genommen hatte.

Das Entrée allerdings war geradezu prunkvoll. Die Franzosen hatten, um seine Größe auszudrücken, sogar ein Wort bei den Engländern ausleihen müssen: *le hall*. »Madame Clouet?«, rief Cédric.

Allein im Erdgeschoss zweigten drei Flure ab. Cédric hob den Kopf. Ein geschwungener Treppenlauf führte mindestens zwei Stockwerke nach oben, und wenn er sich nicht täuschte, schloss sich oben noch ein Geländer an, zu einem der im neunzehnten Jahrhundert so beliebten Türmchen. Cédric hatte schon immer mal einen Architekten fragen wollen, wie dieser optische Effekt erzeugt wurde, dass ein so großes Bauvolumen zur Straße hin klein wirkte.

»Kommen Sie in den Salon, bitte.«

Cédric folgte der klar prononcierten Stimme, die von links ertönte. Er durchquerte die *hall*. Ein drei auf vier Meter großes abstraktes Bild an der Stirnwand war von enormer Farbwucht. Am Treppenabsatz zum Seitenflur stand ein übermannshoher Hausaltar. Cédric war zwar Laie in solchen Dingen, aber dass es echtes Mittelalter war, verrieten schon die fein geschnitzten Heiligen und die verwitterte Goldfassung der aufgeklappten Flügel.

Den Salon der Clouets füllten Metallobjekte, moderne Stahlmöbel, Louis-Nummer-soundsoviel, mittelalterliche Madonnen und Blumen. Cédric bemerkte erst auf den zweiten Blick, dass Seidenblumen in den großen Vasen steckten.

Aber das alles war nur die Kulisse für eine große Sitzlandschaft aus weißem Leder.

»Ich habe Sie erwartet.« Madame Clouet erhob sich aus einem der quadratischen Loungemöbel. Ihre Lider waren geschwollen, die ebenmäßigen Wangen blass und ein wenig gedunsen, die üppigen blonden Haare von einem weißen Tuch kaum gebändigt. Die schmale Nase war ein bisschen länger, glich der Form nach aber jener der posierenden Rokokodame mit Porzellanteint auf dem Porträt hinter ihr an der Wand. Ihre Figur war ebenso schlank, aber weich. Madame Clouet war vielleicht wirklich eine Nachfahrin. In der Champagne lebten viele sogenannte »alte Familien«.

»Commissaire Bresson.«

Sie ließ ein zerknülltes blaues Taschentuch auf das Leder fallen. Cédric kannte sich mit Mode nicht aus, aber ihr rosa Kostüm war bestimmt aus der Preisklasse *grands couturiers*. Natürlich trug sie den kompletten Satz Schmuck der Reichen. Ohrringe, Kette, Ringe, Armband, Brosche. Natürlich passte der leicht rosa Schimmer der Steine zur Farbe ihres Kostüms. Alles guter Geschmack, teure Eleganz. Wer wie er in billig gebauten Hochhäusern aufgewachsen war, wessen Eltern Möbel bei Troc 2000 besorgt hatten, spürte, dass die versammelten schönen Dinge auch zeigen sollten, wer eben nicht dazugehörte.

»Capitaine de police Lacoste hat mich informiert, dass Sie die Mordermittlungen leiten werden. Sie sind der Schwiegersohn von Cherriot, nicht wahr?«

Cédric nickte. »Ich möchte Ihnen zuerst mein Beileid zu Ihrem großen Verlust aussprechen.«

Sie ballte die Fäuste und drehte den Kopf ein wenig zur Seite. »Verlust, oh ja. Das ist sein Tod wirklich. Nicht nur für mich, auch für Lézy-le-Sec und die Region.« Sie beugte sich rasch zum blauen Taschentuch auf dem Sitz. »Wie kann man ihn nur so verspotten? Seinen Hals mit einer sabrierten Champagnerflasche vergleichen, ich bitte Sie! Mein Mann war ein Visionär, kein Durchschnitt. Sylvain war so voller Tatkraft …« Ihre Stimme erstarb.

Sie tat Cédric leid. Dennoch studierte er ihr Gesicht. Er hatte genug Weinkrämpfe dicker *mamans* erlebt, die ganze Hehlerringe kontrollierten. Bei Madame Clouet jedoch flossen langsam große Tränen. Sie wirkten echt.

Sie tupfte sich mit dem Taschentuch die Augen. »Entschuldigen Sie.« Mit einer vagen Armbewegung setzte sie sich. Ihr Blick wanderte durch die Flügeltüren des Salons hinaus zum weitläufigen Garten, wo in einem Bassin eine kleine Fontäne sprudelte.

Cédric nahm Platz auf dem kürzeren Teil der Sitzlandschaft, damit er die Fensterfront im Rücken hatte.

»Ich möchte, dass Sie den Täter finden, damit er hart bestraft wird.« Ihre schmalen Lippen verschwanden fast ganz. »Wie kann ich Ihnen helfen?«

Auf dem Weg vom Mittagessen hierher hatte er über Vivianes wichtige Bemerkung nachgedacht. Es war Zeit nachzufassen. »Ihr Mann besitzt eine Beratungsfirma für Sicherheitskonzepte. Wen hat er beraten? Außerdem war er seit einigen Jahren in der Politik. Er ist kürzlich sogar zum *président* der altehrwürdigen Vigne d'Or gewählt worden. In so vielen bedeutenden Positionen macht man sich leicht Feinde.«

Sie drücke den Rücken durch und knüllte das Taschentuch in ihren Händen. »Mehr als einen. Bei wem soll ich anfangen?«

Cédric irritierte, dass ihre kerzengerade Haltung ihn an seine Mutter erinnerte, wenn sie keinen Widerspruch geduldet hatte. »Am besten erzählen Sie erst von den großen Feinden und dann von den kleinen.«

»Gehasst hat ihn Nicolas Duvert, der Notar. Das steht fest.«

»Weswegen?«

»Wenn ich das wüsste. Sylvain hat ihn immer nur ›die Filzlaus‹ genannt. Duvert intrigierte seit Jahren gegen ihn. Sie können fragen, wen Sie wollen. In der Partei, bei den Champagnerfirmen. Egal ob es um die Restaurierung der alten Tränke im Dorf ging oder …«

»Die Kunstobjekte?«

Madame Clouet nickte knapp. »Duvert führte natürlich die Fraktion der Gegner an.«

Von der Museumsdirektorin hatte Cédric etwas anderes gehört. »Nicht Odette Hurtois, die Malerin?«

»Diese Dilettantin überschätzt sich dermaßen, dass sie nicht einmal begreift, wie sehr sie von Duvert heimlich gelenkt wurde.« Madame Clouet wischte sich mit dem

Handrücken über die Wange. »Eine lächerliche Demonstration durch Lézy-le-Sec hat Odette organisiert. Ein Häufchen Demonstranten haben irgendwas von ›Frevel an der Landschaft‹ geblökt. Nur weil Duvert die Medien bestochen hat, wurde überhaupt berichtet. Es haben mehr Leute am Straßenrand gestanden und gelacht, als mitgelaufen sind.« Sie hob die Schultern. »Stellen Sie sich vor, selbst gestandene Winzer wie Matthieu Vellot, der von der Vereinigung der kleinen Produzenten …«

Cédrics Schwiegervater war auch Mitglied in diesem Verband, der sich eigentlich als Zusammenschluss der Traditionsbetriebe verstand.

»… hatte Duvert aufgewiegelt. Vellot hat sich als Wortführer von ein paar Protestlern vor die Mairie gestellt mit stinkendem Trester auf der Ladekippe. Sie haben den Bürgermeister mit ›Feigling, Feigling‹-Rufen beschimpft.« Sie atmete voll Verachtung hörbar aus. »Wie Halbstarke. Es ist zwar ein altmodisches Wort, aber es passt so.« Ihr Blick schweifte hinaus zur Gartenfontäne in Cédrics Rücken. »Es ist so durchsichtig. Für diese Malerin hat Duvert eine Ausstellung in Troyes gesponsert.«

Dafür könnte es andere Gründe geben, fand Cédric. »Und wie hat er Matthieu Vellot *aufgewiegelt*, wie Sie sagen?«

»Bohren Sie nach. Sie werden eine verschleierte Zuwendung finden. Da bin ich sicher.«

Alte Feindschaften mussten gepflegt werden, beiderseits. Ein Mord erforderte jedoch stärkere Motive. Aber es waren immerhin Ansätze für Amadous Recherchen. »Was tat Ihr Mann dagegen?«

Sie lächelte. »Das war nicht sein Niveau. Er überzeugte die Menschen mit seinen Projekten. Oder machte ihnen klar, dass andere Initiativen für die Region eher schlecht waren.«

Es klang für Cédric eher wie eine vornehme Formulierung dafür, dass ihr Ehemann ebenfalls intrigierte. »Zum Beispiel?«

Sie zog die Stirn kraus. »Sie haben nicht vom Hameau Royal gehört?«

»Nur Gerüchte.« Ein Weiler, fünfzehn Häuser vielleicht, ein Stück flussabwärts sollte angeblich in ein Luxusressort für Scheichs umgebaut werden.

»Sylvain war absolut dagegen, dass sich Araber dort einkaufen. Nicht weil er etwas gegen die Leute an sich hätte.« Sie wischte durch die Luft. »Die Champagnerproduzenten agieren ja schon immer international. Sylvain war gegen das Bauprojekt, weil das Hameau Royal seinen Status als historisches Erbe verlieren sollte. Das hieße, keine Besichtigung der Flachsmühle mehr und freie Hand für die Prinzen, aus der historischen Substanz eine Kulisse für den Luxus ihrer Großfamilien zu machen. Abgeschirmt natürlich vom Volk, also uns.«

Die Clouets als *einfaches Volk*. Cédric musste ein Lachen unterdrücken. Auch wenn offenkundig von den Leuten, die Rang und Einfluss in der Gegend hatten, um die Zukunft der historischen Gebäudegruppe am Fluss gerungen wurde, hieß das noch lange nicht, dass man im öffentlichen Streit die wahren Gründe nannte. Er würde sich nicht wundern, wenn das Hameau Royal noch in anderem Zusammenhang in der Ermittlung auftauchen würde. »Gab es weitere Feinde oder Gegner?«

»Gewiss.« Sie legte die Hände so aneinander, dass das Brillantarmband in der Sonne glänzte. »Mein Mann war Militär, vor unserer Hochzeit. Er sagte gern mal – nur wenn er sich richtig ärgerte – im alten Jargon über den einen oder anderen: ›Den erledige ich kalt.‹ Einmal, vor ein paar Monaten, hat er sogar eine derbe Geste gemacht und gesagt: ›Der kriegt einen Einlauf, dass er die Glocken hört.‹ Ich erinnere mich, weil er mir dabei einen Anzug in die Hand drückte, der nach Zigaretten und Emmas Parfüm stank.« Sie lächelte matt.

So wie sie den Namen in dem Zusammenhang fallen ließ, konnte sie nur eine Geliebte ihres Mannes meinen. Ihr Gesichtsausdruck passte allerdings überhaupt nicht dazu. »Wer ist diese Emma?«

»Emma Vellot, die Schwester von Matthieu Vellot, der den Laden am Marktplatz hat. Ich zeige sie Ihnen.«

Madame Clouet stand auf und holte von einem Beistelltisch ihr Smartphone. Sie wischte einen Moment darauf herum.

»Hier die Bilder vom Empfang bei der Vigne d'Or.« Sie stierte auf ein Foto. »Mein Gott, wie sieht Sylvain glücklich aus. Da war er gerade zum *président* gewählt worden und sollte gleich seine Antrittsrede halten.« Sie reichte Cédric das Smartphone.

Sylvain Clouet hatte auf den Bildern noch immer die militärisch straffe Haltung eines Offiziers und Fallschirmspringers. Den modischen Dreitagebart trug er so gekürzt, dass das bisschen Silbergrau darin nicht auffiel. Seine Frau hatte ihn am Festpult gut eingefangen. In jeder Pose – händeschüttelnd, die Arme ausgebreitet oder bei der Übergabe einer Schatulle. Cédric ahnte das Charisma, das Clouet wohl ausgestrahlt hatte. »Die goldene Rebe, die er da hält …«

»Der jeweilige *président* darf das Original von 1823 zu Hause präsentieren. Sylvain wollte sie in seinem Arbeitszimmer auf den Kamin stellen.«

Noch mehr Aufnahmen Clouets, diesmal im Saal des alten Couvent, den Cédric nur einmal besichtigt hatte. Clouet von links, von vorn, von halb rechts. Alle zeigten einen souveränen Mann auf dem Gipfel seines Erfolgs, beklatscht von den Honoratioren und einflussreichen Damen der Region. Am Rande einer Panoramaaufnahme erkannte er Viviane, die zufrieden lächelte. »Der Empfang fand also im alten Couvent auf der andern Flussseite statt.«

»Seit 1823 ist das so. Tradition ist der Vigne d'Or wichtig.«

Madame Clouet sprach schon fast wieder klar.

»Wer von diesen Leuten auf den Aufnahmen könnte ihm den Erfolg geneidet haben?«

»Die meisten der Männer dort, würde ich sagen.«

»Gab es Gegenkandidaten?« Wer in Machtkämpfen unterlag, kam schnell auf seltsame Ideen.

»Erst ja, dann nein. Der Architekt Paul Francourt hat vor ein paar Monaten zurückgezogen.«

»Warum?«

»Sie wissen, wie das läuft.«

Nein. Er wusste nur, dass sein Schwiegervater nicht aufhörte, sich über die Seilschaften in der Region aufzuregen, und dass jener, wann immer in der Mairie oder in der Region etwas entschieden wurde, alle möglichen Leute verdächtigte, die Fäden zu ziehen.

»Sagen Sie es mir.«

»Die wahlberechtigten Mitglieder der Vigne d'Or begegnen sich ja oft. Bei Empfängen, bei der Handelskammer, in den Ausschüssen einer Kommission xy. Oder einfach im Zug nach Paris. Da bilden sich ganz von selbst Fraktionen, Mehrheiten, und irgendwann ist klar, wer es wird. Paul Francourt hatte Verstand genug, sich rechtzeitig sein Gesicht wahrend aus dem Spiel zu nehmen. Man hat sich arrangiert.«

Das französische Prinzip. »Ich verstehe.« Cédric konnte nicht anders als lächeln.

»Schauen Sie sich bitte erst Emma Vellot auf dem vorletzten Bild an, die junge Frau mit den hohen grünen Schuhen und dem ein bisschen zu kurzen Rock.«

Tatsächlich war der ziemlich knapp, aber mit den sehr schönen Waden und wunderbar runden Knien konnte sie es sich leisten. »Wieso roch der Anzug Ihres Mannes nach dem Parfum dieser jungen Frau, wie Sie sagen?«

»Emma wird Ihnen bald auf die Nerven gehen und sich Ihnen gegenüber als Geliebte meines Mannes bezeichnen.«

Der feine Porzellanteint wirkte auf einmal kalt, das Lächeln allerdings nicht aufgesetzt, sondern eher amüsiert.

Cédric hatte sich bei Ermittlungen schon einiges an Schimpfworten von Ehefrauen anhören müssen, die Frauen bezeichneten, die deren Männer ins Bett gezogen hatten. Madame Clouet benutzte den Namen der jungen Frau geradezu sachlich, als spräche sie von einer Hausangestellten. »Ihr Mann hatte gar keine Affäre mit ihr?«, fragte er langsam. Diese Illusion war zwar für manche Ehefrau der Notanker, aber bei Danièle Clouets Ton erschien ihm das unwahrscheinlich.

»Er war dabei, Emma abzulegen.«

Was für ein Wort, in diesem Zusammenhang, fast nobel.

»Sie wussten davon?«

»Natürlich.« Sie legte die Arme im rosa Kostüm ineinander. »Wir haben über solche Dinge gesprochen. Mein Gott, nach fünfundzwanzig Jahren Ehe … Die Leute sind so kleinkariert, wir leben doch nicht im Jahr 1950. Warum sollte ich ihm die Abwechslung nicht gönnen? Sie sehen ja, wie attraktiv diese Emma ist.« Sie lächelte knapp. »Jedenfalls solange sie nicht viel redet.«

»Viele Frauen wären eifersüchtig.« Maryse wäre es bestimmt.

»Zwischen mir und Sylvain gab es ein tiefes Verständnis füreinander, wir haben gemeinsame Ziele verwirklicht, er hat mich so geschätzt wie ich ihn. Wenn Sie wollen, nennen Sie es Liebe.« Sie steckte sich das Taschentuch in den Ärmel. »Was ist dagegen ein bisschen Leidenschaft? Die jungen Frauen bilden sich zu leicht etwas ein, wenn sie mal ihr Höschen fallen lassen.«

Wichtiger war, dass Danièle Clouet ihm gezielt von dieser Emma erzählte, ihm sogar ihr Bild zur Ansicht auf dem Handy aufgedrängt hatte. »Wir waren gerade bei der Aufzählung der Feinde und Feindinnen Ihres Mannes, nicht wahr?«

»Ich denke nicht, dass die Kleine etwas damit zu tun hat. Geglaubt habe ich zwar, was Sylvain mal beim Frühstück hatte fallen lassen, dass Emma bei einer Trennung wohl Schwierigkeiten machen werde. Für Einzelheiten seiner Affären habe ich mich nie interessiert, wie Sie verstehen werden. Von Nahem betrachtet … Nun, Emma schien mir beim Empfang nach der Wahl nicht wirklich zufrieden damit, dass es Sylvain so arrangiert hatte, dass sie ganz am Ende der Tafel platziert worden war.«

»Ist Emma denn Mitglied der Vigne d'Or?«

»Aber nein, wo denken Sie hin?« Danièle Clouet lachte laut auf. »Ich sollte Ihnen ein Regelwerk schicken. Oder besser, Sie fragen Viviane Lemonnier, die hat auch eins. Es ist ganz einfach so, dass die Herren oder Damen Mitglieder üblicherweise einen Gast mitbringen dürfen. Es ist festlicher so. Sein Gast war als Ehefrau natürlich ich.«

Cédric war sich nicht sicher, ob es Zufall war, dass der Ehering mit dem Diamant gerade jetzt in der Sonne funkelte. »Wer hat dann Emma für ihn eingeladen?«

Sie schaute auf das feuchte blaue Taschentuch in ihren Händen herunter. »Irgendjemand schuldete ihm wohl einen Gefallen.«

Das lag nahe. »Ich frage mich, wie Ihr Mann in der Nacht überhaupt zu dem Kunstobjekt gelangt ist. Haben Sie den Empfang gemeinsam verlassen?«

Sie zögerte. »Ich bin nach dem offiziellen Teil gegangen, wie immer. Natürlich musste Sylvain bis zum Ende bleiben als frisch gekürter *président*. Deshalb habe ich mir keine Gedanken gemacht, als er um Mitternacht nicht zu Hause war, und bin zu Bett gegangen.«

»Und am Morgen?«

»Wir haben getrennte Schlafzimmer. Ich wollte ihn ausschlafen lassen. Ich fuhr Croissants holen bei Lefèvre und habe Orangen ausgepresst.« Sie deutete vage zur Seite. »Es steht alles noch unberührt im Speisezimmer.« Tränen traten wieder in ihre Augen. »Und da kam schon der Anruf Ihres Assistenten, dass man ihn gefunden hat.«

Sie sackte auf dem weißen Loungemöbel in sich zusammen.

Es war Zeit zu gehen. Aber eine Sache musste er noch überprüfen. »Eine Frage noch, Madame. Wusste Ihr Mann, wer ihm die Reifen zerstochen hatte?«

Sie richtete sich langsam auf. »Was sagen Sie da?«

»Marchais, der Unternehmer von Frigorex, erwähnte das. Ihr Mann habe sich bei einem der Jurytreffen verspätet, sei mit dem Taxi gekommen und furchtbar wütend gewesen.«

»Davon weiß ich nichts.«

»Hat er es vielleicht nur behauptet, um seine Verspätung zu entschuldigen?«

»Grotesk.« Danièle Clouet erhob sich. »Sylvain griff nicht zu kindischen Lügen.« Ihr Blick wanderte zum Porträt an der Wand, das ihr so ähnelte, weiter zu einer modernen Stahlskulptur auf einem runden Tischchen. »Allerdings ist er einige Tage mit dem Firmenwagen statt mit dem großen Peugeot gefahren. Ich habe gedacht, sein Wagen sei bei der regulären Inspektion.«

Offenbar hatte Sylvain die zerstochenen Reifen vor seiner Frau verheimlicht, weil jemand ihm damals schon eine Warnung verpasst hatte. Die Clouet ignoriert hatte. Lacoste würde sich bei der Werkstatt erkundigen müssen.

Madame Clouet ging vor Cédric aus dem Salon und durch die *hall*. Cédric konnte nicht umhin, auch ihre Beine zu bewundern. Sylvain Clouet hatte offenbar eine Schwäche für Frauen mit schönen Waden gehabt.

9

Ein Waldgeruch stach in Cédrics Nase, nicht angenehm wie unter Bäumen, sondern morastig und ein bisschen beißend. Es roch nach nassem Gefieder wie im alten Schuppen, den er vor einigen Monaten mit seinem Schwiegervater abgerissen hatte, und nach morschem Holz. Cédric hob den Kopf. Tatsächlich hockten drei muntere Vögel mit roten Brustfedern über ihm im Gebälk.

»Pass schön auf, das Geländer ist nicht mehr richtig verankert! Ich komme nicht dazu, es von Antoine festschrauben zu lassen«, rief Madame Leclercq über die Schulter, die ihm voraus Stufe für Stufe hinauf zum Turmzimmer erklomm.

Cédric schnaufte schon. Er schämte sich, weil die alte Dame sogar Abstand gewann. Aber eine unerwartete Zeugenaussage zur Tatnacht war jede Mühe wert. Außerdem war Cédric vorhin bloß damit beschäftigt gewesen, sich wieder in die siebenundzwanzigeinhalb Vorschriften, die er nur zu gern vergessen hatte, einzudenken für den Papierkram, den die Leiche eines Mordopfers in der französischen Polizeibürokratie unausweichlich nach sich zog. Bedenklich war nur, dass Lacoste in ihrem provisorischen Büro gestöhnt hatte wie jemand, der ins Glück getreten war, als Marie-Jeanne Leclercqs Anruf vom diensthabenden Gendarmen gemeldet worden war. Aber dafür würde sich Lacoste nun mit den Eingabemasken des Erfassungsprogramms Hexacrime herumschlagen.

»Nur noch die Holzstiege. Halte dich an der Eisenkette vor dem Mauerwerk fest, *mon petit*.«

So war Cédric zuletzt vor dreißig Jahren genannt worden, in der *école maternelle*. Doch Cédric mochte es, wie beiläufig sie ihn warnte. Berufe prägten. Die Verantwortung für ihre Schützlinge war der ehemaligen Vorschulleiterin zur zweiten Natur geworden. Er selbst hatte kein Zyniker werden wollen wie so viele Kollegen bei der Kriminalpolizei, die nur noch das Schlechte im Menschen sehen konnten. Maryse zu begegnen war sein großes Glück, auch in dieser Hinsicht. Die Champagnerherstellung würde ihn die Lust am Leben nie vergessen lassen.

Madame Leclerqs Absätze verschwanden in einer Art Luke in einem uralten Dielenboden, den Cédric von unten bewunderte.

»Wenn du immer so trödelst, wirst du den Täter nie finden«, rief sie von oben.

Würde er aber. Allein um zu verstehen, was diese gesäbelte Flasche bei einem erdrosselten Opfer sollte – ein ziemlicher Aufwand. Genauso wie der Umstand, dass der neue *président* der Vigne d'Or unmittelbar *nach* statt *vor* der Wahl ermordet wurde. Normalerweise wurden Konkurrenten vorher aus dem Weg geräumt. Dann war da noch die tolerante, aber tief erschütterte Witwe. So viel Kommissar steckte immer noch in ihm, dass er herausfinden wollte, wer sie da herausforderte. Die Gerechtigkeit und ihn.

Es stimmte immer noch: *Widersprüche lassen dich nicht los, bis alles passt.* Deshalb hatte Montaviel, sein Mentor bei der Kriminalpolizei, ihm schon mit achtundzwanzig Jahren die Leitung einer Ermittlung übertragen.

Cédric näherte sich mit dem Kopf der Luke. »Es muss sogar schnell gehen, Marie-Jeanne!« Sie so zu nennen hatte Madame ihm auf dem Herweg erlaubt – … *selbst wenn du mich ja nicht kennst, wie sonst alle in Lézy.* Sie war nicht nur jahrzehntelang die Leiterin der örtlichen *école maternelle* gewesen, Mutter von fünf Kindern, die alle irgendwo in der Gegend gut verheiratet waren, ehrenamtliche Pfarramtshilfe und Vorsitzende der lokalen Tierschutzvereinigung, sondern – das hatte sie vor dem Gendarmeriegebäude, auf der alten Brücke und noch mal vor den Mauern ihres historischen Anwesens betont – vor allem anerkannte Expertin für alle Vogelarten der Champagne und Mitglied im Beirat der Union Ornithologique de France.

Cédric schob sein Kinn über den Rand der Luke. Ein sehr helles Turmzimmer, dessen acht breite Fenster den Blick in alle Himmelsrichtungen freigaben. Es maß vielleicht fünf oder sechs Meter im Durchmesser. Cédric zog die Beine nach und kniete auf einem abgenutzten Perserteppich.

»Vorsicht, nicht bewegen!«

Hinter ihm ließ Marie-Jeanne die Bodenluke zuknallen. In die Turmrundung eingepasst standen zwischen den Fenstern sieben niedrige Kommoden, auf denen sich Bücher, Ferngläser und Aktenordner stapelten. An den schmalen Wandstücken hingen farbverschossene Plakate, worauf neben Abbildungen von Vögeln bunte Haftpunkte klebten.

»Du wirst gleich verstehen, warum ich dich hierher gelotst habe.« Marie-Jeanne deutete auf einen überraschend modernen Bürostuhl im Zentrum des Raums. »Setz dich.«

Cédric folgte ihrer Anweisung. Der Sitz war sehr bequem und drehte sich bei der geringsten Bewegung.

In ihrem schlichten grünen Rock und der ausgeleierten rosa Strickjacke hätte man Marie-Jeanne eher im Altenheim vermutet als hier oben.

»Cédric, ich nenne dich einfach so, weil ich alle Jungs aus Lézy beim Vornamen nenne.« Sie kicherte. »Keine Angst, ich bin zwar dreiundachtzig, aber nicht gaga. Auch wenn Guy dir das vielleicht erzählt hat.« Sie griff zu einem Fernglas und schwang es. »Der Herrgott wird die Verbrecher strafen in der nächsten Welt, da bin ich mir sicher. Aber mir wäre es lieber, wenn du sie schon auf Erden vor den Richter der République bringst.«

Cédric setzte sein Bubengesicht auf, mit dem er seine Großmutter manchmal für ein paar Extra-Euros Taschengeld weichgekriegt hatte. »Wenn Sie mir endlich sagen, was Sie wissen, klappt es schneller.«

Marie-Jeanne hielt ihr Fernglas in die Höhe. »Muss ich dir erst meine Aufstellungen über die Nester der *rougegorges* im Kirchgebälk und die der *moineaux* in der Baumgruppe hinter der Schule zeigen, oder glaubst du mir auch so, dass ich trotz meines Alters damit noch genau beobachten kann?«

Cédric hob einfach den Daumen.

»Im hiesigen Verein überwachen wir auch Fledermauskolonien. Diese Tiere reagieren besonders sensibel auf Umweltbelastungen. Sonst hätte ich gar nicht in der Nacht hier oben gehockt. Außerdem zähle ich gerade mit den Kameraden den regionalen Bestand der *alouette*, die bei Dämmerung ins Nest geht.« Sie legte das Fernglas auf eine Kommode und ging um Cédric herum.

Er ließ den Bürostuhl mitdrehen.

»Mein Großvater hat den alten Turm hier 1909 erneuern und in die Villa integrieren lassen, ein Überrest der alten Seugnerie, die in der Revolution abgebrannt ist. Von hier sieht man über ganz Lézy-le-Sec und das Tal von Saint Félix bis rauf nach Comberolles.«

Cédric erspähte die fließenden Rebenreihen des Weinbergs, wo er heute früh noch gearbeitet hatte. Er würde es zurück dorthin schaffen, und zwar bald. Der Rebenschnitt konnte nicht warten.

Marie-Jeanne trat an ein Fenster. »Hinter dem Vieux Pont unterhalb der Mühle Patou hat man Sylvain bei dieser *Schwurhand*, oder wie das Holzding heißt, gefunden, nicht wahr?« Sie wartete keine Antwort ab, sondern ging zum nächsten Fenster. »Dort beim Soldatendenkmal auf halber Hügelhöhe hängt auch eine Flasche. Und dreißig Meter unterhalb davon, hinter der Kreuzung, an der man von eurem Weingut kommend zum alten Couvent abbiegt, ist noch ein Kunstwerk aufgebaut. Auch dort hängt eine Flasche.«

Cédric wollte aus dem Stuhl aufstehen, aber Marie-Jeanne hob nur die knochige Hand.

»Das vierte Kunstwerk steht aber auf der anderen Seite des Flusses. Zwischen Ufer und den Büschen, gleich vor dem Erweiterungsterrain der Steingutfabrik Mancy.« Sie lehnte sich an eine Kommode zwischen zwei Fenstern und verschränkte die Arme in der rosa Strickjacke. »Weißt du, für Vögel wäre es vielleicht nicht so schwer, in kurzer Zeit zwischen den vier Punkten hin- und herzufliegen, um die Flaschen aufzuhängen. Aber für Menschen?«

»Wir wissen nicht, wann diese Flaschen aufgehängt wurden.«

Marie-Jeanne hielt das graue Haupt ganz gerade. »Aber ich, zumindest ungefähr, *mon petit.*«

»Oh.« Cédric angelte sein Diensthandy aus der Anzugjacke und öffnete das Notizprogramm.

»Als ich die *alouettes* beobachtet habe, im späten Abendlicht gegen neun, hätte ich eine Flasche hängen sehen müssen, zumindest oben am Soldatendenkmal.« Sie reichte ihm das Fernglas. »Überzeuge dich selbst. Orientier dich am Dach eures Landguts.«

Cédric hielt sich das Fernglas vor die Augen und stellte die Schärfe ein. In die Kreisausschnitte rutschten zuerst nur grüne Rebblätter, dann das Denkmal für die in den Weltkriegen für die *patrie* gefallenen Soldaten. Dann weißer Marmor, die Fahne der Republik … »Ich kann sogar das Absperrband flattern sehen.« Nur ein wenig unterhalb auf dem Vorplatz war eine von Holzbalken angedeutete Pyramide mit unvollständigen Seitenkanten aufgestellt. »*Chéops 4.0.*«

»Und, hängt die Flasche noch in der Mitte herunter?«

Die *gendarmes* hatten alles auf seinen Befehl unberührt gelassen. »*Oui, oui.*«

»Glaubst du mir, dass eine Champagnerflasche mir gestern Abend sofort aufgefallen wäre? Such jetzt den Abzweig zum Couvent. Langsam nach links und dann ein kleines bisschen runter.«

Die Kreuzung, an der er immer rechts abbog, wenn

er aus Lézy kommend nach Hause fuhr, rutschte in sein Blickfeld. »Man sieht nur den Strick und gerade noch den Flaschenboden. *Belle-mère* – Schwiegermutter – heißt das Ding.«

»Aber man sieht es von hier aus! Dreh mal an der Schärfe, *mon petit*, davor ragt ein großer Schlehenbusch auf, ein typisches Nährholz für Vögel. Den habe ich unter Vertrag, sozusagen, weil ich die Überlebensrate der Gelege zähle. Ich hätte auch hier die Flasche am Kunstwerk nicht übersehen.«

Cédric brummte zustimmend.

»So viel ist sicher: Man hat sie erst nach Einbruch der Dunkelheit aufgehängt. Also frühestens um 22 Uhr.« Marie-Jeanne zog am rosa Ärmel ihrer Strickjacke. »Aber es muss noch später gewesen sein.«

»Warum?«

»Du kennst den alten Couvent?«

»Ich war nur einmal dort.« Als es langsam ernst zwischen Maryse und ihm geworden war und sie ihm ihre Heimat gezeigt hatte.

»Man kommt nur von der Kreuzung mit dem Chéops-Ding da rauf.«

»Oder über den Steilhang aus der anderen Richtung von Vivancy her.«

»Stimmt. Aber dort rüber sind bestimmt nur wenige Gäste des Empfangs gefahren. Ist auch egal. Ich *weiß*, dass bis elf viel Betrieb auf dem Sträßchen nach Lézy hinunter war. Außerdem dauern die Empfänge der Vigne d'Or immer nur bis 22 Uhr, das ist seit Jahrzehnten so. Und weil die Scheinwerfer die Beobachtung der Fledermäuse stören, habe ich hier in der Wartezeit meine

Excel-Listen gepflegt. Du kannst das ruhig überprüfen, die Speicherdaten erfasst das Portal.«

Cédric war sich sicher, dass Marie-Jeanne in jedem Punkt die Wahrheit sagte, auch wenn Zeugen immer subjektiv waren.

»Nach elf war endlich Ruhe. Ein, zwei Wagen vielleicht fuhren noch ein bisschen später durch. Ich wollte also meinen Restlichtverstärker vor das Fernrohr stecken und habe die Notizen beiseitegelegt. Und dabei laufen sie mir durchs Bild, um genau 23:44 Uhr.« Sie hob den knochigen Zeigefinger wie in den Zeiten in der *école*. »Zwei Männer, nebeneinander, aber nicht so langsam wie die, die vom Empfang der Vigne d'Or zu Fuß nach Hause gelaufen waren. Die trödeln ein bisschen, bleiben stehen. Machen Gesten, weil sie über einen alten Witz lachen, du weißt, was ich meine.«

Cédric konnte es sich vorstellen. »Was war anders bei den beiden?«

»Wer zieht sich denn bei der lauen Luft Kapuzen über? Und läuft ganz schnell, mehr nebeneinander als hintereinander, aber fast mit Körperkontakt? So wie Leute, die im Gelände bei der Tour de France abkürzen, weil sie das Peloton in der nächsten Kurve unter ihnen nicht versäumen wollen.«

»Und es waren sicher zwei Personen?«

»Einer war etwas größer als du, vielleicht einen Kopf, der andere in etwa so groß wie du. Leider waren sie dunkel gekleidet. Außerdem konnte ich sie nur sehr kurz erkennen, als sie unter der Kreuzungsbeleuchtung standen, bevor sie an der Schlehe vorbei weiter runter zum Pont Neuf gelaufen sind.«

Cédric kannte Lézy inzwischen gut genug. »Sie könnten auch am Fluss abgebogen sein, und sogar hier am Fuß des Turmes hätten sie vorbeilaufen können, wenn sie den Sandweg genommen hätten.«

Marie-Jeanne wiegte den Kopf. »Ich hätte die Hunde von Hélène und den von meiner anderen Nachbarin hören müssen. Nein, nein. Sie sind zum Pont Neuf runter. Und vorher müssten die Kerle über die Straße bei euch zu Hause gelaufen sein, falls die beiden von der *Schwurhand* kamen.«

Möglich, aber sowohl sein Schwiegervater als auch Maryse hatten Besseres zu tun gehabt, als spätabends aus dem Fenster zu starren. Und zwei dunkel gekleidete Männer in der Nacht, das konnte selbst in Lézy-le-Sec hundert Gründe haben. In Arbeitsmontur waren Winzer auch mal spät unterwegs, wenn draußen eine Feldmauer repariert wurde oder die Drahtabspannung in den Reben kaputtgegangen war. »Sie können die Flaschen an den anderen Kunstwerken auch später in der Nacht aufgehängt haben.«

Marie-Jeanne wiegte wieder den Kopf über den schmalen Schultern. Sie zeigte durch die südlichen Fenster hinaus. »Es gibt in Lézy nur den Vieux Pont, die Passerelle gleich hier bei meinem Turm und den Pont Neuf über unser Flüsschen. So oder so war es riskant für die beiden, die Uferseiten zu wechseln. Es kostet viel Zeit.« Marie-Jeanne zeigte nach Westen, wo das endlose Grün der Weinberge in den milchigen Dunst über der Landschaft überging. »Es gab doch noch mehr Kunstwerke in den Weinbergen. Warum haben sie überhaupt drüben bei der Steingutfabrik ihre alberne Flasche aufgehängt? Die

Fayences Mancy hatten doch gar nichts mit der Jury oder der Kunstaktion zu tun.«

»Gute Frage.« Die sich Cédric auch schon gestellt hatte. »Es muss einen Grund im Plan der Täter geben.« Ein Panoramablick hatte ihm schon oft geholfen.

Cédric überließ sich einen Moment dem grünen Meer der Reben von Lézy-le-Sec, die sich selbst von der Hügelkuppe aus nicht so schön präsentierten. Der Turm stand ja mitten im Ort. Sogar das kleine Silberband des Flusses blitzte in der Ferne durch den Uferbewuchs. Das graue Dach der Mairie stach aus den vielen ineinander gesetzten roten Ziegelflächen der Häuser um den kleinen Platz vor der Kirche heraus. Auch die alte Tiertränke, das *abreuvoir*, in dem die Touristen ihre Kleinkinder planschen ließen, war so nahe.

Cédric hob etwas das Kinn. Nach Süden schlossen sich Prunkbauten aus Sandstein an. Sie stammten aus dem neunzehnten Jahrhundert, als die kleinen Winzer reich geworden waren. Im Westen war die Steingutfabrik mit den Autowerkstätten zu sehen, im Osten hinter dem alten Bahnhof die Silos des Getreidehändlers Gévrion und die alte Kelterei eines entfernten Cousins von Maryse.

Sylvain Clouet war wirklich nicht weit von seinem Haus entfernt ermordet worden. Nur dass sich die *Schwurhand* auf der anderen Flussseite befand.

»Am Glitzern deiner Augen sehe ich, *mon petit*, dass du dich wie ich fragst, warum Sylvain überhaupt erst seinen Wagen irgendwo parkt, um dann zurück zum Kreisel und über den Vieux Pont rüber auf meine Seite zu laufen, statt einfach gleich zur *Schwurhand* zu fahren. Wenn er schon die beiden tatsächlich treffen will.«

»Sein Wagen steht nicht in der Garage zu Hause.« Die *gendarmes* hatten ihn immer noch nicht gefunden. »Aber möglicherweise hat er doch drüben geparkt, und jemand anders hat den Wagen weggefahren, nach dem Mord, damit der nicht auffällt. Du hast nicht zufällig Rauch gesehen?« Normalerweise wurden Fahrzeuge von Tätern abgefackelt, weil mögliche Spuren ein Risiko waren.

Marie-Jeanne lachte. »Eine Fledermaus in der Nacht fällt weniger auf als ein Storch am Tag.«

»Wie bitte?«

»Ich meine, dass Clouet als Fußgänger jemandem aus der Nachbarschaft, der zufällig nach draußen auf das Trottoir schaut, mehr aufgefallen wäre als in einem vorbeifahrenden Auto. Das beachtet niemand. Aber nur wenn er von niemandem gesehen werden will, ergibt die *Schwurhand* als Treffpunkt einen Sinn.«

Für diese Hypothese sprach viel. Im offenen Dachstuhl des Turmdachs über seinem Kopf stützten sich die Balken in einem komplizierten System. Der – oder die? – Täter hatte seine Logistik genau geplant, sonst hätten sie den Wagen des Opfers längst finden müssen.

»Was beschäftigt dich? Du ziehst die Stirn ja richtig in Falten wie der Roi Lion im Kinderkino. Zweifelst du, dass Sylvain eine Verabredung mit seinen Mördern hatte?«

»Ob einer oder mehrere weiß ich nicht.« Noch nicht. »Sicher ist nur, dass jemand einseitig ein tödliches Rendez-vous mit ihm geplant hat.«

Morgen würde Cédric mit Lacoste einen Logistikplan der Kunstwerkschändungen aufstellen müssen. Klassisch, mit Uhrzeiten und allem Pipapo. Falls die Kamera der

Verkehrsüberwachung nicht beschädigt war, könnten sie die Aufnahmen auswerten. Vielleicht ergab sich auch noch eine andere Spur aus den umfangreichen Ergüssen von Odette auf Facebook zum Kampf gegen die Kunstwerke, die der dicke Amadou bei seinen Recherchen zur Malerin vorhin auf Facebook entdeckt hatte. Die Kollegen saßen dran.

Cédric erhob sich. Er hatte noch ein paar Sorgen mehr. Unter seinem Hintern kreiselte der Stuhl ganz leichtläufig weiter. Wie seine Gedanken darum, dass er nicht nur in der Ermittlung alles in Gang setzen müsste, auch zu Hause im Keller der Champagnes Cherriot. Die Reinigung der drei *cuves* für den Demi-sec war überfällig, sonst konnte die Säurekontrolle nicht repariert werden. »Madame, besten Dank. Kommen Sie bitte morgen noch mal für die schriftliche Aussage vorbei.«

»Ach was, ich habe zu tun. Ich schicke euch eine E-Mail.« Sie verkniff das Gesicht zu einer lustigen Grimasse. »Ich kann das, glaube mir, *mon petit*, auch wenn ich schon alt bin.«

»Für Sie mache ich eine Ausnahme.« Cédric zwinkerte zurück. Sie hatte ihm zu einem neuen Ansatz verholfen. Es erschien ihm immer wahrscheinlicher, dass sich mehrere Täter gegen Sylvain Clouet verbündet hatten. Feinde genug hatte er. Aber um zu klären, ob die beiden Männer, die Marie-Jeanne in der Nacht gesehen hatte, etwas mit dem Fall zu tun hatten, müsste er ihre Identität erst einmal herausfinden.

Marie-Jeanne ging neben der Bodenklappe auf die Knie und zog sie mit einer einzigen Drehbewegung auf. »Du findest allein raus. Ich turne hier noch oft genug herauf und hinunter. Ich werde weiter meine *alouettes* katalogisieren.«

Cédric stützte sich auf die Hände und tastete mit den Füßen nach der wackeligen Holzstiege.

»Die fünfte Stufe sitzt ein wenig tiefer, immer schön aufpassen, *mon petit*«, rief Marie-Jeanne von oben. »Immer schon aufpa…« Den Rest ihrer Worte schluckte die Luke des Turmzimmers, die über Cédrics Kopf zukrachte.

Mitten auf der Stiege trat Cédric in die Leere, rutschte tiefer und riss sich an der fünften Stufe die Haut am rechten Knöchel auf.

»Verdammt noch mal.«

Obwohl sie ihn gewarnt hatte!

Zusammen mit seiner Wut drang ein neuer Gedanke in sein Bewusstsein: *Die Abstände stimmen nicht, nicht bloß hier.*

10

Cédric wusste nach drei Stunden schuften im Weinkeller nicht mehr, was mehr stank: der mit dem Desinfektionsmittel getränkte Reinigungsschwamm, sein verschwitztes Arbeitshemd oder die Gärproben, die sein Schwiegervater im Brutschrank neu angesetzt hatte. Wenigstens hatte er die *Chambre magique*, wie sie das kleine Labor voller Apparate, Spektrometer und Analysegeräte nannten, gründlich durchgeputzt. Einen Moment lang musste er grinsen, weil er sich das Gesicht seiner Mutter vorstellte, wenn sie ihn so mit dem Wischeimer in der Hand sehen könnte. Sein Jungszimmer in Sucy-en-Brie war wirklich eine üble Höhle gewesen.

Aber Champagnerproduktion machte einen zum Sauberkeitsfanatiker. Anders war keine Kontrolle über die Hefepilze möglich, die launischer waren als selbst eine Königin Marie-Antoinette. Selbst kleinste Verunreinigungen störten schnell die Gärung Hunderter Liter und verdarben den Wein im Geschmack.

Cédric räumte die Kanister mit den Desinfektionsmitteln in den Rollwagen und warf noch einen Blick auf den Gasextraktor. »Was simmert denn jetzt schon wieder da drin?«

»Die Proben vom Mont Doré, glaube ich.« Maryse lehnte am Stahlrahmen der Tür. Sie hatte die weite gelbe Jacke über ihr Schlabber-T-Shirt geschlungen, das sie zu

Hause zurzeit am liebsten trug. Ihre Beine waren nackt, die Füße steckten in seinen großen Pantoffeln und – Skisocken?

»Du hast die Haare wieder aufgeflochten.«

Sie strich sich mit den Fingern wie mit einem Kamm durch die braunen Strähnen und schaute an ihnen entlang. »Was habe ich für ein Glück, dass ich einen Mann habe, der so etwas noch bemerkt.«

Cédric war sich nicht sicher, ob sie, den Mund wie eine *grande boudeuse* vorgeschoben, nur spielte oder gerade in einem von der Schwangerschaft verursachten Stimmungstief versackte. »Wie war dein Tag, Maryse?«

Sie schob die Hände unter dem Bauch zusammen und lächelte. »Es gab mächtig Getrampel hier drin.« Sie legte den Kopf an den Türrahmen. »Papas Buchungstricks habe ich mir nicht angeschaut, wie ich es dir versprochen habe. Und ich habe mich auch nicht über den verschobenen Hebammentermin geärgert. Und sogar bei den siebenundvierzig Bestellungen habe ich den Überblick behalten. Zweihundertachtundfünfzig Flaschen. Papa bringt sie morgen zum Kurierdienst. Die Kooperation mit den Austernproduzenten in der Bretagne hat tatsächlich etwas gebracht.«

Er würde sie bremsen, so gut es bei ihrem Dickkopf ging. »Arbeite bitte nicht zu viel.«

»Das sagt der Richtige.« Sie kam näher und schlang ihre Arme um seinen Hals.

»Ich stinke wie ein Bär.«

»Quatsch.« Sie vergrub ihre Nase an seinem Hemdkragen. »Eher Eau de Cécé extrême von Parfums Bresson.«

Er strich ihr über den Rücken und weiter zur Hüfte, wiegte sie ein wenig. Für einen Moment spürte er nicht mehr die müden Muskeln. Egal wie spät es war, es fühlte sich richtig an, mit Maryse zusammen zu sein. Oder streng genommen waren sie ja zu dritt.

»Schon eine Spur?«, flüsterte sie und zupfte an seinem Ohrläppchen.

Cédric wollte den Spagat zwischen Vollzeitkommissar und Vollzeitwinzer eigentlich schaffen, indem er im Kopf die Ermittlung streng von seinen Aufgaben bei Champagnes Cherriot trennte. Maryse knobelte aber gern. Und er verdrängte die Frage, warum der oder die Täter so viel Aufwand bei der Inszenierung des Toten getrieben hatten, auch nicht wirklich erfolgreich.

Cédric berichtete ihr den aktuellen Stand.

Maryse tippte mit den Fingern in die Luft. »Diese Etiketten mit den Gesichtern der Jurymitglieder … So was bastele ich dir schnell auf dem Computer. Schwieriger finde ich die sabrierten Flaschen. Wer kann das denn heute noch? Papa bestimmt oder ein Sommelier in einem Luxushotel. Aber sonst? Heute lassen sich die Reichen einschenken.«

»Planende Täter denken sich gern aufwendige Ablenkungsmanöver aus. So etwas könnten diese Flaschen an den Kunstwerken sein. Das Glas konnte leider keinem bestimmten Hersteller zugeordnet werden.«

Maryse strich ihm über die Bartstoppeln. »Guck nicht so böse. Du hast doch schon Hinweise. Marie-Jeanne erzählt bestimmt kein dummes Zeug. Zwei Männer sind am Schlehenbusch rumgelaufen.«

»Aber das kann einen ganz harmlosen Grund haben.«

»Die allermeisten fahren jeden Schritt mit dem Auto, jedenfalls nachts.« Sie schob ihre Hand unter sein Unterhemd, das aus der Hose gerutscht war. »Ich finde diese zerstochenen Reifen komisch, die du erwähnt hast.«

Cédric genoss lieber, dass Maryse ihre Hand über die Haare auf seinem Bauch nach oben schob und ihn an der Brust kraulte. »Hmm.«

»Wenn Madame Clouet nichts davon weiß, muss ihr Mann den Wagen sofort zur Reparatur geschafft haben, damit es ihr gar nicht auffällt. Aber warum sollte Sylvain Clouet das verheimlichen?«

»Au!«

»Sonst magst du es, wenn ich dich da kneife.« Sie zeigte ihm frech die Zungenspitze.

»Aber nicht so fest.«

»Nicht so fest, aha.« Ihre Hand änderte die Richtung, abwärts. »Du würdest doch Sachen vor mir, deiner Frau, nur verheimlichen, wenn du wüsstest, dass ich sehr, sehr böse würde, wenn ich davon erführe?«

»Ich habe nichts zu verheimlichen ... Au!«

Maryse machte sanfter weiter. »Es kann nicht mit der Präsidentschaft bei der Vigne d'Or zusammenhängen. Madame Clouet hat – da frag mal Papa – mit allen Mitteln dafür gekämpft, dass Sylvain gewählt wird. Zerstochene Reifen, macht so etwas nicht die Mafia? Drogen werden in der Champagne ja legal in Flaschen verkauft. Bordelle haben wir auch nicht wirklich viele in Lézy-le-Sec, bleiben also Immobilien.«

Cédric fand gerade viel interessanter, dass Maryse ihren Arm so drehte, dass sie noch tiefer tauchen konnte. »Hmm.«

»Das Hameau Royal-Ressort zum Beispiel. Tante Viviane kümmert sich darum. – Oh, da zuckt aber einer.«

Cédric versuchte, einen klaren Gedanken zu fassen. »Sie steckt da doch mit drin?«

Maryse blies gegen sein Kinn. »Quatsch. Sie holt Hintergrundinfos für dich ein, *chéri*.«

»Wann hat sie dir das verraten?«

Maryse legte ihm den Finger der anderen Hand auf den Mund. »Viviane und ich stehen in geheimem Kontakt. Wir sind deine *anges gardiens*.«

Cédric spürte ihr Gewicht, weil sie mit den Pantoffeln auf seine Schuhe stieg. »Für einen Schutzengel begehst du aber ziemlich unkeusche Handlungen.« Er hob sie ein wenig an und bugsierte sie fast wie beim Schlittschuhfahren zum großen Tisch der *Chambre magique*.

Sie rutschte mit der Hüfte darauf und zog ihn am Hals weiter zu sich. »Wie gut, dass Papa die ausgedruckten Messblätter schon abgelegt hat …« Maryse knabberte an seinem Ohrläppchen.

Cédric dachte nicht lange darüber nach, ob der Arbeitstisch ihrer beider Gewicht aushalten würde, rollte sich vorsichtig über Maryse hinweg und drehte sie dabei auf die Seite. Er strich ihr mit der Hand über das nackte Knie und sanft weiter. Das T-Shirt rutschte ein bisschen höher, ihre Jacke zur Seite über die Schenkel. Cédric mochte es, wenn die ganz feinen Härchen auf ihrer Haut sich aufstellten, wenn er sie streichelte, und sie dabei mit der ganzen Körperlänge sanft schaukelte; Fingerbreit um Fingerbreit, bis er auch weniger feine fühlte.

»Du hast ja gar nichts drunter.«

Maryse erwiderte seine Bewegungen. »Das wäre das erste Mal, dass dich das stört.«

Das tat es nie.

Dienstag

II

Was soll das heißen, ›seit heute Morgen verschwunden‹? Stammele doch nicht so.« Als Co-Ermittler konnte Lacoste doch nicht einfach aus dem Bürogebäude stürzen, kaum dass er Cédric durchs Fenster bemerkt hatte, und ihm auf der Außentreppe solche Nachrichten an den Kopf werfen. Zu Dienstbeginn auch noch. Er hieb auf das Metall des Treppengeländers. »Personen, Umstände, Zeitablauf. Lacoste, mache deinen Rapport bitte so, wie du es gelernt hast, *d'accord*?«

Lacoste kniff die Augen zusammen und schüttelte sich wie ein Hund, der ein paar Spritzer Wasser abbekommen hatte. »Entschuldige, meine Nacht war kurz.«

»Da haben wir etwas gemeinsam.« Cédric betrachtete Lacoste. Sein Kinn war glatt rasiert, das Hemd sah aber nicht zerknittert aus wie nach einer Nacht im Büro. »Seit wann bist du hier?« Cédric blieb lieber auf der Treppe stehen.

»Seit 6:30 Uhr. Dann ist Schichtwechsel bei Frigorex. Ich dachte, dass ich so früh die Sekretärin erreiche oder den Chef selbst.«

»Verstehe. Und jetzt die Fakten der Reihen nach.«

»Ich hatte die Facebookseite von Odette, der Malerin,

ausgewertet. Eine richtige Fehde. Sie geht Marchais, den Inhaber von Frigorex, schwer mit Vorwürfen an, er habe sich bestechen lassen, eine polnische Künstlerin unterzubringen, die mit seinem Sohn liiert sei. Marchais war gestern Abend für meine Nachfragen nicht erreichbar. Heute früh habe ich in der Firma angerufen. Er hat sogar ein großes Meeting mit chinesischen Kunden platzen lassen. Die Sekretärin hat vor Stress geheult und weiß definitiv nicht, wo er steckt. Sie macht sich furchtbare Sorgen.«

Cédric hatte die Nacht kaum geschlafen, weil er zu Hause ganz früh um halb sechs noch Cherriot senior geholfen hatte, Bestellungen von Stammkunden versandfertig zu machen. »Das Letzte, was wir brauchen, ist ein Serienmörder, der tatsächlich Ernst macht, ein Jurymitglied nach dem anderen auszulöschen.«

Lacoste legte sich die Hand in den Nacken und streckte sich ein wenig. »Die Haushälterin sagte mir, dass Monsieur und Madame nicht in ihren Betten geschlafen haben.«

»Beide nicht?« Cédric blies Luft aus. »Das riecht aber eher nach einer Flucht. Ein Unternehmer wie Marchais hat doch einen privaten Fuhrpark, für die Frau, die Kinder. Was ist damit? Fehlt ein Wagen?«

»Der Gärtner sagt, es seien alle da außer dem großen Mercedes.«

Die wichtigsten Fakten hatte Guy also schon überprüft. Wenigstens brauchte Cédric die Basisermittlung nicht zu kontrollieren. »Spricht auch für Flucht.«

Lacoste drückte die Brust ein wenig raus und traute sich auch wieder einen direkten Augenkontakt.

»Aber wozu haben wir das?« Cédric zückte sein Diensthandy. »Warum rufst du mich nicht sofort an?«

»Ich habe die letzten Telefonate doch erst vor …«, Lacoste sah auf seine Armbanduhr, »vor siebzehn Minuten abgeschlossen.«

Oh Mann!, Guy hatte ihm ja erklärt, dass er versuchen würde, die Sekretärin zu erreichen. Cédric musste aufpassen, die Übernächtigung machte ihn unkonzentriert – und leicht reizbar. Er schaute an Lacoste vorbei zu den gläsernen Türen der Gendarmeriestation. Die amtlich vorgeschriebenen Verfahren verlangten es, aber mehr noch verließ er sich auf seine Erfahrungen. »Die Fahndung muss sofort raus. International.« Cédric deutete mit dem Zeigefinger aufs Gebäude. »Und setze es auf *priorité rouge*. Notfalls hole ich das Placet in Paris.« Zu irgendetwas musste es ja gut sein, dass er Theuilly-Bazet am Hals hatte. Cédric machte eine Kopfbewegung zur Straße hin und streckte den Arm aus. »Ich warte schon mal im Wagen. Die Schlüssel, bitte.«

»Chef.« Lacoste griff in die Jackentasche, warf sie ihm zu und drehte sich wortlos auf dem Absatz um.

Kaum saß Cédric auf dem Beifahrersitz, kam Lacoste schon wieder aus dem Bürogebäude herausgespurtet.

»Ich habe nur noch den Aktivierungscode eingeben müssen, getippt hatte ich das schon. Ich dachte mir, dass du Marchais zur Fahndung ausschreiben lässt.«

Cédric hob den Daumen. Das machte ja fast schon Spaß. Er griff zum Sicherheitsgurt. »Und jetzt knöpfen wir uns diese Künstlerin vor.«

Lacoste nahm die Hände wieder vom Lenkrad. »Wird nichts.« Er strich sich über die ausrasierte Schädelseite über seinem Ohr. »Madame Odette Hurtois hat mich gestern Abend um Dreiviertel elf noch angerufen.« Er schnippte mit den Fingern. »Keine Ahnung, welcher Idiot ihr meine Handynummer verraten hat. Jedenfalls bestand sie darauf, dass ich dir offiziell mitteile, dass sie dich nicht vor zehn Uhr empfangen könne. Vorher meditiere sie.«

»Das hat sie wirklich so gesagt?« Cédric wusste nicht viel über diese Malerin, aber diese Terminzuteilung passte zu dem, was die Museumsdirektorin über sie erzählt hatte.

»Wenn du Odette einmal persönlich erlebt hast, weißt du, dass sie nie spaßt.«

»Ich auch nicht.« Jedenfalls nicht in Ermittlungen, sonst schon gern. Cédric ließ den Blick aus dem Seitenfenster schweifen, wo der dicke Amadou gerade zum Dienst schlurfte, eine volle Tasche unter dem Arm. Frühstück wahrscheinlich. Es war kurz vor neun. »Akzeptieren wir mal Madames Wunsch. Auch wenn wir genug Gründe für eine Vorladung hätten.«

Lacoste ließ sein Seitenfenster ein Stück heruntergleiten. »Haben wir die Maitresse des Opfers nicht auch auf der Liste? Emma finden wir um diese Uhrzeit garantiert im Laden.«

Cédric wedelte mit der Hand vor der Windschutzscheibe und seufzte. »Welchen der mindestens zwanzig Läden in Lézy meinst du?«

Lacoste lachte nur. »Den ihres Bruders. Ist um die Ecke.«

Er fuhr los, hielt gleich darauf am Marktplatz, vor dem uralten Fachwerkhaus, wo über einer Fensterfront der Schriftzug *Champagnes Vellot-Poncet* angebracht war.

»Ist sozusagen ein Kollege von euch.«

Wie man's nahm. Die kleinen Winzer der Champagne verfolgten unterschiedliche Strategien, um gegen die

Marktmacht der großen Häuser zu bestehen. Manche bauten nur die Trauben für diese an, andere hielten eine unabhängige Produktion aufrecht, wieder andere setzten auf zweite und dritte Standbeine wie sanften Tourismus auf dem Weingut oder Direktvertrieb im eigenen Laden.

Im Geschäft von Matthieu Vellot standen alte Fässer, auf denen Flaschen mit den unterschiedlichen hauseigenen Champagnersorten präsentiert wurden, dahinter waren die üblichen großformatigen Fotos sonnendurchströmter Weinberge an die Wände gepinnt. Ein bis zur Decke reichendes Regal enthielt Bücher, Kochsets und allerlei Tischdekorationen. Cédric hörte innerlich Maryse spotten: *Mixe ein Drittel Dekoboutique, ein Drittel Haushaltswarengeschäft und ein Drittel Champagnerhandlung für Matthieus superauthentische Touristenfalle.*

»Guy! Und gleich mit dem Chef!« Von hinter dem Tresen trat ein stämmiger Kerl in Cédrics Alter hervor. Die schlichte Metallbrille passte gut ins schmale Gesicht. Kohlschwarze Augen musterten ihn. Der dichte schwarze Bart glänzte wie frisch geölt. Übers weiße Hemd mit den hochgekrempelten Armen trug er eine etwas zu große grüne Winzerschürze.

»Sie sind also der Pariser *champion*, den sie Guy vor die Nase gesetzt haben. Wir haben früher zusammen Rugby trainiert. Das waren Zeiten, was?« Er streckte die Hand aus. »Matthieu Vellot.«

Cédric gab ihm einen extra festen Händedruck. »Bresson.« Der Vorteil eines kleinen Orts war, dass man wenig erklären musste. »Sie haben Demonstrationen gegen die Kunstobjekte mitangeführt. Nun ist ein Mitglied der Jury tot und ein zweites verschwunden.« Die sozialen Netz werke werden sehr bald voll davon sein. »Da können Sie sich denken, dass ich ein paar Fragen an Sie habe.«

»Fragen Sie, was Sie wollen, aber ich war es nicht!« Vellot verschränkte die behaarten Arme vor dem weißen Hemd. »Mir ist schon klar, dass natürlich alle sofort auf mich zeigen, weil ich mit wenigen anderen hier im Ort den Mund aufgemacht habe.« Er kniff die Augen zusammen. »Weil wir uns von der Vigne d'Or nicht diktieren lassen, wie es bei uns zu Hause aussehen soll. Lézy ist doch nicht das Centre Pompidou im Miniformat. Wenn sie in Metz einen Ableger davon hinstellen, von mir aus. Aber unsere Landschaft als Galeriekulisse – das verhöhnt das Terroir.« Er hob den Zeigefinger und machte einen Schritt auf Cédric zu. »Und unsere Tradition als Champenois!«

Cédric begriff langsam, wie viel diese Tradition den Leuten hier bedeutete. Seinen Schwiegervater erfüllte auch so viel Stolz.

»Aber deswegen habe ich Sylvain Clouet nicht umgebracht.« Vellot stieß die Fäuste aneinander. »Ich bin doch nicht blöd und ruiniere mein Leben.«

Er lachte sogar. Aufgesetzt.

»Wo warst du gestern Nacht zwischen 22 und 1 Uhr?«, fragte Lacoste.

Vellot kratzte sich am Bart. »Bis zu den Abendnachrichten zu Hause im Weinkeller. Hefe regulieren. Wie man hört, lernen Sie das gerade, Bresson. Dazu braucht man Erfahrung.« Er zeigte ebenmäßige Zähne. »Um neun oder halb zehn bin ich noch mal hierher, um die Lieferung«, er deutete zum großen Wandregal, »von Art-Nouveau-Kühlern auszupacken, die vorgestern angekommen war. Was war noch …« Er strich sich über die Nase. »Bis kurz vor Mitternacht habe ich die Kassen-abrechnung ins Buchungssystem hochgeladen. Meine Frau ist gerade mit den Kindern bei ihrem Vater. Dialyse-patient, Sie verstehen …« Vellot schlug kurz die Augen nieder. »Was sollte ich allein zu Hause?«

Cédrics rechter Nasenflügel juckte. Er schnupperte möglichst unauffällig mit zwei kurzen Atemzügen. Ein Hauch von Frauenparfüm lag in der Luft, das aber nicht vom Ladenbesitzer ausging.

»Außerdem war ich neugierig«, sagte Vellot.

»Ich verstehe nicht. Worauf?«

»Ob Sylvain Clouet nicht wenigstens zwei, drei Ge-genstimmen bekommen hatte bei der Wahl im alten Cou-vent.« Matthieu Vellot grinste wie Asterix, wenn er ein paar Römer vermöbeln durfte. »Und wo bekommt man die Neuigkeiten von Lézy am frischesten serviert? Na?«

An einem der vielen Tresen im Ort bei einem Glas Champagner der Hausmarke, wo sonst. »Sagen Sie es mir.«

»Gib ihm besser Antwort, Matthieu. Das hier ist kein Spiel.« Lacoste ging langsam an den Weinfässern entlang. »Ich nehme an, du hast noch einen Absacker im *bistrot* von Chantal genommen. Also: Wer war dort, wer kam wann dazu, wie lange warst du dort?«

Maryse nannte das *bistrot* weniger vornehm Chantals Kaschemme. Sie kannte die Inhaberin von klein auf. Nur dass Chantal eine undurchsichtige Lebensphase, angeb-lich als *camioneuse*, im Midi verbracht hatte, bevor sie im heimatlichen Lézy das *bistrot* eröffnet hatte.

»Paul, der Architekt, kam gerade über den Marktplatz gelaufen, als ich den Laden abschloss. Wir sind zusammen zu Chantal, ist ja durch die Ruelle Mergusson nur ein Katzensprung von hier. Es waren so ziemlich alle da.«

»Wer ist ›alle‹?«, fragte Cédric.

»Die Stammgäste. Und Odette natürlich. Die wäre ja auch die Letzte, die man in den alten Couvent eingeladen hätte.«

»Warum haben Sie sich gegen die Jury so sehr engagiert?«

Vellot stemmte die Hände an seine grüne Winzerschürze. »Keine falschen Verdächtigungen! Ich war gegen hässliches Großstadtzeugs. Rohe Baumstämme in die Landschaft hauen, das soll Kunst sein?« Er schwang den rechten Arm und machte eine Faust. »Ich war nicht gegen die Jurymitglieder persönlich. Die halten sich doch sowieso für was Besseres, aber das ist mir egal.« Er wippte auf den Fußspitzen. »Bresson, eure Weinberge liegen ja mehr den Hang rauf und hinter dem Hügel nach Vivancy zu. Von meinen muss ich beinahe an jeder Stelle auf irgendeines dieser hässlichen Dinger glotzen. Das hat mich einfach genervt.«

»Sonst bist du um diese Zeit nicht allein. Ist Emma nicht da?«, fragte Lacoste.

»Doch«, ertönte es von hinter dem Tresen.

Es klang ein bisschen dumpf. Eine Metallleiter schepperte. Offenbar kam sie aus dem Vorratskeller nach oben. Der Duft von Frauenparfüm wurde stärker. Blondes Haar tauchte auf.

»Ich habe gerade unten die Wasserleitung repariert. Die Dichtung war hinüber.« Sie legte eine Rohrzange auf den Tresen und kam dahinter hervor. »Emma Vellot, Matthieus Schwester.«

Cédric verstand sofort, warum Sylvain Clouet sie zu seiner Maitresse gemacht hatte. In ihrem ovalen Gesicht rahmten lange Wimpern grüne Augen, die irgendwie keck blitzten. Emmas lange Beine mit kräftigen Oberschenkeln umhüllten eng anliegende Arbeitshosen. »Sie helfen Ihrem Bruder regelmäßig im Laden, sagte mir Lacoste. Waren Sie auch gestern Nacht hier und später im *bistrot* von Chantal?«

»Ich?« Emma legte eine Hand auf ihre Schulter. »Nein, ich war beim Empfang im alten Couvent, wo Sylvain zum *président* gewählt worden war, bevor ...« Ihre Stimme entglitt ihr. Sie holte aus dem Ärmel ein Taschentuch und tupfte sich die Augen. »Es ist so schrecklich. Er hat mich noch zu Hause ... nach dem Empfang ...« Sie kämpfte mit den Tränen. Ihr Blick wanderte zur Holzdecke. »Er war so glücklich. Und so stolz, dass er es geschafft hat. Die Präsidentschaft der Vigne d'Or ist eine große Ehre.« Sie schluckte und schaute auf das Taschentuch in ihrer Hand herunter. »Wäre er doch nur bei mir geblieben, wie sonst ...«, hauchte sie.

Cédric konnte ihr das nicht ersparen. »Madame Clouet behauptet, ihr Mann habe sich von Ihnen trennen wollen.«

»Diese Frau ...« Sie rollte mit den Augen. »Natürlich sagt Danièle Clouet so etwas.« Auf Emmas Wangen glitzerten zwei kleine Tränen.

»Stimmt es denn?«

»Sylvain hat mich geliebt. Er war fast jede Nacht bei mir. Fragen Sie meinen Bruder.«

»Wir haben sogar noch im letzten Monat bei Emma zu dritt eine Privatverkostung unseres neuen Champagners gemacht. Clouet konnte Jahrgänge herausschmecken.«

Das konnte sein Schwiegervater auch. »Moment. Sie hatten sich doch massiv gegen das Kunstprojekt engagiert, das Clouet durchgesetzt hat.« Cédric schaute zwischen den Geschwistern hin und her.

Vellot strich die Winzerschürze glatt. »Ich schreibe doch meiner Schwester nicht vor, mit wem sie zusammen sein will. Für wen halten Sie mich? Nur weil mir Odettes Bilder und Skulpturen besser gefallen als das Zeug, das uns Sylvain zwischen die Reben gestellt hat, heißt das doch nicht, dass ich dem Freund meiner Schwester keine Flûte Champagner einschenke, wenn ich bei ihr eingeladen bin. Politik und Familie …«, er deutete mit der einen Hand hinaus zum Marktplatz und mit der anderen hinter sich zum Namenszug über dem Tresen, »muss man in der Champagne auseinanderhalten.«

Cédric hatte seine Zweifel, dass das möglich war. Gerade hier schien ihm beides untrennbar verbunden.

»Sylvain hätte sich von *ihr* getrennt, und zwar schon bald.« Emma legte die Hand auf den Tresen. »Vor der Wahl zum *président* der Vigne d'Or ging das natürlich nicht. Sie wissen gar nicht, welche Anfeindungen Sylvain zu ertragen hatte. Die Menschen sind so niederträchtig.«

Zeugen, die plötzlich vornehm sprachen, konstruierten oder verbargen etwas. Cédrics Ohrmuschel juckte sogar. »Tatsächlich?«

»Sylvain wollte verhindern, dass aus dem Hameau Royal unten am Fluss eine Luxusabsteige für arabische Prinzen gemacht wird. Ich war selbst am Abend des Empfangs dabei, als Notar Duvert ihn deswegen vor den Toiletten im Couvent abgefangen hat.«

Cédric erinnerte sich, dass die WCS in einem alten Stall großzügig untergebracht waren. Eigentlich kein diskreter Ort für ein Gespräch zwischen den beiden Männern. Bei einem Empfang suchten viele Gäste den umgebauten Stall zwischendurch auf.

»Die machen aus der Champagne noch Disneyland.« Vellot nahm die Rohrzange vom Tresen und verstaute sie darunter in einer Schublade.

»Sie sagten, vor den Toiletten? Ich verstehe nicht ganz.«

»Nach den Festansprachen gab es vor dem eigentlichen Wahlgang eine kleine Pause. Mit Musikeinlage im Kreuzgang. Wer wollte, rauchte draußen oder ging eben zur Toilette. Wie Sylvain und ich.«

Der alte Stall als Gemäuer war ziemlich groß. Es gab noch einen Flur vor den getrennten Räumen für Männer und Frauen, fiel Cédric ein.

»Wir unterhielten uns dann lieber im Hof. Duvert war es offenbar egal, dass ich bei Sylvain stand, als er uns entgegenkam. Er zischte ihm zu: ›Damit kommst du nicht durch, das Hameau wird trotzdem verkauft.‹«

Cédric mochte Ermittlungen zu Immobiliensachen nicht, weil die Registraturen so schwerfällig waren. »Was hat Monsieur Clouet geantwortet?«

»Nichts, Sylvain hat nur gelacht.« Emmas bewundernder Blick verlor sich in der Ferne. »›Ich begebe mich doch nicht auf dessen Niveau‹, hat er im Hof gesagt, und mir dabei«, ihr Lächeln verschwamm zu einem Weinen, »zärtlich über meine Hüfte gestrichen.« Sie holte tief Luft. »Ich war sogar ein bisschen zickig und habe seine Hand weggescheucht. Wie hätte ich ahnen sollen, dass es meine letzten Stunden mit Sylvain waren?«

Wieder rannen Tränen. Aber es passte nicht zusammen, was sie erzählte. Ein Mann wie Sylvain Clouet tätschelte vor der Wahl nicht den Hintern seiner Maitresse, schon gar nicht öffentlich im Hof, wo so viele Leute es sehen könnten. Die eigene Gattin so zu kompromittieren, war einfach gegen die Spielregeln der Bourgeoisie. Selbst wenn man vielleicht wusste, dass Danièle Clouet sowieso über alles hinwegsah.

»Duvert stritt bei jeder Gelegenheit mit Clouet.« Matthieu Vellot tippte auf den Tresen. »Letztes Jahr um die Ausgrabungen bei Andilly. Clouet ist überzeugt, dass es eine Residenz der Merowingerkönige war, der Notar Duvert hält es für einen frühen Bischofssitz. Beide haben archäologische Forschungen gesponsert, nur um Recht zu behalten. – Entschuldigung.« Er nahm den Arm hoch und winkte jemandem draußen abwehrend. »Bertrand kann auch später wiederkommen …«

Cédric stand mit dem Rücken zum Schaufester.

Vellot holte Luft. »Aber so sind unsere Herren Politiker. Was soll man von solchen Leuten halten? Und jetzt bringen sie sich auch noch gegenseitig um.«

Das sagten die Luden in Paris bei Revierkämpfen auch, in die sie angeblich nie verwickelt waren. »Duvert ist Notar, er ist kein Politiker. Wann genau hat Monsieur Clouet Ihre Wohnung verlassen, Emma?«

»Wir waren um ungefähr halb elf bei mir. Ich habe es auf der Uhr an meinem Herd gesehen, als ich uns Mineralwasser aus dem Kühlschrank geholt habe. Man trinkt ja immer eine Menge bei der Vigne d'Or, und Sylvain wollte ein bisschen das Blut verdünnen.« Sie lächelte schwach. »Wie man so sagt.«

»Beantworte bitte seine Frage«, sagte Lacoste, der die ganze Zeit Notizen ins Diensthandy eintippte.

Sie zuckte mit den Schultern. »Wir haben noch ein bisschen geredet.« Sie spitzte die Lippen. »Und, na ja, Sie wissen schon, nicht richtig, aber ein bisschen in den Arm genommen und so …« Sie presste die Lider aufeinander. Diesmal behielt sie die Fassung. »Es war vielleicht elf oder kurz danach. Sylvain wollte nicht bleiben, weil er am Montag noch an einer Sitzung im Conseil régional teilnehmen sollte und Akten von zu Hause brauchte. Worum es dabei ging, weiß ich nicht. Politik interessiert mich nicht besonders.«

Vielleicht ging es um das Hameau Royal. Die Regionalpolitik konnte Immobilienprojekte durchaus subtil blockieren, wenn genug Leute mitspielten. Die Kollegen würden das überprüfen. Man hatte Clouet *nach* der Wahl umgebracht. Möglicherweise hatte der Täter noch auf einen Gegenkandidaten in letzter Sekunde gehofft, auch wenn Viviane einen anderen Eindruck von den Usancen der Ligue vermittelt hatte.

»Sie müssen den Kerl finden, der mir Sylvain genommen hat.«

Etwas seltsam Kindliches schwang in Emmas auf einmal viel hellerer Stimme mit.

Ihr Bruder kam um den Tresen herum und legte seinen Arm um sie. Behutsam strich er über ihr Haar. »Bresson wird das schon machen. Bestimmt.« Mit einer leichten Kinnbewegung zur Ladentür warf er Cédric einen bittenden Blick zu.

Cédric legte seine Visitenkarte auf den Tresen. »Falls Ihnen noch etwas einfällt, rufen Sie mich an.« Er ging schnell an den Weinfässern mit dem darauf platzierten Jahrgangschampagner vorbei.

Draußen warf er noch einen Blick zurück durchs Schaufenster. Er wollte sehen, wie sie sich verhielten, wenn sie sich wieder allein glaubten – ob etwas in ihrem Verhalten darauf hindeutete, dass sie ihnen vielleicht nur etwas vorgespielt hatten. Cédric drückt frech die Nase an die Scheibe, die zu sehr spiegelte.

Aber am Tresen hielt Matthieu Vellot seine Schwester Emma noch immer im Arm.

Cédric wandte sich von der Schaufensterscheibe ab und folgte Lacoste.

Der schaute den Kindern auf dem Marktplatz zu, die mit Skateboards über den Bordstein bei der Mairie sprangen. »Wusstest du eigentlich, dass Emmas und Matthieus Eltern bei einem Autounfall ums Leben gekommen sind? Sie sind auf der A4 unter einen Lastwagen geraten. Die Geschwister haben es gemeinsam durchgestanden. Da waren sie gerade siebzehn und einundzwanzig«, sagte Lacoste.

»Wusste ich nicht.« So etwas schweißte zusammen. Aber es hinterließ auch einen großen Respekt vor dem Tod. Mörder hatten den nicht.

Cédric wollte in den Dienstwagen einsteigen.

»Lass uns laufen. Odettes Atelier liegt gleich hinter der Passerelle.« Lacoste ging voraus.

Die Turmuhr der Kirche schlug zehn.

»Madame Hurtois wird ihre Meditation hoffentlich pünktlich beenden. Sonst tun wir das.«

12

Zu Fuß waren sie wirklich schneller. Am *abreuvoir*, der alten Viehtränke, vorbei gingen sie über die Passerelle. »Das gusseiserne Geländer erinnert mich immer an den Pont des Arts in Paris«, sagte Cédric.

»Ist auch in der gleichen Zeit gebaut worden.« Lacoste bog auf der anderen Flussseite in den schmalen Sandweg ab, der direkt neben den Mauern des Wachtturms von Marie-Jeanne in die Weinberge hinter den Häusern führte. »Odette hat das Atelier vom Architekten Francourt gemietet. Der hat aus der alten Weinberghütte echt was gemacht.«

»Warum nennst du die Künstlerin eigentlich beim Vornamen?«, fragte Cédric.

»Sie wohnt doch schon über zehn Jahre hier.«

»In Sucy-en-Brie, in den Hochhäusern, wo ich herkomme, kennt man seine Nachbarn oft bloß vom Sehen, selbst wenn man zehn Jahre auf derselben Etage wohnt.« Oder vom Lärm, den sie nachts um drei Uhr machten.

Lacoste schnippte eine von den Mauern herab über den Weg hängende Ranke weg. »Außerdem habe ich mal einen Zeichenkurs bei Odette gemacht.« Lacoste gab einen quietschenden Laut von sich wie Guignol im Puppentheater, der dem Sergeant eins auswischte.

»Was ist dir denn gerade eingefallen?«

»Alte Zeiten. Meine damalige Freundin wollte unbedingt, dass wir etwas gemeinsam machen, hobbymäßig. Sie ging nicht gern laufen, ich hasse Fahrradfahren. So groß ist das Freizeitangebot in Lézy ja nicht. Also wurde es ein Zeichenkurs. Meine Ex hat ein paar ziemlich gute Aktstudien von mir gemacht, die hat sie bis heute nicht rausgerückt.«

Sieh an. Es lag nicht gerade nahe, sich seinen ehrgeizigen Co als posierenden Adonis vorzustellen.

»Außerdem, wenn du ein paar Karaokeabende im *bistrot* von Chantal durchgehalten hast, ist es vorbei mit Nachnamen.«

Cédric kniff ein Auge zu. »Das war dann wohl in der Phase nach deiner Ex.«

Lacoste strich sich über den ausrasierten Nacken. »Viel Möglichkeiten gibt es in Lézy ja nicht. Früher oder später landet jeder bei Chantal. Entweder gehst du im *bistrot* absacken, wen abschleppen oder heulst dich bei ihr aus.«

Die den Sandweg säumenden Gartenmauern endeten. Weinreben, die seltene Arbane, vielleicht zwanzig Reihen, schlossen an. Ein Holzschild in Form einer Wolke verkündete in oranger Schrift *Atelier Odette Hurtois – Sculptrice*. »Ich dachte, sie malt?«

»Odette lässt sich nicht gern festlegen. Sie probiert alles aus.«

Cédric folgte Lacoste auf einem ausgetretenen Pfad zwischen den Rebstöcken in eine Senke, wo ein simpler Gebäudekubus stand, in den an einer Ecke ein kleinerer Würfel eingeschoben war. »Das Atelier ist mir noch nie aufgefallen.« Etwas abseits dahinter lag eine frisch verputzte, noch halb eingerüstete Scheune am Rande der Rebenreihen.

»Als ich klein war, stand hier noch ein verfallenes Gemäuer, wo wir Ritter gespielt haben. Man sieht nichts mehr davon, dass hier mal ein Unterstand für Weinpressen war. Die dazugehörige Scheune renoviert Francourt gerade.« Lacoste deutete auf ihr Dach. »Wahrscheinlich installiert er Solarzellen, das Logo auf der Plane kenne ich von irgendwoher.« Lacoste drehte sich zum Kubus zurück. »Auf dieser Seite siehst du nur Mauerfläche, früher war hier ein Tor.«

Der Putz am Atelier war in hellem Beigegrau gehalten wie alles in der Champagne. Der berühmte Kalkboden. Die ganze Front jedoch war aus Glas, das allerdings sehr spiegelte. Cédric konnte innen kaum etwas erkennen. »Ein Atelier, das nach Norden ausgerichtet ist?«

»Sonst zerlaufen die Ölfarben auf der Leinwand, behauptet Odette.«

Sie brauchten nicht zu klingeln, die Dame des Hauses schoss geradezu heraus, als ein bodentiefes Fenster aufschwang. »Die Polizei, *soyez les bienvenus*!« Odette Hurtois wies mit großer Geste ins Atelier. »*Entrez, entrez.*«

Ihre Mähne leuchtete in der Sonne in verschiedenen Rottönen, wobei ein dunkles Bordeaux vorherrschte. Raffiniert aufgebunden von einem goldenen Haarband umrahmte das Haar ein rundes Gesicht mit kleinen braunen Augen. Das Make-up war eher unauffällig, bis auf den mehrfarbigen Lippenstift. Cédric hatte so etwas bisher nur bei afrikanischen Frauen gesehen, wenn sie sich für große Feste aufdonnerten. Odette Hurtois steckte in einem türkisfarbenen Hosenanzug von orientalischem Touch. Alles in allem sah sie aus wie ein großer Farbklecks.

Cédric ging durch die Fenstertür.

Drinnen stand alles voll. Wirklich voll.

Odette kurvte zwischen Kisten voller Sammelsurium wie auf dem Flohmarkt herum, gleich vier Staffeleien – offenbar bewusst nach den Himmelsrichtungen ausgerichtet – ragten dazwischen auf. Im Kreis darum angeordnet standen fünf runde Tische, auf denen halb fertige kindergroße Skulpturen aus verschiedenen Materialien – Holz, Metall, Ton, Pappmaché – darauf warteten, vollendet zu werden. Sie glichen eher Puppen, Marionetten. Vier davon hatte sie tatsächlich Kinderkleidung übergezogen. Cédric deutete ihren eher freundlichen Ton bei der Begrüßung als Entgegenkommen dafür, dass er ihre Meditationszeiten respektiert hatte. Leute, die Grenzen setzen konnten, waren oft gesprächsbereiter, wenn man ihnen Zeit genug ließ. »An wie vielen Projekten arbeiten Sie gleichzeitig, Madame Hurtois?«

»Das interessiert Sie doch gar nicht, tun Sie nicht so.« Sie ließ sich an der Rückwand des Ateliers auf ein oranges Cordsofa fallen und wies auf die Sessel daneben.

»Doch.« Cédric versuchte es mit einem neutralen Lächeln.

»Guy, sag ihm, dass er mir kein Theater vorzuspielen braucht. Ich weiß, dass ich verdächtig bin, weil ich Sylvain Clouet ehrlich gehasst habe. Damit war ich gewiss nicht allein. Nur kann ich halt meinen Mund nicht halten.« Sie zog aus einer Sofaritze eine Packung Zigaretten. »Wollen Sie? Ach, ihr dürft ja nicht mehr im Dienst, stimmt's, Guy?«

Cédric bedeutete Lacoste mit einem Blick, dass er besser schweigen solle. »Also: Warum der Hass?«

»Weil Sylvain ein egoistischer, berechnender Kerl war,

der für seinen Aufstieg alles tat. Überlegen Sie mal, wie er angefangen hat! Die Eltern bankrotte Bauern aus einem Kaff bei Troyes. Er zur Luftwaffe, Fallschirmspringer, weil das die meiste Kohle bringt. Und ein paar Auszeichnungen wegen Mali oder Tschad oder was weiß ich, was er in Afrika für die Nation gemacht hat. Schulkindern Schreiben beibringen war's jedenfalls nicht.« Sie blies den Rauch unter die Decke.

Lacoste begab sich langsam aus Odettes Blickradius und betrachtete irgendetwas draußen vor den Fenstern.

»Vor zehn Jahren, als Sylvain bloß Bürgermeister von Lézy-le-Sec war, konnte man noch mit ihm reden. Ist er natürlich nur geworden, weil er Danièle de Romillefont geheiratet hat. Haben Sie die Villa drüben am Bahndamm gesehen? Altes Geld. Darauf hatte er es abgesehen und die Beziehungen der Familie natürlich. Oder glauben Sie, er hätte sonst für den Conseil régional kandidieren dürfen? Egal wie sie sich gerade als Partei nennen, die Konservativen sind immer dieselben.«

Inmitten ihres modernen, großzügigen Ateliers konnte er ihr nicht den Neid einer verarmten Künstlerin unterstellen, aber nach *gauche caviar* sah die Einrichtung auch nicht aus. Die Polsterstoffe waren rissig, und es roch nach billigem indischem Räucherwerk. »Worüber konnten Sie denn früher mit Sylvain reden, bevor Sie ihn hassten?« Hass hatte meist tiefe Wurzeln, die ihn nährten.

»Sylvain tat zwar immer so, als sei die Sanierung der alten Viehtränke am Marktplatz seine Idee gewesen …« Odette drückte ihre Zigarette in einem kleinen Messingaschenbecher aus. »Aber in Wirklichkeit war es jemand aus unserem Kreis von Heimatforscherinnen und -forschern. Jedenfalls habe ich danach über ihn Paul Francourt näher kennengelernt. Er ist der Architekt, der dieses wunderbare Atelier für mich gebaut hat.«

»Für Sie?« Cédric konnte den Unglauben nicht aus seiner Stimme filtern.

Sie schüttelte ihre Mähne, wie es eher zu einem Mannequin im Studio gepasst hätte. »Ich war oft Muse in meinem Leben, für Männer wie für Frauen. Vor zehn Jahren, ich war gerade zurück in der Gegend, diskutierten wir darüber, dass die alte Viehtränke eine der letzten in der Champagne sei und gerettet werden müsse. Eins ergab das andere. Paul war mit dem Studium noch lange nicht fertig und brauchte wieder einen Auftrag, Sylvain als Bürgermeister jemanden, der die Restaurierung nicht zu teuer ausführte – die Denkmalschutzauflagen sind ja irre in Frankreich, das wollen Sie gar nicht wissen …«

Holte die Frau überhaupt Luft?

»… jedenfalls klappte es. Und als dann später Paul hier den Weinberg erbte von seinem Onkel, wollte er den verfallenen Stall erst abreißen, aber ich flüsterte ihm zu: ›Ich suche ein Atelier.‹ Und da hat es bei ihm klick gemacht.« Odette Hurtois sprang auf. »Das Licht ist wunderbar, der Ort energetisch ausgerichtet auf die Wasseradern des Flusses. Der Kubus schirmt den Blick von Lézy ab. Hier kann ich wirklich kreativ sein.«

Das Atelier nahm die ganze Grundfläche des Quaders ein, die privaten Räume schien vom Architekten in den eingeschobenen Würfel links verbannt worden zu sein. Verkaufte Odette genug von dem bunten Zeug, dass sie die Miete für so ein großes Atelier zahlen konnte, oder hatte sie andere Geldquellen? »Und Clouet, woher kommt der Hass, von dem Sie selbst sprachen?«

»Sie mit Ihrer Blitzkarriere in Paris ahnen das doch schon, nicht wahr? ›Spürnase‹ oder so werden Sie doch genannt?«

Dieser Spitzname verfolgte ihn noch ins Grab. »Madame, bitte, bleiben Sie beim Thema.«

»Tue ich doch! Überlegen Sie mal. Hätten Sie sich gern als kleiner Vorstadtbulle bezeichnen lassen? Öffentlich? Bei einer Sitzung Ihrer Zentraleinheit oder wie das bei der Polizei heißt?«

In den ersten Ermittlungsteams hatte er sich genug anhören müssen. *Oho, le petit hat eigene Milieuerfahrung* war noch das Netteste gewesen. Odette wartete auf eine Reaktion, aber Cédric zeigte absichtlich eine neutrale Miene, so unverschämt es auch war, dass auch sie ihm seine Herkunft unter die Nase rieb. Soziale Arroganz hatte er oft genug ausgehalten.

Odette stand auf. »*Mich* hat Sylvain vor der Auswahlkommission der Vigne d'Or als ›lokale Kitschkuh‹ bezeichnet.« Ihr Sopran schraubte sich höher. »Und dafür gesorgt, dass überhaupt keine regionalen Künstlerinnen und Künstler mehr Entwürfe einreichen durften.«

Verletzte Eitelkeit und vielleicht auch Konkurrenzdenken, schließlich wurden die Kunstwerke in den Weinbergen ja vom Musée in Châlons angekauft. »Deshalb waren Sie also gegen die Kunstobjekte in den Weinbergen.«

»Nein!«, fauchte sie und griff sich am nächstbesten Arbeitstisch einen Tonklumpen, den sie platt drückte und an ihr Modell klebte. »Ich war gegen unsensible Eingriffe in das feine Gewebe unserer Landschaft.« Sie rollte wieder ein Klümpchen Ton in den rot lackierten Fingern. »Die ist wie der Champagner, der auf ihr wächst. Voller subtiler Nuancen, Feinheiten, Schwingungen.« Sie drehte sich um. »Nehmen Sie die Hügellinien. Da kann man nicht einfach irgendeinen zusammengehauenen Holzblock wie die *Schwurhand* reinstellen, bloß weil er von einem Künstler mit großem Namen aus dem Ausland stammt. Das *macht* etwas.« Sie zerbröselte die Tonerde und ließ die Krümel auf ihre Skulptur regnen. »Mit uns, den Einwohnern von Lézy-le-Sec. Sie müssen es auch gespürt haben, Spürnase.«

»Madame. Monsieur le Commissaire, bitte! Ich ermittle …«

Er ließ es sein. Sie war ganz auf ihr Werk konzentriert und drückte daran herum.

»Dabei hatte mich der amtierende *président* der Vigne d'Or, da war es noch der Notar Duvert, persönlich eingeladen, sozusagen als agierendes Medium des Terroirs, Entwürfe zu präsentieren. Und nur weil Sylvain sich in den Kopf gesetzt hatte, für die Nachfolge Duverts zu kandidieren, war er gegen alles aus der ›alten Ära‹, wie er es titulierte. Als ob ein intelligenter Kopf wie Nicolas Duvert irgendwie unmodern sein könnte. Ein großer Förderer der regionalen Kunst und des *patrimoine*!«

Von der ewigen Konkurrenz der beiden hatte auch die Witwe gesprochen. »Warum konnte sich der Notar nicht durchsetzen?«

Lacoste tat inzwischen so, als studierte er das Gesicht einer der Puppenskulpturen.

»Duvert schätzt meine Arbeit. Ich verdanke ihm einige Aufträge für Recherchen zu Denkmalsanierungen in den Dörfern. Aber die Regeln der Vigne d'Or sind undurchschaubar.« Odette warf ein bisschen Tonerde zurück auf den Vorrat neben der Kinderskulptur. »Nicolas durfte nach zwei Amtszeiten nicht mehr kandidieren, oder so.«

»Ihre Demonstration im Dorf und Ihre Petition konnten die Kunstobjekte nicht aufhalten.«

»Leider nein.« Sie schlängelte sich durch das Atelier nach vorn zu Lacoste, schob ihn bei einem Kleiderhaufen mit der Hüfte aus dem Weg. »Aber genau das beweist Ihnen, dass ich Sylvain nicht umgebracht habe.« Sie ließ einen gelben Socken in ihrer Hand baumeln. »Wenn, dann hätte ich ihn doch vor der Wahl erledigen müssen, finden Sie nicht?« Sie warf den Socken zurück auf den Haufen hinter ihr. »Nicht, dass ich nicht übel Lust dazu gehabt hätte, ihm eins auszuwischen, diesem arroganten ...« Sie fuchtelte durch die Luft. »Außerdem hat er bei dieser Abstimmung in der Auswahlkommission einen furchtbaren Druck auf Valérie Varenne vom Museum in Châlons ausgeübt, damit sie gegen mich stimmt. Sie schämt sich bis heute deswegen, wie ich hörte. Unsere Freundschaft«, Odette ließ ihre Augen von links nach rechts rollen, »liegt zwar auf Eis wegen einer alten Geschichte, aber trotzdem.« Sie richtete sich das goldene Haarband in den roten Locken. »Ich bin gegen Gewalt. Schon immer. Das entspricht nicht dem Gedanken des ewigen Gleichgewichts. An das ich glaube.«

Odette fasste Lacoste am Ärmel. »Komm, Guy. Ich will euch etwas zeigen.« Sie winkte Cédric heran. »Kommen Sie bitte, Monsieur le Commissaire. Ich habe noch etwas für Sie.«

Lacoste zog seinen Arm weg, aber Odette ließ schon los, sprang zur Fenstertür und hakte sie aus.

Den Arm hochgereckt wie eine Fremdenführerin im Museum marschierte Odette am Atelier vorbei bis zum Sandweg zurück, der nach Lézy führte.

Sie zeigte auf das letzte Haus in der Ferne, wo der Weg zum Vieux Pont herauskam. »Emma Vellot wohnt dort. Ein ganz schönes Früchtchen. Hat sich an Sylvain rangeschmissen, obwohl sie zu mir in die Malkurse kommt. Keine Ahnung, ob sie das vor ihrem Liebhaber Sylvain verheimlicht hat. Aber Emma passt zu Sylvain, die Kleine will unbedingt nach oben.« Sie lachte freimütig. »Nur hat Emma auf den Falschen gesetzt. Als ob er jemals die Beziehungen der de Romillefonts, der Familie seiner Frau Danièle, aufgegeben hätte. Vom Geld ganz schweigen. Es gehört garantiert alles ihr.« Odette drehte sich um und deutete den Rebhang hinauf, der im Sonnenlicht wie grün schraffiert wirkte, so akkurat ausgerichtet standen hier die Reihen. »Ihr wisst beide, wo der Sandweg endet.«

»An den paar Steinstufen zur Kreuzung mit dem Schlehenbusch«, sagte Lacoste. »Man sieht ein paar Zweige von hier.«

»Wohinter die Kunstobjekte stehen, erst *Belle-mère* und weiter oben *Chéops 4.0.*« Die Täter könnten in der Nacht gut und gern diesen Pfad benutzt haben, um von der *Schwurhand* dort hinaufzugelangen.

»Die Spitze des scheußlichen Dings ragt knapp über die Schlehen.« Odette stemmte die Hände in die Seiten. »Eigentlich hatte ich vorgestern schon früher zu Chantal ins *bistrot* gehen wollen. Aber ich war bis kurz vor zwölf ganz in meine Arbeit versunken. Da ist mir aufgefallen, dass mein Kater Frisou noch draußen war und seine Medizin noch nicht gefressen hatte. Ich weiß ja, wo er sich gern rumtreibt. Deshalb bin ich da hinauf.« Sie deutete zu den Schlehen hinter der Kreuzung. »Ich hatte die Taschenlampe mit, man stolpert ja schnell. Ich war noch nicht ganz bei den Steinstufen an der Kreuzung, als ich zwei vermummte Männer über die Kreuzung huschen sah.« Sie nickte langsam und hob die Nase, als wollte sie fragen: »Und, was sagst du nun?«

Ihre Aussage deckte sich mit der von Marie-Jeanne. Dass die zwei Personen vermummt waren, machte sie noch verdächtiger. »Sicher, dass es Männer waren?«

»Ich kann durchaus den Umriss und die Bewegungsmuster eines Mannes von denen einer Frau unterscheiden. Als Zeichnerin erkenne ich das sofort, vergiss das nicht. Einer trug einen Rucksack. Sie waren ganz in Schwarz gekleidet. Sie hatten Seemannsmützen auf dem Kopf.«

»Kannst du das auf die Entfernung erkennen, Odette?«, fragte Lacoste.

Sie machte einen spitzen Mund. »Ich trage noch keine Brille.«

Die Entfernung schien Cédric auch nicht zu groß. »Konnten Sie die beiden Umrisse jemandem zuordnen, den sie aus dem Umfeld von Sylvain Clouet kennen? Oder sonst aus Lézy?«

»Leider nicht, dazu liefen die beiden zu schnell und auch seltsam gedrängt aneinander, als ob sie in Deckung gehen wollten.« Sie drehte die Hand von der Brust, zum Ohr, zum Haar wie eine Operndiva beim Finale. »Aber ich bin mir absolut sicher, dass ich die beiden irgendwo schon mal gesehen habe.« Sie breitete die Arme aus. »Es ist wie bei Guy und Ihnen. Einer war lang und dünn, der zweite kurz und stämmig.«

Beinahe hätte er an sich herabgeschaut. Maryse würde sich kugeln. An ihm war kein Gramm Fett zu viel.

»Das können wir uns sicher merken, Madame.«

Cédric reichte ihr seine Karte. Sie verstand bestimmt auch ohne Abschiedsfloskeln.

Diesmal schritt Cédric voran, den Sandweg zurück nach Lézy.

Odette hatte ihn bei einer Eitelkeit treffen wollen, die er gar nicht hatte. Sie unterschätzte ihn. Er sie aber nicht. »Stämmig ginge ja noch.« Cédric packte seine Hüften an, bevor er sich die Hände flach auf den Kopf legte. »Aber kurz?« Er lachte laut, und mit ihm als Chef der Ermittlung lachte Lacoste leiser mit wie noch jeder brave Co.

13

Die drei Gebäude schmiegten sich wie auf einem Gemälde des sechzehnten Jahrhunderts in die Flussaue. Der Jagdpavillon des Königs dominierte ein Hochufer, zwei große Zehntscheunen flankierten ihn um einen Sandplatz mit Brunnenanlage. Allerdings stammte das kreisrunde Becken erkennbar aus dem neunzehnten Jahrhundert wie auch der verspielte Belle-Époque-Wintergarten an der Vorderfront. Cédric erinnerte er an die Jugendstil-Metroeingänge in Paris.

Hameau royal, 11 Uhr. Mehr verriet die Textnachricht nicht, die Viviane ihm geschickt hatte. Cédric war trotzdem mit Lacoste die drei Kilometer zum alten königlichen Gehöft in der Flussschleife gefahren, weil an den Gerüchten vielleicht etwas dran war. Es gab genug Leute in der Region, denen schon die Touristen im Sommer zu viel waren. Arabische Prinzenfamilien mit Leibwächtern und Dienerschaft wären womöglich der Tropfen zu viel fürs Fass.

Lacoste las neben dem Renaissance-Türsturz die Infotafel der regionalen Tourismusverwaltung. »Hier steht, dass die Ländereien schon seit dem elften Jahrhundert zum französischen Krongut gehört haben. Der Kern der Bausubstanz ist von François 1. errichtet worden.«

»Steht da auch, wem der Hameau Royal aktuell gehört? Oder wer die Gebäude verwaltet?«

Lacoste streckte den langen Oberkörper. »Hier ist nur das Signet des Office de Tourisme. Eigentlich ist dienstags geschlossen.«

Deshalb standen hier außer ihrem keine Autos. Aber wo parkte Viviane? Es war schon Viertel nach elf.

»Es ist offen, Chef.« Lacoste drückte gegen die schwere Eingangstür.

Am Empfang stand nur ein schlichter Tresen mit einer verwaisten Registrierkasse. Dahinter ein paar Bücher und Prospekte in einem kleinen Regal. Vom Ende der lang gezogenen Halle mit alten Jagdgewehren nebst ein paar ausgestopften Rebhühnern her hörte Cédric Stimmen. Dort also steckte Viviane.

»… der Bildhauer hat bestätigt, dass das Königswappen aus demselben Gestein gehauen worden ist wie die anderen Kaminplatten. Das spricht dafür, dass es ursprünglich den großen Kamin geziert hat.«

Ein großer schlanker Mann in einem sehr eleganten Anzug richtete einen grünen Laserstrahl darauf und las von einem Display ab. »Sieben Meter achtunddreißig …« Er hatte den linken Fuß hinter dem rechten Bein aufgestellt und blickte zum Wintergarten. Sein Profil zeigte unter einem blonden Scheitel einen blassen Teint und eine markante Nase. Weder er noch Viviane oder der weitere Mann bemerkten, dass Cédric und Lacoste näher kamen.

»Der Denkmalschutz würde aber mitgehen, wenn wir es einfach wieder an seinem angestammten Platz über der Stirnwand anbringen. Da war es immerhin hundertsechzig Jahre eingemauert.«

Die dunkle Stimme klang wie die eines älteren Herrn, der sich über ein gutes Menü im Restaurant freut.

»Außerdem spart es die Kosten für einen Kaminbauer.«
Cédric ging forsch über die alten Steinplatten weiter.
Vom Klackern seiner Schritte blickten die drei auf.

Kurz vor dem eleganten Herrn blieb er stehen. »*Messieurs dames.* Madame Lemonnier war so freundlich, mich einzuladen. Comissaire Bresson. Mein Kollege Lacoste, den Sie sicher alle kennen.«

»Ich habe dich angekündigt; es spart uns allen Zeit.« Viviane trug ein eng anliegendes grünes Samtkostüm, das als Jagdkleidung hätte durchgehen können.

Sie deutete auf den großen Blonden. »Paul Francourt ist unser Architekt, dem diese vorsichtige, aber originalgetreue Sanierung hier gelingt.«

Francourt nickte Lacoste zu. »Jetzt weiß ich wieder, woher ich Sie vom Sehen kenne. Sie trainieren auch im Sportstudio Sept ailes in Épernay, nicht wahr?«

Sein Co leistete sich also eine Mitgliedschaft in einem der teuren *centres de fitness.* Den kahlen Schädel des anderen Mannes umstand ein Ring von lustigen Löckchen, die er zwar gestutzt, aber doch nicht gebändigt hatte.

»Nicolas Duvert, Notar«, sagte er mit dunkler Stimme. »Inzwischen sind wir bei der farblichen Fassung der historischen Räume angelangt.«

»Soweit ich weiß, ist keiner von Ihnen Angestellter der DRAC. Wen meinen Sie also mit ›wir‹?« Hinter den dreien war auf einem hölzernen Gestell das zwei mal drei Meter große Wappen aufgebockt. In dem Licht konnte Cédric in dem weißen Kalkstein nur die Königslilie und einen Löwen erkennen.

Viviane warf ihm einen vorwurfsvollen Blick zu, als hätte er sich die Frage eigentlich selbst beantworten müssen. »›Wir‹, das ist das *comité*, das sich um die Liegenschaften der Vigne d'Or kümmert.«

»Wie zum Beispiel hier der Jagdpavillon des Königs im Hameau Royal.« Der Notar kratzte sich über den behaarten Handrücken. »Monsieur le Commissaire. Es ist kompliziert mit den Eigentumsverhältnissen ringsum. Das Krongut wurde in der Revolution parzelliert, verkauft und später weitervererbt. Heute gehört jedes Gebäude jemand anderem, die Flachsmühle unten am Fluss, der Taubenschlag, die Scheunen. Von den umliegenden Weinbergen und den Feldern ganz zu schweigen. Sieben Winzer und eine Erbengemeinschaft.«

Lacoste hielt sich im Hintergrund und tat so, als ob er die Balkendecke musterte. Cédric war sich inzwischen sicher, dass er die Fakten für die Überprüfung abspeicherte.

»Klingt fast zu kompliziert, um aus dem Hameau Royal ein Luxusressort für Araber zu machen.«

»Unsinn.« Der Notar hob beide Hände über den Kopf, als würde er einen Volleyball pritschen. »Sie sollten solchen Gerüchten keinen Glauben schenken.«

»Nicolas, erkläre es einfach dem Kommissar.« Viviane ging um das Königswappen herum, blieb hinter der Steinplatte stehen und legte beide Hände auf den oberen Rand. »Das ganze Konzept. In Kurzform vielleicht?« Sie lächelte Cédric zu. »Nicolas ist manchmal etwas zu genau. Berufskrankheit eines Notars, nehme ich an.«

Duvert legte die Fingerspitzen aneinander und räusperte sich. »Das Hameau Royal wirkt unscheinbar, vergleicht man es mit den berühmten Königsschlössern an der Loire oder sonst wo. Es ist aber eines der letzten in Frankreich erhaltenen Ensembles eines königlichen Jagdgehöfts. Man vergisst schnell, dass die Hofhaltung unserer Könige immer auch eine handfeste landwirtschaftliche Seite hatte. Die Damen und Herren am Hof wollten essen und trinken. Und das nicht schlecht.«

»Die Weinberge ringsum zählen heute noch zu den besten in der ganzen Champagne«, warf der Architekt Francourt ein. »Fünf sind als Grand Cru klassiert.« Er wechselte den Platz und stellte sich seitlich neben Viviane. Er zog neben ihr die Hände aus den Hosentaschen.

Gute Manieren.

»Leider bewirkte die Zersplitterung der Eigentumsverhältnisse, dass das historische Erbe immer mehr in Mitleidenschaft gezogen wurde. Die Vigne d'Or hat zwar den Jagdpavillon ganz gut erhalten, weil es unser offizieller Sitz seit der Gründung ist, aber der Rest – *mon Dieu …* Dabei sind die Küche aus dem siebzehnten Jahrhundert, ein Brunnen aus dem fünfzehnten, Schnitzwerk und ein originales Granitmühlwerk erhalten.«

»Ich verrate Ihnen gern, weil es sowieso alle wissen, dass es mein Lebenswerk werden soll, dieses *patrimoine* zu retten.« Der Notar lächelte selbstbewusst.

»Das erreichen Sie heutzutage leider nicht ohne Nutzungskonzept. Machen wir uns nichts vor. So schön und wertvoll dieses historische Erbe ist – der Staat restauriert lieber die großen Schlösser.« Duvert schaute zu Boden.

»Also habe ich eine Kapitalgesellschaft mit ein paar verständigen Menschen gegründet, die die parzellierten Teile von den verschiedenen Eigentümern aufkaufen wollen, damit das Hameau Royal aus einer Hand behutsam restauriert und als hochwertiger, also die Substanz schonender Hotelbetrieb genutzt werden kann.« Er blickte zu

Viviane und Francourt. »Die beiden können Ihnen die hohen Summen bestätigen, die allein die Restaurierung des Königswappens gekostet hat. Und an Steinmetzarbeiten steht hier noch einiges aus.« Der Notar räusperte sich wieder. »Es ist absurd zu glauben, dass saudi-arabische Prinzen ihre Ferien ausgerechnet in unserem verträumten Lézy-le-Sec verbringen wollen, wenn Paris sozusagen vor der Haustür liegt.«

»Sylvain hat gewettert: ›In unserem Hameau kriegen Prinzen keine Doppelwannen mit goldenen Wasserhähnen.‹ Entweder wollte er populistisch sein oder er hat nicht richtig nachgedacht.« Viviane verdrehte die Augen. »Saudi-Prinzen *gehören* ganze Schlösser in Frankreich. Was sollen die mit den winzigen Kammern anfangen, in denen die Jagdhelfer früher gehaust haben?«

Der Punkt war ein anderer. »Ein Luxusressort im Hameau würde aber der Öffentlichkeit die Zugangsmöglichkeit entziehen, nicht wahr?« Es war gleichgültig, ob Prinzen oder sehr reiche Leute der Grund dafür waren.

»Jeder kann sich einmieten.«

Nur, falls das Hotel nicht lief, würde die Immobilie am Ende verkauft werden müssen. Höchstwahrscheinlich könnte sie sich nur ein Unternehmen als neuen Sitz leisten.

»Außerdem stünde der Saal hier«, Francourt wies mit seinem langen Arm von der Decke bis zum Wintergarten, »der Vigne d'Or zur freien Verfügung.«

»Ich dachte, die Vigne d'Or tagt im alten Couvent?«

»Dort finden nur die Präsidentschaftswahlen statt wegen des *dîner*. Im alten Kloster gibt es moderne Restaurantküchen. Hier haben wir nur einen alten Gasherd. Hier tagen unsere *comités*. Wir veranstalten allenfalls einmal einen Vin d'honneur für ein Ehrenmitglied mit ein paar *canapés*.«

»Helfen Sie mir.« Cédric gab sich jovial und rieb die Hände vor der Brust. »Als Neuling in der Gegend. Wie kann es sein, dass Sylvain Clouet, obwohl er vehement gegen das Hameau Royal-Projekt gewettert hat, in der Nacht vor seinem Tod zum neuen *président* der Vigne d'Or gewählt worden ist?«

Francourt senkte den Blick zum Königswappen neben seiner Hüfte. Viviane drehte den Kopf zum Wintergarten.

»Sylvains Tod …« Notar Duvert nickte verhalten. »Tragisch.«

Schwierige Gespräche war ein Notar eigentlich gewohnt. Dennoch hatte er ein unpassendes Wort für einen grausamen Mord gewählt.

»Nein, Monsieur. Es war ein Verbrechen.« Cédric machte eine bedeutungsvolle Pause.

»Ihre Feindschaft mit Sylvain Clouet«, fuhr er fort, »ist bekannt, Monsieur le notaire. Ich möchte Sie deshalb fragen, wo genau Sie sich nach der Wahl am Abend der Tat aufgehalten haben.«

Der Notar streckte sich, wurde sichtlich steif. »Indirekt oder nicht, die Unterstellung, ich hätte mit der Bluttat etwas zu tun, lasse ich mir nicht gefallen, Bresson!« Sogar sein Räuspern klang herablassend. »Unter den Mitgliedern der Vigne d'Or gibt es sehr einflussreiche Personen, die …«

»Mag sein.« Cédric konnte es überhaupt nicht leiden, wenn jemand ihm mit seinen Beziehungen drohte. »In Paris beim Innenministerium werden Sie nichts erreichen.« Er schlug einen absichtlich überfreundlichen Ton an. »Ich berichte persönlich dem Chef de cabinet, der zügigst Fortschritte erwartet. Ich brauche Sie nicht daran zu erinnern, dass Clouet Mitglied des Conseil régional des Grand Est war.«

Lacoste ging an Cédric vorbei und verschränkte am Kamin demonstrativ die Arme.

Duvert wurde blass. Francourt hatte eine blonde Augenbraue gehoben und beobachtete still. Viviane zeigte eine perfekt neutrale Miene.

»Also gut. Zur Frage der Restaurierung herrschte in der Vigne d'Or Einigkeit. Zur Frage des Nutzungskonzepts nicht. Sylvain strebte keine privatwirtschaftliche Lösung mit Hotelbetrieb an, sondern eine Kooperation mit der öffentlichen Hand. Er präferierte eine historische Fortbildungsstätte oder dergleichen.« Duvert brauchte drei Atemzüge, bevor er weitersprach. »So bildeten sich entgegengesetzte Lager, wie so oft in Vereinen. Ich führte das eine an, er das andere. Aber eine Feindschaft … das ist mir zu pathetisch.«

Ehe Cédric fragen konnte, wie er sein Verhältnis dann bezeichnen wollte, räusperte sich Viviane. »Ihr solltet alles erzählen, sonst hört der Commissaire nur von anderer Seite verzerrte Darstellungen.«

Es wurde auch Zeit, dass sie ihn hier unterstützte.

»Madame Lemonnier hat recht. Es war im Vorfeld etwas komplizierter.« Der Architekt Francourt machte ein paar Schritte zur weiß gekalkten Wand hin, wo er sich mit der Hand abstütze. »Laut Statuten der Vigne d'Or durfte Nicolas nicht für eine dritte Amtszeit kandidieren. Also habe ich letztes Jahr kandidiert, wie er es mir antrug, weil ich das privatwirtschaftliche Hotelkonzept«, er wies mit der freien Hand auf Viviane, »wie Madame Lemonnier und viele andere auch, überzeugender fand.« Francourt löste die Hand von der Wand und strich ein paar Kalkkrümel an der andern ab. »Sylvain konnte nicht garantieren, dass sich die zuständigen Ministerien, die Region und die umliegenden Kommunen für eine öffentliche Finanzierung einer Bildungsstätte zusammenfinden würden.« Francourt wies zu den Steinkapitellen in den Ecken. »Weitere zehn Jahre und wir verlieren noch einmal dreißig Prozent der historischen Substanz.« Francourt ging zur Steinplatte mit dem Königswappen zurück. »Ich weiß, wovon ich rede. Restaurierungen sind mein Spezialgebiet. Fragen Sie Madame. Ich habe ihr Gartenhaus rückgebaut und bin ab und zu im Schloss tätig.«

Viviane seufzte. »Es wird nie fertigwerden.«

Das Sanieren machte ihr insgeheim großen Spaß, das wusste Cédric von Maryse. »Erklären Sie mir das Wahlergebnis, bitte.«

Der Notar legte die Hände wie zum Beten aneinander. »Schließlich zeichnete sich ab, dass es zu einer unschönen Kampfabstimmung zwischen Clouet und Francourt kommen könnte. Zumal es zusätzlich öffentlichen Streit um Clouets Kunstprojekt gab. Madame Hurtois war leider nicht zu bremsen.«

»Dabei schätzen wir sie eigentlich«, sagte Viviane. »Odette hat die Zeichnungen für den Bildhauer angefertigt und den Wappenrand hier nach historischen Vorlagen sehr überzeugend nachempfunden.« Sie brummte vielsagend. »Man traut es Odette nicht zu, wenn man ihr eigenes Zeug anschaut. Aber sobald sie mit historischen Vorlagen arbeiten kann, ist sie sehr gut.«

»Nun ist Diskretion Teil der Tradition bei der Vigne d'Or. Außerdem üben wir anstrengende Berufe aus und sind auch anderweitig eingespannt. Ich zum Beispiel war noch mit den letzten juristischen Schritten meiner Scheidung beschäftigt.« Francourt drehte die Handflächen nach oben. »So neigte schließlich eine Mehrheit zu einem internen Kompromiss, damit Ruhe einkehrte. Dafür, dass ich die Kandidatur zurückzog, würde sich Sylvain Clouet als neuer *président* nicht den Ausgaben für die anstehenden Restaurierungsarbeiten im Hameau Royal widersetzen. Gelänge es ihm nicht, die öffentliche Förderung für das Ensemble zu organisieren, würde er ab übernächstem Jahr die privatwirtschaftliche Lösung Duverts unterstützen.«

Weder Viviane noch der Notar hatten etwas hinzuzufügen. Natürlich war die Vereinbarung nirgends schriftlich festgehalten, das brauchte Cédric gar nicht erst zu fragen. »Gab es einen Zusammenhang zwischen Clouets Wirken in der Vigne d'Or und seiner Jurytätigkeit bei den Kunstobjekten, die unseren Mörder offenbar zur Tat gereizt haben?«

Francourts Kinn zuckte zurück. »Nicht das ich wüsste. Ich begreife das so wenig wie Sie. Die Kunstwerke stehen schon seit Monaten in den Weinbergen, ohne dass sich jemand noch groß darüber aufgeregt hätte, außer den üblichen Verdächtigen wie Odette Hurtois …«

Wieder eine unpassende Formulierung im Zusammenhang mit einem Mord, diesmal von Francourt.

»… und Matthieu und Emma Vellot«, warf Lacoste ein.

»Emma nicht.« Francourt winkte ab.

»Warum sind Sie sich da so sicher?«

»Weil sie in meinem Architektenbüro als Sekretärin arbeitet. Ich weiß, dass sie die Kunstwerke mochte. Und nicht nur, weil sie da noch die Maitresse von Sylvain war.«

Weder Duvert noch Viviane hoben die Augenbrauen. Natürlich wussten alle Bescheid in der Vigne d'Or. Emma Vellot war im Geschäft ihres Bruders in Tränen ausgebrochen, die Cédric für echt gehalten hatte. »Sind Sie sicher, dass die Affäre bereits zu Ende war?«

»Ah, *ces histoires de cul* …«, sagte der Notar halblaut.

»Hören Sie«, antwortete Francourt. »Das Liebesleben meiner Sekretärin geht mich nichts an. Es war schlicht so, dass ich beim Empfang in der Pause raus in den Hof gehen wollte, auf eine Zigarette. Es zog ein bisschen, ich stand hinter einer der Säulen im Kreuzgang, damit das Feuerzeug nicht ausging. Es war unüberhörbar, dass Sylvain dabei war, ihr den Laufpass zu geben.«

»Noch beim Empfang?« Viviane wandte sich ihm zu. »Was genau hast du gehört?«

Das fragte Cédric sich auch. Erst Liebesschwüre bei den Toiletten, wie Emma behauptet hatte, nun angeblich ein Adieu im Hof?

»So gehe das nicht weiter. Sie solle ihn endlich in Ruhe lassen, gerade an diesem Abend, begreifen, dass es eben vorbei sei. Er sei ihr dankbar für die schöne Zeit.« Francourt verdrehte die Augen. »Es tut mir leid, Monsieur le Commissaire, aber genau diese Art peinlicher Plattitüden ließ Sylvain vom Stapel. Ich wollte mir das nicht zu Ende anhören, wie Sie verstehen werden. Das verdarb mir die Zigarette. Ich bin durch den Kreuzgang zurück zum Saal gegangen.«

»Emma Vellot hat nichts geantwortet?«, fragte Lacoste.

»Doch.« Francourt zögerte. »Sie ist eine vernünftige junge Frau. Ich kenne sie. Sie hat es bestimmt nur aus der erlittenen Kränkung heraus von sich gegeben: ›Das wirst du bereuen.‹« Francourt verzog den Mund. »Ich weiß noch, dass ich es furchtbar kitschig fand. Im Weggehen habe ich an die Fotoromane denken müssen, die es früher in Illustrierten gab.«

Cédrics Großmutter hatte sie gern gelesen, wenn in ihrem *kioskque* am RER Sucy-Bonneuil nicht viel zu tun war.

»Und der Name Danièle fiel noch, glaube ich.«

»Das ist der Vorname von Madame Clouet«, sagte Cédric.

»Emma Vellot ist nicht der Typ Frau, der sich so etwas Abstruses wie sabrierte Champagnerflaschen ausdenken würde.« Duvert rieb sich über das Kinn. »Wissen Sie, Emma hat ihre Ausbildung bei mir im Notariat gemacht. Sie ist engagiert bei der Sache, nur ein bisschen impulsiv vielleicht. Danach ist sie lieber zu Francourt ins Architektenbüro gewechselt. Das Juristische lag ihr nicht so, sie hat eher kommunikative Stärken.«

Der Notar ließ ihn verstehen, dass es Emma für die Tätigkeit in einem Notariat an der nötigen Exaktheit fehlte. Aber mit der Lüge über Clouets Treueschwur hatte sie sich Mühe gemacht.

»Mir fällt gerade auf, dass Ihr Mörder nicht wirklich über die Vigne d'Or informiert sein kann.« Duvert zählte an den Fingern bis zwei. »Er hat nicht nur Marchais von Frigorex und die Museumsdirektorin Varenne, sondern auf einer der Flaschen auch den Konsul von Kuwait Mbeke abgebildet, nicht wahr?«

Alle warteten, bis Cédric nickte.

»Vielleicht solltest besser du ihm das erklären, Viviane«, sagte Duvert.

»Nicolas hatte sich zwar offiziell aus der Jury für die Kunstobjekte zurückgezogen, als der Streit um seine Nachfolge hochkochte …«

»… in der Hoffnung, dass damit die Pille meiner Kandidatur beim Lager Sylvains besser rutschte«, ergänzte Francourt.

Duvert nickte. »Mbeke ist als Konsul oft mit Angelegenheiten betraut, für die er einen Notar braucht. Wir kennen uns seit Langem. Er tat mir den Gefallen, seinen Namen herzugeben, und hat mir natürlich alle Unterlagen zur Prüfung überlassen und einfach die Auswahlliste unterschrieben, die ich ihm gefaxt hatte.«

»Wusste Sylvain Clouet das?«, fragte Cédric.

»Dumm war er nicht. Nachgefragt hat er aber auch nicht.« Viviane stützte sich mit den Unterarmen auf das königliche Steinwappen. »Es scheint mir auch zweitrangig, ob er es ahnte. Der Täter wusste davon nichts, sonst hätte er Nicolas Duverts Kopf auf das Etikett drucken müssen, wenn er schon die Leute bestrafen wollte, die die Objekte ausgewählt haben.«

Ein davon angetriebener Täter hätte die wirklich Verantwortlichen herausgefunden. Die Schlussfolgerung sprach zu Cédrics Erleichterung gegen eine Mordserie, weil es gar nicht um die Jurymitglieder selbst ging. »Nun, ich will Sie nicht weiter stören.« Er musste nachdenken: Weder der Architekt noch der Notar hatten ein Motiv, weil sie ein inoffizielles Arrangement mit dem Opfer getroffen hatten. Sie durchkreuzten nicht selbst ihre Karrierepläne durch einen Mord. Und was Emma betraf, auch wenn Eifersucht ein häufiges Mordmotiv war, gegen ihre Täterschaft sprach die Inszenierung des Toten. Das passte weder zu einer Eifersuchtstat aus einer Gefühlsaufwallung heraus noch zu seinem Eindruck von der jungen Frau.

Cédric deutete eine höfische Verbeugung vor dem königlichen Wappen an. »Übrigens. Wenn Sie mich fragen, gehört es besser wieder an die Stirnseite des Saales. Am Kamin sieht man es kaum.«

Viviane kniff ein Auge zu. »Ganz meine Meinung.«

»Dann ist es ja so gut wie entschieden«, sagte Duvert.

Draußen wandte sich Cédric vor dem Brunnen zwischen den Wirtschaftsgebäuden noch einmal um.

»Ziemlich scheußlich, das Stilsammelsurium, wenn du mich fragst.«

Lacoste ließ die Türen des Dienstwagens piepen.

Das Königtum war im Hameau Royal schon in der Revolution gestürzt, und die Regentschaft Sylvain Clouets über die Vigne d'Or war beendet worden, bevor sie richtig angefangen hatte.

Cédric hob den Mundwinkel, beinahe hätte er die Zähne gezeigt. Auch wenn er jetzt den ersten Fehler im Plan des Täters oder der Täter kannte, wenn die in der Nacht herumgeisternden zwei Männer wirklich eine Rolle spielten, so blieb doch das Rätsel des enormen Aufwands in der Tatnacht, die vier um Lézy in den Weinbergen verteilten Kunstwerke zu bestücken. Kein planvoll vorgehender Täter riskierte Zufallszeugen, wie es sie mit Marie-Jeanne und Odette auch gegeben hatte, ohne zwingenden Grund. Noch konnte sich Cédric nicht vorstellen, warum es im Mordplan diese gesäbelten Champagnerflaschen überhaupt hatte geben müssen.

14

Selbst über seinen nächsten Arbeitsschritt zu bestimmen fühlte sich zwar erst einmal gut an. Mit über dreißig als Winzer-Lehrling hinter seinem Schwiegervater herzudackeln wie in den letzten Monaten hatte seinem Selbstbewusstsein nicht immer gutgetan. Cédric hatte deshalb wie in Paris, als ihm seine erste eigene Ermittlung übertragen worden war, entschieden: Erst die Basisarbeit abschließen. Er hatte mit Lacoste den Tathergang nachvollzogen und gehofft, dass sich ihnen die Strategie des Täters offenbarte.

Tat sie aber nicht. Und jetzt nützte Cédric die ganze neue Handlungsfreiheit nicht viel. Er hieb am Soldatenmonument auf das Holz der Pyramide *Chéops 4.0*. Irrte er als Ermittler grundsätzlich oder war seine Betrachtung der Fakten unvollständig?

»Wie viel reine Wegezeit haben wir jetzt schon?«

Lacoste stoppte es an seiner dicken Armbanduhr. »Dreiundvierzig Minuten, Chef.«

»Unsere Prämisse ist, dass der Täter – oder *die*, wenn die von Marie-Jeanne und Odette beobachteten Männer es waren – Clouet bei der *Schwurhand* tötet.«

»Das Wichtigste zuerst erledigen. Wäre nur logisch.« Lacoste ging ein paar Schritte um die Holzbalken der Pyramide herum.

»Täter rechtfertigen sich oft. Deshalb denken wir, dass

sie danach die abgesäbelten Flaschenhälse an den übrigen Kunstwerken, wie hier, anbringen als Drohung gegen die Jury oder auch Ankündigung weiterer Morde.«

Lacoste nickte zwar, wies aber mit ausgestrecktem Arm über die Weinberge hinunter nach Lézy, das von einem leichten Dunst wie verwischt erschien. »Von hier erkennt man es deutlich, Chef. Die vier Holzskulpturen stehen weiter vom nächsten Haus oder einer Straße weg als die übrigen.«

Zu *Chéops 4.0* am Soldatenmonument hier musste man sogar einen geschlängelten Weinbergsweg heraufsteigen, der kurz hinter der Kreuzung mit dem Schlehenbusch abzweigte, wo *Belle-mère* stand. Auch jenes Kunstwerk war recht isoliert in die Weinberge zwischen altem Couvent einen guten Kilometer weiter oben am Hang und Lézy unten am Fluss gesetzt worden. Auch die Weingüter Cherriot, Montzen und Duchamps lagen eine Geländestufe tiefer beim Ort zwischen Reben.

Cédrics Blick schweifte hinüber zur anderen Talseite zu den Fayences Mancy, wo am Ortsrand ein paar im Dunst unscharfe Zweckbauten daran erinnerten, dass in der Champagne nicht nur Wein erzeugt wurde. »Es gibt aber eine Merkwürdigkeit, die zusätzlichen Logistikaufwand erfordert. Die Holzrakete *Ariane99* befindet sich noch hinter dem Ortsschild auf der anderen Flussseite und ist von den anderen Kunstwerken ziemlich weit entfernt.«

»Es sei denn, der Täter wohnt drüben. Dann liegt es auf dem Hin- oder Rückweg.« Lacoste machte sich eine Notiz.

Cédric betrachtete das vom Dunst weichgezeichnete Tal. »Die *Schwurhand* östlich vom Dorfausgang auf dieser Flussseite ist tatsächlich der optimale Ort für einen Mord. Unter den Bäumen am Fluss gibt es keinen richtigen Uferweg, die Bahnlinie ist längst stillgelegt und schirmt nach Osten hin ab. Unwahrscheinlich, dass nachts dort jemand spazieren geht.«

»Mich hat noch was beschäftigt.« Lacoste ging in die Knie und schnappte sich ein Holzstückchen vom Boden. Er stocherte damit im Kies unter *Chéops 4.0* herum. »Ich habe gestern Abend im Hof an der alten Stange fürs Teppichklopfen ausprobiert, wie lange ich brauche, eine Schnur darüber zu werfen und eine vorbereitete Flasche zu verknoten.« Lacoste machte zwei Striche in den Kies. »Allenfalls zwei Minuten.«

Ein planender Täter konnte das leicht üben, aber anderes nicht. »Und wie lange braucht man, um einen Mann von Clouets Statur zu überwältigen und zu töten?«

Lacoste warf das Stöckchen weg. Er richtete sich mit knackenden Knien auf. »Erdrosseln geht ziemlich schnell. Behaupten ehemalige Legionäre der Légion étrangère in Internetforen. Maximal fünf Minuten.«

Eigentlich schrecklich, musste Cédric denken. »Die Männer wissen Bescheid, fürchte ich.« Er hielt sich am Holz der Pyramide fest und schloss die Augen. »Dann komme ich auf sechzig bis siebzig Minuten für den Tathergang.« Aber Cédric sah vor seinem geistigen Auge auch wieder die baumelnde abgesägte Champagnerflasche. »Es stimmt trotzdem hinten und vorne etwas nicht. Vier Mal wird das inszeniert, aber nur einmal gemordet. Er hätte doch dieselbe Angst unter den Jurymitgliedern verbreitet, wenn er an der *Schwurhand* gleich alle vier gesäbelten Flaschen aufgehängt hätte.«

Lacoste wischte über sein Diensthandy. »Unser Lehrbuch sagt unter dem Stichpunkt Täterpsychogramme dazu: ›Selbstsicherheit bis zur Selbstüberschätzung ist typisch für intelligente, planende Täter.‹ Er hält das Risiko also für klein und will zeigen, wie überlegen er ist. Allmachtsgefühle genießen.«

»Oder er legt Wert auf stilistische Eleganz im Verbrechen, damit sein brutales Töten veredelt wird. Nicht vergessen: Die Flaschen waren fachmännisch geköpft.« Cédric drückte sich von der Holzpyramide ab. Es gab noch mehr mit Lacoste zu klären. »Was hältst du von Odette Hurtois' Geschichte?«

Lacoste richtete die Armbanduhr am Handgelenk ohne hinzusehen. »In Lézy gibt es zwei Lager. Die einen finden, dass Odette nur deshalb hier in Lézy auf Retterin des regionalen Erbes macht, weil sie es in Paris als Malerin nicht geschafft hat. Lange genug hat sie es ja dort versucht.«

Cédric suchte mit dem Blick ihr Atelier unten in den dunstigen Weinbergen, aber der Kubus lag zu tief in der Senke.

»Die anderen mögen Odette, weil sie Leben nach Lézy bringt, die Leute aufmischt. Hätte sie nicht die Demo organisiert und die Petition angestiftet, hätten die Klatschmäuler nichts zu reden gehabt.«

»Zu welchem Lager gehörst du?«

Lacoste presste einen Moment lang die Lippen aufeinander, bevor er antwortete. »Zu keinem. Ich ermittle objektiv. Zumindest versuche ich das. Odettes Kunst … keine Ahnung, das ist nicht mein Fach. Ein bisschen grell alles. Aber persönlich mag ich Odettes Karaokeabende in Chantals *bistrot*. Sie bringt die steifesten Leute dazu, *Aïcha* von Khaled oder *Papaoutai* von Stromae nachzusingen, bis der Laden johlt. Ich habe mit ihr im Duett gesungen, aber jetzt nicht lachen!« Lacoste legte sogar die Hände vors Gesicht. »Alain Delon und Dalida mit *Paroles, paroles*.«

Bei der Vorstellung – der lange Lacoste und die kleine runde Odette beim Liebesduett – konnte Cédric nicht anders. Er lachte lauthals. »Entschuldige. Karaoke ist immer grausam.«

»Es war lustig. Das ganze *bistrot* hat geklatscht, und Chantal hat Odette und mir einen ausgegeben.«

Lacostes Diensthandy klingelte. »Na endlich. Was habt ihr, Amadou? … Aha, ich höre.«

Karaoke war Spaß und Satire. Gesäbelte Champagnerflaschen mit Etiketten darauf hätten ohne Mord auch als böser Spaß und schwarze Satire durchgehen können.

Cédric schaute über die Rebflächen hinunter, dahin, wo er die Dächer von Champagnes Cherriot erahnte. Maryse war wahrscheinlich schon von der Untersuchung bei Docteur Poulac zurück …

»Chef?«

»Entschuldige. Was haben die Kollegen?«

»Man hat Jurymitglied Marchais aufgegabelt.« Lacoste machte eine bedeutungsvolle Pause. »Lebendig.« Er hielt das Handymikrophon mit dem Handballen abgedeckt. »Bei der Einreise in Montréal.«

Cédric lächelte. Er war erleichtert.

»Der Idiot hat wahrscheinlich geglaubt, er könne sich nach Québec zur Tochterfirma absetzen«, sagte Lacoste.

»Die Kollegen sollen ihn dort erst mal unter Hausarrest

stellen, für den Fall, dass wir Aussagen brauchen. In Kanada ist es für ihn wenigstens sicher. Wir können ihn immer noch zurückfliegen lassen.«

Lacoste gab es an Amadou weiter. Seine Augen glänzten vor Jagdfieber.

»Noch einen Treffer?« Je mehr Mosaiksteinchen, desto näher rückte er dem Täter. »Raus damit!«

»Der Wagen von Clouet ist endlich gefunden.«

»Na prächtig.« Fortschritte machten einfach gute Laune.

»Der Peugeot steht«, Lacoste drehte sich zum Tal und zeigte an der Holzpyramide vorbei zum östlichen Ortsrand, wo die Silos des Getreidehandels Gévrion aufragten, »in der alten LKW-Waage hinter dem Bahndamm.« Lacoste deutete Cédrics gehobene Augenbrauen richtig. »Das ist ein Schuppen unterhalb des alten Güterbahnhofs. Gleich hinter der Bahnbrücke, den können wir von hier aus nicht sehen.«

Dann stand diese LKW-Waage eigentlich ziemlich genau gegenüber der Villa des Opfers an der Allée des Tilleuls, nur dass der alte zugewachsene Bahndamm dazwischen verlief. »*On y va!*«

Cédric war der alte Bahnschuppen nie aufgefallen, der sich zwischen altem Viadukt und Damm hinter Büschen verbarg. Aber oft war er hier auch noch nicht langgefahren. Champagnes Cherriot hatte keine Verträge mit der Kelterei, deren Hallen sich ortsauswärts erstreckten.

Früher waren auf der LKW-Waage die Schwergüter gewogen worden, bevor die Lastwagen die Stichstraße rauf zur Verladung gefahren waren. Am Schuppen blätterte an etlichen Stellen die beige Farbe ab. Die Scheiben der

Lichtluken im Dach waren blind vor Dreck. Das drei Meter hohe Tor stand weit offen, drinnen parkte der Peugeot von Sylvain Clouet.

Ein Spurensicherer im Schutzanzug kroch im Wagen des Opfers herum, Cédric konnte nicht erkennen, wer.

Lacoste bückte sich nach ihm, unter dem Absperrband hindurch, das am Warnschild der Gendarmerie ein paar Meter zur Straße hin angeknotet war. »Zwei Kinder sind durchs Gebüsch über den Bahndamm gekrochen und haben es in dem Schuppen komisch brummen hören. Und weil das grün-weiße SNCF-Schloss, das sonst da hängt, verschwunden war, haben das Mädchen und der Junge das Tor aufgezogen. Drinnen lief der Motor des Peugeot noch, sagen sie. Es habe so stark nach Abgasen gestunken, dass sie nicht reingegangen, sondern lieber gleich zur Gendarmerie gelaufen sind.«

»Sachen gibt's.« Vor dem Schuppen zog sich Meillant die Kapuze vom Schutzanzug und schnäuzte sich in ein Taschentuch. »Der Tank ist komplett leer.«

Cédric wartete ein weiteres Schnäuzen ab. »Hat der Motor wirklich noch bis heute im Leerlauf getuckert, wie die Kinder behaupten?«

»Wir müssen zwar noch die Messtemperatur am Motorblock mit Herstellerdaten abgleichen, aber ich denke, ja.« Meillant warf das Papiertaschentuch in einen Abfallsack der Spurensicherer. »Die Scheibe an der Fahrerseite war runtergefahren, falls das für euch wichtig ist. Alles weitere später. Wir suchen jetzt die Sitze nach Textilfasern und die Oberflächen nach Fingerabdrücken und Blutspuren ab. Wird leider ein bisschen dauern. Ich bin heute allein im Notdienst. Der Streik, ihr wisst.«

Sie arbeiteten wirklich unter erschwerten Bedingungen. »*Merci*. Sie helfen uns sehr.«

Meillant zog sich die Kapuze wieder über den Kopf und kehrte in den Schuppen zurück.

Cédric warf einen Blick hinein. Hinten gab es noch ein Ausfahrtstor. Unter dem Wagen war eine Bohlenfläche von einem Metallrahmen eingefasst. Die LKW-Waage wahrscheinlich. Die Wände schienen grob verputzt, ansonsten war der Schuppen leer. Nicht mal Spinnweben in den Winkeln. »Scheint mir ein bisschen zu sauber dafür, dass die SNCF den seit Jahren nicht benutzt.«

»Jahrzehnten eher. Da ist noch etwas …« Lacoste deutete zum Gebüsch an der Straße. An ein paar Zweigen der Zufahrt flatterten orange Markierungsstreifen im Wind.

Cédric machte ein paar Schritte darauf zu. Einige Ästchen waren abgebrochen, die Blätter daran waren schon welk. »Sie könnten beim Reinrangieren des Wagens abgebrochen sein. Was Reifenspuren angeht, haben wir kein Glück, die Zufahrt ist betoniert.«

»Hier fuhren früher schwer beladene LKW rein. Und hinten am Schuppen wieder raus. Dort hängt allerdings noch ein Vorhängeschloss.« Lacoste lächelte. »Wie die Kinder gesagt haben, grün-weiß lackiert mit den Buchstaben SNCF.«

Cédric ging um den Schuppen herum. Tatsächlich.

Auf der Rückseite schloss ein steiles Hangstück an, überzogen von dichtem Brombeerrankenwerk. Es reichte vier, fünf Meter hoch zum alten Stellwerk. Über ihren Köpfen erkannte Cédric ein Wellblechdach. »Es ist nicht besonders wahrscheinlich, dass Sylvain Clouet hier parkt und den Wagen laufen lässt, wenn er sich mit jemandem auf der anderen Flussseite verabredet hat.« Cédric und Lacoste gingen um den Schuppen herum. »Eher, dass der Täter den Wagen, den Clouet drüben bei der *Schwurhand* geparkt hat, nach dem Mord hierherfährt. Das Tor kann man von der Straße aus nicht richtig einsehen, die Büsche sind zu hoch. Er versteckt den Wagen und verschwindet in die Nacht.«

»Aber warum lässt er dann den Motor laufen?«

»Unter Zeitdruck vergisst man schnell etwas.«

»Nach dem ganzen Aufwand mit den Kunstwerken und den Flaschen, Chef?«

»Unwahrscheinlich, das stimmt.«

»Die Güterbahn vermietet Flächen. Wir müssen feststellen, ob Sylvain Clouet den Schuppen vielleicht gemietet hat. Sicherheitshalber. Weil seine Garagen voll waren oder er noch ein Auto kaufen wollte – was weiß ich.«

»Tu das.« Cédric gefiel das Hin und Her. In der Reibung kam er immer auf die besten Ideen. »Oder es ist eine Finte, und der Täter amüsiert sich mit kleinen Rätseln für die dumme Polizei.«

Lacoste legte den Finger hinters Ohr. »Wie bitte? Das klingt, als hättest du Odette im Verdacht.«

»Konkret verdächtige ich noch niemanden, weil mich noch kein Motiv richtig überzeugt.« Er sollte das Leben des Opfers noch genauer durchleuchten. »Was genau hat Sylvain Clouet nach dem Empfang gemacht? Nur Emma besucht? Irgendwer in diesem gottverdammten Kaff muss doch etwas gesehen haben.«

»Mein Gott, du fluchst ja.«

Wo Cédric herkam, hätte man das für ein bisschen Ungeduld gehalten. Von richtigen Flüchen, wie man sie in seiner Hochhaussiedlung von Sucy gebrauchte, hätten Lacoste die Ohren geschlackert.

Cédric drehte sich am Straßenrand unter einer Linde. »Der bewachsene Bahndamm, die Kelterei auf der anderen Straßenseite, der stillgelegte Güterbahnhof hinter uns. Nachts ist hier niemand unterwegs. Da war es einfach für den Täter, Clouets Wagen hier einzurangieren.« Er hatte ein seltsames Bauchgefühl, was es auslöste, konnte er nicht zuordnen. »Du hast noch etwas Wichtiges gesagt, aber ich weiß nicht mehr, was es war. Es hatte mit den Kindern zu tun.« *Zut!* Am liebsten hätte er jetzt doch richtig geflucht, so wie früher. Auch wenn es unfein war – es blies die Hirnwindungen frei.

»Wir müssen weiter. Die Abläufe der Tatnacht rekonstruieren.«

15

Schiefe Hausmauern, die so dicht beieinanderstanden, dass sich die Nachbarn von den Fenstern aus die Hände schütteln konnten. War es möglich, dass die Täter bei ihrer nächtlichen Runde zwischen den Kunstobjekten diese winkelige Ruelle des Teinturiers passiert hatten? Immerhin kürzte die Gasse den Weg aus dem Ortskern zum Pont Neuf ab.

Die Kirche hinter ihm war der Sainte Pudentienne geweiht, der obskuren Ortsheiligen. Gerade mal getauft hatten seine Eltern ihn, und auch nur seiner *mémé* väterlicherseits zuliebe. Aber jeder glaubte an etwas, auch Täter.

Du denkst nur noch an den Fall. Mit jedem Schritt mehr durch den Ort spürte Cédric, wie ihn die Ermittlung veränderte: Es war fast schon wieder wie in Paris, wo er auf jedem Flohmarkt die kleinen Taschendiebe hatte herumstreifen sehen, bevor er die Touristen wahrgenommen hatte in ihren fröhlichen Selfie-Posen. Seine überdurchschnittliche Beobachtungsgabe hatte ihn immer mit Stolz erfüllt. Aber wirklich realistisch sein hieß auch, das Gute in den Menschen zu sehen. Die positive Energie zu spüren, die es genauso gab. Und von der Maryse so viel hatte. Das hatte er erst in der Champagne gelernt.

Cédric blieb stehen. Die Rue des Dames vor ihm reichte bis zum Marktplatz. Eine Frau bugsierte ein Fahrrad in ihr Haus, ein Putzmann schrubbte im zweiten Stock schmale Giebelhölzer. Gerade deshalb mochte Cédric Lézy-le-Sec. Weil hier kein König von Frankreich große Plätze gezirkelt hatte, sondern die Eigensinnigkeit der Leute das Bild bestimmte, die im Mittelalter ein Haus mal weiter vor, mal ein bisschen schräg, schmal oder breit gebaut hatten. Und eigensinnig waren die Leute in der Champagne immer noch.

Sein privates Handy vibrierte. *Quand on parle du loup* … Cherriot senior schrieb. Um Punkt 17 Uhr? Cédric überflog die Nachricht. *Jetzt ist dein offizielles Schichtende.* Drei Punkte zeigten an, dass er gerade schrieb. In einer laufenden Ermittlung sollte er auf einen pünktlichen Feierabend bestehen? Sein Schwiegervater hatte manchmal Vorstellungen … Cédric schüttelte den Kopf und steckte das Handy weg.

Besonders jetzt durfte er nicht zögern. Mit etwas Glück half ihm die neue Zeugin, die sich bei Amadou gemeldet hatte. Cédric bog zur Passerelle mit dem gusseisernen Geländer ab.

Die andere Flussseite säumten große Bürgerhäuser aus der Belle Époque. Ihre bunten Giebel ragten hinter hohen, mit Efeu überwucherten Mauern auf. Zwischen dem Anwesen von Hélène Ciboux und dem Wachtturm Marie-Jeannes führte der Sandweg hindurch.

Das dunkelblau lackierte Tor in der Mauer stand offen. Cédric hatte entschieden, dass Lacoste im Büro die bisherigen Ergebnisse sortieren und mit Nachrecherchen absichern sollte. Der hatte ihn vorgewarnt. Prompt knurrten die Hunde. Dunkel wie Wölfe, dazwischen kläffte es hell.

»Hinten beim Zwinger, an den Regentonnen rechts«, rief eine Frauenstimme.

Efeu war über das ganze Erdgeschoss, den Erker im ersten Stock bis hoch zum roten Dach gekrochen. Zum Hof hin gab es eine Terrasse mit weißen Stühlen. Von ihr führte eine Sandsteintreppe herunter in einen von hohen Büschen bestandenen Garten.

Das Knurren schlug in lautes Gebell um, kaum dass er um die Regentonnen an der Hausecke bog. In einem großen Zwinger sprangen ein schwarzer Labrador, ein deutscher Schäferhund und ein Hündchen mit langen Zotteln umeinander herum und gegen das Gitter.

»*Assis*!« Madame Ciboux klatschte in für eine Frau ziemlich breite Hände, die mit vielen Goldringen besteckt waren. Die Hunde gehorchten sofort. »Ihr kommt alle an die Reihe.« Ciboux trug einen Freizeitanzug *bleumarine* und ein schickes weiß-rotes Halstuch, ganz die konservative Bürgerin, die auf Chichi gern verzichtete. »Hat Lacoste doch nicht übertrieben, dass er den Chef schickt. Sonst hat er ja eine große Klappe.« Sie hing eine Hundeleine an einen Haken am Zwingergitter.

Bisher hatte Cédric von seinem Assistenten nicht diesen Eindruck. Ciboux taxierte ihn mit halb abgewandtem Kopf, wie Menschen es taten, denen das Leben übel mitgespielt hatte. Sein zweiter Blick verriet ihm, dass dezentes Make-up tatsächlich jünger machen konnte. Er schätzte sie auf über sechzig. »Sie züchten Hunde, Madame?«

Sie stützte eine Hand in ihre Hüfte. »Na, das kann ja was werden … Das sind doch offensichtlich ganz verschiedene Rassen.«

Mit der großen Klappe hätte sie sich auch selbst meinen können. »Das Logo dort ist aber das des Züchterverbands.« Cédric deutete auf eine Packung Hundefutter unter einem Vordach.

Die Hunde saßen vorn aufgestützt nebeneinander und spitzten die Ohren wie eine Leibgarde.

Ciboux lachte mit weichem Timbre. »Sie tragen Ihren Spitznamen zu Recht. Überzeugt. Kommen Sie.«

Sie zog ihn einfach am Ärmel ein paar Schritte von den Hunden weg.

»Früher habe ich gezüchtet, als mein Mann noch lebte. Labradore. Sie sind ein bisschen aus der Mode gekommen, dabei sind es wunderbare Hunde. Arbeitsfreudig und *complaisant*. Seit ich in Rente bin, beschränke ich mich darauf, Hunde zu retten.« Sie zeigte die Steintreppe zur Terrasse hoch. »Wenn Sie möchten, können wir uns setzen.«

Der Schatten hier war ihm lieber. »Danke, ich habe schon genug gesessen.«

»Da geht es Ihnen wie mir. Drei Stunden habe ich versucht zu verstehen, was die Versicherung noch von mir will. Nounou hat jemanden gebissen. Wobei gebissen …« Sie winkte mit der Hand ab. »Die Kleine kann nur noch kneifen, so alt und schwach, wie das Mädchen ist. Elfeinhalb.«

»Sie haben Lacoste angerufen, weil Sie eine Aussage machen wollen, Madame.«

Sie legte die Hände vor dem Bauch übereinander. »Richtig. Ich gehe jeden Abend meine Runde mit den Hunden. Die brauchen ihre Bewegung.«

Im Zwinger neben ihnen hatten sich die Tiere auf alle viere gelegt, lauerten aber aufmerksam.

»Früher bin ich mit drei oder vier Leinen und dem ganzen Rudel los. Heute geht das nicht mehr.« Sie tippte auf ihren Ellenbogen. »Arthrose. Also nehme ich Nounou morgens mit, wenn ich Baguette hole. Tiff, der schwarze Labrador, darf auf die Mittagsrunde und Gernot, der Schäferhund, begleitet mich abends. Und spät wechsele ich die Tiere noch mal ab.«

»Sie gehen viermal am Tag spazieren?«

»Natürlich. Die müssen doch Pipi machen.«

Vom Zwinger wehte tatsächlich kein unangenehmer Geruch herüber.

»Das hält mich gesund.« Ciboux zog sich den Freizeitanzug am Jackensaum glatt. »Und deshalb weiß ich, wie sich Lézy-le-Sec nachts anhört.«

Zeugen sprachen selten zuerst von Geräuschen. »Worauf wollen Sie hinaus?«

Ciboux zeigte zu ihrem Hoftor in seinem Rücken. »Wenn ich da rausgehe, nach links, komme ich am Haus von Emma Vellot und noch drei Nachbarn vorbei zur Straße nach Saint Félix. Dort gehe ich immer über den Vieux Pont und dann die Rue Maréchal Lubertin unter der Bahn durch bis zur Kelterei. Hinterm alten Bahnhof den Hügel rauf, durchs Neubauviertel bis zum Backhaus und wieder die Rue Ducale herunter, Kirche, Marktplatz, Passerelle, *chez moi.*«

Cédric vollzog den Weg durch die Stadtviertel nach. »Eine gute Stunde, schätze ich.«

»Mal mehr, mal weniger. Je nachdem, wie neugierig meine Lieblinge sind. Sie schnüffeln ja gern überall.«

Cédric nickte nur.

»In der Nacht, als sie den guten Monsieur Clouet abgemurkst haben ... – was für eine Schande, einen besseren Vertreter im Conseil régional hatten wir lange nicht, noch dazu einen aus Lézy! Also in der Nacht von Sonntag auf Montag war ich gerade über den Vieux Pont gegangen und blieb am Kreisel im Gebüsch stehen, weil Tiff groß musste. Das dauert bei ihm manchmal, er hat Verstopfungen.« Sie hob kurz die Schultern. »So ist es halt. Die Kirchturmuhr schlug gerade dreiundzwanzig Uhr mit ihrer üblichen Verspätung. Und wen sehe ich über die Brücke an mir vorbei und in unseren Weg hineinfahren bis zur Einfahrt von Emmas Haus, die man unter den Bäumen am Fluss hindurch noch sieht? Notar Duvert.«

Der Notar hatte das mit keinem Wort erwähnt. »Was ist daran ungewöhnlich?«, fragte Cédric.

»Dass ich noch einen Wagen kurz vorher dort gesehen habe, als ich mein Tor geschlossen habe. Kurz vor elf stand der von Sylvain Clouet noch im Hof von Emma Vellot.« Ciboux zog die Mundwinkel herunter. »Emma sitzt seit dem Mord jeden Nachmittag nach ihrer Arbeit im Architekturbüro mit verheulten Augen bei ihrem Bruder Matthieu im Geschäft. Nur damit sie ja alle sehen.« Ciboux lachte bitter auf. »So weit ist es in Frankreich gekommen, dass sich die Maitressen als trauernde Witwen aufspielen. Danièle Clouet, die hat wirklich Stil. Auf die lasse ich nichts kommen. Sie ist nicht so von oben herab wie andere hier. Obwohl sie es sich leisten könnte, als geborene de Romillefont und mit ihrem geerbten Geld.«

Cédric verglich ihre Beschreibung mit seinem Eindruck der Witwe. Arrogant hatte sie tatsächlich nicht gewirkt.

»In Toucy gehören ihr fast alle Weinberge. Aber Danièle lässt auch mal was springen. Oder glauben Sie, dass die Gemeindekasse die Sanierung der alten Pferdetränke bezahlt hätte? Pah!«

Daher also rührte die Sympathie? »Sind Sie sicher, dass Notar Duvert am Steuer des Wagens saß? Immerhin war es dunkel.«

»So einen lockigen Kranz um einen Kahlkopf hat hier nur einer.« Sie kniff die Augen zu. »Der Kreisel ist ja nachts beleuchtet. Als ob dort eine Auffahrt zur Autobahn wäre. Und außerdem kenne ich seinen Wagen. Der stand nicht zum ersten Mal bei dem Früchtchen im Hof. Die Mademoiselle fuhr offenbar zweigleisig.« Ciboux lächelte ihren hechelnden Lieblingen zu.

Es lag näher, dass die nächtlichen Besuche bei Emma mit der Vigne d'Or zu tun hatten – oder mit einem Vorfall dort beim Empfang nach der Wahl, wo die drei sich bereits früher an dem Abend begegnet waren.

»Emma Vellot war beim Notar in Ausbildung, heute arbeitet sie beim Architekten Paul Francourt, nicht wahr?«

»Wer weiß, wer an dessen Scheidung wirklich schuld war? Aber hören Sie mir auf mit dem Architekten. Der steckt mit den allen unter einer Decke. Gemeinsam mit Matthieu, Emmas Bruder, hat er den Segelflugplatz durchgesetzt – als hätte man von öffentlichen Geldern nicht auch mal etwas für die jungen Leute finanzieren können. – Ach, da steckt der!« Ciboux machte ein paar Schritte zur Futterpackung hin und holte zwischen zwei Blumenkübeln einen roten Ball hervor. »Nounou versteckt gern etwas.«

»Sie glauben also, dass Emma Vellot ein Verhältnis mit Duvert hat?«

Sie drückte den Ball in ihrer breiten Hand. »Ich sage nur, dass Emma, die sich so trauernd gibt, in der Nacht, in der Clouet ermordet wurde, den Notar getroffen hat.

Und zwar nach dem Empfang der Vigne d'Or, wo sich Duvert aufgespielt hat.«

Das war Cédric neu. »Waren Sie auch dort?«

»Nein. Aber Marie-Jeanne hat mir alles erzählt. Sie weiß es von der Kassenwartin, ihrer Cousine.«

Ciboux schien keinen Gedanken daran zu verschwenden, dass Informationen aus dritter Hand unwahr sein könnten.

»Da war aber noch mehr in dieser Nacht merkwürdig. Tiff war mit seinem Geschäft fertig. Ich ging am Kreisel die Rue Maréchal Lubertin Richtung alte Kelterei weiter. Alles war so still wie immer. Hinter den runtergelassenen Rollläden nur hie und da Licht. Und kurz vor der Unterführung hörte ich ein Platschen, hinter der Baumreihe, beim Fluss.«

Die Häuserzeile reichte nicht ganz bis an den Damm. »An dem verwilderten Grundstück?«

»Respekt. Sie haben den Stadtplan ja schon genau im Kopf.«

Er fuhr jeden Mittwoch dort entlang zu einem Weinberg und kümmerte sich um den Pinot Blanc. »Beschreiben Sie das Geräusch, bitte.«

»Tja, was soll ich sagen ... Nicht als ob man Steine ins Wasser wirft, auch nicht wie ein Müllsack oder so, den man illegal entsorgt. Es klang nicht nach einem Aufprall. Eher wie ein Hineinsausen. Wie ein schwerer Mann beim Kopfsprung.«

Cédric würde sich bei der Gendarmerie umhören, was die Jugendlichen im Ort so trieben. Oder wer gern Sondermüll billig entsorgte. Aber wenn Ciboux jemanden etwas hatte werfen hören, der dort am Flussufer stand, hätte dieser jemand eventuell auf der anderen Seite etwas bemerken können.

»Haben Sie am Fluss nachgeschaut, was das Geräusch verursacht haben könnte?«

Ciboux legte die Hand auf ihr Halstuch. »Ohne Taschenlampe durch das wilde Gestrüpp? *Non, non.* So leichtsinnig bin ich nicht. Ich breche mir in meinem Alter nicht die Knochen.« Ciboux strich sich eine Strähne aus der Stirn. »Tiff hat kurz die Ohren aufgestellt, ist dann aber weitergelaufen. Und wenn Tiff nichts wittert, brauche ich es gar nicht erst zu versuchen.«

»Sind Sie einfach die übliche Tour weitergelaufen?«

»Was sonst? Tiff war ein bisschen trödelig. Das macht er manchmal, wenn ich ihm zu wenig Auslauf gebe. Die Tiere zeigen mir schon, was sie brauchen.«

Das tiefe Verständnis, das zwischen ihr und ihren Schützlingen herrschte, rührte ihn ein bisschen.

»Eines fiel mir bei der Nachtrunde noch auf. Einfach nur, weil ich sonst andere bei Chantal reinwitschen sehe. *Bistrot* nennt sie das«, sie ließ ein Pfft hören, »die hält wohl die Leute für blöd. Bohren Sie mal nach, an welche Art *Freundinnen* Chantal oben die drei Zimmerchen vermietet.« Sie senkte die Stimme. »Ich komme also vom alten Backhaus die Rue Ducale herunter. Da sind ja viele Lampen nicht in Ordnung – die *commune* spart, wo sie kann. Jedenfalls sehe ich gegen halb eins den Notar Duvert bei Chantal reingehen.«

Noch ein Besuch in der Nacht, den er verschwiegen hatte. Und irgendwie erwähnten alle diese ominöse Chantal. Er würde sie möglichst bald besuchen. »Odette Hurtois, die Malerin, hält dort Hof, habe ich gehört.«

»Im Atelier kann sie es ja nicht, dieser Müllkippe! Es schadet nicht, wenn Odette mal ein bisschen weniger aufdreht.« Ciboux machte zwei Schritte vom Zwinger weg.

Cédrics privates Handy vibrierte in der Brusttasche. Das musste warten. »Was meinen Sie damit?«

»Diese sogenannten ›Kunstwerke‹ stehen schon lange in den Hügeln um Lézy wie Sperrmüll, der nicht abgeholt wird. Das regt keinen mehr auf. Und dass Odette als Künstlerin nicht zum Zuge gekommen ist, nun, es gab eine Menge Leute, die ihre komischen Puppen noch weniger dort hätten sehen wollen.«

Cédric überging das lieber. »Sagten Sie nicht etwas von einem Segelflugverein? Vielleicht gab es dort eine Versammlung?«

»Bei Chantal? Nie im Leben. Dazu sind sich die Piloten-Messieurs und Pilotessen-Mesdames zu fein. Die ganze Bourgeoisie ist da Mitglied. Wieso gerade Matthieu Vellot zu dem Club gehört, ist mir ein Rätsel. Sonst hetzt der ja gegen die Leute mit Geld und hat auch schon mal für die Parti Socialiste kandidiert. Ist aber schon ein Weilchen her.« Ciboux hob die Schultern. »Vielleicht brauchen die einen billigen Handwerker in dem Verein, der die Maschinen reparieren kann. Geschickt mit den Händen ist er ja. Wie schon sein Vater. Leider kann er nicht so gut mit Geld umgehen wie seine Mutter. Sie war eine gute Freundin von mir. Die beiden sind viel zu früh gestorben.«

»Der Autounfall auf der A4, nicht wahr?«

Ciboux seufzte. »Grässlich. Hackfleisch hat der Laster aus den beiden gemacht. Entschuldigen Sie, aber so war's. Emma und Matthieu haben, kaum volljährig, ein Champagnerhaus übernehmen müssen.«

Die vielen neuen Informationen müsste er erst einmal verdauen und mit Lacoste sortieren. »Bitte kommen Sie noch einmal ins Büro, damit Lacoste das alles schriftlich …«

»Kann er nicht vorbeikommen? Ihr habt doch diese modernen Diktiergeräte.«

»Vorschrift ist Vorschrift.«

»Ach was, Commissaire. Doch nicht in Lézy-le-Sec.« Sie bückte sich und ließ den Ball auf den Zwinger zurollen. Die Hunde sprangen sofort auf, starrten, machten aber keinen Mucks. »Oder fragen Sie Lacoste mal, warum er im Halteverbot bei der alten Kelterei parkt.«

Wahrscheinlich kaufte er bei Gévrion et fils seinen Champagner. Eine Gemeinde, die solche Bürgerinnen hatte, brauchte keine Überwachungskameras. »Kommen Sie einfach ins Büro, wenn Sie Zeit haben. *Au revoir*, Madame.«

Ciboux hob nur den Finger. Die Hunde drehten ihre Schnauzen, als Cédric den Hof verließ, aber keiner gab einen Laut von sich.

Auf der Straße sah Cédric auf sein privates Handy, das schon wieder vibrierte.

Jetzt ist dein offizielles Schichtende laut Polizeigewerkschaft. Antoine, der mir helfen wollte, hat sich in die Hand geschnitten, als er seine Rasenmäherklingen geschärft hat, der Idiot. Ich brauche dich dringend hier, sonst kippen uns die Tanks.

Eine Viertelstunde später hatte sein Schwiegervater die nächste Nachricht verfasst. *Wo steckst du??* Und noch mal: *KOMM SOFORT HER!!*

Cédric rannte los. Schließlich war er der Chef der Ermittlung. Und der machte für heute Schluss. Paris war selber schuld. Ab jetzt gab es nur den Winzer Bresson. Kippende Gärtanks … Der Verlust ginge in die Zigtausende!

Maryse hängte seinen Anzug zum Lüften draußen auf den Balkon. Cédric stand in Unterwäsche im Schlafzimmer, die Beine schon in den Arbeitshosen des Schutzanzugs für die Kellerarbeit. Er schlüpfte in die Ärmel, weil er ihn in einem Zug von den Knien hochstreifen wollte, als sein Diensthandy auf der Bettdecke laut piepte. *Theuilly-Bazet* zeigte das Display an. »Mist, verdammter!« Cédric humpelte zum Bett, was an den Nähten zerrte. Er rollte, halb gefesselt vom nicht über die Knie hochrutschenden Hosenbein, seitlich aufs Bett und ging ran. »Bresson.«

»Warum sind Sie nicht in der Dienststelle?«

Der Chef de cabinet hatte sich nicht mal namentlich gemeldet. Cédric verzog das Gesicht wie unter Schmerzen, als Warnung an Maryse, die gerade vom Balkon hereinkam. Sie ging auf Zehenspitzen weiter und setzte sich leise auf die Bettkante.

»Ich habe eben eine Zeugin befragt, die wichtige Hinweise …«

»Schreiben Sie das in Ihrem Bericht, der spätestens morgen um Punkt sechs in meinem E-Mail-Postfach eingeht.«

Die Gärtanks konnten nicht mehr warten, sein Schwiegervater rackerte seit zwei Stunden in der Halle. Er brauchte ihn jetzt. Cédric rollte sich auf den Rücken, und Maryse streifte ihm die Hosenbeine über die Knie. »Selbstverständlich«, brachte er heraus.

»Wenigstens haben Sie Mbeke, den Konsul von Kuwait, tatsächlich in Ruhe gelassen.«

»Er war nur ein Ersatzmann für einen örtlichen Notar, der …«

»Ich bezweifle, dass der Konsul von Kuwait für irgendwen Ersatzmann ist außer für den Scheich von Kuwait.«

Die Kälte der Macht klirrte im Hörer. Cédric würde ihm alles *en détail* aufschreiben müssen.

»Übrigens … Sie sind kein Teilzeitkommissar in diesem Fall. Die République verlangt den absoluten Einsatz ihrer Beamten. Rund um die Uhr.«

Cédric schnappte bei so viel falschem Pathos nach Luft, wobei Maryse den Reißverschluss des Schutzanzugs vor seiner Brust losließ. Aber es blieb ihm nichts anderes übrig, als klein beizugeben.

»Ich versichere Ihnen, dass …«

»Reden Sie sich nicht um Kopf und Kragen, Bresson. Damit wir uns richtig verstehen: Telefonieren Sie nicht so viel mit Ihrem Schwiegervater!«

Die Verbindung war weg.

Cédric warf das Diensthandy in hohem Bogen von sich. Monsieur spielte Macht-Schach – mit ihm als Läufer.

Maryse hastete dem Handy hinterher und fing es vor der Balkontür auf. »So kenne ich dich ja gar nicht.«

»Die spinnen in Paris. Absolut.« Dass sie ihn auch noch abhörten, verriet er Maryse lieber nicht. »Ich muss zu den Tanks.« Auf seinem Spielfeld war das jetzt wichtig, und sonst nichts. Er spurtete los.

16

Cédric roch wie ein Korb Pfirsiche. Maryse liebte intensive Düfte, die manchmal seine feine Nase ziemlich herausforderten. Sein eigenes Shampoo war leer gewesen, als er nach der intensiven Kellerarbeit geduscht hatte. Sie hatten die Tanks mithilfe der Reservebottiche retten können. Beim zusätzlichen Filtrieren war nicht ausgeblieben, dass sich der Gestank der gärigen Hefebrühe in seinen Haaren verfangen hatte. Aber der Dunst hier in Chantals *bistrot* war auch nicht ohne: Billiges Aftershave und Käsetoast mischten sich mit verschüttetem Rotwein und abgestandenem Rauch. Hinter Cédric wehte noch etwas vom Zigarillo mit herein, den eine verblühte Frau draußen neben der Holzbohlentür mit weggestrecktem Arm rauchte, als ob sie auf die Vergangenheit wartete.

Cédric taten die Arme richtig weh vom vielen Büttenschieben im Weinkeller. Während er seinem Schwiegervater beim Filtrieren zur Hand gegangen war, hatte er sich noch einmal geschworen, den Chef de cabinet schnellstens loszuwerden. Ohnehin spürte er, dass sie der Lösung näherkamen. Sich in Chantals *bistrot* umzuhören war nur der nächste logische Schritt. Und kurz nach dreiundzwanzig Uhr dafür die beste Zeit.

Es war voll, in der einen Ecke lief leise der Sportkanal, eine Runde breitschultriger Männer protestierte lauthals über einen Fehlpass in der *ligue des champions*, am nächsten Tisch klirrten Gläser.

Überm Zinktresen hingen kopfüber Flaschen mit Hochprozentigem. Die schwachen Lampen reichten so tief über die Tische, dass keiner sich um seine Falten Sorgen zu machen brauchte. Im Hintergrund dudelte leise Musik.

Fachwerk ohne Füllung markierte einzelne Reviere: die Sportfans oder die Gäste, die was zu bequatschen hatten. Am runden Tisch hinten links giggelten mehrere feiernde Frauen, zwei davon schauten ein bisschen länger zu ihm.

Cédric spürte den Blick, der ihn vom Tresen aus traf, noch bevor er ihn auffing. Viel Wimperntusche und Kajal. Chantal spannte ihren schlanken Körper an, füllte aber routiniert weiter zwei Gläser Caipirinha, während sie ihn von oben bis unten musterte. Wie alle aus dem Milieu erkannte sie einen Polizisten instinktiv.

»Mit Limetten, wie immer,« sagte sie mit einer rauen Raucherinnenstimme und stellte die Getränke vor zwei ziemlich jungen Kerlen auf den Tresen.

Die beachteten Cédric nicht und stießen laut klirrend an. »Auf Biarritz.«

»Zwei Leffe mit Kirsch, eine Brune«, rief ein schmaler Kellner, der vom Tisch mit der Runde feiernder Frauen hergelaufen kam. »Valérie ist in Fahrt.« Er machte einen Bogen um den Tresen und stellte sein Tablett mit leeren Gläsern neben das Spülbecken. »Monsieur?« Dabei tauchte er schon welche ins Wasser.

Cédric griff zum Ausweis in seiner Jackentasche. Chantal legte aber ihrem Kellner die Hand an die Hüfte und schob sich an ihm vorbei. »Monsieur ist schon bei mir, Amar.« Sie lächelte nicht einmal aufgesetzt, sondern wies zum Gang Richtung Toiletten.

Unter einem Deckenspot ließ Cédric den Ausweis aufklappen.

Chantal verschränkte die Arme vor dem rosa Glitzer-T-Shirt. »Hier sind bloß Leute aus der Gegend.« Sie deutete mit dem Kinn zu den Tischen. »Stammgäste.«

Cédric mochte an solchen Frauen, dass sie ohne Umschweife zur Sache kamen. »Es mag aber sein, dass der eine oder andere Ihrer Gäste Sylvain Clouet begegnet ist.« Cédric sprach mit Absicht leise. »In der Mordnacht.«

»Sie sind also der Kommissar, den Paris unserem Guy vor die Nase gesetzt hat.« Sie verzog den Mund. »Hat ganz schön dran zu knabbern, der Kleine.«

»Mein Co Guy Lacoste leistet wertvolle Arbeit bei den Ermittlungen.« Cédric blieb ruhig stehen.

Sie hob ein bisschen das Kinn. »Bei mir ist er Dart-Champion, der auf den dritten Platz zurückgefallen ist, weil er Strafpunkte kassiert hat. Wer nicht kommt, kriegt welche. Da bin ich streng. Kann ich Guy nicht helfen, wenn er Sonntagabend schwänzt.« Mit einem Blick über Cédrics Schulter prüfte sie, warum am Sportlertisch so laut gelacht wurde.

Chantal drehte sich zu einer schwarzen Holzwand um und fischte einen Spezialstecker aus der Rocktasche, eine Kontaktfläche summte. »Mein Büro.«

Es war winzig. Cédric hätte gerade einmal die Arme ausbreiten können. Schwaches lilafarbenes Licht fiel durch einen Einwegspiegel, wie es sie sonst nur in Bordellen gab. Darunter stand ein schmaler Tisch. Draußen hantierte Amar am Tresen.

»Ich will keinen Ärger. Hier wird nichts vertickt, und oben in den Zimmern arbeiten auch keine Nutten. Egal, was die Leute reden. Fragen Sie Ihre Kollegin Corinne.«

Offenbar ging Chantal davon aus, dass er in den Datenbanken über sie recherchiert hatte.

»Erzählen Sie mir von der Nacht von Sonntag auf Montag. Wer war hier, von den Leuten, die mit Sylvain Clouet zu tun haben?«

Chantal lehnte in der Ecke an einem kleinen Tresor, die Arme wieder vorm rosa Shirt verschränkt. »Was heißt ›zu tun haben‹ für Sie? Clouet war Politiker. Und früher Bürgermeister. Da kommen einige zusammen.«

»Wer war in der Nacht hier?«

Chantal legte das linke über das rechte Bein und wackelte mit der Schuhspitze. »Nur Stammgäste.«

»Tatsächlich?« Sie spielte das Spiel schlecht. »Gehört die Malerin Hurtois dazu?«

Die Härte wich aus Chantals schmalem Gesicht. »Wenn Odette Geld nehmen würde, hätte ich sie längst am Umsatz beteiligt. Sie mischt den Laden manchmal richtig auf. Wenn sie in Fahrt ist, tanzt sie auf dem Tisch.«

Cédric konnte sich vorstellen, dass das bei den breitschultrigen Männern als Abwechslung zum Sportkanal gut ankam.

»Wie Odette stelle ich mir die Französinnen auf den Barrikaden der Revolution vor«, sagte Chantal.

»Dass sie kämpferisch ist, glaube ich gern. Und sie war erklärte Feindin von Clouet.«

»Aber nicht die einzige.« Chantal streckte die Hand zum Spiegel aus. »Die kräftigen Jungs da arbeiten alle im Werk, wo sie die TGV-Motoren bauen. Die meisten ma-

183

chen auch *motocross* und sind gerade schwer sauer, weil Clouet ihr Trainingsgelände hat schließen lassen. Plötzlich war die Wiese angeblich ein Fundfeld aus dem Mittelalter. Clouets Gerede vom Kulturerbe ging uns allen auf den Zeiger. Jetzt müssen die viel weiter weg beim Wald in Clairefontaine trainieren. Und die Segelflieger hatten ihn auf der Liste, weil er die Verlängerung der Landebahn blockierte, die schon ewig beantragt ist. Und das angeblich nur, um dem Notar Duvert eins auszuwischen.«

»Mit dem er eine alte Feindschaft pflegt?«

Chantal parkte die Hand am Bund des Lederrocks. »Angeblich hat der bloß nie verdaut, dass Clouet die reiche Erbin Danièle rumgekriegt hat und nicht er. Die Frauen dort in der Ecke ...« Sie deutete zum Gastraum. »Alles Anhängerinnen von Odette. Die haben die Demo gegen die Holzskulpturen hier geplant. Matthieu Vellot war auch dabei, der wollte am liebsten Gülle vor die Mairie schütten. Aber weil eine von ihnen in der Straße wohnt, haben sie lieber Farbbeutel auf die Scheiben werfen wollen.«

Cédric hatte davon nichts in den Akten gelesen. »Und, was wurde es am Ende?«

»Bunte Transparente, die an den Straßenbäumen am Bahndamm gegenüber von Clouets Wohnhaus aufgespannt wurden.« Chantal lachte rau. »Wenn mit allem ernst gemacht würde, was die Leute so von sich geben, wären schon unsere Vorfahren, die Gallier, ausgestorben.« Sie lächelte wieder beinahe mütterlich.

»Ich mag Asterix auch. – Dennoch hat jemand die Reifen des Wagens von Clouet zerstochen.«

Chantals schmales Gesicht wurde lang. »Das höre *ich* zum ersten Mal.«

Sie fragte nicht weiter nach und wartete. Cédric begriff, dass sie loyal zu ihren Gästen stand und lieber nicht alles erfuhr. »Wer war in der Mordnacht hier im *bistrot*? Sie würden damit ein paar von den Stammgästen da draußen ein Alibi verschaffen.« Cédric nickte zum Einwegspiegel hin.

»Den Gefallen werde ich der Polizei gern tun. Ich zeige Ihnen die Sicherheitsaufnahmen.«

Cédric hob eine Augenbraue.

»Alles ganz legal.« Sie bückte sich zum Tresor und drehte am Knauf. »Das Logo mit dem Hinweis im Entrée entspricht den gesetzlichen Vorgaben. Außerdem steht es noch mal in der Speisekarte.«

In winziger Schrift wahrscheinlich. »Wofür brauchen Sie das?«

»Wenn Ihnen mal die ganze Bar zerlegt worden ist, werden Sie vorsichtig«, sagte sie über die Schulter. »So kann ich der Versicherung beweisen, dass ich es nicht selbst war.«

Chantal holte einen flachen Laptop heraus und legte ihn auf den schmalen Tisch. Mit ein paar Klicks hatte sie das Wiedergabeprogramm aktiviert. »Welche Uhrzeit interessiert Sie?«

»Sagen wir ab dreiundzwanzig Uhr.«

Sie tippte es in ein Eingabefeld und drehte den Laptop in seine Sichtachse. »Die Geschwindigkeit können Sie mit den Fingern auf dem Sensorfeld regulieren.«

Cédric erkannte die Polizeisoftware für Videoauswertung, über die eigentlich nur die staatlichen Stellen verfügten. »Sie sind gut ausgerüstet.«

Chantal schaute hinaus zur Bar, wo Amar mit ziemlicher Geschwindigkeit Schnäpse an den kopfüber hängenden Flaschen abfüllte. »Beziehungen.«

»Der Dart-Champion Lacoste?«, versuchte es Cédric. »Oder Amadou?«

Chantal stellte die Beine überkreuz. »Natürlich weder noch.«

Aber minimal gezögert hatte sie mit der Antwort. Die kleinen Deals mit Informanten gab es natürlich auch in der Provinz. Vielleicht steckte auch seine herbe Kollegin Corinne dahinter, die das Rotlichtmilieu überwachte. Aber das gehörte nicht zu seinem Fall. Cédric ließ die Aufzeichnung tanzen und konzentrierte sich auf die Kamera, die den Eingang erfasste. »Da!« Odette Hurtois rauschte herein, gleich im Sturmschritt bis an den besetzten hinteren Tisch. Cédric stoppte die Anzeige. »0:09 Uhr. Sie trägt schmutzige Schuhe.«

»Ihr Atelier liegt mitten im Weinberg. Sie fährt doch nicht mit dem Auto her, wenn sie feiern will.«

Cédric ließ die Aufzeichnung wieder laufen. Er wollte gerade auf den hinteren Tisch zu Odette zoomen, als wieder die Bistrotür auflog, jemand mit forschen Schritten hereinkam und neben dem Tresen aus dem Bild verschwand. Emmas Bruder, Matthieu Vellot, in grüner Weinschürze wie direkt aus dem Geschäft. Hinter ihm Paul Francourt, der Architekt, elegant gekleidet. 0:32 Uhr. Cédric machte Chantal ein Zeichen. »Auch Stammgäste?«

Sie beugte sich über den Laptop.

»Ja und nein.«

Ihr schweres Parfüm, das nach Orchideen roch, umhüllte ihn. »Was soll das heißen?«

»Ab und zu ist einer von beiden sonntagabends hier. Unter der Woche so gut wie nie. Die Stammgäste kommen ja öfter.«

»Warum dann diesen Sonntag?«

»Keine Ahnung. Francourt hat sich letztes Jahr scheiden lassen. Seitdem ist er öfter da.«

Cédric ließ die Aufnahme langsam weiterlaufen. Die beiden Männer begrüßten Odette am runden Tisch, wo noch ein paar Leute ihre Gläser hoben. »Die kennen sich alle.«

»Klar, das ist der Schrauber-Stammtisch.« Chantal wackelte mit dem Kopf. »Auch zwei, drei Frauen mit der Liebe zur Mechanik, zum Blech, zur ganzen Technik sind dabei.« Chantal tippte an ihm vorbei auf das Sensorfeld und zoomte mit den Fingern ins Bild. »Schauen Sie da, hinter den Leuten, auf dem Querbalken rechts und links. Ich habe erlaubt, dass sie zwei Miniaturausgaben der Segelflieger dort anschrauben.« Sie machte Cédric wieder Platz.

»Odette Hurtois ist Mitglied im Segelfliegerverein?«

»Nein. Aber sie ist sonntags fast immer da. Sonst hält sie am Tisch vier Hof, um die Ecke vom Tresen.« Chantal lachte leise. »Sie kann nicht nur malen, sie kann auch schön frivole Chansons singen.«

Diesmal kam Cédric ihren Fingern zuvor und zoomte selbst. »Das Bild an der Wand stammt von Odette.« Großflächige Blumen quollen aus einem Weinfass.

»War eine Art Kompensation.« Chantal lehnte sich wieder an den Tresor. »Sie ist manchmal klamm.«

Paul Francourt und Matthieu Vellot rutschten auf freie Plätze in der Runde. Chantal kam hinzu. Matthieu Vellot plänkelte offensichtlich bei der Bestellung. Odette Hurtois beugte sich über den Tisch. Paul Francourt hob abwehrend die Hand, machte dann aber die Zahl drei mit den Fingern, leider gab es keinen Ton. »Worum ging es da?«

»Daran kann ich mich zufällig erinnern. Es hat mich selbst interessiert. Odette war neugierig, ob Sylvain Clouet wenigstens ein paar Gegenstimmen bei der Wahl zum *président* der Vigne d'Or kassiert hat.«

»Und warum interessierte Sie das auch?« Cédric stoppte das Bild.

»Weil ich gerade ein Haus suche. Bei der Rente, die ich mal kriege, zahle ich besser keine Miete mehr.«

»Was hat das mit Sylvain Clouet zu tun?«

»Es gibt was Passendes im Hameau Royal, nicht besonders groß, muss alles neu gemacht werden, aber mit Grundstück bis an den Fluss. Könnte ich mir gerade so leisten.« Sie hob den Daumen. »Also: Kriegt Sylvain Clouet viele Gegenstimmen, wird er das Immobilienprojekt am Hameau Royal nicht aufhalten können, und die Häuser in dem Weiler dort werden von der Vigne d'Or komplett aufgekauft und zu einem Luxusding für Araber umgebaut. Heißt, die Preise gehen ordentlich rauf, und ich muss mir was anderes suchen.«

»Drei Gegenstimmen waren aber nicht viel.«

»Nein. Aber nützen tut es mir auch nichts mehr. Jetzt wo Clouet tot ist, wird der nächste Präsident der Vigne d'Or vielleicht anders denken.«

»Wer wird das?«

Sie lachte trocken. »Was weiß ich, was die Leute mit Geld aushecken, die hinter dem Verein stecken. Da bin ich nicht die Richtige. Fragen Sie lieber den Filmstar in Ihrer Familie.«

Chantal wusste natürlich, wer er war. Viviane hatte ein paar Telefonate versprochen, das durfte Cédric nicht vergessen. Wenn er schon eine Nachtschicht einlegte, dann rief er sie am besten nachher noch an, bevor er den Bericht an den Chef de cabinet verfasste. Viviane ging nie vor ein Uhr zu Bett. Noch etwas fiel Cédric ein, was er gleich überprüfen könnte. Er ließ die Aufnahme schnell vorlaufen. Tatsächlich. 0:45 Uhr. »Duvert.« Die Labradorzüchterin hatte sich nicht geirrt. Der Notar war bei Chantal eingekehrt.

»Ist auch ein Schrauber. Denkt man nicht. Gehört zum Segelfliegerverein.«

Ein richtiges Sammelbecken.

Sie schwang ihr Bein, als sie sich vom Tresor abdrückte. »Den Laptop kann ich wegschließen?«

Cédric legte die Hand darauf. »Erst brauche ich eine Kopie.«

»Ist ja das gleiche Programm wie bei euch.« Sie nahm einen Stick aus dem Tresor. »Reicht Ihnen das?«

Es sparte Zeit. »Meinetwegen.« Cédric klickte dreimal für eine Sicherungskopie.

Nach dem Sieg verdienst du ihn, nach der Niederlage brauchst du ihn. Cédric wusste nicht, warum ihm das berühmte Zitat von Napoleon über Champagner gerade jetzt einfiel, als er den Datenstick herauszog. *Vor dem Sieg brauchst du ihn* war nicht weniger wahr. Er war todmüde. »Ich hätte gern noch ein Glas. Was ist Ihre Hausmarke?«

»Der Brut von Vellot-Poncet. Matthieu Vellot macht

mir einen guten Preis.« Sie lachte. »Er nennt ihn gern Segelflieger-Sprit. Die Schrauber bestellen meist gleich drei Flaschen.«

»Mir reicht ein Glas.«

Chantal öffnete mit ihrem Spezialstecker die Tür des Kabuffs. Der Geräuschpegel brandete an Cédrics Ohr.

»Eins von der Hausmarke, Amar! Aber schön kalt«, rief Chantal.

Das sollte heißen: neue Flasche vom Eis öffnen. Chantal wusste, wie man Kontakte pflegte.

»*Oui*, Madame.«

»Rückt mal auf.« Die beiden jungen Männer am Tresen rutschten mit ihren Barhockern beiseite, hatten aber nur Augen für ihre Smartphones. Cédric erkannte über die Schultern hinweg grelle Bilder von Surfbrettern und Regenbogenfahnen.

Cédric spürte den Datenstick in seiner Faust. Auf einmal gefiel es ihm gar nicht mehr, dass Chantal eine Überwachungssoftware der Polizei in ihrem *bistrot* zur Verfügung hatte. Im Austausch für welche Informationen hatte sie die bekommen? Und warum hatte Lacoste bislang mit keinem Wort erwähnt, dass er hier Dauergast bei Dartturnieren war?

»Der Champagner geht aufs Haus.« Chantal stellte ihm das Glas hin. »Ich bin gespannt, wie Sie ihn finden.« Chantal lehnte sich sogar ein wenig über den Tresen zu ihm vor.

Cédric nahm das Glas und hielt es gegen das Licht am Tresen. Der Brut funkelte in kräftigem hellen Gold. »Feine Perlage. Das ist schon mal gut.« Wie er es von Maryse gelernt, aber eigentlich schon immer beim Trinken gemacht hatte, schnupperte er zuerst zwei, dreimal mit langen Atemzügen daran. »Der Duft erinnert an geröstete Haselnüsse und die Frische von Orangenschale.«

»Für mich riecht er mehr wie Grapefruit.«

Auch am Gaumen spürte Cédric ein feines Spiel würziger, aber auch strahlender säuerlicher Frucht – nun wie von reifen Mirabellen. »Matthieu Vellots Champagner imponiert mit einer klaren, aber auch verwobenen Art – wie mein Schwiegervater sagen würde. Ich mag die Dichte auf der Zunge. Er passt bestimmt zu kleinen Gerichten.« Wie Wachtelkeulchen auf Linsensalat, die Maryse ab und zu für Cédric briet, weil er Geflügel aller Art gern aß. »Zu einem fruchtig gehaltenen Crevettencocktail wäre er perfekt.«

»Gute Idee. Muss ich mal zu Hause ausprobieren. Hier serviere ich nur Sandwiches. Das macht schon Arbeit genug.« Chantal griff sich an die Stirn. »Moment mal.« Sie fasste Amar an der Hüfte, der gerade ein Tablett mit Gläsern neben dem Spülbecken abstellte. »Zeige ihm die Speisekarte, die du aussortiert hast.«

»Die ist im Papiermüll, Madame.«

»Der wird nur alle vierzehn Tage abgeholt.« Chantal drehte den Kopf zu einer Schublade unter dem Tresen. »Kram sie raus. Wenigstens einmal ist die Mülltrennung zu was gut.« Chantal rollte mit den Augen. »Was mich allein der Umbau der Schubladen gekostet hat.«

Den belebenden Energieschub des Champagners konnte Cédric für den Bericht an Theuilly-Bazet gut gebrauchen.

»Hab sie!«

Amar faltete vor ihm eine gelbe Karte aus. »Bei den

Cocktails unten ist ein bisschen Platz. Da malen die Gäste schon mal was drauf. Wir werfen es weg, wenn es zu schweinisch ist.«

Es war aber weder das männliche oder weibliche Geschlechtsorgan. Sondern ein Galgen, an dem ein Mann hing, recht detailreich mit blauem Kugelschreiber gezeichnet.

»Wir haben nur die billigen schwarzen, und die liegen auch nicht auf den Tischen rum«, sagte Amar.

»Von welchem kam das?«

»Vom Segelfliegertisch, aber an dem Abend haben alle durcheinander gesessen, weil Sonntag auch der Musikabend war.«

»Einmal im Monat spielt Bernard. Hinter Ihnen am Tisch, der mit dem weißen Spitzbart. Er spielt dann Akkordeon oder einer von seinen Kumpels Gitarre.«

»Vorletzten Sonntag waren sie alle in Fahrt.« Amar bewegte den Arm, als ob er etwas pumpen wollte. »Odette ist später auf den Tisch gestiegen und hat Revolutionslieder gesungen.«

Chantal legte ihm die Hände auf die Schultern und schob ihn vom Tresen weg. »Danke, *chéri*. Aber jetzt kümmere dich um die Gäste, Christian will noch ein Leffe.«

»*Oui*, Madame.«

Amar ging servieren. Cédrics Blick fiel wieder auf den Galgen. Es war keiner mit zwei Stützen und einem Querbalken; er hatte einen Fuß und einen auskragenden Balken, wie der ausgestreckte Daumen an der *Schwurhand*.

»Ich habe mich geärgert, weil die Laminierung der Karten so eine Fummelei ist. Die Stammgäste wissen das und kritzeln eigentlich nicht drauf rum. Ich habe es erst für ein Striche-Konto gehalten, wie wenn Leute beim Kartenspiel kein Geld setzen wollen.«

»Dazu ist aber die Ausführung zu fein. Da hängt kein Strichmännchen.«

Chantal drehte die Karte noch mal zu sich her. »Ein stabiler *homme d'affaires*, würde ich sagen, mit Anzug und Krawatte, wie Sylvain Clouet.« Sie beugte sich noch ein bisschen tiefer. »Sogar die Armbanduhr hat man winzig nachgezeichnet. Dick und rechteckig, nicht einfach rund.«

In Cédric flackerte eine Erinnerung vom Handgelenk des Toten auf: eine rechteckige Uhr aus Gold.

Gold wert war diese Speisekarte für ihn. Ein belastbares Indiz, dass die geköpften Champagnerflaschen eine Schnapsidee aus Chantals *bistrot* gewesen sein konnten, deren Umsetzung eskaliert war. Oder die jemand mitgehört und drastisch abgewandelt hatte. Jedenfalls hatte Cédric genug Ergebnisse, mit denen er den Chef de cabinet erst einmal füttern würde.

»Ich muss los.«

Cédric faltete die gelbe Speisekarte zusammen und deutete mit ihr einen militärischen Abschiedsgruß an. »Nehme ich mit.«

Er legte noch einen Fünfer auf den Tisch. »Für das Glas Hausmarke.« Den Preis hatte er auf der Speisekarte gelesen.

Sollte sich in Lézy bloß niemand einbilden, er sei bestechlich.

Mittwoch

17

Cédric war sonst nicht eitel. Aber für den Gang über den Wochenmarkt vorm Rathaus hatte er die Sonnenbrille aufgesetzt. Solch verquollene Augen hatte er seit der Diplomfeier an der Polizeiakademie nicht mehr gehabt. In der Nacht hatte Cédric bis drei Uhr früh am Bericht getippt, weil er vorher auf der großen Wandtafel des Büros das Stichwort-Chaos von Lacoste sortiert hatte. *Du siehst furchtbar aus.* Das liebreizende Flüstern Maryses beim Gutenmorgenkuss aufs Ohr hatte sich mit dem Piepsen des Weckers gemischt. *Du musst duschen, chéri.*

Cédric hasste kurze Nächte, weil sie dieses Brennen der Lidränder und eine Trägheit im Denken hinterließen. Aber die Ermittlung musste noch ein bisschen warten. Der Kühlschrank war leer, und Maryse durfte gar nichts mehr heben, da war Docteur Poulac unmissverständlich gewesen. *Kein Risiko*, da war Cédric genauso klar. Er studierte den langen Einkaufszettel.

Wenigstens war bei den gut dreißig Marktständen vor dem Rathaus alles zu finden. Drei Reihen, in der ersten gab es Fleisch und Käse, die in der Mitte war eher für Obst und Gemüse, in der dritten gab es Senf, Gewürze und Fisch. »Maryse, du bist *géniale*!«, brach es aus ihm heraus. So laut, dass sich ein paar Passanten nach ihm umdrehten. Sie hatte die Liste vorsortiert, nach der Reihenfolge der Stände auf dem Platz. Cédric brauchte nur immer weiterzugehen.

Er pirschte durch das Gewusel. Lézy-le-Sec war beschäftigt, umso besser.

Kohlrabi, aber nicht die vom großen Stand, sondern die von Suzanne. Welche der Marktfrauen war das? Eine der Mesdemoiselles von der Coopérative in einheitlich pinker Bluse links von ihm oder die dicke Alte mit der Schürze, die gerade Kopfsalat auslegte? Pink war richtig: Auf den Rückseiten prangten die Namen der Frauen in geschwungenen weißen Buchstaben.

Er erkannte die sportliche Suzanne am kleinen Diamanten im Nasenwinkel, sie war Reiterin. Eine von Maryses Freundinnen von der Wirtschaftsschule in Châlons, die sie beim etwas steifen Empfang der Maîtres cuisiniers de France in Nancy getroffen hatten. Konzentriert wog Suzanne an einer wunderbaren antiquierten Zeigerwaage das Gemüse aus. Die Düfte von frischem Lauch, Spinat und von einem Kräutersträußchen zogen Cédric in die Nase.

Er suchte sieben Knollen aus und reichte sie Suzanne zum Abwiegen. »*Bonjour*. Schöne Grüße von Maryse.«

Suzanne griff die Kohlrabis und betrachtete ihn. Die Anspannung in ihrem Gesicht wich einem ehrlichen Strahlen. »Geht's euch gut?« Sie drehte sich und zeigte ihm den Namenszug auf dem Rücken. »Wie findest du unser neues Logo?«

Cédric wollte nicht lügen. »Gut lesbar. Sonst hätte ich dich nicht gefunden.«

Suzanne lachte. »War eine Idee aus meinem Malkurs bei Odette. Wann ist es denn bei euch so weit?«

»Gerechnet zwölf Tage. Aber alle Mütter und Großmütter der Familie waren ein bisschen früher dran.« Es konnte verdammt knapp werden. Er wollte nicht mit Profiling beschäftigt sein, sondern mit dabei im Kreißsaal, wenn sein Kind geboren würde.

»Maryse ist ja auch eine von der schnellen Sorte.«

Leider – oder manchmal gar nicht leider – wahr.

Suzanne legte ihm noch ein Körbchen schöne Himbeeren dazu. »Sofort essen, sie sind sehr reif.«

»*Merci.*« Cédric reichte ihr einen Zehner.

Suzanne holte das Rückgeld aus einer Holzschublade unter der alten Zeigerwaage. »Sag Maryse, ich rufe sie morgen Nachmittag mal an. Sie kennt sich ja jetzt aus«, Suzanne rieb kurz über den Bauch unter dem Nabel. »Behalt's noch für dich.«

»Glückwunsch!« Die nächste Kundin hielt bereits einen Bund Karotten wie zum Protest so hoch, dass Cédric das Grün riechen konnte.

Suzanne zwinkerte ihm zu. »Madame Garnier. Ich habe schöne Schalotten für Sie.«

Cédric winkte noch mal. Und weiter ging's.

Als er Maryses Liste abgearbeitet hatte, ragte ein frecher Lauch aus seinem vollgepackten Rucksack. Links trug er den randvollen Korb und rechts eine Tüte, in die vielleicht gerade noch die *magrets* von Jean-Emile passen könnten.

Jemand rempelte ihn recht unsanft an der Schulter. »*Pardon*!«

Cédric musste mit einem Ausfallschritt sein Gleichgewicht sichern. Eine feste Männerhand stützte ihn am Ellenbogen.

»Entschuldigen Sie bitte.« Paul Francourt ließ ihn los. Der Architekt lächelte schwach und hob seinen Leinenbeutel. »Wocheneinkauf. Seit der Scheidung geht es schneller.« Er machte einem älteren Mann Platz, der von einem *baguette tradition* die Kuppe herzhaft abbiss. Leider versperrte Francourt Cédric so immer noch den Weg zum *traiteur* Jean-Emile.

»Meine Sekretärin Emma würde ja für mich einkaufen. Aber mir ist lieber, sie hält mir derweil die Bauherren am Telefon bei Laune.«

Geschwister Vellot – eins der Stichworte an seiner Bürotafel fiel Cédric ein. »Da wir uns schon treffen.« Er stellte den schweren Korb ab. »Kam Matthieu Vellot als Bruder Ihrer Sekretärin in den Segelfliegerverein oder Emma Vellot als Schwester Ihres Vereinskollegen in Ihr Architektenbüro?«

Francourt war größer als er. Er strich sich über die blonden Haare und versuchte mit einem langen Blick durch Cédrics Sonnenbrille hindurch die Frageabsicht zu ergründen.

Francourt entschied sich für ein leises Lachen. »Matthieu und ich sind alte Freunde. Meine Vorfahren waren alle Winzer wie seine auch. Ich bin aus der Reihe getanzt als erster Architekt in der Familie. Wahrscheinlich sind Matthieu und ich wie wohl alle in Lézy irgendwie über vier, fünf Generationen miteinander verwandt.«

»Das macht einen nicht gleich zum Segelflieger.«

»Das verdanken wir – wie hieß sie noch gleich?« Francourt strich sich über die hellen Augenbrauen. »Sandrine

Patou. Aus der Familie, der die Windmühle oben am Berg gehört. Die war damals Matthieus Freundin, die hatte Biss. Sandrine machte eine Pilotinnenausbildung bei Air France und kannte ein paar Flugbegeisterte aus der Gegend. Sie hat uns da reingebracht. Aber das ist schon über zehn Jahre her.« Francourt hob den Leinenbeutel und ließ seine Einkäufe langsam vor seinen langen Beinen drehen. »Sind Sie schon mal mit einem Segelflieger über der Landschaft gekreist?«

Cédric flog nicht gern. Schon gar nicht ohne Motor.

»Nein? Kein Maschinengedröhn stört, nur das sirenenhafte Sirren der Luft an der Glaskuppel umfängt sie. Man ist wie … wie entrückt.« Er schloss sogar kurz die Augen. »Natürlich nur, wenn die Thermik stimmt. Warum interessiert Sie unser Verein?«

»Passen Sie doch auf! – Also wirklich!« Die Leute hinter ihnen am Brotstand wurden laut. »Typisch, die drängt sich natürlich vor. – Was anderes von der erwartet?«

Odette Hurtois schlüpfte zwischen Körben und Einkaufswagen hindurch. »Maryse hat mir verraten, dass ich Sie hier finde!«

Cédric mochte es überhaupt nicht, wenn man seine Familie in die Ermittlung hineinzog. »Madame, was ist denn so eilig?«

Ganz in Azurblau gewickelt baute sie sich vor ihm auf. »Ich muss Ihnen dringend etwas zeigen.« Odettes rundes Gesicht glänzte. Sie war wohl wirklich gerannt.

»Ich gehe dann mal weiter. Ein bisschen *charcuterie* fehlt noch.« Francourt nickte knapp und wandte sich ab.

Cédric hob seinen Korb an. »Kann das nicht warten? Ich komme …«

»Kann es nicht! Sonst ist *es* vielleicht«, Odette senkte ihre Stimme wie in einer Schüleraufführung, »nicht mehr da.« Sie griff nach seinem Korb.

Cédric wich aus. »Madame, das schaffe ich schon. Gehen Sie einfach vor, bitte.«

Odette ließ es sich nicht zweimal sagen. Sie preschte geradezu durch den Markttrubel Richtung Passerelle über den Fluss.

Den Sandweg am Turm von Marie-Jeanne vorbei hätte er sowieso genommen. Odette Hurtois bog vom Sandweg allerdings in den ersten Pfad hinter den Gartenmauern am Fluss ab. »Wir gehen nicht in Ihr Atelier?«

»Ich darf als Mieterin über Francourts Weinberge abkürzen. Keine Sorge.«

»Ich bin bepackt!«, rief Cédric, weil sie tatsächlich nicht bis zum Neubau der Scheune von Francourt dem Pfad folgte, sondern unter den Reben wegtauchte.

»Als Polizist treiben Sie doch regelmäßig Sport. Oder gilt das nicht für die Kommissare?« Ihr azurblaues Kleid schimmerte durch das dichte Blattwerk.

Cédric würde einen Teufel tun. Er ging die Reihe bis zum Umspannwerk am Anfang entlang, wie es jeder ordentliche Winzer tat, der wusste, wie viel Arbeit das Richten machte, wenn Laiinnen wie Odette die Drähte verbogen und die Reben schädigten.

Den Umbau der Scheune verhüllten teilweise noch Bauplanen, bodentiefe Rundbogenfenster waren zu erkennen, die gut zu den Proportionen passten. Als Architekt hatte Francourt wirklich Talent für Restaurierungen. Sogar Cherriot senior hielt etwas von Francourt, wie er gestern beim schnellen Snack in der Küche erfahren hatte. Zum

Quader des Ateliers hin erstreckte sich eine große Rasenfläche. Francourt machte vielleicht ein gescheites Sportstudio mit Sauna daraus, das fehlte noch in Lézy-le-Sec.

Odette blieb mitten im Weinberg stehen.

»Hierher!«, rief sie und winkte mit dem blauen Schal.

Eine Energie hat diese Frau. Den Einkauf wollte er nicht einfach an einem Abspannpfahl stehen lassen.

Lange Reihen von Pinot Blanc standen hier. Sie befanden sich am Fuße des Hügels unterhalb seines Hauses, eine Spitzenlage, die leider nicht zu Champagnes Cherriot gehörte.

»*Voilà*!« Neben Odette hing eine schwarze Plane von einem Stützpfosten über die Reben bis zur Erde herab.

»Und deswegen haben Sie mich hergehetzt?« Cédric hätte es ahnen können, Zeuginnen wie sie machten sich gern wichtig. »Was ist an einer vergessenen Folie interessant?«

Odette lächelte. »Wären Sie in einem meiner Zeichenkurse, würde ich sagen: Lernen Sie zu sehen. Was genau hängt hier?«

Wie alle wirklich von sich Überzeugten hatte Hurtois Charisma. Aber noch etwas bewirkte, dass Cédric sich ihrer Aufforderung nicht entziehen konnte: Das sehr dunkle Material, das im Sonnenlicht matt schimmerte, bestand aus speziellem Plastik. »Das ist keine normale Abdeckfolie.« Wie man sie bei Neupflanzungen über die Setzlinge zog.

Odette hob den Daumen. »Und weiter?«

Cédric ging das Vorratslager zu Hause in Gedanken durch. »Es ist Isolierfolie, wie man sie bei der Lese zum Abdichten der Lastwagen braucht, damit die Trauben keinen Kontakt mit dem Metall oder sonst etwas auf den Ladeflächen bekommen.«

»Richtig! Der alte Cherriot hat Ihnen offenbar schon einiges beigebracht. Und, was noch?«

»Die Folien sind sehr teuer«, sagte Cédric.

»Kein Winzer würde sie im Weinberg verschwenden.« Odette seufzte. »Genau.«

»Wozu hängt das Ding also hier mitten in den Reben?«

Odette schnippte mit den Fingern. »Das habe ich mich auch gefragt. Und vor allem eines«, sie zeigte zu dem Pfosten, an dem die Folie herabhing. »Wenn Sie wüssten, wie viele Objekte aus Stoff ich gebaut habe. Diese Folie«, sie zeigte auf den Faltenwurf und die Verdrehungen auf dem Stück am Boden, »ist garantiert auf den Weinstock herabgefallen.«

Das hieße ja von oben. »Sie kann genauso gut vom Wind herangeweht worden sein.«

»*Non, non.* Dazu ist sie zu schwer. Wir hatten keinen Sturm.« Odette wedelte mit dem blauen Schal. »Wie kommt sie dann mitten in den Weinberg?«

Cédric überlegte, ob sie nicht doch einfach hergeweht worden sein könnte. Er würde zu Hause im Hof ein Stück Folie versuchsweise durch die Luft ziehen, ob sie nicht doch ganz schnell vom Wind erfasst werden konnte. Wenn nein, hatte er ein neues Problem. »Welches Weingut liegt in der Nähe?«

»Nur eures.« Hurtois reckte ihren kurzen Hals Richtung Lézy. »In den Häusern, deren Gartenmauern angrenzen, wohnen keine Winzer, sondern nur Leute, die sonst wo arbeiten wie Emma Vellot bei meinem Vermieter.«

»Oder nicht mehr arbeiten, wie Vogelfreundin Marie-Jeanne und Hundefreundin Ciboux.«

»Marie-Jeanne hat mich Sonntag wahrscheinlich nicht bemerkt. Macht nichts.« Odette griff sich ihren Schal und drapierte ihn neu. »Wichtig für Sie ist, dass diese Plane da noch nicht hier hing. Ich habe hier entlang geleuchtet. Die Taschenlampe ist stark.«

»Dass sie so weit vom Pfad herreicht, tatsächlich?«

»Ich habe Ihnen doch gesagt, dass ich meinen Kater gesucht habe. Unten an der Passerelle war er nicht.« Sie deutete zu Francourts Scheunenumbau hinüber. »Manchmal hockt er dort auf dem Betonmischer. Keine Ahnung, warum ihm das gefällt. Kater haben ihre Plätze.«

»Und Sie laufen nachts quer durch einen Weinberg?«

»Was soll denn da passieren?«

»Stolpern, Beine brechen.«

»Ach was. Die Flächen unter den Reben werden ja gut gepflegt, nicht wahr?«

Das stimmte.

Hurtois machte zwei Schritte auf ihn zu und streckte die Hand aus. »Hier sieht es keiner. Ich helfe Ihnen tragen, dann sind Sie schneller zu Hause.« Sie griff sich den Korb. »Ein paar Fotos mit allen Details des Faltenwurfs für eure Polizeispezialisten habe ich Ihnen schon gemailt.«

»Umso besser.« Cédric ging hinter ihr den Hügel hinauf. Wenn Hurtois sich schon aufdrängte, sollte die Malerin ruhig auch schleppen.

Das hieß noch lange nicht, dass Cédric wirklich an eine vom Himmel gefallene Folie glaubte.

18

Endlich habe ich die Combinaison gefunden.« Danièle Clouet drehte den Spazierstock mit Elfenbeingriff wie ein Zirkusdirektor beim Einmarsch der Elefanten. »Mir ist lieber, dass Sie dabei sind.«

Sie trug einen raffiniert geschnittenen zartrosa Hosenanzug. Für eine jähe Witwe bevorzugte sie erstaunlich helle Farben. Cédric folgte ihr in den Gartenflügel der Villa. Hinter ihm trabte Lacoste an einem Wandbehang mit einem gewebten *Einhorn in seclusio* vorbei.

Danièle Clouet ging eine geschwungene Marmortreppe hinunter. Unten weitete sich vor dem Glastreppenhaus ein Garten voller gelber Rosen.

»Die Neuzüchtung ist auf Madame getauft«, flüsterte Lacoste hinter ihm. »Stand letztes Jahr im Werbeblättchen des Wochenmarkts.«

»Sylvains Safe steht im Spielzimmer«, sagte Madame Clouet.

Das klang so, als ob Madame einen eigenen hätte.

»Gleich öffnen wir den Sesam.« Danièle Clouet ging unter einem Wandbogen hindurch.

Wie Ali Baba war sich Cédric vorgekommen, als er vorhin den Einkauf vom Wochenmarkt auf dem Küchentisch abgeliefert hatte. Wenigstens hatte Cédric sich auf Maryses Geistesgegenwart verlassen können, anders wäre er die Klette von Odette Hurtois nach Lacostes drängelndem Anruf nicht so schnell losgeworden. Maryse hatte Odette am Arm gegriffen und den Verschwörerinnenton angeschlagen: »*Was meinst du, soll ich mir, wenn es so weit ist, eine* PDA *geben lassen oder nicht …*«

»Die *salle de jeux.*«

Cédric glaubte sich einen Moment in das Musée Carnavalet in Paris versetzt, wo man ganze Räume aus verschiedenen Stilepochen zeigte. »Originales Second Empire.« Drei mit grünem Vlies eingefasste Spieltische verteilten sich im Raum. Einer verfügte über ein Elfenbein-Ebenholz-Schachbrett, der zweite zeigte ein Trictrac-Spielfeld in Rot und Blau, der dritte war viereckig und passte nicht zu den anderen. »Spielte man da schon Bridge?«

Sie hob überrascht die hellblonde Augenbraue. »Sie haben den kleinen Eindringling erkannt. Bridge war das Hobby meines Großvaters in den dreißiger Jahren. Das übrige Mobiliar stammt von einem Urgroßonkel, der General von Napoléon III. gewesen ist.« Sie zeigte auf die Sessel und Sofamöbel. In der Ecke stand ein niedriger Stahlschrank, der allerdings ebenso zeittypische Löwentatzen hatte wie das übrige Mobiliar. »Der Safe stammt aus einem Spielcasino, dem Belle-Rive glaube ich. Mein Mann glaubte, dass ein ostentatives Versteck das bessere sei.«

»Ein gusseisernes Fabrikat von 1860–1870 ist nicht gerade schwer zu knacken.«

Sie hob wieder den Spazierstock mit dem Elfenbeingriff. Cédric bemerkte jetzt erst, dass ein Adlerkopf eingraviert war. »Warten Sie es ab.« Danièle Clouet drückte die schwere Klinke und zog die Stahltür auf. Metall rieb auf Metall. Sie verzog die Wangen wie bei Zahnschmerzen. »Sylvain hatte es zwar mal geölt, aber nun ja.« Ihr perlmuttern lackierter Zeigefinger wies auf staubige Ölflecken in den Angeln.

»Aha.« Cédric verriet sein zweiter genauer Blick eine Farbabweichung im Stahl an den Längsseiten. »Ich nehme an, dass man diese Front aus Schubladen und den eingebauten Jetonkasten komplett wegklappen kann.«

Lacoste pfiff leise hinter ihm.

»Ihr Mann hätte seine Freude mit Ihnen gehabt.« Sie griff vorsichtig ins Jeton-Fach und drückte es hinein. Ein Klicken und die Front schwang auf. Dahinter, deutlich kleiner, war ein sehr modernes Fabrikat eingebaut. »Sylvain war vom Fach. Er wusste, was er kaufte.«

»Zwei starke Männer könnten das ganze Ding wegtragen und in einer Werkstatt aufschweißen«, sagte Lacoste.

»Ohne Presslufthammer geht das kaum.« Sie tippte mit dem Stockfuß an die Löwentatzen. »Die verlängern sich in Wirklichkeit und sind einbetoniert.«

»Sie sagten, Sie haben die Combinaison erst jetzt gefunden?«

Danièle Clouet warf Cédric den Spazierstock zu. »Voilà.«

Der Adlerkopf streifte sein Kinn, er fing ihn ungeschickt mit der Linken auf.

»Lesen Sie mir die Fabrikationsnummer vor, die auf dem dünnen Messingring zwischen Elfenbein und Holzstock eingraviert ist. So vergisst man die Combinaison nicht – wenn man weiß, dass sie dort steht.« Sie kniete sich auf den blauen Teppich und legte einen Zeigefinger an die Tastatur.

Cédric drehte den Stock ins Licht der Terrassentüren.

»Keine schlechte Idee. P-A-R-I-S-0-9-1878-R-Q-D-T-P-4–4.«

Er hörte die Tasten leise piepsen. Etwas im Safe rotierte mechanisch. »Wenn Sie das alles wussten, warum machen wir den Safe erst jetzt auf?«

Danièle Clouet drehte den Kopf. »Weil ich den Stock gesucht habe wie eine Verrückte. Er stand nicht an seinem Platz in Sylvains Sammlungsvitrine.«

»Was heißt, er muss den Safe vor seinem Tod geöffnet, aber keine Zeit mehr gehabt haben, den Stock zurückzustellen«, sagte Lacoste.

»Wo haben Sie ihn gefunden?«, fragte Cédric.

»Im Schrank hinter seinen Anzügen, im Ankleidezimmer. Er muss ihn dort abgestellt haben, als er sich für den Empfang umgezogen hat.« Sie legte eine Hand an den Hals, wobei ihr Blick zum Schachtisch glitt. »Sylvain war spät dran, weil er oft Zeit vertrödelte, bis er die passende Krawatte und die Manschettenknöpfe ausgewählt hatte.« Sie schloss die Augen und einen Moment huschte elegischer Schmerz über ihr Gesicht.

In dieser Gesellschaftsklasse guckten die Enkelinnen das wahrscheinlich noch von den Großmüttern ab: Die entrückte Eleganz, die einer Witwe geziemte. »Madame, öffnen Sie bitte den Safe.«

Sie ließ ihn geräuschlos aufschwingen. Drei Fächer. Im untersten lag ein grüner Lederkoffer. Im zweiten drei oder vier schwere Armbanduhren. Oben zwei Briefumschläge, daneben eine sehr große blaue Büroklammer.

Sie zog den Koffer heraus und legte ihn vor Cédric auf den Teppich. Er klackte unter ihren Fingernägeln auf. Dokumentenhüllen aus schwerem Papier, vier oder fünf. Zwei davon umfasste ein blau-weiß-rotes Seidenband. »Sein Testament. Die Patientenverfügung. Seine Diplome.«

»Die Auszeichnungen als Fallschirmspringer?«, fragte Cédric.

»Als Kampffallschirmspringer.« Danièle Clouet klappte energisch den Koffer zu. »Das ist ein großer Unterschied. Ich nehme an, Sie nehmen die Dokumente zur Prüfung mit?«

Cédric nickte Lacoste zu. »Wann Sie die Originale zurückerhalten dürfen, entscheidet ein Gericht.«

Frühestens wenn der Fall abgeschlossen sein würde. Und Cédric würde alles dafür tun, dass dieser Zeitpunkt in nächster Zukunft lag. Allzu lange würde er die Doppelbelastung als Kommissar und Winzer nicht mehr durchhalten können. Die Nachtschichten setzten ihm ja jetzt schon zu.

Lacoste nahm den Koffer entgegen, den Madame ihm über den Boden zuschob, ohne dass sie ihn richtig ansah. »Die Armbanduhren – Glashütte – sind sehr teuer.« Sie holte Luft. »Ich habe nie verstanden, warum Sylvain diesen Kult der Manager mitgemacht hat.«

»Männern geht es mit den Handtaschen bei Frauen genauso.«

Madame Clouet zuckte mit den Schultern. »Man muss nicht alles verstehen, um glücklich zu sein.«

Aber es versuchen vielleicht doch. »Was sind das für Umschläge im obersten Fach?«

Danièle Clouct nahm sie heraus und reichte sie ihm. »Dem elfenbeinfarbenen Papier nach gehören Sie zu Firmenunterlagen meines Mannes.«

Cédric rieb mit dem Daumen darüber. Es war kein billiges wie die Rechnungsumschläge von EDF. Es war aber auch kein exquisites, schweres wie es Viviane benutzte, wenn sie zu einem *Vin d'honneur* einlud.

Im ersten Umschlag steckte eine Liste mit Namen. Dreißig vielleicht. Einige kamen Cédric bekannt vor. »Sind das Mitglieder aus seiner Partei?«

Madame Clouet drückte sich aus ihrer knienden Position hoch. Sie beugte sich über das Blatt, das er ihr hinhielt.

»Nur einige davon. Es ist seine aktuelle Kundenliste.«

»Was bedeuten die Zahlen in Bleistift dahinter, immerhin jeweils fünfstellig. Umsätze?«

Ein Lächeln umspielte ihre Lippen. »So teuer ist Sicherheitsberatung nun auch wieder nicht. Ich vermute, dass Sylvain hier Zugangscodes für die Fernwartung der Alarmanlagen seiner Kunden notiert hat.«

»Fünfstellige Zahlen sind aber nicht besonders sicher.« Darauf wurde man selbst bei der Registrierung für den Franprix-Onlineshop hingewiesen.

»Sylvain hatte ein geheimes System, wie er davor und danach noch Ziffern ergänzte, abhängig von den Anfangsbuchstaben des Kundennamens.« Sie hob die Hände. »Er sagte immer: ›Am sichersten ist es, wenn nur eine Person das System kennt. Ich!‹«

Cédric öffnete den zweiten Umschlag, der an den Laschen ein, zwei Millimeter geknickt war, wie von häufigem Öffnen und Wiedereineinanderstecken. Cédric faltete ein einfaches Blatt mit einem formlosen Text in Arial, Schriftgröße 16 oder 18, auseinander.

HR *geht weiter* Ein Doppelpunkt, ziemlich fett. *Die erste Warnung war nicht genug? Ruder zurück, sofort, sonst werde ich reden.*

Cédric las es noch einmal laut vor.

Madame Clouet gab einen erschrockenen Laut von sich.

Lacoste pfiff wieder leise. »Klingt wie ein Erpresserbrief.«

Das tat es. Es war also nicht bei den zerstochenen Reifen geblieben. Hier würde er weitergraben müssen. »Hat Ihr Mann davon gesprochen oder etwas angedeutet?«

Sie setzte sich auf einen Stuhl am Bridgetisch. »Nein.«

»Hatten Sie den Eindruck, dass Ihr Mann unter Druck stand?«

»Nein.« Sie strich über das grüne Vlies. »Ganz im Gegenteil. Er war sehr gut gelaunt, weil er zum *président* der Vigne d'Or gewählt würde.«

»Das war klar?«

»Aber ja. Vier Abendessen haben wir gegeben, mit den wichtigen Leuten. Viviane Lemonnier können Sie fragen. Sie war bei zweien davon dabei.«

»›Ruder zurück‹ könnte sich aber auf die Kandidatur beziehen.«

»Und ›die erste Warnung‹ auf die zerstochenen Reifen, Chef.« Lacoste nahm das Blatt aus Cédrics Händen.

»Dass er den Vorfall vor mir verheimlicht hat, irritiert mich.«

»Vielleicht wollte er Sie nicht belasten, weil er sich entschieden hatte, nicht nachzugeben.«

»HR könnte einfach für Hameau Royal stehen. Da hat

Clouet auch nicht nachgegeben und sich gegen ein ›geht weiter‹ gewehrt.«

»Sylvain wollte kein Luxusressort, sondern lieber eine Fortbildungsstätte fürs Traditionshandwerk dort einrichten«, sagte Madame Clouet matt. »Aber das wissen Sie ja schon.«

Cédric betrachtete den Stock mit dem Adlerkopf, der nicht an seinem Platz gewesen war. Der Umschlag war mehrfach auf- und zugemacht worden, das verriet das Papier. Clouet hatte vielleicht bis zum letzten Moment mit dem Gedanken an einen Rückzug gespielt. »Wer wäre *président* geworden, wenn Ihr Mann die Kandidatur aufgegeben hätte?«

Sie ließ den Blick zum vergoldeten Leuchter an der Zimmerdecke gleiten. »So kurzfristig hätte man keinen neuen Kandidaten aufgestellt. Mein Mann hat mal erwähnt, als wir darum stritten, ob er sich auch noch dieses Amt ans Bein binden müsse, dass sonst im *intérim* der bisherige *président* die Geschäfte weiterführen würde.«

»Also Nicolas Duvert, der Notar.« Cédric betrachtete den leeren Umschlag. Es könnte ein Motiv sein.

»So wird es jetzt nach dem Mord an meinem Mann gehandhabt. Sylvain war zwar gewählt, aber den Amtskelch hätte ihm Duvert erst bei der Übergabezeremonie am kommenden Samstag überreicht. Im Hameau Royal.«

In dem umstrittenen Gemäuer.

»Aber Nicolas.« Sie sprang auf. »Ich kann mir nicht vorstellen, dass er so etwas tut. Meinen Mann erdrosseln unter der *Schwurhand*, das ist absolut nicht sein Stil. Außerdem war Sylvain physisch weit überlegen.«

»Die Restaurierung des Hameau Royal soll – wie er

selbst sagt – das Lebenswerk des Notars, seine Hinterlassenschaft für die Region werden.« Das alles hier musste zur Spurensicherung. »Menschen haben schon für weniger gemordet.«

Tränen standen in den Augen der Witwe. »Hätte er es doch gelassen, wie ich ihn gebeten habe.« Ihre Stimme wurde leise. »Er hatte doch alles …«

Cédric machte Lacoste ein Zeichen. »Wir danken Ihnen für diese Beweisstücke. Wir melden uns wieder bei Ihnen. Lacoste, du nimmst den Koffer. Madame, wir finden hinaus.«

Sie blieb einfach wie eingefroren sitzen. Ihr Blick ruhte auf der Empire-Stahltür des alten Safes, hinter der ein moderner die Geheimnisse ihres Mannes preisgegeben hatte.

Lacoste ging an den Marmortreppen vorbei, den grünen Lederkoffer der Clouets in der linken Hand.

»Wo willst du hin?«

Er blieb kurz stehen, drehte den Kopf nur halb herum. »Zum Hinterausgang.«

»Wieso das denn?«, fragte Cédric.

»Ich dachte … Die Befragung der Nachbarschaft hat gestern nichts ergeben. Deshalb …« Lacoste schwenkte den Koffer. »Ich dachte, vielleicht hat der Täter ihn ja gleich hinter dem Haus überwältigt, bevor er mit Clouets Wagen zur alten LKW-Waage gefahren ist. Wir könnten prüfen, ob das von den Örtlichkeiten her plausibel ist.«

Die Logistik der Tat bereitete Cédric immer noch Kopfzerbrechen, und auch im Zeitstrahl an der Bürotafel gab es noch Lücken. »Guter Gedanke. Also raus hier mit uns.«

Aber noch mehr verwirrten Cédric die kleinen Knicke am Umschlag. Der so wirkte, als hätte Clouet nachlässig ein paar Mal den Erpresserbrief herausgezogen und wieder hineingesteckt. Verdammt noch mal. Wie so oft inmitten eines Falls hatte seine Spürnase schon etwas gewittert, was seinem Verstand bisher entging.

Hinter der Treppe führte eine stabile Tür direkt vors gelbe Rosenfeld. *Danièle Clouet* duftete sogar intensiv.

19

Das grelle Sonnenlicht schärfte die Kontraste. Das Rollfeld, eigentlich bloß eine sehr lang gezogene Wiese, leuchtete geradezu giftgrün vorm Gelb der Weizenfelder. Der Feldweg, der zum Segelflugplatz führte, wirkte darin wie ein weißes Band, so kalkig war der Boden des Hügelrückens bei Saint Félix. Das Terrain war für den Flugbetrieb ideal: so flach wie eine Tischplatte. Cédric folgte mit den Augen einem Segelflugzeug des Vereins, das hoch im blauen Himmel Schleifen drehte.

Lacoste hatte recht: Um weiterzukommen, mussten sie klären, wo genau sich die Gegenspieler von der Vigne d'Or, Duvert und Francourt, in den letzten Stunden des Lebens von Sylvain Clouet aufgehalten hatten.

Sein Co hatte den Notar am Telefon bekniet, bis er sich bereit erklärte, Cédric über den Flugplatz zu führen. Duvert trug eine rote Flieger-Schutzbekleidung mit dem ziemlich großspurigen Vereinslogo *Air Lézy* auf dem Rücken. Der gleiche Schriftzug prangte auch auf dem Holzschuppen, der als Hangar diente und Platz für zwei Maschinen bot. Ein Baucontainer daneben stellte wohl eine Art Empfangsgebäude dar.

Duvert fing Cédrics Blick auf. »Ab und zu landen hier Maschinen befreundeter Vereine aus der Region, wenn die Thermik für den Nachhauseweg nicht mehr reicht.« Er beugte sich weit zurück und zeigte hinauf ins Blau.

»Sonst fliegen wir nur am Wochenende, aber die Seitenruder an der Cerva reagieren nicht mehr hundertprozentig, wie sie sollten. Heute stimmt die Thermik, deshalb mussten wir den Testflug vorziehen.« Duvert deutete zum Hangar, wo Männer mit aufgesetzten Kopfhörern sich über Laptops beugten. »Und ehe jemand von uns damit abstürzt, lassen wir lieber die Fachleute ran. Die Spezialisten haben Sensoren eingesetzt und sammeln gerade die Flugdaten.«

»Weshalb sitzt Matthieu Vellot dabei?«, fragte Lacoste, bevor Cédric den Winzer erkannte.

»Weil er per Funk die Flugmanöver an den Piloten weitergibt. Francourt fliegt. Wenn wir das selbst erledigen, sparen wir Mannstunden. Sie ahnen nicht, was diese Spezialfirma kostet. Im Verein sparen wir das Honorar lieber für eine zweite Maschine.« Duvert legte die Hände auf den Rücken. »Aber deshalb sind Sie nicht hergekommen, *Messieurs*.«

»Allerdings nicht.« Cédric drehte sich so, dass ihn die Sonne nicht blendete. Er mochte ihn nicht länger schonen. »Warum haben Sie gelogen?«

Duvert streckte sich in seiner roten Schutzbekleidung, sodass er noch verkleideter darin aussah. »Wie meinen Sie das?«

»Lügen bedeutet die Unwahrheit sagen. Zum Beispiel über Ihre Rivalität mit Sylvain Clouet in der Vigne d'Or.«

»Ich habe Ihnen bei unserer Begegnung im Hameau Royal ausführlich dargelegt, wo die Differenzen zwischen Sylvain und mir liegen – lagen.« Seine Stimme vibrierte empört.

Luxusressort statt Bildungszentrum, aber was war mit

den Besuchen in der Nacht? Cédric verlangsamte seine Aussprache. »Sie haben uns aber dabei verschwiegen, dass sich Ihre Rivalität über die Vigne d'Or hinaus auch auf Mademoiselle Emma Vellot bezog. Hat er Ihnen die Maitresse ausgespannt? Hat Sie das so sehr gekränkt, dass …«

»Das ist absurd.« Duvert taxierte erst Cédric und dann Lacoste. »Mademoiselle Emma interessiert mich überhaupt nicht. Ich bin ein glücklich verheirateter Mann.«

Lacoste blickte zu seinen Füßen. Seine Schultern schaukelten ein wenig, als ob er ein Lachen unterdrückte.

Die Arbeit bei der Kriminalpolizei desillusionierte schnell, was konjugale Treue anging. »Warum haben Sie sonst nach dem Empfang im Couvent Emma Vellot zu Hause besucht?«

Trotz des goldenen Sonnenscheins wurde das runde Gesicht Duverts sichtlich blass. Er fuhr sich über die Löckchen seines Haarkranzes.

»Es gibt Zeugen.« Cédric gab seiner Stimme etwas mehr Wärme. »Sagen Sie uns lieber jetzt die Wahrheit, bevor wir sie Ihnen nachweisen.«

Duvert blickte zum Lieferwagen, aber Matthieu Vellot hielt dort noch immer das Funkgerät an die Lippen, den Kopf in den Nacken gelegt.

»Also gut. Ich war bei Emma Vellot in jener Nacht.«

»Wann genau und warum?«

»Kurz nach dreiundzwanzig Uhr. Der Empfang der Vigne d'Or ging nach zehn zu Ende.« Duvert legte die Hand auf die Brusttaschen. »Sylvain Clouet genoss als neu gewählter *président* die ganze Aufmerksamkeit, verließ aber schon kurz nach den Medienleuten den Couvent. Ich wollte Abstand halten, damit ich ihm weder im Foyer noch auf dem Parkplatz persönlich gratulieren müsste.«

Lacoste zückte sein Smartphone und wischte darüber. Er suchte offenbar nach Bildern des Abends, die die Kollegen aus den sozialen Medien gezogen hatten.

»Ich verabscheute diesen Menschen.«

Selten hatte für Cédric der Ausdruck ›versteinerter Blick‹ so gestimmt wie jetzt. »Weshalb?«

»Dafür, dass es ihm immer gelang, den Saubermann zu markieren.«

»Und dass Danièle, seine Frau, daran bis heute immer noch glaubt?«, fragte Cédric.

Lacoste hob den Blick vom Smartphone und runzelte die Stirn.

»Lassen Sie Danièle aus dem Spiel. Sie hat ihre Entscheidung vor vielen Jahren getroffen.«

Duvert sagte es viel zu schnell. Der Notar war niemals so abgeklärt, wie er tat.

»Warum also besuchten Sie Emma?«

»Sie sollte mir helfen.« Duvert straffte sich. »Wenn ich schon Clouets Wahl zu meinem Nachfolger nicht hatte verhindern können, dann vielleicht aber seine Ernennung.«

»Verstehe ich nicht.« Lacostes Mund stand halb offen. »Er war doch gewählt.«

»Aber rechtlich verbindlich im Amt ist er erst nach der Überreichung der Amtskette. Dafür hätte es kommenden Samstag eine Zeremonie im Hameau Royal gegeben.« Er schluckte. »Auch wenn diese nun nicht stattfinden wird und Sylvain, wie ich gehofft hatte, nicht *président* mit Amtsgewalt wird, erfüllt es mich nicht mit Freude.«

»Nein? Sie haben doch Ihr Ziel erreicht.«

»Ich habe ihn nicht getötet. Ich bin doch nicht von Sinnen und ruiniere mein Leben.«

Der Notar tippte sich an die Stirn.

»Zudem, vielleicht glauben Sie mir das ja eher, hätte ich es vorgezogen, erleben zu dürfen, dass Sylvain wegen eines Skandals die Zeremonie selbst absagen muss.«

Rache war süß, das stimmte. Vielleicht hatte an dem Abend nicht nur der Architekt Francourt, der über ihren Köpfen am Steuer des Segelfliegers im Himmel kreiste, sondern auch Duvert mitbekommen, dass Sylvain Clouet Emma im Hof des Couvent abserviert hatte. »Wenn Sie Emma Vellot in der Nacht aufgesucht haben, dann versprachen Sie sich von ihr bestimmte Informationen.«

»Ja. Sie verfügte aber über keine. Oder wollte sie nicht teilen, was weiß ich. Verstehe einer die Frauen.«

»Also hatten Sie schon vorher Emma dahingehend kontaktiert. Wann?«

»Versucht habe ich es beim Streit um die Jury für die Holzobjekte. Das liegt Monate zurück. Aber der Kampf in Lézy um die Kunst in den Weinbergen hat Emma und Sylvain nicht voneinander entfremdet.«

Auch er schätzte die beiden als auf dem Weg zur Trennung ein, also log Emma Vellot auch. »Sondern? Wie meinen Sie das?«

»Über großen Kunstverstand verfügt Emma nicht, aber sie versteht mehr als ihr Bruder Matthieu, worauf die Kunstaktion abzielt: eine touristische Attraktion zu schaffen. Damals wurde um die Jurybesetzung gerungen, wie Sie wissen. Ich zog mich schließlich zurück. Als ich versucht habe, dafür meinen Freund Mbeke als meinen Strohmann zu installieren, ist Emma ein oder zweimal für mich deswegen zu Madame Lemonnier gefahren.«

Cédric ärgerte sich, dass Viviane ihm das nicht erzählt hatte. Aber als leitender Kommissar hätte er sie als Informationsquelle längst professionell ausquetschen müssen. Gerade weil sie zur Familie gehörte.

»Aber Emma lief nach dem Empfang völlig aus dem Ruder.«

Seiner Intrige. »Das heißt?«

»Emma spielte sich plötzlich als Vermittlerin am Hof auf, als eine Art moderne Pompadour in der hiesigen Gesellschaft. Das war lächerlich. Aber der Wunsch, zwischen mir und Sylvain zu schlichten, war sicher echt.«

Dabei hatte sie nicht mal ihren Bruder stoppen können. Die Demonstration gegen die Kunstwerke hatte Matthieu angeführt. Lézy war nicht Versailles, das alles stimmte hinten und vorne nicht. »Warum hätte Emma sich jetzt überhaupt noch auf Ihr Anliegen einlassen sollen?«

»Weil sie fürchtete, dass Sylvain sie verlasse. Zu Recht. Wer nicht blind war, hat ja gesehen, wo er sie beim Empfang platziert hatte.«

»Das tat er eher aus Respekt für seine Frau Danièle«, warf Lacoste ein.

Duvert legte die Hände ineinander. »Deswegen hat Emma vorher schon, als Sylvains Sitzordnung an die Caterer verschickt worden war, aus Verzweiflung in seinen Unterlagen geschnüffelt. Und mir eine Nachricht geschickt, sie habe etwas.«

Was für ein Heuchler. »Sie haben Emma für Ihre Zwecke benutzt.«

»Emma wollte Clouet gefügig machen. Sie ist kein Engel und alles andere als unschuldig, nur weil sie eine Frau ist.«

Selbst wenn, gab es Duvert noch kein Recht, sie zu manipulieren. Cédric tauschte einen Blick mit Lacoste, weil der sein Smartphone hob.

»Wir haben viele Facebook-Bilder von Gästen sichergestellt. Wir können nachweisen, dass Sie um 22:37 Uhr den Couvent mit Ihrem Wagen verlassen haben. Wo waren Sie, bevor Sie zu Emma Vellot fuhren?«, fragte Lacoste.

Duvert deutete zum Himmel. »Mein Beifahrer ist nicht auf den Bildern zu sehen? Francourt stieg bei mir im Wagen ein. Ich habe ihn zu Hause abgesetzt. Wir wechselten noch ein paar Worte am Wagenfenster. Fragen Sie ihn gleich selbst, er setzt gerade zur Landung an.«

Das Segelflugzeug über ihnen zog in einem 45-Grad-Winkel einen engen Kreis über dem Ende der Landebahn. Die Ablenkung kam ihm wohl gelegen. »Monsieur le notaire. Sie verschweigen mir noch immer, welche Information genau Sie sich durch Emma erhofften.«

Duvert streckte sich im roten Overall und verschränkte die Arme. »Glauben Sie im Ernst, dass jemand hier von den Konservativen in den Conseil régional gewählt wird, ohne *pots-de-vin*, wie man so sagt? Emma sollte Belege finden, wen Sylvain bestochen hatte.«

Cédric standen die fünfstelligen Zahlen auf der Liste in Clouets Stahlschrank vor Augen.

Lacoste tippte eine Notiz in sein Smartphone. »Und? Hat sie?«

»Emma war so wütend wie ich, weil sie nichts gefunden hat. Obwohl sie Sylvains privates Büro durchsucht hat, als seine Frau Danièle in Paris war und er für einen Termin in der Mairie von Lézy.« Duvert zog an einem Reißverschluss seiner Schutzbekleidung. »Es kann natürlich sein, dass Emma nur behauptet hat, dass sie nichts Belastendes gefunden habe. Weil sie ein Druckmittel für sich behalten wollte.«

Duvert folgte mit den Augen dem Landeanflug der Maschine von Air Lézy. »Ich weiß, dass mein Verhalten mich in Ihren Augen verdächtig macht. Aber ich erzähle Ihnen trotzdem davon.«

Auffällig war eher die Mühe, die der Notar sich machte, Emma anzuschwärzen.

Seine Oberlippe zuckte. »Sylvain war plötzlich wieder ihr Gott.«

»Ein starker Ausdruck«, sagte Lacoste.

»Wie kommen Sie darauf?«, fragte Cédric.

»Als ich zu Emma fuhr, rollte Clouet gerade in seinem Wagen aus ihrem Hof. Er hatte sie vor mir aufgesucht.«

»Wann war das?«

»Die Glocken von Sainte Pudentienne schlugen elf, als ich im Hof ausstieg. Die Uhr geht nach. Clouet fuhr ziemlich genau um 23 Uhr von Emma weg.«

Das deckte sich mit den Aussagen von Ciboux.

»Chef«, rief Lacoste. »Kopf runter!«

Der Segelflieger war schon auf ihrer Höhe. »Die Dinger sind ja erstaunlich leise.«

»Sie verursachen weniger Dezibel als eine Drohne. Kein Rotor, kein Motor, nur das sanfte Streichen der Luft über die Tragflächen.«

Als die Räder aufsetzten, rumpelte die Maschine allerdings hörbar. Der Pilot schlug das Kabinenglas auf und zog sich die Mütze vom Kopf, bevor er aus der Pilotenkabine kletterte.

Matthieu Vellot winkte vom Lieferwagen. »Heckruder?«, brüllte er hinüber.

Francourt senkte den rechten Daumen und rutschte von der Tragfläche.

»Bringen Sie bitte beide zu mir«, sagte Cédric.

»Wie Sie wünschen.« Der Notar marschierte über die Wiese zur Maschine hin.

»Glaubst du die Geschichte?«, fragte Lacoste leise.

Überzeugt war Cédric bislang nur, dass der Notar und Emma nach belastenden Geschäftsvorgängen gesucht hatten. »Ich bin gespannt, welche Version der Nacht Emma Vellot vom Stapel lässt, wenn wir bei ihr nachhaken.«

Duvert, Vellot und Francourt kamen heran. Cédric erinnerten die drei Männer in der roten Schutzkleidung der Air Lézy an eine Szene aus *Die Ferien des Monsieur Hulot*. Nur hatte Cédric leider wenig Grund zu lachen.

Sie bauten sich schweigend vor ihm auf. Cédric fasste zusammen.

Francourt drehte lässig die Fliegermütze in einer Hand. »Wie Nicolas Ihnen schon sagte. Der Empfang war zu Ende. Ich sah ihn gerade in seinen Wagen steigen und bat ihn, ob er mich nach Hause mitnehmen könne. Ich fahre ungern, wenn ich trinke. Vor meinem Haus wechselte ich noch ein paar Worte mit Nicolas, fragen Sie mich nicht, was.« Er hob die Schultern. »Drinnen an der Garderobe habe ich es mir anders überlegt. Ich bin noch einmal ausgegangen, zu meinem Freund Matthieu Vellot.«

»So spät noch?«

Vellot streckte den Rücken durch. »Er wollte mir erzählen, wie viel Gegenwind Clouet bei der Wahl bekommen hat. Als Freundschaftsdienst, damit ich es schon weiß, bevor mich die anderen damit aufziehen. Leider waren es nur drei Stimmen.«

»Wie lange blieben Sie bei Monsieur Vellot im Geschäft?« Cédric wollte hören, ob sie es gleich zugaben.

»Gar nicht. Ich traf ihn auf dem Marktplatz, weil er gerade abgeschlossen hatte. Ich schlug vor, dass wir zu Chantal gehen und dort mit Odette wegen der Niederlage Wunden lecken.«

»Sie waren doch gar kein Gegner von Clouet in der Kunstfrage, Monsieur Francourt?« Cédric hätte dem Architekten am liebsten die Mütze weggenommen, die er an der Krempe auf dem Zeigefinger schwang.

»Ich war für die Kunst, das stimmt. Aber dagegen, dass Sylvain selbst in der Jury saß. Ich hatte einfach Lust, noch ein bisschen zu lachen. Weil der Empfang so steif war wie immer. Chantals *bistrot* ist dazu«, er steckte die Mütze in die Tasche seines Schutzanzugs, »ein echtes Kontrastprogramm.«

»Außerdem war Musikabend. Blechbläser.« Matthieu Vellot blies die Wangen so auf, dass die Augen fast verschwanden. »Bertrand am *cornet à pistons* ist richtig gut.«

Duvert räusperte sich. »Die Spezialisten winken uns zu sich. Die Herren verlangen hohe Honorarsätze. Matthieu, Paul, ihr müsst den Flug gemeinsam auswerten.« Er stieß sie mit den Ellenbogen an. »Würde es Ihnen etwas ausmachen, Commissaire, die Befragung zu einem späteren

Zeitpunkt fortzusetzen? Es würde uns als Bürger sonst ungebührlich belasten.«

So ziemlich alle Schlüsselwörter aus der Rechtsverordnung zur legitimen Befragung hatte der Notar eingeflochten.

Cédric schenkte ihm ein ironisches Lächeln. »Wir kommen auf Sie zurück, sofern Belange des Falles dies erfordern.« Er nickte Lacoste zu, der sein Smartphone wegsteckte und zur Seite trat. Aber einen Trumpf zog er noch. »Duvert, grüßen Sie mir Mademoiselle Emma.«

Matthieu drehte sich prompt um. Was meint er damit?, stand geradezu in sein Gesicht geschrieben.

Cédric hatte keine Zweifel, dass Bruder Matthieu den Notar dazu ausquetschen würde, sobald die Softwareanalyse und das Fachsimpeln zum Flugverlauf beendet war. Und Francourt würde aufmerksam zuhören.

Wünsche schönen Vereinsfrieden.

20

Der sechseckige Erker war als Raum für ein intimes Speisezimmer ideal. Cédric erfasste einen kleinen runden Tisch, vier Stühle, alles so weiß wie die Wände, und sonst nichts. Mehr war auch nicht nötig, denn die Aussicht auf das Tal unterhalb des Schlosses war Zierde genug. Die unterschiedlichen Grüntöne der gestaffelten Reben reichten bis zum Horizont. Lézy-le-Sec erstreckte sich am Flüsschen entlang, vom Dunst weich gezeichnet wie auf einem Landschaftsgemälde von Watteau. Sogar die Dächer der Champagnes Cherriot waren in der Ferne zu erkennen, wo Maryse jetzt mit ihrem Vater zu Mittag aß. Und über allem zeigte sich der freie Himmel Frankreichs, in dem ein paar kecke weiße Wölkchen trieben.

»Ich habe Maryse gebeten, mir nicht böse zu sein, dass ich dich ihr abspenstig mache.« Viviane räumte die Schalen des Desserts in die kleine Luke in der Wand zurück, wo sich ein Speiseaufzug verbarg.

Ein paar Stockwerke tiefer im Bauch des alten Schlosses arbeitete eine Köchin in einer veritablen Restaurantküche, jedenfalls hatte Maryse es so beschrieben. Selbst hatte er das Schloss bislang nur bei der Hochzeit betreten und zwei Tage danach beim Dankesbesuch für den großzügigen Scheck, den Viviane ihnen ausgestellt hatte.

»Aber ich dachte, es wäre besser, du hörst meinen Informanten, der mir einen Gefallen schuldig war, selbst. Er meldet sich gleich via Skype.«

Cédric hatte sich schon gewundert, dass nur für sie zwei und nicht für drei eingedeckt gewesen war. Er hatte das Menü genossen: Taubenbouillon – *pavé* mit frittierten Gemüsen – *crème brûlée*.

»Skypen? Ich sehe keinen Bildschirm. Nehmen wir dein Smartphone?«

»Damit wir blind werden? Nein.« Viviane drückte die weiße Luke zu. Sie trug ein blaues Kostüm von schlichtem, aber figurbetontem Schnitt. Leise surrte der Speiselift mit dem Geschirr nach unten. »Lass uns in die Bibliothek wechseln. Den Digestif nehmen wir dort.«

Den konnte er ihr kaum abschlagen, wenn sie schon seinetwegen ihre Beziehungen spielen ließ. Cédric hatte Viviane beim Essen ausgebreitet, wie sein Schwiegervater, Maryse und er gestern die Kellerkatastrophe bei der Filtrierung verhindert hatten und auf welche Weise sie den laufenden Betrieb in den nächsten Tagen stemmen wollten. Außerdem hatte er sie auf seinen Stand der Ermittlung gebracht.

Viviane führte Cédric durch einen mit gelben Barockstoffen dekorierten privaten Salon. »Hier darf ich so richtig schön unordentlich sein.«

Zeitschriften lagen auf einer großen cognacbraunen Sitzlandschaft herum. Ein Korb mit Wollknäuel stand davor auf dem weißen Teppich, drei davon waren herausgefallen. »Du strickst?«

»Früher, wenn ich Text gelernt habe. Heute nur beim Fernsehen, aber nur Schals. Für was anderes habe ich nicht mehr die Geduld.«

Cédric hatte Viviane noch nie mit irgendetwas bekleidet gesehen, das wie etwas selbst Gestricktes ausgesehen hatte. Wahrscheinlich stiftete sie ihre Schals bei einem *bazar de Noël*.

Cédric folgte Viviane durch eine Galerie, in der Porträts zwischen Schnitzereien und Draperien aus dem achtzehnten Jahrhundert hingen.

»Die Vorfahren der letzten Marquise de Sillery. Mein Mann hätte dir die ganze Geschichte der Familie erzählen können. Irgendeiner seiner Vorfahren war ihr Verwalter, deswegen hat er das Schloss gekauft. Mich hat das nie interessiert.«

»Warum hast du es behalten?«

Sie drehte im Gehen den Kopf über die Schulter. »Weil ich hier die Königin im eigenen Reich bin.«

Cédric folgte Viviane durch Flügeltüren an bis zur Decke reichenden Büchervitrinen vorbei bis zu einem Tischchen am Fenster, auf dem schon ein silberner Champagnerkübel mit einer Demi-Flasche bereitstand. Dazu zwei Gläser auf einem Silbertablett. Personal müsste man haben.

Viviane deutete auf einen Ohrensessel. Erst als er sich gesetzt hatte, fiel Cédric auf, dass die Stirnseite der Bibliothek keine Stofftapete, sondern eine matt schimmernde Bildschirmwand bedeckte. Ganz unten führten Kabel aus der Wandverkleidung, auf einem Beistelltisch ruhte ein Laptop.

Viviane griff sich die Demi-Flasche. »Ich habe die moderne Technik im alten Wandschrank einbauen lassen. Mein privates Arbeitszimmer befindet sich nebenan.« Der Korken zischte leise. »Ein bisschen muss ich ja überwachen, was meine Vermögensverwalter so treiben. – Das ist übrigens ein 2009 Champagne Bollinger Vieilles Vignes Françaises Blanc de Noirs Brut.«

Je teurer die Flasche, desto länger wurde oft der Name eines Champagners. Für die hochpreisige Spezialität war Bollinger geradezu sparsam mit Worten. »Du hast doch nicht etwa mit meinem Schwiegervater gekungelt, um die Formung meines Gaumens weiterzutreiben? Er hat mir neulich erst einen Vortrag über Champagnerraritäten gehalten.« Wie durch ein Wunder hatten zwei Grand-Cru-Pinot-Noir-Weinberge des Champagnerhauses Bollinger die Reblauskatastrophe am Ende des neunzehnten Jahrhunderts überlebt.

»Nein, nein. Ich mag nur den phantastischen Geschmack wurzelechter Reben.« Viviane goss ein. »Es gibt nur gut 2000 Flaschen des 2009ers, und ich besitze einige. Probier!«

Im Glas perlte sanft ein honigfarbener Champagner, dessen feines Aroma Cédric schon roch, während er das Glas noch aus ihren Fingern nahm. Er schwenkte es unter seiner Nase. »Der Duft erinnert mich an frische Brioche.« Die Maryse so wunderbar buk. Cédric nahm einen Schluck und überließ sich einen Moment ganz dem Bitzeln ... »Was für eine Geschmacksexplosion!« Nach dem zweiten Schluck rollte Cédric die Zunge an seinem Gaumen. »Heller Sommerhonig, eine Note weißer Pfirsich, Nüsse und, ja – eine abrundende Nuance von Anis.«

»Eine wunderbare Idee von Madame Bollinger. Der erste wieder produzierte Jahrgang ist von 1970.«

»Ich wette, du besitzt von jedem seither produzierten mindestens eine Flasche, nicht wahr?«

»Zehn, um genau zu sein.« Viviane lachte und stellte ihr Glas ab.

Wenn sie ihn schon mit Raritäten verwöhnte – wahrscheinlich auch um ein bisschen Abbitte zu leisten, weil sie so gegen seine Hochzeit mit Maryse gewesen war –, sollte Cédric die Chance nutzen. »Bitte sei ehrlich. Bestimmst du mit deinem Einfluss in Wirklichkeit die *présidents* der Vigne d'Or?«

Viviane winkte ab. Sie hielt das Glas *Vieilles Vignes* hoch. »Du weißt inzwischen, dass das Champagnerbusiness viel, viel größer ist als mein Vermögen.« Ihr Ton wurde ernst. Viviane überschlug die Beine und lehnte sich zurück. »Es treffen sehr viele Interessen aufeinander, von Politik bis zu Branchenorganisationen der großen wie kleinen Champagnerhäuser. Die Vigne d'Or ist ein Forum, in dem gewisse Konflikte im Vorfeld moderiert werden.« Viviane ließ den Blick zur Flasche im Silberkühler gleiten. »Duvert war ein guter *président*, *grosso modo*. Leider konnte er nicht verlängern.«

»Wegen der Statuten?«

»Die sind so alt wie kompliziert, damit nicht bestimmte Gruppen zu viel Einfluss erhalten. Früher ging es dabei eher um Familienclans oder Adelsfamilien; heute um die Kapitalgesellschaften, die hinter den Marken stehen.«

»Und was ist deine Rolle?«

»Ich möchte, dass vernünftige Entwicklungen angeschoben werden. Nicht alle Reichen sind Blutsauger. Die meisten sorgen sich ernsthaft um den Erhalt ihrer Vermögen. Viele suchen nach neuen Entwicklungsfeldern. So schön die Champagnertradition auch ist, die Zeit bleibt nicht stehen.« Viviane zeigte zum Fenster hinaus.

Auf dem nächsten Berg nach Westen ruhte das dunkle Geviert des alten Couvent in den Weinbergen.

»Das Hameau Royal ist so ein Gegenstand des Streits zwischen den Interessen, wie du weißt.«

Nach Osten, wo Saint Félix mit den grünen Hügeln verschwamm, ahnte Cédric den königlichen Weiler im Dunst. »Mir war gar nicht bewusst, dass die Flussschleife fast eine Insel daraus macht.«

»Das war ein Teil des Konzepts: die unter Sicherheitsaspekten mögliche Abschottung des Ressorts.«

»Wer wird denn nun neuer *président*, nachdem Sylvain Clouet ermordet worden ist?«

»Duvert bleibt erst einmal Interimspräsident.«

»Also hat er ein Motiv für den Mord, weil er Widerstände gegen seine eigenen Pläne jetzt beseitigen kann.«

»Du vergisst die Statuten, Cédric. Duvert repräsentiert in der Zeit nur. Er darf nichts entscheiden, außer Kleinigkeiten. Danach wird es eine neue Kandidatensuche geben.«

»Wer hat Chancen?«

»Es wird jetzt wohl auf Paul Francourt hinauslaufen. Die anderen denkbaren Kandidaten haben wenig Rückhalt bei den Winzern der Region. Francourt ist bekannt für seine Restaurierungen. Er hat Intuition für behutsame Maßnahmen. Du könntest das im Küchentrakt hier im Schloss bewundern. Außerdem stammt er von einer Winzerfamilie ab.«

»Also kommt doch jemand auf Duverts Linie zum Zuge.«

»Aber ein Mord passt ganz und gar nicht zum Notar.« Viviane drehte ihr Glas in den Fingern. »Duvert hätte sich eine Schlacht mit Clouet hinter den Kulissen geliefert, ohne Zweifel. Dafür hat er genug Kontakte nach Paris und in den Conseil régional. Aber sich selber die Finger blutig machen? Außerdem ist Nicolas klein und hat wenig körperliche Kraft.«

Das Argument war stichhaltig. Clouet hatte überwältigt werden müssen.

»Schau nicht so enttäuscht. Mein Informant hat etwas für dich.« Viviane blickte auf ihre Armbanduhr. »Er ist immer pünktlich bei unseren Rendezvous. Er wird gleich anrufen.«

Prompt erklang das Rufzeichen. Viviane stand auf und aktivierte auf ihrem Laptop den Anruf. Die Bildschirmwand leuchtete auf.

Am Dreitagebart und den Segelohren erkannte Cédric sofort den ehemaligen Innenminister.

»Fabrice, ich habe dir den versprochenen Gast mitgebracht.« Viviane ließ sich in den Fersensitz auf dem Teppich vor der Wand nieder.

Der Ex-Innenminister lehnte in einem legeren kamelfarbenen Hausanzug an der Kante eines roten Sofas. »Bresson. Ich habe jemanden für mich in Ihre Personalakte blicken lassen. Kein Wunder, dass Theuilly-Bazet Sie auf den Fall angesetzt hat.«

Vorschusslorbeeren waren heikel. Sie erzeugten nur noch mehr Druck.

»Weiß er hiervon?« Cédric machte mit dem Arm eine Kreisbewegung über sich und Viviane hinweg.

»Er weiß, was er wissen muss.« Der Ex-Minister strich sich über das rechte Segelohr, wie so oft auf Zeitungsfotos. »Und du, Bresson, sollst wissen: Clouet war sauber.«

Er duzte Cédric natürlich. Wahrscheinlich fiel ihm das nicht einmal auf.

»Seit seinem Eintritt als junger Mann bei der Armee gibt es nichts in den Akten. Keine Disziplinarmaßnahmen während seiner Luftwaffenzeit in Afrika. Keine seltsamen Buchungen auf Spesenkonten. Sogar seine Steuererklärung ist umfassend. Und keine Beteiligungen in Steueroasen.«

So durchleuchten konnte den Toten nur der Geheimdienst, zu dem der Ex-Minister bestimmt noch Drähte hatte. »Gibt es irgendwelche Geldtransfers oder Anzeichen, dass er jemanden geschmiert hat?«

»Wenn, dann nur in bar. Das können die Datenbanken leider nicht erfassen. Clouet hat sogar eigene Sondereinnahmen offiziell versteuert, was sonst selten ein Politiker tut, zumal sie von einem legalen Beratervertrag mit einem Diplomaten stammen.« Der Ex-Minister wippte mit dem übergeschlagenen Knie. »Es sieht mir ganz danach aus, dass Clouet sich nicht abhängig machen wollte in seinen Entscheidungen, von irgendwelchen Mitwissern bei irgendwelchen Geschäftchen. Unabhängigkeit ist in der Politik viel wert, glauben Sie mir. Das Geld seiner Frau hat ihm das ermöglicht.«

»Was ist mit dem Konsul von Kuwait, Monsieur Mbeke, warum lässt mich Theuilly-Bazet da nicht nachbohren?«

Diesmal lag die kräftige Hand hinter dem Segelohr. »Ts, Bresson, die Frage habe ich nicht gehört. Lass die Finger davon, in der Quelle ist nichts für dich zu holen außer sehr viel Ärger. Clouet war finanziell sauber. Das ist für dich wichtig.«

»Ich danke dir, Fabrice.« Viviane drückte sich im Fersensitz höher. »*À bientôt*, wie versprochen.«

»Der Strand von La Baule wartet auf die Meeresgöttin.« Der Ex-Minister lächelte mit weißen Zähnen. Er sprang von der Sofakante. »Viel Erfolg, Bresson – Viviane.« Nach einem Augenzwinkern beendete er den Anruf.

»Das erspart mir, meine Leute danach wühlen zu lassen.« Die Papiere aus dem Safe fielen Cédric ein. Es erklärte auch, warum Clouet sich nicht hatte erpressen lassen. »Besten Dank.«

»Reine Selbstsucht. Es wird mir ein paar lustige Tage auf der Jacht von Fabrice einbringen.« Viviane erhob sich und schaltete mit dem Laptop die Bildschirmwand aus. »Komm mit. Ich zeige dir noch etwas.«

Viviane öffnete die nächste Flügeltür.

Ein Kabinett mit grünen Seidentapeten, nur in der Mitte vor den Fenstern stand ein mit Leder bespannter Tisch. Darauf war ein großer Vermessungsplan ausgebreitet. Cédric erkannte die Flussschleife wieder. »Das Hameau Royal und alle anderen Gebäude des Weilers ...«

»Ich habe mir die aktuellen Auszüge aus dem *cadastre* besorgt.« Viviane ging zum Kopfende des Tischs und legte ihre Finger auf ein Grundstück zwischen Flachsmühle und Haupthaus. »Diese große Wiese wie auch noch vier Parzellen, die man für ein abgeschottetes Luxusressort bräuchte, gehören Matthieu Vellot.« Viviane tippte auf die Papiere. »Ich habe mich umgehört. Bei Direktoren der hiesigen Banken, mit denen ich in Geschäftsbeziehungen stehe. Vellot schrammt mit seinem Champagnerhaus und dem Laden am Marktplatz seit Jahren an der Pleite entlang. Matthieu Vellot hat großes Interesse daran, dass man ihm diese Grundstücke vergoldet.«

Cédric überzeugte sich davon anhand der amtlichen Einträge auf dem Plan. »Er hatte also einen finanziellen Grund, Clouet aus dem Weg zu räumen.« Er musste an das theatralische Weinen von Vellots Schwester Emma denken. »Hältst du es für möglich, dass Emma nur deshalb die Geliebte von Clouet geworden ist, damit die beiden etwas gegen ihn in die Hand bekommen? Könnten die Geschwister so weit gegangen sein, nur um seinen Widerstand gegen die Baupläne zu brechen?«

»Mag sein. Clouets Schwäche für Blondinen mit schönen Beinen war bekannt.« Viviane schritt am Tisch entlang. »Emma war nicht die Erste. Aber Sylvain legte seine Maitressen auch schnell wieder ab.« Viviane legte die Hände auf den grünen Filzrand. »Madame Clouet soll sich auch seit einiger Zeit trösten. Eine Freundin hat sie mit einem gut zehn Jahre jüngeren schlanken Mann in Paris bei Le Fouquet's essen sehen und dann noch mal bei einer Vernissage, am selben Wochenende.« Viviane lächelte amüsiert. »Aber warum sollte Danièle sich nicht ein wenig Spaß gönnen?«

»Woher weißt du das alles?«

»Weil ich mit ein paar Damen und Herren im Golfclub Tee trinken war. Eigentlich ist das grässlich steif dort, aber ich dachte mir, der neueste Klatsch könnte dir bei deinen Ermittlung ja helfen.« Viviane lachte. »Was glaubst du, was die Leute in der Provinz am liebsten tun?« Sie ließ die Hände fliegen. »Über Leute reden, die in der Nachbarschaft leben. Es gibt einige, die sogar die Vogelkunde der alten Marie-Jeanne in ihrem Wachtturm gar nicht erst abnehmen, sondern sie für reine Neugier halten.« Viviane tippte auf den amtlichen Auszug auf dem Tisch. »Lass uns sortieren, was du hast.«

»Mit dir als verdeckte Ermittlerin wird es bestimmt klappen.«

»Charmeur. Lass mir den Spaß, Polizistinnen habe ich nie spielen dürfen.«

»Mal im Ernst. Ich bin dir dankbar für die Informationen, die du so schnell beschafft hast.« Er strich über die ausgedruckten Katasterblätter auf dem Tisch. »An ein Eifersuchtsdrama zwischen Danièle und Sylvain Clouet wegen Emma habe ich sowieso nicht geglaubt.« Im Gegenteil, die Witwe trauerte um ihn. Cédric fiel die große blaue Büroklammer in Clouets Safe ein. Mit solchen klemmten auch viele Hehler Scheine zusammen. Hatte Sylvain an dem Abend eilig Geld für Emma aus dem Safe geholt und deshalb den Spazierstock mit dem Code am Knauf nicht wieder in die Vitrine zurückgestellt? »Emma Vellot hat vielleicht doch mit dem Notar Duvert paktiert ...«

Viviane lief an Cédric vorbei. »Aus Rache vielleicht. Clouet wollte sie verlassen. Wir haben ja die Aussage Francourts. Es muss Emma sehr verletzt haben. Gerade jetzt. Der *président* der Vigne d'Or wird überallhin eingeladen. Er kann Gäste mitbringen, so viel er möchte.«

Viviane blieb vor einer Marmorbüste stehen, die in der Ecke des Bibliotheksraums stand. Diderot oder einer von den Enzyklopädisten. »Ich konnte es von meinem Platz aus sehen, als das Wahlergebnis verkündet worden war.« Viviane schloss die Augen und bewegte dabei den linken Zeigefinger wie einen Taktstock. »Emma strahlte zwar, aber unecht, ihre Wangen waren viel zu angespannt. Wie bei den jungen Frauen in den grässlichen Castingshows, die gerade noch eine Runde weiterkommen, aber schon wissen, dass sie längst ausgesondert sind. Sylvain schaute seine Geliebte kein einziges Mal an.«

Eine unnötige Demütigung Emmas. »Warum beendet Clouet die Beziehung eigentlich gleich nach der Wahl?«

»Weil er gemerkt hat, dass Emma schnüffelt?«

Das mochte sein. »Aber er wusste doch, dass er sauber war. Er hätte sich Zeit lassen können für einen eleganten Abgang.«

»Das war nicht Sylvains Stil. Wenn er genug hatte, machte er Schluss.«

Ganz der entscheidungsstarke Militär. Cédrics Blick fiel wieder auf die Karte mit den Grundstückseignern. »Für den Notar wäre das Immobilienprojekt ebenfalls äußerst lukrativ.«

»Für einige Prinzen aus Kuwait auch.« Viviane beugte sich über den Tisch. »Diese Namen hier: Canard, Pichon, Bellefont, das sind Verstorbene. Das hat mir jemand«, Viviane legte den Finger vor die Lippen, »verraten, der auf die Akten von Duvert zugreifen kann.«

»Du bist unglaublich.« Viviane hatte offenbar das Sekretariat von Duvert bestochen! »Aber wie kann das sein?«

»Es passt zu dessen Schläue, dass es noch nicht im Kataster steht, weil das Amt so langsam ist. Die Erben dieser Leute haben bereits über ihn an eine Entwicklungsgesellschaft namens Assadis verkauft. Rate mal, wem die gehört?«

»Nach einer Schachtelung über wie viele Stufen?«,

fragte Cédric. »Kuwaitis natürlich. Meinst du, es ist ein Auftragsmord?«

Viviane winkte ab. »Das haben die Prinzen nicht nötig, wenn sie Staatssekretäre wie Theuilly-Bazet und sonst wen in Paris aktivieren können. Im Notfall vielleicht, aber dafür kam der Mord an Clouet eigentlich zu früh.«

Cédric nahm noch einmal den Katasterauszug zur Hand. Auf einem der Blätter war das ganze Tal als Übersicht erfasst, die Weinberge in Schraffur.

»Ist da was auf der Karte?«, fragte Viviane, die sich ihm gegenüber auf den grünen Filz stützte.

Cédric tastete die von feinen Linien in Messquadrate eingeteilte Landkarte ab. »Kennst du das? Etwas irritiert dich, macht dich spontan nervös und du weißt nicht, was?«

Vivianes hellblaue Augen funkelten ihn an, als wäre er ein Partner am Set. »Mir ging das im Filmstudio so, wenn die Ausstatter ein Requisit falsch drapiert hatten.«

Cédric machte ein paar Schritte um den Tisch herum. »Aus einem anderen Winkel darauf zu schauen, hilft leider auch nicht.«

Viviane tippte mit den Fingern auf den Tischrand. »Geduld. Ich habe das störende Requisit immer gefunden.«

Cédric gab sich einen Ruck. »Aber immerhin habe ich die Zeuginnenaussagen und Fakten. Allerdings: Die zwei Männer in dunkler Kleidung, die Marie-Jeanne und Odette gesehen haben wollen, können gut und gern die Köche aus dem alten Couvent gewesen sein oder zwei von den Kellnern. Die meisten wohnen doch in Lézy.«

Viviane stemmte die Hände in die Seiten und sah zum Fenster hinaus in die Landschaft. »Ich habe sogar wirklich an Odette gedacht, gemeinsam mit Emma Vellot hätte sie Clouet überwältigen können. Du glaubst nicht, was ich an Niederträchtigkeiten von Kolleginnen erlebt habe, als meine Karriere anzog und ich plötzlich mit den internationalen Stars drehte und die Freundinnen von einst ohne Engagement herumhockten.«

Cédric sorgte sich mehr ums Jetzt. »Aber wir haben Aussagen, dass erst Clouet selbst und dann der Notar Emma zu Hause besucht haben.«

»Was noch nicht beweist, dass sie dortgeblieben ist. Aber wahrscheinlich hat sich Emma tatsächlich die Augen ausgeheult und traurige Postings gemacht auf Facebook.«

»Du bist ziemlich bösartig, Viviane.«

»Mir gehen nur die naiven Dinger auf die Nerven, die meinen, alles drehe sich nur um ihr kleines Herzchen.« Viviane holte Luft. »Emanzipation war mal mehr als Opfergetue.«

»Eine Mörderin wäre für dich also Gleichberechtigung?«

Sie drohte Cédric mit dem Zeigefinger. »Lernt ihr das bei der Polizei beim Lehrgang Zeugenvernehmung, einem die Worte im Munde umzudrehen?« Viviane trat einen Schritt vom Tisch zurück. »Eines passt für mich nicht zu dem eitlen Sylvain, den ich kannte. Warum hat er sich in diesem alten Lkw-Waagenschuppen am Bahnhof mit jemandem getroffen? Warum sollte er das ausgerechnet am Abend seiner Wahl tun, wenn er von Emma Vellot gerade weggefahren ist?«

»Jemand hat ihn da hinbestellt. Denke an den Erpresserbrief.«

»Oder jemand versprach ihm dort etwas Wichtiges, das er sofort in die Finger kriegen wollte.« Viviane tippte auf die Vermessungskarte auf dem Tisch.

»Was hätte ihn genug gereizt?« Cédric folgte durch die Fenster mit den Augen langsam dem Fluss die ganze Schleife entlang zurück nach Lézy-le-Sec. »Etwas gegen Notar Duvert und die Kuwaitis, womit er das Projekt Hameau Royal noch hätte kippen können, hätte Clouet überzeugt.«

21

Eigentlich sahen die offiziellen Richtlinien nicht vor, dass ein Kommissar sich während einer Ermittlung im Polizeisport auspowerte wie die einfachen Ränge, die ja ordentlich Muskelmasse im Dienst einsetzen sollten. Aber Cédric half das Laufen beim Sortieren, weil Fakten, Wahrnehmungsbruchstücke und Details aus Zeugenbefragungen in seinem Hirn durcheinanderwirbelten. Und seit dem Mittagessen bei Viviane im Schloss kreiste noch mehr in seinem Hirn herum.

Cédric kniete sich an den Rand der Aschenbahn des kommunalen Sportplatzes, wo die Kollegen auf der Rasenfläche nach der Pfeife von Kollegin Corinne Liegestütze machten. Er zog die Schnürsenkel seiner Laufschuhe fest. Wenigstens hatte er zu Hause seine kurze grüne Hose und das grün-gelbe Läuferhemd mit der Wasserflaschentasche bei den Sportsachen im Dielenschrank gefunden. Ein bisschen seltsam war, dass weder sein Schwiegervater noch Maryse im Haus gewesen waren. Die Stille hatte ihn beunruhigt, nicht mal das ewige *Radio France Bleu* hatte in Schwiegervaters Büro gedudelt. Beim Frühstück hatte der bloß von anstehenden Routinedesinfektionen leerer Stahltanks gesprochen. Cédric sah noch mal auf sein Smartphone. Maryse würde zumindest eine WhatsApp schicken, wenn sie zu Docteur Poulac hätte fahren müssen.

Cédric spurtete auf der 400-Meter-Bahn los. Mit jedem

Schritt spürte er, dass es half. Allein schon, dass er hier am Rande von Lézy-le-Sec einen anderen Blick auf den Ort hatte, dass er deswegen die Fayences Mancy und das Kunstwerk *Ariane99* mehr im Blick hatte als den alten Ortskern, bewirkte eine andere Reihenfolge in seinem Kopf. Die vielen Eindrücke rutschten durcheinander, als hätte sie eine andere Schwerkraft erfasst.

Bei Runde eins hörte er auf einmal die Frauenstimmen aus seinen Befragungen wieder, fast wie ein Quintett in einer *Opéra-comique*: die Museumsdirektorin Varenne, die Malerin Odette, die derbe Hundezüchterin Hélène, die raue Stimme von Chantal, die vornehme Diktion der Witwe Danièle.

Die so anders trauernde Witwe …

Bei Runde zwei spürte er seine für diesen Bewegungsrhythmus nicht mehr so trainierten Oberschenkel. Aus dem leichten Schmerz formte sich ein verpixeltes Bild, unscharf, mit vielen bunten Vierecken, die immer mehr wechselten, sich rearrangierten zu einem verfremdeten Bild – ein Pfiff am Platz, die Kollegen sprangen in Grätsche über die Rücken des Vordermanns, der Vorderfrau –, die Pixel stürzten durcheinander … Konturen schärften sich … eines bei Facebook vom Empfang im Couvent beim Digestif nach dem Essen.

Cédric erinnerte sich auf einmal genau, in Farbe und wie vergrößert. Die Gesichter der von ihrer eigenen Wichtigkeit so überzeugten Mitglieder der Vigne d'Or, ihre Blicke, die sich auf Clouet richteten. Das Bild zeigte die lange Reihe von Personen an den Tischen, doch viel interessanter fand Cédric jetzt, wer dort nicht gestanden hatte: Madame Clouet.

Cédric hörte plötzlich das scharrende Geräusch seiner Schritte auf der Aschenbahn. Auf den Bildern, die Danièle Clouet selbst ihm gezeigt hatte, waren die Teller mit den Macarons am Buffet noch fast voll gewesen. Also musste sie den Couvent gleich nach dem Dessert verlassen haben, bevor die andere Aufnahme gemacht worden war. Aber wieso so früh?

Das fragst du noch, Spürnase?, hörte Cédric Vivianes Stimme im Kopf. *Weil sie den Liebhaber getroffen hat, den meine Freundin in Paris bei Le Fouquet's gesehen hat. Ihr Mann war wegen der Ehrung ein paar Stunden definitiv nicht zu Hause.*

Auf dem Platz pfiff die drahtige Corinne zweimal kurz, die Kollegen gruppierten sich um, immer zwei standen einander gegenüber. Pfiff. Sie rempelten sich an, Schulter gegen Schulter.

Metro. Metrogleise. Zuggleise. Jemand hatte etwas erwähnt … Cédric lief schneller. Ein Kollege, beim ersten Mittagessen, sie alle im Grenouille bleue … Cédric griff mit den Beinen so weit aus, wie er konnte, die Lungen schmerzten, er legte sich in die Kurve um den Platz wie ein Zug … der TGV aus Paris, im Bahnhof Reims. Amadous *mamie* hatte Madame Clouet aussteigen sehen – mit Lacoste!

Cédric lief Schweiß ins Auge. Er beugte sich vor, stützte die Arme auf die Oberschenkel. Diese Fortbildung, bei der Guy angeblich gewesen war … Er musste das sofort prüfen. Cédric zog sein Smartphone aus der Tasche im Rücken seines Läufershirts, suchte im internen Netz.

Das Datum stimmte nicht überein.

Er hat gelogen.

»Cédric, nicht so schlapp!«, brüllte Corinne über den Platz.

Er sah sie Rumpfbeugen machen und doch auch Lacostes Gesicht vor sich, vorgestern Morgen, als der den Staatssekretär zu Cédric in den Weinberg gekarrt hatte. Lacoste war nicht fahl und blass gewesen vor Wut, weil man ihm Cédric vor die Nase setzte – er war übernächtigt gewesen.

»Verflucht noch mal.« Cédric ging langsam weiter. Ein eifersüchtiger Liebhaber will die Frau für sich, das zweithäufigste Motiv bei Gattenmord, denn das erste – die Gier einer Ehefrau, sie sich bereichern möchte – fiel ja weg: Madame Danièle war es, die im Hause Clouet das Vermögen besaß. Cédric streckte die Arme verschränkt nach hinten, presste mit einer Gegenbewegung die Luft aus dem Brustkorb. »Was für ein genialer Plan. Sicherer kann kein Täter sein, als wenn er selbst die Ermittlung führt.«

Lacoste brauchte dabei nur die entscheidenden Hinweise auf sich selbst zu vertuschen oder falsch zu interpretieren. Bis der Fall als ungelöst geschlossen würde. *Die Champagnerflaschen hingen auch kopfüber an den Kunstwerken.* War Lacoste so raffiniert, dass er damit den Eifersuchtsmord kaschiert hatte? Chantal hatte erwähnt, als sie ihm die Sicherheitsaufnahme des *bistrot* in ihrem Büro-Kabuff gezeigt hatte, wie viele Leute Clouet eins hatten auswischen wollen. Lacoste war bei Karaokeabenden bei Chantal als angeblicher Single oft dabei, er könnte die Idee aufgeschnappt haben.

Cédrics Fuß rutschte im Schuh. Warum sich die Schnürsenkel immer am linken lösten, war auch ein verdammtes Rätsel.

Neben dem Tor am anderen Ende des Sportplatzes hielt ein Wagen neben seinem, Lacoste sprang heraus und ruderte wie wild mit den Armen.

Ausgerechnet! Cédric rannte direkt auf ihn zu, an den Kollegen vorbei.

»Warte!«, keuchte Cédric hinter ihm.

Lacoste musterte sein Sportzeug. »Sogar farblich passende Schuhe. Und ich wollte erst gar nicht glauben, dass du wirklich hier Runden rennst.«

Cédric verbaute ihm den Weg zum Wagen. Er holte tief Luft und stieß Lacoste mit ausgestrecktem Zeigefinger gegen die Brust. »Du bleibst sofort stehen!« Dessen Augen weiteten sich. Cédric bohrte den Finger weiter gegen die Knochen unter dem Hemd.

Lacoste umschloss mit der linken Hand seinen Finger, wollte ihn wegdrücken. »Chef?«

Cédric gab nicht nach, er fühlte sogar Lacostes sich beschleunigenden Herzschlag unter der Fingerspitze.

»Wo warst du am Sonntag in der Nacht?«

»Im Dienst. Ich … Nun hör doch auf, das tut weh.« Lacoste riss Cédrics Hand von der Brust weg. »Ich hatte Bereitschaft.«

Lacoste schaute ihm nicht in die Augen! Cédric trat ganz nah an ihn heran.

»Wann genau hast du den Dienst am Sonntag angetreten?«

»Willst du das wirklich auf die Minute wissen?« Lacostes rechte Wange zuckte, und ein Ohr rückte zurück wie bei einem aufmerksamen Wolf, winzige Bewegungen, die Cédric verrieten, was in ihm stritt. Verletzter Stolz, Vorsicht und eine echte Angst.

Cédric zeigte auf seine Armbanduhr. »Die genaue Zeit am Sonntag. Wird's bald?«

»22:47 Uhr.«

»Ach, und das hast du so genau im Kopf?«

»Weil ich im Logbuch nachgeschaut habe.«

Cédric machte einen Schritt zur Seite, betrachtete Lacostes Profil.

»Warum?«

»Weil … ich das immer tue, wenn ich Überstunden machen muss.«

»Oh nein!« Cédric packte Lacoste am Kragen. »Du hast nachgeschaut, weil du wusstest, dass ich dich das früher oder später fragen würde, sobald ich dahintergekommen bin.«

Lacoste schluckte. Er schloss die Augen und drehte den Kopf zur Seite.

»Du hast eine Affäre mit der Frau des Mordopfers und hast das verdammt noch mal mit keinem Wort erwähnt.«

»Du hättest mich sofort suspendiert.«

»Allerdings.« Cédric ließ ihn los und zog sich das Laufshirt gerade. »Und das hole ich jetzt nach.«

Lacoste hob die Hände wie ein Viehdieb, der sich ergab. »Warte, bitte. Sonst ist meine Karriere ruiniert.«

»Selbst schuld.« Cédric stieß ihn hart gegen die Schulter. »Hast du im Ernst geglaubt, es ließe sich verbergen, dass du mit der Witwe geschlafen hast? In der Tatnacht? Du bist doch Kriminalpolizist!«

»Ich …«

So sehr er blinzelte, in seine grauen Augen trat Feuchtigkeit, wohl von der Erkenntnis, dass seine Zukunft eben zusammenbrach.

»Es ging schon eineinhalb Jahre gut«, sagte Lacoste leise. »Niemand in Lézy-le-Sec hat etwas gewusst. Keiner.«

»Doch. Vivianes Freundin zum Beispiel. Und Sylvain Clouet.« Dessen war sich Cédric sicher.

Lacoste verbarg das Gesicht in seinen großen Händen. »Ja«, brachte er leise zwischen den Fingern hervor. »Aber das war zwischen ihm und Danièle eben so …«

»Eingespielt?«

»Er wusste, dass ich wusste, dass er es wusste. Und er wusste, dass sie wusste, dass er etwas mit Emma Vellot hatte. Und wir alle mieden Situationen, die uns vier irgendwie zusammenbringen würden.«

»Eineinhalb Jahre ging das so?«

»Wir treffen uns so gut wie immer in Paris, wo Danièle ein Appartement bei der Place Monge hat.« Lacoste fuhr sich mit der Hand über den Nacken. »Ich war es, der Panik hatte, dass man uns entdeckt.«

»Wieso? Du bist doch nicht verheiratet.«

»Die Kollegen hätten nicht aufgehört, mich mit ›Klein-Macron‹ oder irgendeinem Scheiß aufzuziehen. Davor hatte ich Horror. Der Altersunterschied zwischen mir und Danièle ist ja fast genauso groß.«

»In der Mordnacht warst du aber nicht in der Hauptstadt.«

»Ich …« Er legte den Kopf in den Nacken. »Mein Gott, ich konnte schon wieder drei Tage an nichts anderes mehr denken als daran, was Danièle als Nächstes mit mir im Bett macht. Da war's mir egal, wo. Verstehst du das?«

So wahnsinnig verliebt zu sein. Er kannte das Gefühl. Für eine Stunde mehr mit Maryse hatte er riskiert, im schlimmsten Stau auf der Autobahn stadteinwärts nach

Paris zu stehen, während sein Dienst längst begonnen hatte: Es war alle Konsequenzen wert.

»Danièle macht Sachen mit mir, von denen ich nie im Traum gedacht hätte, dass sie mich so anmachen.«

Cédric wollte jetzt keine Einzelheiten hören, die dazu führten, dass er sich Danièle und Guy in irgendeiner horizontalen Interaktion vorstellen müsste. »Wo habt ihr euch am Sonntag getroffen?«, fragte Cédric schnell.

»Bei ihr zu Hause, weil es ausnahmsweise sicher war, dass Sylvain nicht vor 23 Uhr zurück wäre.«

Das klang plausibel. Der neue *président* hatte viele Hände schütteln und auch ein paar Interviews geben müssen. Aber unauffällig war es eigentlich ganz und gar nicht, jedenfalls für Madame Clouet, die Feier früh zu verlassen.

Lacoste drückte die Brust raus. »Ich habe Sylvain Clouet nicht umgebracht und Danièle auch nicht.«

»Irgendwelche Beweise?«

»Erinnere dich an die Zeugenaussagen. Hélène Ciboux hat Clouet aus dem Hof von Emma Vellots Haus wegfahren sehen. Der Zeitpunkt liegt nach meinem Einstempeln im Kommissariat.«

»Und Danièle? Eine gemeinsame Zukunft mit dir? Ohne Sylvain? Ein neues Leben …« Cédric glaubte selbst nicht daran. Lacoste mochte Qualitäten als Liebhaber haben, aber Danièle hatte geradezu mit Verehrung über ihren Mann gesprochen.

Lacoste lachte. »Ich bin zum Spielen da. Mehr nicht. Danièle ist keine Romantikerin, das müsste dir in der Villa aufgefallen sein.«

»Mir ist vor allem da schon aufgefallen, dass du den

Hintereingang des Hauses kanntest.« Nur hatte Cédric den falschen Schluss daraus gezogen.

Aber so wie Guy Lacostes Blick bei der Erinnerung an die Nacht verschwamm, wie sein jungenhaftes Lächeln ganz ungehemmt aufblitzte, war eindeutig, dass jener keine Sekunde bereute, die Danièle mit ihm gespielt hatte.

»Sie hat kein Motiv für einen Mord, das weißt du selbst. Ihr Gatte tolerierte unsere Affäre. Was die Leute reden, ist ihr egal. Ich bin es Danièle schuldig, dass ich helfe, den Mörder zu finden. Sie leidet wirklich sehr.«

»Verdammt noch mal.«

Wenn sich jemand Neues in den Fall einarbeiten musste, verlor Cédric nur Zeit. Und außerdem … Es sollte Cédric nur recht sein, wenn die Polizeihierarchie ihm später einen Strick daraus drehte, Lacoste nicht sofort von der Ermittlung abgezogen zu haben. Er sollte sowieso schnellstmöglich zurück an die Arbeit bei Champagnes Cherriot.

In Cédrics Hirn machte sich ein imaginäres Geräusch breit, als blätterte er mit dem Daumen an einem Stapel Dokumente entlang.

»Jemand hat aber ein Motiv gehabt. Wir fahren ins Büro und sortieren, was wir haben.«

Lacoste räusperte sich. »Heißt das, du suspendierst mich nicht?« Seine Stimme war rau geworden.

»Nein. Aber ich überlege mir noch, ob ich eure Affäre in die Akten für Paris aufnehme oder nicht.«

Lacoste schluckte sichtlich, weil er wusste, dass seine Karriere damit endgültig am Ende wäre.

Herumstehen half nicht weiter. »Warum bist du überhaupt hergekommen?«

»Die Spurensicherung hat auf dem Fahrersitz von Clouets Wagen einen Tropfen eines Betäubungsmittels isolieren können. Und ein Krümel Erde am Hosenstoff stammt auch nicht vom Fundort der Leiche.«

»Endlich harte Fakten.« Cédric tippte Lacoste an den Ellenbogen. »Das bedeutet, Clouet hat sich gar nicht an der *Schwurhand* mit seinem Mörder getroffen, sondern in dem LKW-Schuppen, beziehungsweise der Mörder hat ihn betäubt und zur *Schwurhand* verbracht. Und dort mit dem präparierten, angeblich gerissenen Seil stranguliert.«

Lacoste wiegte den Kopf. »Oder ihn schon im Schuppen stranguliert und als Leiche transportiert.«

»Was für ein Betäubungsmittel hat der Täter benutzt?«

»Eines für Zuchtbullen. Kann man im Internet relativ problemlos kaufen. Oder in der Clubszene besorgen. Wird auch in sehr geringer Dosis für spezielle Sexspiele eingesetzt.« Lacoste blickte schnell auf. »Sagt der Laborbericht.«

»Also wirft es einen Menschen sofort um, wenn man es geschickt einsetzt. Das erweitert den Täterkreis.« Cédric ließ die Türen des Dienstwagens klicken. Er musste duschen und sich umziehen. »Einen betäubten Sylvain Clouet hätte auch eine Frau strangulieren können.«

Lacoste wartete am Dienstwagen, mit dem er gekommen war.

Cédric wies zu den Weinbergen. »Die geköpften Champagnerflaschen an den Kunstwerken mit den Porträts der Jurymitglieder, alles Theater. Es hat mich von Anfang an gestört, weil diese Kunstwerke schon ein paar Monate die Landschaft schmücken.«

»Der Täter hat nur auf die richtige Gelegenheit gewartet.«

»Deshalb liegt das Motiv auch in der Vergangenheit«, sagte Cédric.

»Ich war schon immer schlecht in Grammatik, aber gibt es im Französischen eine Zeitform für anhaltende Vergangenheit? Das Motiv ist offenbar durch den Zeitverlauf nicht verschwunden.«

Drei Pfiffe ertönten, hinter ihnen trabten die Kollegen hinter Corinne vom Platz und Richtung Lézy davon.

Lacoste kratzte sich am Kopf. »Wenn ich mir unsere starke Truppe so anschaue – von denen schafft es vielleicht einer. Aber ehrlich gesagt glaube ich nicht, dass sonst jemand allein einen betäubten Clouet so einfach bugsieren kann. Er wog über achtzig Kilo.«

»Leblose Körper sind schwer zu packen, wenn man sie nicht verschnürt.« Cédric tockte auf das Wagenblech. »Aber es gibt keine Faser-, nur Erdspuren. Wir brauchen also ein Motiv, das zwei Täter gemeinsam haben.«

»Oder zwei Motive, zwei Probleme, für die der Tod von Clouet die Lösung ist.« Lacoste öffnete die Tür seines Wagens, hielt dann inne. »Die Zeugenaussage der Vogelkundlerin Marie-Jeanne und die von Odette … Sollten wir nicht jetzt aktiv nach diesen Männern suchen, Chef?«

Cédric stieg ein. »Keine offizielle Fahndung. Wir werden selbst die zwei Personen identifizieren, die genau wissen konnten, wo Clouet sich letzten Sonntag zu welchem Zeitpunkt jeweils aufhalten würde.«

Denn nur so war es ihnen möglich gewesen, den Mord von langer Hand zu planen.

22

Im Kreisel vor den *écoles* schaltete Cédric hoch. Aus Lézy entgegenkommend schoss unübersehbar Vivianes Cabriolet mit heftiger Lichthupe in die Kurve. Die Reifen quietschten, der Motor heulte auf, sie überholte und scherte vor Lacostes Dienstwagen und seinem ein. Sie hupte und beschleunigte Richtung Pont Neuf.

»Diese Frau bringt einen noch um«, schrie Cédric.

Doch Viviane hatte beim Mittagessen im Schloss noch ein paar Anrufe bei »Quellen« versprochen.

Der Sportwagen preschte über die Brücke, weiter die Fachwerkhäuser in der Rue de Bellefont entlang, geradeaus bis zum nächsten Kreisel am Ortsausgang mit den großen Werbetafeln am Industriegebiet.

»Kann sie mich nicht einfach anrufen?« Sonst schimpfte er nicht beim Fahren; das war Maryses Domäne, die fluchen konnte wie ein Fischweib.

Lacoste preschte mit dem anderen Dienstwagen hinterher. Viviane schoss aber an der Einfahrt der Steingutfabrik vorbei und an einem Rapsfeld entlang bis zur Baumgruppe am Fluss. Offenbar wollte sie zur *Ariane99*, dem Kunstwerk, an dem die Flasche mit dem Gesicht der Museumsdirektorin Varenne auf dem Etikett gehangen hatte.

Cédric bremste und hielt wie Lacoste neben Vivianes Sportwagen. Er warf die Tür hinter sich zu. Die Absperrbänder der Gendarmerie flatterten im Wind.

Viviane rannte voraus zu *Ariane99*. »Wir müssen triangulieren!«, rief sie.

»Triangu-was?« Lacoste bückte sich unter dem Plastikband hindurch.

Cédric sprang drüber.

Ariane99 war das einzige Kunstobjekt, das ihn ein bisschen beeindruckte. Als hätte man zwei überdimensionierte Stricknadeln im 45-Grad-Winkel in den Boden gerammt und dazwischen den Anfang eines schmalen, grob gestrickten Schals vergessen. Nur dass alles aus Holz gefertigt war und der Faden eine Folge ineinander montierter Äste war.

Viviane presste die Hand an die Seite und rang nach Luft. »Cédric, ich weiß.« Sie setzte ein schuldbewusstes Lächeln auf. Aber nur kurz. »Es ist wichtig: Wo hing hier die geköpfte Champagnerflasche genau?«

Cédric seufzte. »Zeige es ihr, Guy.« Er konnte nur hoffen, dass es zu etwas führte.

Lacoste machte ein paar Schritte zwischen die aufgespreizten Stricknadeln und zeigte zum Ende des hölzernen Fadens, der in einer letzten Schlaufe von da herabhing, wo sich die Nadeln über dem Strickwerk aus Holz kreuzten. »Hier. Auf eins neunzig Höhe.«

»Dann kann man sie nicht anbringen ohne Leiter, nicht wahr?«

Cédric schüttelte den Kopf.

Viviane ging wie beim Hundertmeterlauf kniend in Startposition und stützte sich mit den Händen unter dem Kunstwerk auf den gekiesten Boden. »Trianguliert mal von hier.«

»Madame?«

»Sie meint anpeilen.« Cédric hatte keinen Schimmer, wieso Viviane diesen alten Militärbegriff verwendete. Er kniete sich neben sie, Lacoste auf ihrer anderen Seite. Wie immer umwehte Viviane ein herrliches Parfum.

»Fokussiert den Punkt, wo die gesäbelte Champagnerflasche gehangen haben. Was seht ihr, wenn ihr eure Blickachse verlängert?«

»Das Rapsfeld und dahinter die Steingutfabrik«, sagte Lacoste.

Cédric begriff. »Die Linie verlängert sich weiter über die Einfahrt der Fabrik zum Flachdach des Hauptgebäudes.«

Viviane zog aus ihrer Jackentasche einen Feldstecher und reichte ihn Cédric.

»Schau dir die Ecke am Dach links an.«

Das war es also, was Viviane meinte. »Da ist eine Überwachungskamera für die Firmeneinfahrt.«

»In deren Bildhintergrund *Ariane99* erfasst wird.«

Lacoste streckte sich wieder und steckte die Hände in die Taschen. »Es war leider Nacht, als die Täter die Champagnerflaschen aufgehängt haben, Madame.«

»Wirklich?« Sie wandte ihm ein Kindergärtnerinnenlächeln zu. »Vom Schloss aus kann ich nachts sehen, dass die Fabrik ihr Erweiterungsgelände gleich hinter diesem Streifen Raps beleuchtet.« Viviane drückte sich aus den Knien hoch. »Ich bin darauf gekommen, weil mir André, der Inhaber von Fayences Mancy, in einer Teerunde gestern von seinen aktuellen Bauvorbereitungen erzählt hat. Mit etwas Glück reicht der Lichtschein für die Kameras aus.«

»Dann sind die Täter ein großes Risiko eingegangen.«

»Das ist es ja!« Viviane boxte ihre Fäuste aneinander. »Die Beleuchtung des Geländes ist erst seit Samstag in Betrieb. Die Täter wurden davon überrascht. Sie wollten oder konnten offenbar den Plan nicht mehr ändern.«

Cédric reichte ihr den Feldstecher zurück. »Und wie ich dich kenne, wartet Monsieur André bereits auf uns.«

Viviane winkte sie zurück zu den Wagen.

»Sie brauchen keine Angst zu haben, dass etwas zerbricht. Es ist Spezialkeramik.« Monsieur André Mancy, der Inhaber der Steingutfabrik, trug einen hellgrünen Kittel in den Firmenfarben. Cédric schätzte ihn auf vielleicht vierzig. Ein schmales Gesicht, eine Brille mit dünnem grünen Rand. Wahrscheinlich war auch die aus hauseigener Keramik gefertigt. Wie der Schreibtisch, die Bilderrahmen, die Sessel, der Tisch, die Wandhalterungen, die Schränke. Alles Spezialanfertigungen in Firmengrün.

»Ist wirklich alles aus Steingut?« Lacoste betastete den Stuhl, auf den er sich setzen sollte.

»Spezialkeramik. Das ist technisch etwas anderes. Das hält Sie aus.«

»Fayences Mancy fertigt Teile für die Ariane-Rakete.« Viviane fuhr sich durchs Haar. »So viel, glaube ich, dürfen wir verraten – nicht wahr, André? Deshalb steht auch die Holz-*Ariane99* hier beim Fluss.«

Statt einer Antwort schaltete Mancy einen Panoramabildschirm ein.

»Ich habe die Aufzeichnungen aus der Mordnacht hochgeladen. Welchen Zeitpunkt wünschen Sie als Start?«

Cédric überlegte. »Ab 22:30 Uhr.« Davor waren zu

viele Leute in Lézy unterwegs, kamen oder fuhren zu einem Schichtwechsel.

Mancy gab es in der Fernbedienung ein – sogar die war aus dünner grüner Keramik.

»*Bon*. Ich lasse eine langsame Zeitraffung laufen.«

Das Bild zeigte im orangen Flutlicht nicht mehr als das Firmentor mit dem Kontrollhäuschen sowie die heruntergelassene Schranke. Hätten sich nicht ein paar Blätter der Büsche am Zaun im Wind bewegt, hätte Cédric an ein Standbild geglaubt.

»Oh«, sagte Viviane mit ehrlicher Enttäuschung.

»*Pardon*.« Der Firmeninhaber tippte auf der Fernbedienung herum. »Ich habe das Anzeigeformat noch nicht angepasst. Wir brauchten ja bislang nur diesen Ausschnitt.«

Er zoomte heran. Das für die geplante Fabrikerweiterung glatt geschobene Terrain geriet in den Blick wie auch die Reihe Lampen den Zaun entlang. Schließlich zeigte der Bildschirm ziemlich dunkel die Baumreihen am Fluss und die übergroßen Holzstricknadeln.

»Das Licht ist sehr schwach«, seufzte Lacoste. »Man erkennt nicht mal, dass dazwischen ein Holzschal hängt.«

»Moment.« Mancy lächelte in sich hinein. »Wie gut, dass ich die Gebrauchsanweisung studiert habe ...«, sagte er halblaut zu Viviane.

Eine weiße Quadratlinie legte sich über den Bildausschnitt mit *Ariane99*, offenbar ein Tool des Programms. Dieser Ausschnitt vergrößerte sich. Die Lichtwerte wechselten. »Gleich hab ich's.« Die Keramiksteuerung klackte unter seinen Fingern, weil sie auf dem Keramikschreibtisch lag.

Kontrast und Helligkeit glichen sich an, das orangefarbene Licht wurde blass, fast normal weiß, dafür schärfte sich alles. »Die Maschen sind jetzt klar erkennbar.«

»Sie helfen offenbar dem Programm, die richtige Schärfe einzurechnen.«

Das Bild blieb trotzdem ziemlich diesig. Ein Vogel flatterte heran und hockte für geraffte zwei Minuten auf der Stricknadelspitze. Der eingeblendete Ticker zeigte 0:00, 0:14 Uhr.

»Da!« Viviane streckte den Arm zum Bildschirm aus.

»Also doch«, rief Lacoste.

Zwei schwarz gekleidete Gestalten, die Köpfe mit Sturmhauben und Mützen vermummt, schlichen aus dem Dunkel der Bäume vom Fluss heran.

»Ich stelle um auf Zeitlupe, ja?«

Die beiden hielten sich sehr eng beieinander. Geduckt pirschten sie sich an. Es war nicht zu erkennen, wie groß die beiden waren.

»Zwei Männer?«, fragte Viviane.

»Der hintere könnte eine schlanke Frau sein. Die dicken Rucksäcke verzerren die Umrisse und die gebeugte Haltung … schwer zu sagen«, flüsterte Mancy.

Sie packten etwas am Fuße der linken Nadel aus.

»Die Flasche!«

»Offenbar schon geköpft und eingefasst in die Halterung.« Cédric beugte sich vor. »Stopp!«

Mancy hielt das Bild an.

Die vordere Gestalt war fast ausgestreckt, den einen Fuß in der untersten Holzmasche des Schals. Die andere stand seitlich und hielt die kopfüber hängende sabrierte Flasche an einem dünnen Seil.

»Alles gut vorbereitet.«

»Die Flasche sitzt in der Halterung«, sagte Viviane.

»Sieht fast aus wie Makramee.«

»Es ist eine Knüpftechnik, ja. Weiter, bitte.«

Mancy ließ die Aufnahme ganz langsam weiterlaufen. Die erste Gestalt kletterte die Maschen hoch, die zweite stützte den Hintern mit der Schulter und hielt die Flasche hoch. Die erste schlang den linken Arm um die Riesenstricknadel, hielt sich daran fest und nahm mit der rechten Hand die Flasche, die ihm die zweite Person reichte, ohne dass sich deren Schulter unter dem Hintern bewegte.

»Früher hieß so etwas Lausbubenleiter, glaube ich«, sagte Viviane.

»Nummer eins knotet die Flasche an«, flüsterte Mancy.

»Das ist ein Mann.« Cédric war sich sicher. »Er hat offenbar ein Problem ...« Er bekam mit einer Hand den Knoten nicht fest. »Er versucht, mit dem Mund die Schleife festzuziehen.«

»Der Stoff der Sturmhaube hindert ihn«, flüsterte Viviane.

»Da!« Lacoste schlug sich auf den Schenkel.

Nummer eins zog sich kurz die Maske vom Kinn und biss in das Seil.

»Stopp«, rief Cédric. »Den Bart kenne ich.«

»Matthieu Vellot.« Lacoste stieß einen hellen, überraschten Seufzer aus. »Eindeutig.«

»Es nützt ihm nichts mehr, dass er die Maske wieder runterzieht.« Cédric spürte ein fettes Grinsen auf seinen Wangen.

»Nummer zwei erkennt man nicht genug. Er steht immer krumm oder verdreht da.« Viviane wandte den Kopf zu Mancy. »André, lass ganz langsam noch etwas weiterlaufen, bitte.«

Immer war ein Bein, ein Fuß, der Hintern von Matthieu vor dem Gesicht und Körper des anderen. Oder doch *der* anderen? Es würde Cédric nicht wundern, so innig umarmend wie Matthieu seine Schwester im Laden getröstet hatte. Leider zog sich Nummer zwei sehr tief gebeugt den Rucksack vor dem Bauch zurück. Ein eingespieltes Team.

»Sie sind weg.« Der Unternehmer stoppte das Bild. 0:20 Uhr zeigte der Ticker.

»Damit nageln wir Matthieu Vellot fest.« Cédric sprang auf und drückte Viviane einen dicken Kuss auf die Wange.

»Oh.« Sie strich mit den Fingern über die Stelle mit der Würde einer Königin. »*Merci*. Dabei verdanken wir es doch Monsieur André.«

Mancy schob auf dem Schreibtisch die Steuerung zur Gebrauchsanweisung. »Tatsächlich verdanken wir es dem Mordopfer selbst.«

Lacoste öffnete den Mund, Viviane legte den Kopf schief. Cédric spürte ein seltsames Jucken zwischen den Schulterblättern. »Wie meinen Sie das?«

»Eine Ironie des Schicksals. Beim Sicherheitskonzept für das Bauvorhaben hat mich der Ermordete persönlich beraten. In einer Fabrik wird ja gern Material abgezweigt. Es wäre leicht ganz hinten über den Zaun zu werfen und abzuholen. Um das zu vereiteln, hat er eine Hochleistungskamera mit Weitwinkel und Tiefenschärfe empfohlen. Und hat mich überzeugt, das in den sozialen Medien auch anzukündigen.«

»Du meine Güte.« Viviane ließ sich an die Stuhllehne aus grüner Keramik zurücksinken.

Lacoste strich sich über die Stirn. »Matthieu ... was für ein Idiot.«

Manchmal wollte Cédric fast an eine höhere Gerechtigkeit glauben. Auch wenn er nur Maryses wegen in der Kirche gewesen war.

»Wir brauchen eine Kopie der Aufnahme.«

»Selbstverständlich.« André Mancy erhob sich.

Cédric schob den Stuhl beiseite. Die Beine aus Spezialkeramik knirschten nicht mal auf den grünen Fliesen, wirklich ein außergewöhnliches Material.

»Und wir, Lacoste, schnappen uns jetzt Vellot.«

23

An der Ladentür des Verkaufs- und Dekoladens hing ein mit Papierreben verziertes Schild: *fermé*. Und zu Hause war Vellot offenbar auch nicht, Cédric konnte so lange den Daumen auf die Klingel halten, wie er wollte. Das altmodische Schrillen wie von einem Telefon der dreißiger Jahre verklang. Vorlieben hatten die Leute. Aber es passte zu einem Typ wie Vellot.

Cédric ging die paar Stufen vor dem Haupthaus hinunter. Die Nebengebäude mit den Gärtanks, die Remisen für die Arbeitsmaschinen und Spülanlagen reihten sich der Lage geschuldet den Hang hinunter auf. Zwei Generationen hatten gepflegt, was mal in den fünfziger Jahren gebaut worden war. Entsprechend gab es noch Wellblechtore an den Remisen, mit neuen Zungen geflickte graue Schieferdächer und Stromleitungen, die sich auf weißen Isolatoren von Gebäude zu Gebäude spannten. Nicht der wohlhabendste Winzer, aber es wirkte nicht so, wie Cédric von Viviane erfahren hatte, dass Vellot an der Pleite entlangschrammte. Wahrscheinlich retteten ihn seine Eins a-Lagen, deren Trauben er mühelos durch die rigorosen Qualitätskontrollen der großen Champagnerkonzerne brachte.

In der Rosenrabatte, die sich vom Straßentor die Mauer entlang bis zum Haus zog, gab es keine einzige verwelkte Blüte, und auch auf den Kieswegen war gründlich Unkraut gejätet worden.

»Der Hintereingang ist verschlossen.« Lacoste kam um die Hausecke herum angelaufen.

»Eins muss man ihm lassen – ordentlicher als bei uns ist es bei Vellot.«

Lacoste ging gleich weiter den Hang hinunter Richtung Remisen. »Die Terrasse ist genauso aufgeräumt. Sogar die Sitzkissen sind hochgeklappt und die Stühle unter den Tisch geschoben.«

Cédric folgte ihm. Dabei war kein Regen angesagt. »Wirkt beinahe so, als hätte Vellot für eine längere Abwesenheit vorgesorgt.«

Die taubenblau gestrichenen Wellblechtore der Remisen waren verschlossen.

»Vellots Frau betreut ihre Mutter wegen einer schweren Hüft-OP in Cherbourg und hat die Kinder mitgenommen. Der Vater braucht sowieso regelmäßig Dialyse. Weiß ich von Amadou, der …«

»Es von seiner *mamie* hat.«

Lacoste deutete den Hang hinunter, wo der Asphalt schmaler wurde und zwei verschieden bepflanzte Rebenreihen voneinander trennte. »Da liegt frischer Holzverschnitt aufgeschichtet. Könnte sein, dass Vellot dort arbeitet. Der ganze Hang bis zum Kreisel vor den *écoles* gehört ja ihm.«

Sie liefen den asphaltierten Weg hinunter.

Cédric blieb vor zurückgesetzten Spannpfosten stehen. Den verwischten Erdspuren auf dem Asphalt nach rangierte Vellot hier mit den Maschinen, wenn er hangaufwärts in die Reben ging. Cédric betrachtete den sauber aufgeschichteten Haufen vertrockneter Rebenzweige und braunen Verschnitts, drei auf zwei Meter und hüfthoch. Das war eine stramme Leistung. Totholz war widerspenstiger, als der Laie sich vorstellen konnte. Cherriot senior würde allerdings schwören, dass es zwei Monate zu früh war. Er sorgte sich immerzu um Pilzbefall an Schnittstellen wie andere Winzer um den auf abgestorbenen Zweigen. »Jedenfalls muss er schon seit Sonnenaufgang im Weinberg rackern.«

Lacoste reckte den Hals und schützte die Augen gegen die Sonne. »Würdest du vorne anfangen oder hinten?«

»Hier ist die Frage eher: oben oder unten. Bergauf mit Verschnitt laufen macht müde. Oben also.« Der Rebenstand war nicht besonders alt. »Schätze, er ist jetzt irgendwo in der Mitte zugange.«

Lacoste ging einmal um den Haufen herum. »Wie gut, dass ich bei den Pfadfindern war.« Er senkte den Blick zu Boden. »Womit wird der Verschnitt gesammelt?«

»So breit, wie er hier gepflanzt hat, tippe ich auf eine Rollkarre.«

»Suchen wir also nach schmalen Reifenspuren.« Lacoste lief ein Stück den Weg hangabwärts, den Blick zwischen die Rebenreihen gerichtet.

Cédric lenkte ein aufkeimender Gedanke ab.

»Hier entlang, Chef«, rief Lacoste.

Cédric registrierte an den gelben Pünktchen im Laub, die es hie und da auf den großen Unterblättern gab, dass die Reben vor nicht allzu langer Zeit gespritzt worden waren.

Ein kleiner Rollkarren stand tatsächlich mitten im Hang. Vellots blaue Mütze ragte hinter der grünen Ladefläche auf.

Wahrscheinlich hatte er sie herankommen sehen.

»Was wollen Sie denn hier?« Vellot warf ein paar Ästchen auf den Karren.

Cédric dirigierte seinen Co mit einem geraden Blick nach vorn. Lacoste schlängelte sich zwischen Ladefläche und Reben durch bis hinter Vellot.

»Was wird das?« Er ließ die große Schere sinken.

Cédric positionierte sich breitbeinig.

»Wir holen Sie zum Verhör ab.«

Vellot stützte den Arm auf die Karrenkante. »Was soll der Quatsch? Ich habe zu tun. Fragt mich einfach hier.«

Offensichtlich begriff er nicht, dass es schon vorbei war. »Sie stehen unter dringendem Tatverdacht. Eine Kameraaufnahme zeigt, wie Sie eine sabrierte Champagnerflasche an einem der Kunstwerke aufhängen.«

Vellot warf die Schere auf die toten Ästchen, die unter dem Gewicht knackten. »*Merde.*«

»Sie geben es zu?«

»*Non*, *non*, *non*. Ich habe Sylvain Clouet nicht ermordet.«

»Auf den Etiketten der geköpften Champagnerflaschen waren die Gesichter der Jury abgebildet. Bei Sylvain Clouet haben Sie die Drohung wahr gemacht.«

»Habe ich nicht!« Vellot rang hörbar nach Atem. Er stieß sich von der Karrenkante ab.

»Die Kameraaufnahme beweist, dass Sie die Flasche aufgehängt haben.« Cédric milderte aus Erfahrung seinen Ton. »Wollen Sie das abstreiten?«

Vellot ballte die Fäuste in den Arbeitshandschuhen und presste sie sich gegen die Stirn. »Ich habe die Flaschen aufgehängt, ja. Aber ich habe«, er hob den Zeigefinger, »den verdammten Clouet nicht ermordet.«

»Nein? Dann erklären Sie uns mal die Flaschen.«

»Clouet hat sich aufgeführt, als wäre er der Seigneur von Lézy, der bei allem die Fäden zieht. Hat uns diesen Müll von Kunst in die Weinberge gestellt, als ob ihm unser Land gehört.« Vellot hob den Kopf. »Wissen Sie, wie er unseren Bürgerprotest bezeichnet hat? *Idiotenzirkus*. Es war höchste Zeit, Monsieur einen Denkzettel zu verpassen. Ihn zu bremsen. Die geköpften Flaschen sollten ihm ein bisschen Angst einjagen.«

Bremsen … mussten vor allem Autos! Cédric konnte ein Lächeln nicht unterdrücken, weil er für ein weiteres Puzzleteil die richtige Stelle gefunden hatte.

»Sie waren es, der Clouet die Reifen zerstochen hat.«

»Aber schon zwei Tage später«, Vellot schnaubte wie enttäuscht, »ist Sylvain demonstrativ durch Lézy gekurvt, damit wir alle die neuen Reifen und die Edelradkappen sehen.« Vellot stieß sich vom Karren ab. »Der wusste schon, wie man uns den Stinkefinger zeigt.«

»Ihre Schwester hat er auch kalt absorviert.« Cédric tockte an die Bretter des Karrens. »Brachte das das Fass zum Überlaufen?«

»Lassen Sie Emma aus dem Spiel, die hat damit nichts zu tun.«

»Als Maitresse des Opfers? Verkauf uns bitte nicht für dumm.« Lacoste zeigte hinter Vellots Rücken mit Daumen und Zeigefinger die Zwei und wiegte den Kopf dabei.

»Nun, Ihre Schwester …« Cédric ließ mit Absicht sein Bedauern mit einem hörbaren Hauch ausgleiten. »Wir haben auch Aufnahmen Ihrer Begleitung.«

Vellots Augenlider und Wangen zuckten. Sein Mund verschwand ganz im Bart.

»Hat sie Clouet erdrosselt?«, fragte Cédric sanft.

»Nein.« Vellot stützte sich mit beiden Händen an der Karrendeichsel ab und stierte zwischen den Rädern zu Boden. »Wir waren es jedenfalls nicht.«

»Was sie zur Beihilfe bewogen hat, würde ich gern von der zweiten Person hören. Womöglich macht es Ihre Version glaubwürdiger.«

Der rieb sich mit dem Rücken der Arbeitshandschuhe unter dem Bart entlang. »Was eiern Sie so vornehm rum, Bresson?«, fragte er ganz langsam. »Sie wissen gar nicht genau, wer mir geholfen hat!« Kurz blitzten seine Zähne auf, weil er schräg lächelte. »Als wir an der *Schwurhand* die Flasche aufgehängt haben, waren wir dort allein. Wir sind Sylvain Clouet nicht begegnet. Mehr sage ich nicht.«

Lacoste breitete hinter Vellot die Arme weit aus, weil er ahnte, was Cédric nur noch übrig blieb: »Ich verhafte Sie wegen dringenden Tatverdachts im Mordfall Sylvain Clouet.«

Lacoste schnappte sich Vellots rechten Arm, der aber einfach stehen blieb, als spürte er die Berührung gar nicht. »Ohne Anwalt sage ich gar nichts mehr.«

»Das ist Ihr gutes Recht.«

Cédric drehte sich um und ging die Rebenreihe hangaufwärts zurück. *Merde.* Ihm fehlte die Routine. Früher hatte er solche Patzer nicht gemacht. Er hätte sich eine Befragungsstrategie zurechtlegen sollen, bluffen sollen, dass Vellots Helfer schon alles zugegeben habe. Aber wenigstens hatte er jetzt Theuilly-Bazet, dem er im Büro als Erstes eine Mail schreiben würde, einen Erfolg zu vermelden.

»Nun geh schon, Matthieu«, hörte er Lacoste hinter sich.

»Der Karren kann doch nicht stehen bleiben, und das Werkzeug …«

»Du hast jetzt wirklich andere Sorgen als eine verrostete Schere.«

Cédric blieb stehen. Andere Sorgen hatte er auch. Wo Maryse steckte – ob sie bei Docteur Poulac war.

Lacoste hielt Vellot fest im Griff. Sie gingen vorbei. Cédric hatte wieder dieses seltsame Zwicken im Bauch. Etwas stimmte nicht. Zu Hause wie hier. *Konzentriere dich.*

Vellots Ordnungssinn passte zwar zu einem von langer Hand geplanten Mord, aber warum hätte er die zerstochenen Reifen riskieren sollen? Die ihn nur verdächtig machten. Wenn Matthieu seine Schwester als Komplizin deckte, dann müssten auch die Besuche Clouets und des Notars, die sie ja objektiv eine Zeit lang zu Hause aufgehalten hatten, ein Teil des Plans sein. Nur hatte der Notar bereits zugegeben, dass er eigenständig versucht hatte, Emma gegen Clouet zu instrumentalisieren. Cédric machte ein paar Schritte.

Es sei denn, die drei waren ein Trio, die ein verwirrendes Stück aufführten. Möglicherweise war Duvert gar nicht allein von Emma weggefahren, sondern mit ihr zusammen und hatte sie wie geplant an der *Schwurhand* abgesetzt.

Am Haufen Totholz wartete Lacoste. Vellot stand mit geschlossenen Augen da.

Der holzig warme Geruch, der vom Verschnitt aufstieg, ein wenig erdig, aber noch einen Tick zu feucht, zwickte Cédric in der Nase. *Hier* stimmte etwas nicht.

»Mein Schwiegervater macht ein Gewese darum, dass Totholz abseits verbrannt werden soll, damit keine Pilzsporen durch den Rauch auf die Reben getrieben werden. Warum tun Sie das einfach hier?«

»Auch noch ein Umweltheiliger! Die kleine Menge ist erlaubt. Fragen Sie ihn.«

Matthieu Vellot war schlauer, als er wirkte. Eine Antwort knapp vorbei war dennoch keine. »Das habe ich nicht gefragt.«

Vellot blinzelte. »Ich mag keinen Brandgeruch oben beim Haus. Deshalb.«

Cédric blickte zum Weingut hinauf und über die Rebenreihen hinab nach Lézy, dessen Dächer in der klaren Luft wie glasiert zwischen den Bäumen schimmerten.

»Hier mitten auf dem Hang sieht es vor allem so gut wie keiner, dass du etwas verbrennst. Der Rauch zieht durch deine Reihen und verflüchtigt sich.«

»*Man verbrennt das Zeug später, das ist zwei Monate zu früh*«, raunte die Stimme seines Schwiegervaters in Cédrics Kopf. »Oder zwei Tage zu spät«, murmelte Cédric. Er holte mit dem rechten Bein aus und trat gegen den Haufen. Äste verstreuten sich über den Asphalt.

»He! Wer räumt mir das auf?«

Cédric bestimmt nicht. Und noch mal. Beim vierten Tritt spitzten schwarze Stoffstücke zwischen den toten Trieben hervor. Ein Hosenbein lugte hervor, ein Hemdzipfel. Sturmhauben gab es zwei.

»Beweise räumen wir gern weg.« Er hatte es offenbar noch drauf. Cédric konnte nicht anders, er war richtig stolz, wie früher, wenn er mit seiner Spürnase recht gehabt hatte und alle staunten.

»Deinen Spitznamen hast du echt nicht umsonst«, flüsterte Lacoste.

Er sollte nicht zu früh jubeln. »Arbeit für die Spuren-sicherung.« An das Ministerium würde Cédric diesen Fund auch gleich melden können. Er zog einen amtlichen Plastiksack aus der Tasche seines Blousons. »Immer da-bei, wie wir es im ersten Jahr Polizeiakademie gelernt haben.«

Lacoste nahm ihn Cédric aus der Hand und faltete ihn auf, bückte sich und packte die Kleidungsstücke und die beiden Kopfbedeckungen mit Fingerspitzen in den Plastiksack. »Ich wundere mich immer, wie viel in so eine Tüte reingeht. Wenigstens einmal haben die in Paris nachgedacht.«

Vellot stierte wie besoffen zu seinen Weinbergen.

Cédric tippte ihm auf die Schulter.

»*Allons*.«

Sie hatten noch viel Arbeit vor sich. Die Kleidungs-stücke wiesen auch auf einen Planungsfehler hin. Die Tarnkleidung hätte sofort vernichtet werden müssen. Selbst wenn es keine DNA-Spuren daran gab. Wäre Mat-thieu Vellot wirklich der Mörder, hätte er diesen Fehler nicht begangen. So dumm war er einfach nicht.

Und noch ein anderes Puzzleteil passte nicht zu einer Täterschaft eines Typen wie Vellot, der bei Chantal durch-gesetzt hatte, dass die Flugzeugmodelle im *bistrot* auf-gestellt werden durften. So einer führte auch das große Wort am Segelfliegerstammtisch, wenn gefeiert wurde. Er hätte nicht dabeigesessen und nebenbei den Galgen mit dem skizzierten Sylvain Clouet auf die Speisekarte gezeichnet.

24

»D as Etikett der Grands crus ist blau, *édition spéciale* türkis, wie oft muss ich dir das noch sagen?«
Maryse drückte ihn am langen Bestückungstisch zur Seite. Sie klappte den Karton wieder auf, den Cédric eben gepackt hatte. »Wo ist der Rosé? Zwei fehlen.«

Cédric drehte sich um. In ausrangierten Rüttelbrettern steckten die lieferbaren Champagnersorten von Champagnes Cherriot. Je älter der Jahrgang, desto weiter rechts, je süßer, desto weiter unten, und den Rosé gab es in der Ecke, weil Sonderfarbe. Cédric nahm zwei Flaschen heraus.

»So werden wir nie fertig ...« Maryse beugte sich über den nächsten Karton.

Cédric legte die Flasche Rosé-Champagner in den Karton, für den sich Maryse schon nicht mehr interessierte.

»D5!«, rief Maryse. In diesem Ton lästerte sie sonst über Kunden, die dreimal in fünf Minuten die Bestellung korrigierten.

Schon die Produkttabelle, die sich Cherriot senior wohl in der Steinzeit der Textverarbeitung ausgedacht hatte, war eine Geheimwissenschaft. Der hatte sich im französischen Abkürzungsnationalsport ausgetobt und die Kriminalpolizei eindeutig überholt. GCN, G/N und CC verriet die Zusammensetzung der Rebsorten, aber was SX, D5 und Fz bedeuten sollten, konnte Cédric sich immer noch nicht merken. Noch vierunddreißig Bestellungen ...

Dabei hatte Cédric eigentlich noch eine schwarze Weinbergfolie im Hof im Wind flattern lassen wollen. Je schneller er Odettes Behauptung, das Ding hinter ihrem Atelier könne nur vom Himmel gefallen sein, überprüfte, desto schneller könnte er das sperrige Detail aus seinen Überlegungen eliminieren oder ernst nehmen.

Aber der Versand hatte einfach Vorrang.

Karton auf, Karton zu. Maryse hakte drei Zeilen ab. Cédric war sehr müde vom langen Tag, aber sie konnte unmöglich selbst die Flaschen verpacken. Da war Docteur Poulac sehr deutlich gewesen. Maryse war heute noch einmal dort gewesen. *Nichts heben. Das heißt maximal 2000 Gramm.*

»Warum liegen 12 Blanc de Blancs hier?« Maryse schnippte die nächste Kartonlasche weg wie eine lästige Wespe. »12 Fz. Das ist doch eindeutig.«

Eigentlich ja, leider passte es nicht in sein Hirn. Cédric hielt inne.

Sie deutete zur Seite mit dem frischen Demi-sec und beugte sich über die Liste. »Wenn du so deine Ermittlungsakten liest, wundert es mich nicht, dass du den Typ immer noch nicht gefunden hast, der Matthieu geholfen hat.«

Nach solchen Ansagen kamen nörglerische Kunden bei Champagnes Cherriot eigentlich auf die schwarze Liste. Aber sie war keiner und er verdammt noch mal auch nicht. Hormonschwankungen in der Schwangerschaft hin oder her. »Das ist nicht mal im Ansatz fair.«

Maryse fuhr herum. Er schloss lieber die Augen, er war

zu müde, wie vergiftet vom Grübeln, weil es mit den Beweisen gegen Matthieu Vellot nicht ganz aufging und er das Gefühl hatte, dass er wieder ganz am Anfang stand.

»Sieh mich wenigstens an.«

Es fiel ihm schwer. Nicht nur, weil ihre Bemerkung ihn getroffen hatte. Es tat ihm auch leid, wie sehr Maryse die Schwangerschaft anstrengte. Ihr Teint wurde von Tag zu Tag schlammiger wie die Erde der Champagne im fahlen Winterlicht. Cédric schlug die Augen auf. »Ich schau dich immer gern an, *chérie*.«

»Komm mir nicht so! Du musst die Kisten fertigmachen …« Sie wies auf den Bestückungstisch. »Und zwar korrekt.« Die Liste flatterte bei dem Kreis, den sie drehte. »Papa hat meinen Cousin Sébastien beknien können, aber er kann nur morgen früh um sechs aushelfen, sie in den Laster zu heben.«

»Ich bin doch da.«

»Du bist sowieso einkalkuliert.« Sie warf die Liste auf den Tisch, ein Blatt segelte Cédric vor die Füße. »Was denkst du eigentlich, was ich den ganzen Tag mache?«

»Ich denke, dass du leider die Arbeit erledigst«, Cédric ging einfach an ihr vorbei, »die ich dir komplett abgenommen hätte, wenn Paris mich nicht gezwungen hätte, diesen Fall zu lösen.« Er faltete den nächsten Karton auf, klopfte die Seitenlaschen auseinander, sodass es richtig von den Oberlichtern widerhallte, noch mal, bis sie sich weit auseinanderbogen. »Und ich bin ziemlich nah dran, damit auch fertigzuwerden. Drei Tage wäre wirklich sehr schnell.« Falls die Spurensicherer etwas DNA des Helfers von Vellot an der Kleidung fanden. »Du könntest stolz auf mich sein.« Die Paketlasche schnellte zurück und ritzte seine Haut. »*Merde.*« Cédric betrachtete seinen kleinen Finger.

»Jetzt hast du dich auch noch geschnitten!«

»Nur winzig. Nicht schlimm.« Außerdem gerann sein Blut schnell.

»Wirklich?« Maryse hielt sich den schweren Bauch beim Näherkommen. »Lass mal sehen.«

Ihre Hand war weich und gar nicht kalt. Sie strich mit dem linken Zeigefinger um die Stelle herum.

Sie hielt länger fest. Energie floss wieder zwischen ihnen. Langsam, träge, aber sie floss.

»Entschuldige bitte.« Sie legte die Hände in ihr Kreuz. »Ich kann einfach kaum noch stehen.« Maryse lehnte sich mit der Hüfte gegen den Bestückungstisch und blickte zu einem Karton. »Hol dir bitte selbst ein Pflaster. Blutstropfen auf Etiketten sind nicht gerade appetitlich.«

»Den Versuch wäre es wert.« Cédric griff sich die Kundenliste. »Vielleicht erschließen wir uns mit den Vampiren eine neue Käuferschicht. Ein bisschen Umsatz können wir noch brauchen, nachdem dein Papa Schulden bei Viviane gemacht hat.« Maryse hatte sich mit ihrem Vater beim Frühstück gestritten. Cédric hatte nach der Rückkehr aus dem Büro nicht herausfinden können, was den Waffenstillstand bewirkt hatte, der beim Abendessen wieder geherrscht hatte.

Sie berührte ihn an der Schulter. »Fang bitte nicht davon an.«

»Was reden eigentlich die Leute in Lézy?«, fragte Cédric schnell.

»Dass du mit Matthieu Vellot den Falschen verhaftet hast.«

»Und was glaubst du?«

»Dass du weißt, was du tust – auch wenn dahinein zwei andere Flaschen gehören, *chéri*. Die zwei in deiner Hand bitte in den Dreier-Karton vor dem Zwölfer.«

»Nur zwei?«

»Manche Kunden sind Geizhälse.«

»Kennst du Matthieu von früher?« Cédric steckte die Verschlusslasche des Dreiers ein.

»Nicht ganz meine Generation. Papa sagt, dass er eine feine Zunge habe. Bei Verkostungen schmecke er sogar Jahrgänge raus.« Sie dehnte die Arme auseinander und gähnte. »Matthieu ist einer von den Winzern, die sich im Keller am wohlsten fühlen und das Marketing lieber ihren Frauen überlassen. Nur muss seine sich zu viel um ihre Eltern in Cherbourg kümmern …«

Noch siebzehn Kartons … Cédric arbeitete brav die Liste ab und trug die Flaschen herbei.

Maryse strich über ihren Bauch. Und lächelte wieder. »Noch mehr Klatsch? Odette Hurtois baut angeblich in ihrem Atelier ein riesiges Kunstwerk aus blutrotem Pappmaché, das sie ›die Säbel‹ nennt. Sie plane eine Vernissage für nächsten Sonntag.«

Cédric hoffte, dass sich jeglicher Medienrummel vermeiden ließe, bis er den Fall gelöst hätte.

»Odette trommelt schon wegen der Verhaftung gegen die inkompetente Polizei, also gegen dich und …« Maryse verzog das Gesicht, als hätte sie sich auf die Wange gebissen.

»Zwei Cherriot Cuvée spéciale sind doch richtig?«

Sie nickte zwar, presste aber die Hand auf den Mund und lief schnell raus.

Cédric stellte die Flaschen in seiner Hand einfach neben den Karton. Er wartete ein bisschen, weil er wusste, dass sie Publikum hasste, wenn sie vor der Toilette kniete und spuckte. Er schlich hinter ihr her und horchte in den Flur hinaus, ob er in der Toilette neben dem Büro das Wasser rauschen hörte. Nach dem Abendessen hatte er heimlich Docteur Poulac angerufen, weil Maryse so einsilbig von ihrem Arztbesuch berichtet hatte. *Bei einer Ohnmacht bringen Sie sie sofort in die Klinik.*

»Wenn Cédric ... aber ... ich ...«

Maryse telefonierte offenbar, sie schniefte.

»Meinst du, Maman hätte ... Ich habe einfach Angst, dass ... Viviane, du hast sicher ... Nein, ich sage ihm nichts.«

Maryse würde ihm nicht verheimlichen, wenn etwas mit dem Kind nicht stimmte. Das wollte Cédric einfach nicht glauben.

Die Wasserleitungen rauschten leise in der Flurwand.

Aber nicht nur. In das Geräusch mischte sich ein Piepsen. *Tic-Tic-Tiiiic.* Das Intervall wiederholte sich. Auch das noch!

»Cédric!«

Maryse steckte den Kopf am Türrahmen der Bürotoilette vorbei in den Flur. Sie wischte sich schnell über den Mund. »Die große Cuvée schlägt Alarm.«

»Ich bin schon unterwegs!«

Wenn der Inhalt verdarb, wurde es richtig teuer. Da hingen Lieferverträge mit den großen Häusern dran, die mit dem Wein von Cherriot ihre Dosage-Produktion austarierten.

Cédric rannte aus dem Versandlager hinaus in den Hof

bis in die Kellerei. Die Neonröhren an der Decke flammten automatisch auf.

Tic-tic-tiiic. Tic-tic-tiiic. Ein Rinnsal, längs vor den sieben Tanks, schlängelte sich quer durch den Raum bis her ans Tor. Wenigstens hatte der Überlauf funktioniert.

An der Steuerkonsole des großen blinkte es feuerrot. Cédric stürzte drauf zu.

Die Kühlung hatte versagt.

»Wie funktioniert bei dem Scheißding der Reset?«

Cédric warf sich auf die Knie und angelte in dem Spalt zwischen den Stahlwänden nach der Karte des Qualitätsmanagements mit den Notfallanweisungen. Das harte Plastik zwischen den Fingerspitzen beruhigte ihn nur wenig.

Erstens Notstopp drücken.

Als Cédric den gelben Schalter betätigte, erfasste sein Blick den Boden. Das Rinnsal dort wand sich fast genau in den Schleifen durch den Raum wie der Fluss um Lézy-le-Sec. Es traf das Ablaufgitter fast genau dort, wo im Ort der Kreisverkehr hinter dem Vieux Pont lag.

Tic-Tiiec.

In der Nacht waren dort viele vorbeigekommen. Die Labradorzüchterin, der Architekt Francourt, Clouet, der Notar, selbst Lacoste … Was, wenn einer oder zwei davon logen? Oder ein nächtlicher Passant noch fehlte?

Die enttäuschte Geliebte auf dem Rachefeldzug könnte mit dem Notar paktiert haben. Duvert hatte sogar zugegeben, dass er sie für Druckmittel hatte einspannen wollen. Hatte er das nur eingeräumt, damit er vom Eigentlichen ablenken konnte: dass er mit dem Mord die Reißleine gezogen hatte, damit das große Immobilienprojekt beim Hameau Royal endlich zustande kam? Duvert hatte Cédric nicht gesagt, ob er sofort nach Hause gefahren war, nachdem er den Architekten Francourt abgesetzt hatte. Oder war der Notar nur deshalb bei Emma aufgekreuzt, um zu kontrollieren, ob Clouet noch bei ihr war, weil es seinen lange gefassten Plan stören würde? Weil Duvert nämlich schon mit seinem Opfer im alten lkw-Schuppen der sncf verabredet gewesen war?

Das *Tic-Tiiic* setzte endlich aus.

Womit hatte Duvert Clouet so spät dorthin locken können? Cédric musste unbedingt mit Viviane sprechen, die sich hatte erkundigen wollen, ob es nicht doch noch etwas gab, was sie alle bislang übersehen hatten.

Cédric folgte den Anweisungen der qm-Karte.

Gleichzeitig die blaue und die grüne Taste drücken, zehn Sekunden halten.

An der Steuerkonsole vor ihm erlosch das rote Warnlicht. Die blaue, gelbe und grüne Taste flackerten nacheinander.

Eine Vibration übertrug sich auf Cédrics Hände. Alarmanlagen. Alarme spielten eine Rolle … Er konnte sein Gefühl nicht zu einem klaren Gedanken formen. Das Kühlregal des Tanks brummte wieder. Der Reset startete.

Cédric steckte die qm-Karte wieder an der Seite in den Spalt.

»Ich kann es dir nicht ersparen.« Maryse stand im Tor und schwenkte einen Feudel samt Eimer. »Die Brühe hier muss sofort weg, sonst stinkt es morgen bestialisch.«

Es verwirrte ihn, dass sie so unbesorgt lächelte. Stimmungsschwankungen.

Seine eigene Laune sackte ab.

»Stell einfach hin.«

Morgen würde er tagsüber wieder Vollzeitpolizist sein. Jetzt in der Nacht war er erst mal für zwei Stunden nichts weiter als ein gründlich putzender Winzer, der sich die Knochen abrackerte.

Donnerstag

25

Cédric genoss den heißen Massagestrahl auf der Kopfhaut. Der Drei-Phasen-Duschkopf war das Erste, was er nach seinem Einzug im Hause Cherriot eingebaut hatte. Nichts half schneller über dumpfe Kopfschmerzen oder zu viel Grübelei hinweg als eine Massage mit dem Pulser.

Cédric senkte das Kinn auf die Brust, damit der Wasserstrahl besser auf die von der Putzaktion verspannten Nackenmuskeln trommelte.

Es klopfte heftig ans Glas. Cédric erkannte Maryses Umriss kaum durch die beschlagene Scheibe. »Viviane ist am Telefon!«

Es war sieben Uhr durch. »Ich rufe sie in einer Viertelstunde zurück.«

Maryse schlug außen mit der flachen Hand auf die Duschkabine. »Stell bitte ab!«

Cédric drückte den Strahl weg.

Die Glastür ging einen Spaltbreit auf. Maryse streckte ihm den mobilen Handapparat entgegen.

»Muss das sein?« Cédric schüttelte Tropfen von den Fingern und übernahm. »Ja? … Nein!« Cédric drehte sich schnell weg, sodass Maryse ihn nur in den Po kneifen konnte, bevor sie die Kabine von außen schloss. »Was ist so furchtbar dringend, Viviane? Ich stehe wirklich gerade …«

»Ja, ja. Du wirst es überleben.« Vivianes Stimme klang seltsam gedämpft, als hockte sie in einer Ecke oder in einem Schrank.

»Wo steckst du?«

»Im Dachgestühl des kleinen Turms.«

»Aha. Ich bin eingeseift und würde mich gern abspülen. Also: Warum ist das jetzt so wichtig für mich?«

»Erst heute Morgen beim Yoga habe ich den Fehler der Requisite gefunden.« Sie lachte. »Ich meine, ich habe begriffen, was dich irritiert hat, als wir um meinen grünen Bibliothekstisch gekreist sind.«

Cédric lehnte sich gegen die Kacheln und stellte sich die Katasterauszüge und die Gemarkungslinien darauf genau vor. Ein kühler Tropfen fiel aus dem Duschkopf auf seine Nasenspitze. »Das heißt?«

»Deshalb bin ich hier herauf in das Türmchen gekrochen und schaue durch die Dachluke. Mein guter Rollain hat von hier die Jupiterringe beobachtet. Das Fernrohr hat superscharfe Sicht mit Wackelausgleich. Ich kann die Blumen auf den Balkonen unten in Lézy zählen.« Sie kicherte im Hörer. »Ich habe eine Stunde nach dem Schlüssel suchen müssen, weil das Türmchen abgeschlossen ist.«

Cédric hob den linken Fuß an die Kachelwand. »Viviane. Bitte nicht so weitschweifig.« *Wirst du alt?* – diese Ergänzung würde sie aus der Schwingung heraushören.

»Details sind dir doch sonst wichtig, oder?«

Darauf beruht doch dein Ruf als Spürnase, mein Kleiner – diese Ergänzung las er aus ihrem Säuseln. »Ich bin noch klatschnass, müsste einen Kaffee haben und eigentlich ins Büro. Weiterermitteln. Welches Element der Karte meinst du, Viviane?«

»Eines ganz am Rand. Nun stell dir die Straßen, den Fluss genau vor. Was dich irritiert hat, liegt genau im Fokus meines Fernrohrs. Wie könnte Clouet also von der alten LKW-Waage zur *Schwurhand* ans andere Ufer geschafft worden sein?«

»Nicht mit dem Wagen«, brummte er in die Vision hinein, die unter Vivianes Beschwörungen in ihm aufstieg. Cédric ließ sich mit dem Rücken die Kacheln entlang in die Hocke gleiten. »Die alte Bahnbrücke über den Fluss …«, flüsterte er. »Das ist der kürzeste und damit schnellste Weg.«

»Richtig! Deshalb brauchte der Täter das Betäubungsmittel, von dem ihr einen Tropfen auf dem Sitz gefunden habt.«

»Hinsichtlich der Tat-Logistik birgt der Weg über die alte Brücke ein viel kleineres Risiko, beobachtet zu werden.« Cédric kniete sich in der Duschtasse auf. »Clouet wird im Wagen betäubt. Dann trägt der Täter ihn aus dem Schuppen der alten LKW-Waage, aber nicht zur Straße oder auf die Rückbank eines anderen Autos«, Cédrics Vision wurde deutlicher, »stattdessen schleppt er sein Opfer von den Büschen gut geschützt den alten Bahndamm hinauf.«

»Das ist allerdings verdammt anstrengend, nicht wahr?«

Die Bilder in seinem Kopf vernebelten sich. »Da hast du recht. Clouet wog über achtzig Kilo.«

»Meinst du, es wäre dennoch machbar für einen trainierten Mann?« Viviane war zu ihrer berühmten Filmstimme gewechselt, die subtil mit länger betonten in den Silben spielte. »Wie ich durch das Fernrohr sehe, liegen die Gleise noch. Sie sind nicht mal überwuchert. Alte Bahnstrecken werden gern als Fahrrad- oder Wanderwege genutzt.«

Cédric spielte ihr Szenario weiter durch. »Der Täter schleppt sein Opfer die leichte Kurve auf dem alten Bahndamm entlang, an der alten Kelterei vorbei, weiter bis über den Fluss.« Cédric drückte sich aus den Knien hoch. »Das ist zu weit, zu anstrengend, selbst für einen Athleten.«

»Wirklich?« Viviane hüstelte. »Wir haben es mit einem geplanten Mord zu tun.«

Cédric hörte durchs Telefon, wie der Wind ums Türmchen sauste. Es war ihm, als hörte er noch ein Geräusch: das, von dem die Zeugin Hélène Ciboux berichtet hatte, beim wilden Grundstück vor dem Viadukt. »Die Täter könnten ein Transportmittel da oben gebunkert haben.«

»Anders geht es nicht. Und von diesem Ding musst du eine Spur finden.«

Cédric drückte die Glastür auf. »Ich fahre sofort hin – danke, Viviane.«

Sie lachte nur in den Hörer. »Ich überprüfe noch etwas für dich, was mir aufgefallen ist, aber davon erst, wenn ich sicher bin. Sonst gibt es nur unnötig Ärger.«

»Du bist voller Schaum.« Maryse drückte ihn an der Schulter zurück zur Dusche und wollte ihm den Handapparat wegnehmen.

Cédric sah an sich herunter. Nicht abgespült klebte das Duschgel auf der Haut und juckte später wie wild. Er holte erst noch Lacostes Nummer aus dem Speicher.

»Ja?«

Im Hintergrund perlte eine Barockmelodie auf einem venezianischen Spinett. Es klang nach sehr teurer Tonanlage. Lacoste frühstückte also bei Madame Danièle. Egal. »Bresson hier. Wir brauchen einen Polizeitaucher.«

»Chef?« Lacostes Stimme kippte in der Höhe weg. »Wir brauchen was?«

»Du hast richtig gehört. Einen Taucher, wir treffen uns bei der LKW-Waage.« Cédric musste sich selbst ein Bild machen.

»Aber ...«

»Nichts aber. Lacoste, *grouille-toi*!«

26

Hinter dem alten SNCF-Schuppen überzogen dichte Brombeerranken das steile Gelände vier, fünf Meter hoch. Dort oben erkannte Cédric das Dach des alten Stellwerks. Lacoste hatte sich offenbar beeilt, nicht mal rasiert war er.

»Du sagst, der Tank von Clouets Wagen war leer?«, fragte Cédric.

»Laut Bericht war der Motorblock noch heiß. Der Wagen hat im Leerlauf die ganze Nacht getuckert und das Benzin verbraucht.«

»*Bon*!« Cédric hieb die rechte Faust in die linke Handfläche. Das passte zum heruntergelassenen Wagenfenster. Der Moment in einer Ermittlung, wenn aus Grübelei ein harter Verdacht erwuchs, machte ihm immer gute Laune. »Und wenn sie Jahre an ihrem Plan für den perfekten Mord tüfteln – mindestens einen Fehler machen Täter immer.«

Lacoste kratzte sich hinter seinem ausrasierten rechten Ohr. »Ich stehe zwar hier auf altem SNCF-Beton, aber gerade richtig auf'm Schlauch, Chef.«

»Warum lässt unser so überlegt vorgehender Täter, wenn er schon Clouet im Wagen betäubt – was wir von den Spuren des Betäubungsmittels auf den Sitzen wissen – den Motor laufen?«

Lacoste blickte hoch zum alten Stellwerk auf der Geländestufe über ihnen. »Der Täter will den betäubten

Clouet von hier wegschaffen. Vielleicht wurde er gestört und hatte keine Zeit mehr dazu?«

Cédric winkte ab. »Ein Peugeot dieses Baujahrs verfügt über eine Taste für Motorstopp. Das dauert eine Sekunde.«

»Das heißt, es war Absicht?«

»Wie auch die an der Fahrerseite heruntergelassene Fensterscheibe.« Cédric neigte den Kopf ganz zur Schulter.

Lacostes Blick wanderte über die zersprungenen Betonplatten zurück. »Wir hätten einen Schuppen voller Abgase gefunden, hätten glauben sollen, dass Clouet Selbstmord ...«

Cédric ließ den Kopf in den Nacken fallen und simulierte ein leidendes Stöhnen.

»*Non*, das kann nicht sein. Er war ja gerade zum *président* der Vigne d'Or gewählt worden.« Lacoste wechselte das Standbein. »Aber wozu dann?«

»Zur Ablenkung von der Betäubung. Wir sollten denken, Clouet hätte nur kurz im Schuppen geparkt, wo er mit jemandem verabredet war. Dass er mit diesem Jemand durchs runtergelassene Fenster gesprochen hat, bevor Clouet aussteigt, wütend oder sonst wie streitend aus dem Schuppen geht und draußen überwältigt wird. Wir sollten denken, man hätte ihn in einen anderen Wagen gezerrt.« Cédric drängte sich zwischen Ranken den steilen Bahndamm hinauf.

Lacoste zögerte hinter ihm. »Der Fehler des Täters war also, dass er nicht wissen konnte, wie viel Benzin im Tank war? Wir also eventuell gar nicht merken, dass Clouet den Motor nicht abgestellt hatte?«

»Jedenfalls war es ein kleines Risiko im Plan. Aber reiche Leute wie Clouet fahren selten mit dem letzten Tropfen herum.«

»Aber wozu geht er es ein?«

Cédric schob Brombeerzweige aus dem Weg. »Ich zitiere aus dem Erpresserschreiben aus Clouets Safe. ›Die erste Warnung war nicht genug? Ruder zurück, sofort, sonst werde ich reden.‹ Es musste so aussehen, als ob Clouet seinen Erpresser in den Schuppen bestellt hätte.« Cédric drückte sich weiter durch die Ranken. »Wir hätten uns gleich das Blattwerk genauer ansehen sollen. Die Natur regeneriert leider schnell.«

»Wo willst du hin?«

Cédric war es egal, dass Dornen in seine Jeans stachen. »Der Logistik unseres Mörders folgen.« Über die Bahnbrücke. »Den tuckernden Wagen im Schuppen abzustellen, war nicht Clouets Idee, sondern die des Mörders.« Cédric war durch die Brombeerhecke durch. Dahinter lag nur totes Laub unter ein paar hohen Büschen. »Damit wir erst gar nicht so weit denken, dass er den Schuppen auch in die Richtung verlassen kann und nicht einmal zur Straße zurücklaufen muss. Der Erpresser wusste von Anfang an, dass Clouet nicht nachgeben würde. Schließlich hatte er sich auch nicht von zerstochenen Reifen beeindrucken lassen.«

»Aber warum dann überhaupt eine Warnung und ein Erpressungsversuch?«

»Um Zeit für die Planung des Mordes zu gewinnen. Wer will schon hinter Gitter?«

Lacoste fluchte leise. »Scheiß Brombeeren.« Er lutschte an einem Finger. »Man sieht den Übergang wegen der

Hecke nicht. Der steile Bahndamm verbindet sich hier mit der Geländestufe, auf der oben das alte Stellwerk steht. Der Täter hat genaue Ortskenntnis«, nuschelte Lacoste.

»So viel ist sicher.« Cédric ging seitlich vor seinem Co in die Hocke und umfasste dessen Beine mit dem linken Arm. »Mach dich schwer.«

»Was wird das, Chef?«

»Experimentelle Ermittlung. Streck dich über meinen Rücken und stell dir vor, du wärst tot.« Cédric ächzte ein bisschen unter Lacostes Gewicht und hakte mit links dessen Arme unter.

Er wuchtete ihn so unter den Zweigen am Bahndamm hoch, bis zwischen dem Buschwerk die Steine des Gleisbettes schimmerten. Cédric brach mit Lacoste durch die Zweige und richtete sich am rostigen Schienenstrang ganz auf.

Lacoste rutschte von seiner Schulter. »Kostet ganz schön Kraft, was?«

Cédric holte tief Luft. »Täter sind motiviert.«

In gut fünfzig Metern Entfernung erstreckten sich die verunkrauteten Bahnsteige des alten Güterbahnhofs. In die andere Richtung reichte das Grün überall bis an das Schotterbett.

Cédric fasste seine und Vivianes Theorie für Lacoste zusammen.

»Madame hat dich also auf die Idee gebracht.« Lacoste zeigte die Bahnstrecke entlang. »Die Brücke ist wegen der langen Kurve nicht direkt zu sehen. Von hier ist es aber gut einen Kilometer bis zur *Schwurhand* auf der anderen Flussseite.« Lacoste breitete die Arme aus. »Und du keuchst noch von dem kurzen Stück mit mir auf dem Rücken. Suchen wir jetzt einen Extremsportler? In Lézy gibt es keinen, das wüsste ich.«

»Das Problem ist offensichtlich.« Cédric machte sich – kurzer Schritt, langer Schritt – über die alten Bahnschwellen auf den Weg. »Schauen wir, ob der Taucher gefunden hat, was ich vermute.«

Sie gingen in dem Rhythmus über das Viadukt bei der Kelterei und noch gut fünfzig Meter weiter.

Die alte Bahnbrücke über den Fluss war ein einfaches Konstrukt. Die rostigen Gleise wurden von schwarzbraunen Stahlschwellen gehalten, unten schimmerte die Wasserfläche grünlich. Auf beiden Seiten säumten sie schmale Gehbleche.

»Hoffen wir mal, dass nichts durchgerostet ist.« Cédric lehnte sich in der Mitte der Brücke an das hüfthohe Geländer. »Von der Rue Maréchal Lubertin aus will die Zeugin Ciboux ein platschendes Geräusch gehört haben, als sie in der Nacht ihren Labrador ausgeführt hat.« Die Ufer waren von Bäumen und Büschen bewachsen bis zum Vieux Pont, der allerdings von ein paar Trauerweiden verdeckt in der Ferne lag.

Ein paar Blätter trieben träge auf dem grünlichen Wasser. Jedenfalls spiegelte die Oberfläche die Farbtöne des Blattwerks. Oder der Blickwinkel von hier oben bewirkte das. Cédric war in Physik nie gut gewesen.

Lacoste stützte sich mit dem Ellenbogen auf das Geländer und nickte mit dem Kinn zur anderen Flussseite. »Da steckt der Kollege.«

Ein Kopf in Neopren drehte sich im Fluss. Die Taucherbrille spiegelte einen Sonnenfleck. Ein kräftiger Arm bugsierte einen verbogenen Wäscheständer Richtung Ufer. »Von wegen, das Umweltbewusstsein der Franzosen steigt.« Und schon war der Kollege wieder abgetaucht. »Kennst du ihn?«

»Richard Decossy. Ich war mit ihm bis zum ersten Concours zusammen. Macht seine Arbeit.« Lacoste zog Kaugummis aus der Hosentasche und hielt ihm einen Streifen hin.

»Danke, nein.«

»Decossy gibt auch Tauchkurse in seiner Freizeit.« Lacoste nuschelte kauend. »Falls dich der Sport interessiert.«

Freie Zeit war etwas, was Cédric sehr bald nicht mehr haben würde, wenn auch nur ansatzweise stimmte, was er im Papa-werden-Ratgeber gelesen hatte. Aber er freute sich riesig darauf.

»Da!« Lacoste spuckte das Kaugummi über die rostige Brüstung in den Fluss.

Decossy reckte seinen Arm aus dem Wasser, ruderte einen Kreis in der Luft und zeigte zum Ufer.

Cédric lief über das Gehblech weiter zur anderen Flussseite. »Ich zeige dir, wo der Täter den Abgang vom Damm gemacht haben muss.«

Lacoste überholte ihn. »Entweder den kürzesten oder den leichtesten Weg.«

»Weder noch. Leicht wäre es nur viele hundert Meter weiter, vor der Flussschleife, fast beim Hameau Royal. Dort erst gleicht sich das Niveau des Bahndamms den Feldern an. Der kürzeste Weg wäre direkt hinter der Brücke, aber dort versperrt eine Hagebuttenhecke den Abgang.«

»Gleich nach ihr also«, sagte Lacoste hinter ihm.

»Hier. Siehst du das?« Schotter war ein bisschen weiter den steilen Damm hinuntergekullert als sonst, der Bewuchs gedrückt. Es gab eine Lücke unter den Zweigen. Sogar ein sandiger Streifen war zu erkennen. »Sieht fast aus wie eine Kinderrutsche, so steil.«

»Aber ist das breit genug für einen Erwachsenen mit Clouet huckepack?« Lacoste zeigte auf die Zweige des Gebüschs. »Müssten die nicht abgebrochen sein? So schnell wächst das nicht nach. Außerdem hätten wir Spuren an Clouets Kleidung finden müssen.«

»Das Buschwerk soll sich Meillant mit seinen Leuten noch mal ansehen.« Cédric rutschte auf den Hacken die steile Lücke den Bahndamm hinab. Er landete auf dem Hintern und sprang auf.

Durchs hohe Gras preschte er zum Weg, der die Felder erschloss. Unweit der *Schwurhand* parkte der Dienstwagen des Polizeitauchers. Lacoste folgte ihm zum Flussufer.

Decossy kniete im schwarzen Neoprenanzug vor einer Trauerweide und befestigte ein Stahlseil, an dem ein grellgelbes Gerät hing.

»Kommissar Bresson, nehme ich an?« Er tippte sich an die Taucherbrille. »Lacoste, nimm die Winde. Einfach kräftig den roten Taster drücken. Das Ding hat einen Akku und hilft beim Ziehen.« Unter der Brille war nur der Rand eines grauen Bärtchens zu sehen.

Cédric kapierte erst nach ein paar Sekunden, dass Decossy auf sein Okay als das des leitenden Vorgesetzten wartete. »Ab geht's.«

Der hechtete so weit in den Fluss, dass es richtig

platschte und ein paar Tropfen auf Cédrics Schläfe landeten.

Luftblasen blubberten empor, Decossy zeigte den erhobenen Daumen über der Wasserlinie. Lacoste drückte den Taster der Winde. Das Stahlseil spannte sich zwischen Trauerweide und Flusswasser.

»Der kleine Motor röhrt ja ganz ordentlich.«

Decossys Kopf tauchte zwischen nassem Gestänge auf, die Schultern unter Querstreben, er fasste Tritt. Kleine Räder. Wassergras hing über dem Ding und tropfte.

Decossy bugsierte den Fund bis ans Ufer. »Lacoste, heb mal an.«

Seine Ahnung hatte ihn nicht getrogen. Cédric packte mit an. Ein Querblech, breit, ein zweites eher schmal, vier Rollen mit Rand.

»Andersrum. Räder gehören nach unten.«

Lacoste pfiff leise.

Decossy riss sich Brille und Kappe vom Kopf. »Ich dachte bei eurer Dienstanforderung erst, Guy hat zu viel gesoffen. Wie damals sein Vorvorgänger, als sie in Lézy den Alligator gesichtet hatten.«

Cédric inspizierte das Ding. »Eine kleine Behelfsdraisine. Die trägt allemal einen Mann vom Gewicht Clouets. Man legt ihn drauf und – ein langer, ein kurzer Schritt – zieht den betäubten Mann ganz schnell über die Schienen zum anderen Ufer. Und dann weg damit in den Fluss. Die paar Meter zur *Schwurhand* konnte der Täter ihn wieder schultern.«

Decossy betrachtete das nasse Gestänge wie ein erlegtes Wild. »Ich dokumentiere das noch.«

Lacoste brummte. »Der Täter hat ausgenutzt, dass Vellot und sein Helfer die Flasche mit Clouets Porträt an der *Schwurhand* anbrachten. Das hat den Verdacht auf die beiden gelenkt. Sylvain Clouets Wagen wurde kurz nach dreiundzwanzig Uhr von Hélène Ciboux zum letzten Mal im Hof von Emma Vellot gesehen. Wir wissen nicht genau, wann er erdrosselt wurde. Aber Vellot und sein Helfer hätten doch die Leiche am Boden liegen sehen müssen. Bedeutet das jetzt, dass der Täter den Mord zeitlich danach durchgezogen hat oder dass er zeitgleich hier im Dunkeln gewartet hat, bis die beiden fertig waren?«

»Da hakt was, du hast recht.« Cédric brauchte unumstößliche Fakten, sonst konnte er das nicht auflösen. »Die Spurensicherer müssen die Gleise auf dem Bahndamm untersuchen. Ich brauche nur einen einzigen Krümel Rost von den alten Schienen, der sich auf diesen Rädchen eingedrückt hat. Und untersucht noch mal den Weg vom Bahndamm, wo wir heruntergerutscht sind, bis hierher, ob die Leiche nicht doch irgendwo zwischendurch abgelegt worden sein könnte.«

Wahrscheinlich wusste inzwischen ganz Lézy vom Taucheinsatz – und damit war auch der Täter gewarnt.

27

Wie eine grau glänzende Fischhaut schimmerten auf die Entfernung die runden Ziegel, womit der alte Taubenturm neu gedeckt worden war. Er war das letzte Überbleibsel eines Adelssitzes, der in der Revolution von den wütenden Bauern zerstört worden war. Solche Türme galten als Wahrzeichen ungerechter Extrasteuern, weil die Tauben den Bauern die Körner von den Feldern stahlen. Gut zwei Jahrhunderte später waren die Landwirte stolz aufs *patrimoine* und kassierten Subventionen für den Erhalt der historischen Adelssubstanz.

Um den Fuß des massiven, sieben Meter breiten Taubenturms war das Gras besonders kurz gemäht worden.

»Ein blondes Haar in einer Sturmhaube, das sich in eine Naht eingeschmiegt hat. Schönere Beweise kann ein Laborbericht kaum bieten.« Lacoste lief voran über die Wiese am südlichen Ortsrand von Lézy zur Baustelle. »Der Architekt Paul Francourt hat genau diese Haarfarbe und ist außerdem der beste Kumpel von Matthieu Vellot. Wir haben Nummer zwei.«

Cédric ging die Rundmauer entlang. Etwas in ihm sperrte sich, verursachte ein schwer zu fassendes, unbehagliches Gefühl, das er sogar jetzt noch physisch spürte. Als ob man aus Versehen falsch schluckte und etwas rau die Gurgel hinunterrutschte. Cédric hatte, als die Nachricht des Labors reinkam, über der Mail an Theuilly-Bazet zum Draisinenfund gesessen und war zu seiner eigenen Verwunderung auch da nicht über die üblichen Einleitungsfloskeln hinausgekommen. Dieser Brief ... Erpresser setzten eigentlich auf psychische Gewalt, nicht auf direkte durch Erdrosseln. »Mich hat bei unserem Anruf gewundert, dass der Architekt nicht nach seinem Freund gefragt hat.« Puderspuren von quadratischen Säcken eines Mauerputzes zeigten sich in der Grasnarbe. »Francourt müsste längst von seiner Sekretärin Emma gehört haben, dass ihr Bruder verhaftet worden ist.«

»Stattdessen säuselt er am Telefon, dass er auf einer Restaurierungsbaustelle weile«, sagte Lacoste. »Falls sie alle unter einer Decke stecken, ist Francourt vielleicht in Wirklichkeit schon auf der Autobahn Richtung Belgien. Notfalls geben wir gleich eine Flughafenfahndung für Benelux und Deutschland raus.«

Das war nicht nötig. Hinter dem Taubenturm saß Francourt zehn Schritt entfernt mitten auf der Wiese in einem Klappstuhl. Er visierte mit ausgestrecktem Arm, den Zeichenstift in den Fingern, einen Vorsprung im Mauerwerk an. Cédric folgte der imaginären Achse: Die Rückseite des Turms verfügte oben über viele Einflugöffnungen für Tauben und einen Zugang für den Taubenmeister.

»Was führt Sie her, *Messieurs*?«

Es klang ein bisschen zu fröhlich. Cédric baute sich vor Francourt auf und schaute zu ihm hinab. Das blonde Haar auf den Laboraufnahmen passte eindeutig zu seinen. Noch lächelte der Architekt amüsiert wie bei einer Gartenparty. Warum nicht in den Ton einsteigen?

»Wir haben an einer höchst verdächtigen Stelle ein Haar gefunden, das wahrscheinlich Ihres ist.«

Francourt steckte den Zeichenstift in ein rotes Leder-etui, das er auf den Block und mit diesem neben den Stuhl ins Gras legte. »Was wollen Sie damit andeuten, Herr Kommissar?« Er lehnte sich zurück und ließ die Knie auseinanderklappen.

»Sie sind tatverdächtig.«

Francourt begriff sichtlich, dass es für ihn ernst wurde; sein Mund verzog sich, die Augenfältchen begannen zu zittern. Sein Gesicht glich einem misslungenen Passfoto.

»Ihr Freund Vellot ist bereits verhaftet und geständig.« Jedenfalls teilweise.

Francourt richtete sich mit seinem langen Rücken lang-sam im Klappstuhl auf.

»Wir haben«, sagte Cédric bewusst langsam, »eines Ihrer Haare in einer Sturmhaube nachweisen können.« Cédric ließ den Kopf zur linken Schulter sinken. »Nun erklären Sie uns bitte selbst, wie diese Kleidungsstücke in den Besitz Ihres Freundes gekommen sind und warum er sie mit seinen Kleidern, die in der Tatnacht trug, hat verbrennen wollen.«

»Diese faule Socke!« Francourt hieb sich heftig auf die Knie. »Warum denkt er nicht einmal für drei Sous nach!«

Lacoste stellte sich seitlich zwischen Taubenturm und Klappstuhl.

»War es anders geplant? Von Ihnen?«

»Von mir?« Francourt spuckte es geradezu heraus. »Warum lass ich mich auch auf diesen Idioten ein?« Er fuhr sich mit den Händen übers Gesicht und durch die blonden Haare, bis sie ganz nach hinten gestrichen wa-ren. »Ich hätte es wissen müssen.«

»Was?«

»Dass Matthieu wieder im letzten Moment alles vermasselt. Wie immer.«

»Wieso? Sylvain Clouet ist doch ziemlich erfolgreich zu Tode gebracht worden.« Lacoste schielte dabei irgendwie dämlich zum Taubenturm.

Cédric mochte solche Verhörtechniken nicht, die eine Verwirrung des Befragten zum Ziel hatten. Es war unfair. Schritt für Schritt mit Beweisen Druck aufzubauen war seiner Erfahrung nach besser.

Francourt starrte seinen Co an. Er erhob sich langsam aus dem Klappstuhl, hob dabei die Hand abwehrend vor Lacostes Brust. »Den Mord hängen Sie mir nicht an!«

»Das Gericht in Châlons wird das tun.« Cédric stellte sich breitbeinig vor Francourt. »War es Matthieu, der Clouet erdrosselt hat?«

»*Non, non*!« Francourt spreizte beide Hände. »Es war ein Scherz. Ein derber, zugegeben. Aber mit dem Mord haben wir nichts zu tun.«

Cédric hob langsam die Augenbraue. »Erzählen Sie schön langsam und bitte vollständig, was Sie in der Tatnacht gemacht haben. Wer sollte denn worüber lachen?«

»Es gab eine Menge Leute, die Sylvain Clouet eins auswischen wollten. Weil ganz Lézy-le-Sec, ach was sage ich, die ganze Gegend nach seiner Pfeife tanzen sollte.« Francourt ließ seinen Blick zum Taubenturm schweifen. »Die Kunstobjekte, der neue Kreisel an den Schulen, das ganze Sozialgetue mit dem Bildungswerk im Hameau Royal – das alles war reine Profilierungssucht eines Politikers, den es aus dem Conseil régional nach Paris in die Assemblée nationale zog.«

Mit Einfallsreichtum und Tatkraft machte man sich

schnell Feinde bei Leuten, die nicht so wendig waren, aber auch etwas in der Champagne gelten wollten. »Weiter«, sagte Cédric so neutral wie möglich.

»Irgendwer hatte die Idee aufgebracht, die Holzobjekte zu sabotieren.« Francourt ordnete den Scheitel mit den Fingern. »Angeblich hatte jemand bei Frigorex in einem Acrylblock ein Hologramm einer sabrierten Flasche gesehen. Was weiß ich, wer das erzählt hat. Bei einem Auftritt von Odette in Chantals *bistrot* oder bei der Demonstration gegen die Kunstwerke, die Matthieu organisiert hat. Jedenfalls hat Matthieu sich das weiter ausgemalt.«

»Was? Clouet zu erdrosseln?«

»Quatsch!« Francourt setzte sich wieder in seinen Klappstuhl. »Vier Champagnerflaschen zu köpfen und die Etiketten gegen die Visagen der Jurymitglieder auszutauschen. Und die an die Holzdinger zu hängen.«

Was ein Gericht als strafbare Vortäuschung einer Bedrohung von Leib und Leben einordnen würde.

»Sie sind Architekt. Von einem gewissen Renommee in den besseren Kreisen. Ist das Ihr Stil?«, fragte Lacoste.

»Sylvain hatten schon die zerstochenen Reifen nicht weiter beeindruckt.« Francourt presste die Fäuste auf seine Knie. »Noch so eine von Matthieus Schnapsideen. Sylvain hätte unseren großen Coup zwar wieder weggelächelt, aber wenigstens diesmal schwer schlucken müssen.«

Cédric tauschte einen auffordernden Blick mit Lacoste.

»Warum haben Sie überhaupt mitgemacht? Nachts in dunklen Klamotten durchs Dorf ziehen, ist das nicht ein bisschen pubertär?«

»Mein Gott, Lacoste. Im Geheimen verrückte Sachen zu machen ist die Würze im Leben, nicht wahr?«

Deutete der Architekt etwa an, dass er über das Verhältnis von Lacoste mit Clouets Witwe Bescheid wusste? Cédric forschte in Francourts Gesicht, das Farbe angenommen hatte. Lacoste gab sich tapfer unberührt.

»Außerdem. Nach den vielen unerfreulichen Monaten nach meiner Scheidung war das eine willkommene Abwechslung. Ein Theatercoup für die Einheimischen sollte es werden, mehr nicht. Matthieu ist ein alter Freund. Wir haben schon mit fünfzehn zusammen die Mädchen rumgekriegt. Das verbindet.«

»Erzählen Sie uns Ihre Version der Nacht.«

»Wir haben die Flaschen aufgehängt, die Matthieu vorbereitet hatte.« Francourt holte tief Luft. »Das Ganze hätte Sylvain die Show stehlen sollen. Alle hätten nur von den peinlichen Flaschen geredet oder geschrieben, das ganze Gezerre um die Kunstwerke wieder aufgewärmt und niemand hätte ihn groß mit der erlauchten Präsidentschaft der Vigne d'Or gebeweihräuchert.«

Ein Grammatikfehler hatte sich in Francourts gepflegte Sprache eingeschlichen. »Was hat Ihr Freund, was haben Sie dabei genau getan?«

»Ich war noch beim Empfang im Couvent. Matthieu hat derweil beim Soldatenmonument angefangen, weil er dort allein die Flasche anbringen konnte. Ich habe mich von Duvert nach Hause fahren lassen. Dort habe ich mich umgezogen und meinen Anzug im Rucksack mitgenommen. Wir haben uns dann beim Objekt *Belle-mère* an der Schlehenhecke getroffen.«

Wo sie von der Vogelkundlerin Marie-Jeanne und auch von Odette beobachtet worden waren. So weit stimmte es.

»Da brauchte er meine Hilfe. Von dort sind wir durch die Weinberge bis zur *Schwurhand*, wo wir die Flasche mit Clouets Gesicht auf dem Etikett aufgehängt haben. Der Querbalken dort war zu hoch für ihn allein.«

Francourt verschränkte die Hände ineinander und ging etwas in die Knie. »So habe ich die Leiter für Matthieu gemacht.«

»Wie auch bei *Ariane99* an der Fabrik?«, fragte Lacoste.

»Genau. Deshalb hat Matthieu mich überhaupt gefragt, ob ich mitmache.« Francourt streckte sich wieder. »Als wir die Flasche an der *Schwurhand* aufgehängt haben, lag dort keine Leiche. Ich habe uns geleuchtet, so, mit der Taschenlampe.« Francourt legte die Handkante zwischen die Zähne. »Matthieu wollte die Champagnerflasche mit den Kordeln anknoten. Wir sind dann weiter zur *Ariane99*. Selbes Spiel. Danach haben wir uns beim Pont Neuf im Schatten der Büsche umgezogen, Matthieu wieder mit Ladenschürze und ich wieder im Anzug wie beim Empfang, und sind zu Chantal ins *bistrot*. Zur Tarnung und um die Aktion zu begießen.«

Das deckte sich so weit mit den Kameraaufzeichnungen der Steingutfabrik. »Und was hat Ihr Freund vermasselt, wie Sie vorhin so schön ausriefen?«

»Am nächsten Morgen wollte ich es Emma beim ersten Kaffee im Büro erst gar nicht glauben, dass man an der *Schwurhand* Clouet tot aufgefunden hatte. Ich habe Matthieu angerufen, er solle sofort die Kleider verbrennen und alle Dateien von den Porträts, die er gedruckt hat, löschen.«

Die IT-Kollegen waren wahrscheinlich schon dabei, die auf Vellots Computer wiederherzustellen.

»Können Sie sich meinen Schock vorstellen?«

»Gewiss. Genauso gut kann ich mir aber vorstellen, dass Sie gemeinsam mit Matthieu und seiner Schwester« – und vielleicht sogar dem Notar Duvert – »einen Mord begangen haben.«

Francourt blickte ihn direkt an. »Warum sollten wir das tun, Monsieur le Commissaire?«

»Sylvain war kurz davor, die Pläne für ein für Sie äußerst lukratives Immobilienprojekt zu verhindern. Wo Ihr Freund Matthieu Grundstücke besaß, die er sich vergolden lassen will. Sein Unternehmen braucht Geld, außerdem hat Clouet seine Schwester Emma, Ihre Sekretärin, bei einer Auseinandersetzung noch beim Empfang, unfreundlich abserviert, wie Sie mir selbst berichtet haben.«

»Das ist absurd.« Francourt wies zum Taubenturm. »Ich habe mehr als genug Aufträge. Allein von der Schlossherrin. Viviane Lemonnier werden Sie wohl glauben.«

Viviane hatte Francourt als Architekt mit Gefühl für behutsame Restaurierung bezeichnet. Er hatte bestimmt einen guten Anwalt. Ohne ein handfestes Tatmotiv würde der Francourt beim Untersuchungsrichter womöglich raushauen. Cédric verhaftete ihn erst mal nicht, damit er sich den formellen Ärger ersparte. »Bis auf Weiteres dürfen Sie Lézy-le-Sec nicht verlassen.«

Cédric wartete eine Antwort erst gar nicht ab und ließ ihn stehen.

Lacoste folgte ihm die Mauern des Taubenturms entlang Richtung Lézy.

»Ich werde Paris Vellots Verhaftung melden.« Zuvor

würde er Maryse die gute Nachricht überbringen, dass er ein großes Stück weiter war. »Und dann drehen wir bei Francourt im Haus jedes Ding um.«

Cédric kreuzte den Schatten, den der Pigeonnier warf. Tauben … Eigentlich war es in der Tatnacht hier in den Weinbergen um Lézy wie in einem Taubenschlag zugegangen.

Womöglich hatte er mit Vellot und Francourt bloß zwei vorlaute Singvögel eingefangen, und es fehlte doch der Habicht, der wie aus dem Nichts zugeschlagen hatte.

28

Der Empire-Safe stand noch offen. Madame Clouet hatte die Plomben der Spurensicherung nicht angerührt. Kaum war Cédric mit Lacoste wieder im Büro aufgelaufen, hatte schon das Telefon geklingelt: Die Witwe habe noch etwas gefunden, was vielleicht von Bedeutung war.

Es war angenehm kühl in der *salle de jeux*, ein wenig roch es nach der Politur auf den vielen Antiquitätenmöbeln. Lacoste stand bei den Fenstern und tippte eine Nachricht an die Spurensicherung in sein Handy.

Danièle Clouet klappte vor Cédric eine orange Mappe auf dem mit grünem Filz bespannten Schreibtisch auf. »Mein Mann hat seine Geschäftspost persönlich erledigt und auch alle Unterlagen selbst abgelegt. Das Geschäft der Sicherheitsberatung ist geheimniskrämerisch.«

Sie hatte Cédric geradezu genötigt, dass er sich an den Schreibtisch des Opfers setzte. Sie stand so dicht neben ihm, dass er ihr florales Parfüm roch.

Gut möglich, dass es bei reichen Kunden überzeugender wirkte, keine Sekretärin zu beschäftigen. So kannte nur der Chef die Verstecke ihrer Reichtümer. »Geschäftspost ist das hier nicht.« Auf dem Papier fehlte ein Briefkopf mit Adresse.

»Es sind Sylvains Entwürfe für Sicherheitskonzepte und Notizen von Kundenterminen vor Ort.« Danièle

Clouet breitete drei Blätter vor Cédric aus. »Es bleibt mir nichts anderes übrig, als seine Geschäftsbeziehungen irgendwie abzuschließen. Ich bin seine Erbin.«

Cédric hörte, wie ihr Atem aus dem Rhythmus geriet.

»Erst ist es mir nicht aufgefallen.« Ihr rosa lackierter Zeigefinger tippte nacheinander auf mehrere Textstellen. »Hier und hier. Und da noch einmal.«

Stichworte, Halbsätze mit Doppelpunkt. »Jedes Mal am Absatzanfang.«

Cédric überflog den Text. Argumente für erneuerte Schließanlagen, Kameras oder elektrische Drahtanlagen auf Grundstücken …

»Sylvain hatte eine militärische Ausbildung. Er strukturierte seine Planungen, wie er es bei der Luftwaffe gelernt hatte.«

Doppelpunkte vor wichtigen Argumenten. Cédric drehte sich nur halb zu Lacoste um. »Zeig bitte den Erpresserbrief aus deinem Fotoverzeichnis.«

Lacoste legte das groß gezogene Bild vor Cédric auf den Schreibtisch. »*Voilà.*«

*HR geht weiter: Die erste Warnung war nicht genug?
Ruder zurück, sofort, sonst werde ich reden.*

»Ich fürchte, dass mein Mann diesen Brief gar nicht bekommen, sondern geschrieben hat«, flüsterte Danièle Clouet.

»Es ist sein Stil.« Erst eine Abkürzung, dann ein Doppelpunkt, dann knapper Text. Eine Drehbewegung erfasste Cédrics Erinnerungen an Details des Falls. Alles verwischte, wie wenn er als Kind einen Purzelbaum auf dem Rasen machte und für ein paar Sekunden oben und unten, rechts und links durcheinandergerieten. Cédric brauchte einen Moment. Diese Umkehrung zog weitere nach sich. Die Knicke am Umschlag des Erpresserbriefs, die ihn irritiert hatten, drängten sich auf. »Wenn Ihr Mann gar nicht erpresst wurde, sondern der Erpresser war, warum hat er den Brief aufgehoben?«

Danièle Clouet hob die Schultern. »Gewohnheit wahrscheinlich. Er hob seine Entwürfe immer auf und schredderte sie erst nach Abschluss des Auftrags.«

Cédric schob die Papiere vor sich langsam ineinander. »Das hieße aber, dass er vom Erpressten nicht bekommen hat, was er gefordert hat.«

»Und es legt nahe, dass diese Person ihn getötet hat, bevor er sein Wissen zerstörerisch einsetzen konnte.« Lacoste nahm sein Diensthandy wieder an sich. »In seinem Brief droht Clouet ja zu reden.«

»Man denkt, man kennt einen Menschen nach so vielen Jahren.« Danièle Clouet fuhr dennoch zärtlich über die orange Ledermappe. »Sylvain hat doch alles bekommen, was er sich gewünscht hat. Die Präsidentschaft der Vigne d'Or war sein großes Ziel. Davon hatte er in den letzten Wochen am meisten gesprochen.« Sie strich sich eine blonde Strähne hinter das Ohr und suchte Lacostes Blick. »Ich begreife das nicht.«

Vor dem Doppelpunkt stand auf dem Erpresserbrief *HR geht weiter*. Das Projekt hätte Sylvain Clouet nun nach seiner Wahl als Ort einer Bildungseinrichtung für traditionelles Handwerk steuern können. Er hatte sein Ziel eigentlich erreicht. »Wir nehmen das alles mit.« Cédric stand auf.

Die körperliche Bewegung löste erneut etwas in ihm aus. Diesmal stürzte die Reihenfolge seiner Erinnerungsbilder durcheinander wie von einem Sog erfasst, der sie rückwärts verwirbelte. Die gesäbelten Flaschen waren eine spontane Idee von Matthieu Vellot von vor ein paar Tagen. Eine kleine Draisine für ein altes Gütergleis zu basteln, weil man eine Leiche über einen Bahndamm transportieren wollte – dafür brauchte man Zeit. Der Mordplan war offensichtlich früher gefasst worden.

Danièle Clouet stand am Schreibtischende neben Lacoste. »Nimm einfach die ganze Mappe mit.«

Wenn Matthieu Vellot und Paul Francourt sich tatsächlich nur einen derben Scherz erlaubt hatten, könnte es sein, dass ein raffinierter, längst gefasster Plan angepasst worden war. Von einer Person, die bei Chantal im *bistrot* durch den skizzierten Galgen auf der Speisekarte, den wahrscheinlich Francourt gezeichnet hatte, oder auch durch mitgehörtes Gerede der beiden Wind von den gesäbelten Flaschen bekommen hatte. Cédric spürte, wie es in seinen Unterarmen zog. Er war auf der richtigen Spur, nur müsste er in Ruhe weitersortieren. Er übersah noch etwas.

Lacoste klemmte die orange Ledermappe unter den Arm.

»Madame, vielen Dank für diese wichtigen Hinweise.« Cédric nickte. »Wir finden hinaus.«

»Warten Sie.« Danièle Clouet betätigte hinter dem Vorhang den Hebel des bodentiefen Fensters. »Es ist Donnerstag, meine Haushälterin wischt gerade. Der Marmorboden oben wird nass sein. Gehen Sie bitte durch den Garten, sonst gibt es nur Theater.«

»Wie Sie wünschen.« Cédric schenkte ihr ein Lächeln. Wie umsichtig. Aus Augenwinkeln erfasste er den offen stehenden hochmodernen Safe, der nur nach außen den alten Stahlschrank vortäuschte.

Auf den Terrassenfließen befiel Cédric deswegen ein neuer Verdacht. Der Erpresserbrief könnte auch gefälscht worden sein. Die Dame des Hauses hatte nicht nur den Dienstplan des Personals im Blick. Sie hatte auch gewusst, dass der Code des Safes der Gravur auf dem Spazierstock entsprach. Dass sie den hatte suchen müssen, behauptete sie vielleicht nur zur Ablenkung. Danièle Clouet war eine attraktive Frau. Vielleicht nicht nur für Lacoste. Erotische Anziehungskraft verführte, Reichtum noch mehr.

Viviane war womöglich nicht die einzige gute Schauspielerin in Lézy-le-Sec.

Auch wenn Cédric Lacoste nur zu gern trauen würde – er sollte vorsichtshalber selbst im Labor anrufen und sich erkundigen, wie alt der Erpresserbrief wirklich war. Druckerpartikel trockneten spezifisch, Staub verband sich über Tage schichtweise. Wenn Danièle Clouet das Papier fabriziert hatte, hätte sie es nicht zu Lebzeiten von Sylvain in den Safe gelegt oder riskiert, dass ihr Mann es zufällig fände. Dann war der Brief nur ein paar Tage alt. Und Lacoste vielleicht ein armes Schwein, das von einer attraktiven Frau in einem raffinierten lang gehegten Plan nur benutzt wurde. Lacoste hatte sich um 22:47 Uhr in der Dienststelle eingestempelt. Da lebte Sylvain Clouet noch. Erotische Stunden mit dem Liebhaber könnten verschleiern, dass sie selbst danach ihren Mann unter einem Vorwand in den alten LKW-Schuppen gelockt hatte.

Aber wie hätte Danièle Clouet ihren achtzig Kilo schweren Mann den Bahndamm hinaufschleppen sollen? Cédric hatte schon unter Lacostes Gewicht gekeucht, und sein Co war leichter.

Trotzdem war an diesem Erpresserbrief etwas faul.

»Hier entlang, Chef.« Lacoste deutete zu einem Weg zwischen den gelben Rosen. »Um die Hausecke ist es kürzer.«

»Du musst es ja wissen.« Aber ohne Beweise war alles nichts.

29

Emma Vellot saß in Jeans und T-Shirt auf dem Mäuerchen, das Paul Francourts Haus von der Straße bis zum Büroeingang auf der Rückseite einfasste. Drinnen durchsuchte Lacoste mit den Kollegen alles gründlich.

Cédric hatte, an Lacoste vorbei, eine Eilanalyse des Erpresserbriefs angeordnet. Das Polizeilabor hatte eben per Textnachricht auf sein Diensthandy bestätigt: *Dokument min. 4, max. 24 Wochen alt.*

Danièle Clouet hatte den Brief also nicht gefälscht. Damit war das Opfer Sylvain Clouet ein zum Schweigen gebrachter Erpresser.

Emma Vellot schüttelte immer wieder so heftig den Kopf, dass sich ihr mit einem roten Gummi zusammengehaltener Pferdeschwanz gelöst hatte und ihre Tränen von den geröteten Wangen zu fliegen schienen. Cédrics Erfahrung nach würde es nicht mehr lange dauern, bis sie mit der Wahrheit rausrückte.

»Sylvain hat die Textnachricht nicht so gemeint. Ganz bestimmt nicht, weil …«

Das nächste Heulen verschluckte den Grund. Den es auch nicht gab. Cédric hatte ihr auf dem Diensttablet alle Nachrichten groß aufgezogen. Es war eindeutig. Clouet hatte seine Affäre mit Emma wirklich beenden wollen.

»Das war nur ein Kurzschluss wegen der Wahl zum Präsidenten. Das hat Sylvain sehr gestresst.«

Wohl kaum. Eher hatte Clouet selbst als Erpresser jemanden weiter unter Druck gesetzt, der ihm etwas nicht hatte liefern wollen. Cédric verlor die Geduld.

»Was haben Sie zwischen dreiundzwanzig Uhr« – da hatte man Clouet noch lebend gesehen – »und neun Uhr Montagmorgen getan?«

Es musste einen Grund geben, warum Emma den Notar Duvert, der kurz nach Clouet bei ihr gewesen war, so schnell weggeschickt hatte. Teufel noch mal, unter all diesen Leuten, die nachts durch Lézy gestromert waren, befand sich der eigentliche Täter.

Wieder flogen ihre Haare.

»Ich …«

Nicht dass er gefühllos war oder kein Mitleid hätte, aber er hatte zu viele Frauen erlebt, die Tränen als Waffe eingesetzt hatten. Die abgefeimte Diebin in Belleville zum Beispiel, die auf nette Provinz-Oma machte, die sich im Viertel verirrt habe, aber systematisch die Ladenkassen von hart kämpfenden arabischen Kleinhändlern ausräumte. »Hören Sie bitte auf mit dem Theater, Mademoiselle Vellot! Oder soll ich Sie verhaften wegen Tatbeteiligung?«

Sie zuckte zusammen, weil er lauter geworden war, und wischte sich mit dem Handrücken über die Wangen. »Mich?«

»Warum nicht? Sie sind die Schwester des einen mutmaßlichen Täters und die Sekretärin des anderen und die Ex-Geliebte des Opfers. Das reicht erst mal für einen Anfangsverdacht.« Auch wenn es ein Gericht unter Umständen ein wenig anders gesehen hätte. »Reden Sie bitte jetzt. In Ihrem eigenen Interesse.«

Emma tupfte mit dem Saum ihres Ärmels die Nässe von den Wangen. Sie schluckte zwei-, dreimal.

»Ich habe nicht gelogen. Wirklich nicht. Sylvain war bei mir und dann der Notar. Dann habe ich nur …«

Ihr Blick verlor sich, sie sackte auf dem Mäuerchen geradezu in sich zusammen.

»Ich war so verletzt. Erst hat mir Sylvain angeboten, wenn ich ihn in Ruhe lassen würde, ›sich für mich einzusetzen‹.«

Beim letzten Teil des Satzes malte sie Anführungszeichen in die Luft. Das Papiertaschentuch fiel ihr aus der Hand. Sie kniff die Augen zusammen.

»Als ob ich eine wäre, die sich hochschlafen wollte.«

Madame Ciboux hätte jetzt den Daumen gehoben.

»Und dann hat Duvert auf enttäuscht gemacht, nur weil ich in Sylvains Akten nichts Belastendes gefunden habe.« Sie schnaubte. »Dabei habe ich nicht mal Geld dafür genommen. Was der sich einbildete, nur weil er Monsieur le notaire ist.«

Cédric wechselte das Standbein für ein bisschen mehr Abstand, damit Emma sich sicherer in ihrer Sphäre fühlte.

»Ich wollte wissen, ob Sylvain eine Neue hatte.« Sie strich sich eine Strähne hinters Ohr. »Es hatten ihn ja genug Frauen auf dem Empfang angehimmelt. Oder ob er zu seiner Gattin zurückkriechen wollte.«

Offenbar hatte Sylvain ihr Danièles Affäre mit Lacoste nicht verraten.

»Erst wollte ich mir in der Küche Spiegeleier braten, vor lauter Wut hatte ich Hunger. Aber ich hatte nur Tofu da und keine Zwiebeln. Dann wollte ich heiß duschen, aber danach hätte ich erst recht nicht schlafen können.

Und so habe ich mir gesagt: Ich bin eine freie Französin und kann hingehen, wo ich will.«

Die hohle Floskel zeigte Cédric ihre ganze Hilflosigkeit.

»Ich habe mir meine schwarzen Jeans angezogen und ein dunkles Shirt.« Sie nickte wie versonnen über einem alten Foto. »Und eine Baseballkappe, die ein amerikanischer Kollege meinem Chef geschenkt hatte, die Francourt aber zu klein war.«

Sie hatte sich getarnt. Cédric hoffte, dass nicht gerade jetzt einer von den Kollegen angelaufen käme.

»Ich bin aus dem Haus geschlichen. Über den Vieux Pont und den Kreisel bis hierhergelaufen. Es wäre ja keinem aufgefallen, selbst wenn mich jemand gesehen hätte. Hätte ich eben was im Büro vergessen. Ich habe aber über das Grundstück bloß abgekürzt.« Sie stand auf und zeigte zur Hausecke. »Es gibt hinter dem Haus ein Türchen zur Ruelle des biches. Die führt bis zur Straße, wo Sylvains Haus steht.«

Cédric war dort nur einmal spazieren gewesen, als Maryse ihm die vielen kleinen Durchgänge in Lézy gezeigt hatte, die es schon seit Jahrhunderten gab.

»Ich habe mich immer schön im Schatten gehalten.« Sie legte die linke Hand gegen die Brust. »Sie können sich gar nicht vorstellen, wie sehr ich erschrocken bin, als Frisou plötzlich vom Balkon mir direkt vor die Füße heruntergesprungen und weiter um die Hausecke geschossen ist.« Sie schüttelte sich.

Schon wieder dieses Tier in einer Aussage. »Es war fast Mitternacht. Und dunkel. Wie haben Sie denn den Kater von Madame Odette erkennen können?«

»Kommen Sie.« Emma Vellot stand auf, machte ein paar Schritte zur Hausecke hin. Sie deutete die lange Fassadenseite voraus.

Hier gab es ebenerdig zum Rasen eine kleine *piscine* vor einer großzügigen Glasfront. Drinnen durchsuchte Lacoste mit den Kollegen die weißen Schränke. Dichte Fliederbüsche schirmten zur Nachbarschaft hin ab und die hohe Mauer zur Ruelle des biches.

»Sehen Sie da vorne die Gittertür?« Emma streckte den Arm aus. »Dort hat sich der Kater auf den Mauerabsatz hingehockt. Wenn Sie Frisou einmal fauchen gehört haben, vibrierend und lange, vergessen Sie es nicht.« Emma zog ein Mäppchen aus ihrer Hosentasche. »Mein Büroschlüssel passt, gehört mit zur Schließanlage.«

Emma ging an der Fliederbuschseite um die *piscine* herum, als wollte sie größtmöglichen Abstand zum Haus halten. »Ich beweise es Ihnen.«

Sie schloss die Gittertür auf und bog nach links ab.

Die Ruelle des biches zwischen den hohen Grundstücksmauern benutzten wenig Fußgänger, so hoch und breit, wie das Unkraut vor den Mauern wuchs. Sogar Ranken von einer wilden Rose hingen mitten in den Weg.

Die Villa stand nicht weit entfernt. Das Gelände fiel ein wenig ab, bei den Clouets war die alte Mauer durch eine hohe schwarze Blechwand mit Zaunspitzen obenauf ergänzt worden. Es gab allerdings einen Spalt, wo sich die Nieten eines Metallabschnitts gelöst hatten.

Emma blieb genau davor stehen. »Hier habe ich auf Sylvain gewartet.«

Cédric trat an die Blechwand. Ganz anders als von der Straßenseite, die nur die schmale Stirnseite des Belle-

Époque-Hauses zeigte, konnte man von hier die Längsseite mit dem Gartenflügel in voller Größe überblicken und den Anbau, in dem sich die *salle de jeux* mit dem Safe verbarg. »Was haben Sie beobachtet?«

»Ich war oft bei Sylvain, wenn Danièle in Paris war. Seine Frau schläft im zweiten Stock. Sie hat für ein paar Minuten zum Lüften geöffnet.«

Der Liebesdunst von den Stunden mit Lacoste hing da wohl in den Vorhängen.

»Sicher, dass es Danièle Clouet war?«

»Drinnen war Licht. Außerdem trägt sie immer rosa Pyjamas.«

»Und danach?«

»Habe ich hier gewartet.« Sie holte hörbar Luft. »Ziemlich lange.« Sie wischte sich über die Wange. »Ich komme mir so dumm vor. Bitte glauben Sie mir. Ich habe einfach hier gestanden und auf das Haus geglotzt. Ich hätte ja seinen Wagen kommen sehen müssen oder wenigstens, wenn Sylvain sich ausgezogen hätte. Er macht immer Licht im Schlafzimmer.« Sie streckte die Hand durch die Lücke im Blech. »Da, der große Erker im zweiten Stock. Es blieb aber dunkel.«

Sie tat Cédric leid. Eifersüchtig erniedrigte man sich schnell.

Emma wandte sich ab. »Irgendwann war ich nur noch traurig und todmüde und bin nach Hause gelaufen. Es war vielleicht drei Uhr oder viertel nach.«

Stalkerinnen hatten solch eine Ausdauer, das war plausibel.

»Gehen wir zurück.«

»Ich habe nichts getan«, sagte Emma, als Cédric vor ihr

in der Ruelle die Rosenranke aus dem Weg hob. »Sie verhaften mich doch nicht?«

Keine Tränen, die von den Wangen rollten, sondern ein Vibrieren in der zu hellen Stimme von echter Angst.

»Nein. Sie geben nur nachher noch Ihre Aussage zu Protokoll.«

Emma schloss die Gittertür hinter Cédric mit dem Büroschlüssel ab. Er hörte aber auch ein Tocken an Glas von der Fensterfront her, gerade als er mit Emma in großem Abstand an der *piscine* entlangging. Lacoste machte von drinnen Zeichen und hebelte die Verriegelung der Glastür auf.

Cédric wartete.

»Chef, sollen wir …«, an den Hausecken sprangen an den Regenrinnen Flutlichter an und tauchten Lacoste wie in weißes Blitzlicht. Gegen die Blendung riss er die Hand vor die Augen, und ausgeleuchtet wirkte er für einen Moment wie ein Geist.

Emma hätte das Flutlicht bemerken müssen, als Frisou, der Kater, sie erschreckt hatte, weil er hier vom Balkon gesprungen war. Oder Hélène Ciboux wäre das grelle Licht bestimmt aufgefallen, die mit ihrem Labrador ziemlich zeitgleich auf ihrer nächtlichen Tour an der Straße vorbeigekommen war.

Cédric hörte Lacostes Frage nicht richtig, weil der Gedanke überschnell aufschoss und eine Kaskade von Schlüssen nach sich zog, die er kaum richtig erfassen konnte. Cédric presste die Lider zusammen. *Fragen, einfach fragen!*

Cédric fuhr herum. »Emma, warum hat der Kater von Odette nicht die Lichtanlage ausgelöst? War sie kaputt?«

Sie schaute ihn mit großen Augen an. »Eigentlich ist die Anlage so programmiert, dass sie sich bei Sonnenuntergang aktiviert.«

Lacoste hob den Blick zu den Strahlern. »Es sei denn, jemand hat sie ausgeschaltet. Und deshalb hat sich die Programmierung zurückgesetzt, sie hätte jetzt gar nicht anspringen dürfen.«

»Wo ist Ihr Chef jetzt?«

Emma schaute auf ihre Armbanduhr. »Er hatte vor einer halben Stunde einen Termin mit Odette im Atelier. Das Dach ist undicht und soll repariert werden.«

»Das hat mir gerade noch gefehlt.« Cédric schnappte Lacoste bei der Schulter. »Die Kollegen schaffen das allein. Du holst mir Vellot aus der Zelle.«

Lacoste bockte mit steifen Beinen. »Moment, Chef, ich wollte dir unbedingt …«

»Nicht jetzt.« Er hatte keine Zeit zu verlieren. »Schaff mir Vellot sofort zum Atelier.«

Er durfte sich jetzt nicht abbringen lassen von dem Kaleidoskop aus Ermittlungselementen, das sich in seinem Hirn gerade, Stückchen für Stückchen, zu einem klaren Bild rüttelte. Was für ein raffinierter Plan …

30

Auf dem Sandweg zum Atelier von Odette Hurtois roch es nach frisch geschnittenem Gras, aber auch ein bisschen nach Chemie. Cédric schnüffelte in den sanften Luftzug, der von den Weinbergen herzog. Ölfarbe, eindeutig, aber auch irgendeine Imprägniermasse dünstete bei Francourts eingerüsteter Scheune aus.

Der strapazierte Rasen vor dem Atelierbau war frisch geschnitten worden. Ein Fahrrad mit sehr dünnen Reifen, teure Leichtbauweise, lehnte seitlich an der Gebäudeecke. Wahrscheinlich das Francourts. Von drinnen hörte Cédric Stimmen. Die Fenster standen weit offen.

»… verschimmelt nicht gleich. Die Trockenmaschinen …«

Francourt war tatsächlich hier.

»Auf gar keinen Fall werden tagelang diese Höllenmaschinen zischeln. Wie stellst du dir das vor?«

Odette Hurtois war in Fahrt, klang aber seltsam dumpf.

»Meditative Kreativübungen, womit die Leute ihre Aura finden sollen, und dabei ein Dauerton wie beim schlimmsten Tinnitus?«

»Die undichte Stelle ist klein, keine zwei Quadratmeter. Das holt der Trockner in achtundvierzig Stunden raus.«

»Da bin ich ja längst taub davon.«

Cédric blieb zwischen den geöffneten Fensterflügeln stehen. Etwas in Odettes Atelier war minimal anders als beim letzten Besuch. Zwar standen immer noch Kisten voller Sammelsurium wie vom Flohmarkt herum und Staffeleien ragten dazwischen auf, aber ...

»Keine Höllenmaschine. Nicht vor Ende des Monats.«

»Dann kann ich dir nicht garantieren, Odette, dass die provisorische Isolation auf dem Flachdach den Regen komplett abhält.«

An den kindergroßen Skulpturen aus Holz, Metall und Pappmaché hatte Odette offenbar nicht weitergearbeitet. Sie standen unverändert auf den fünf runden Tischen. Was war es nur, was sich hier verändert hatte?

»Kann man die nicht mit Steinen sichern?«

Cédric schnippte mit den Fingern. Eine von den vier Staffeleien fehlte. Er trat über die Fensterschwelle.

Francourt stand mit dem Rücken zu ihm und hatte den Kopf in den Nacken gelegt.

»Starkregen setzt das Dach bis zu vier Zentimeter unter Wasser, bis es abfließt. Das dringt unter jedes Material.«

Odette hockte auf einer hohen Leiter, auf den obersten Sprossen. Sie trug einen grünen Maleranzug. Die Haare hatte sie mit einem roten Tuch zurückgebunden. Die Staffelei, die Cédric vermisst hatte, war samt vier auf fünf Meter hoher Leinwand an die hintere Atelierwand gerückt worden. Odette hatte sich darauf mit kräftigen Pinselstrichen in Lila und Orange ausgetobt: ein chinesisches Schriftzeichen nach einem Verkehrsunfall mit einem Elefanten.

»Dann bohre den Ausguss auf oder – oh, wen haben wir denn da?« Odette streckte ein Bein im grünen Maleranzug und stieg zwei Leitersprossen abwärts. »Monsieur le Commissaire beehrt mich.«

Cédric wich einem Haufen zusammengeschweißter Blechdosen aus. »Ich war auf der Suche nach Monsieur Francourt.«

»Umso besser. Dann kann ich ja weitermalen.« Odette kletterte zwei Sprossen runter, beugte sich tief zu einem Farbeimer, tauchte den breiten Pinsel ein und ignorierte im Aufsteigen die herabklecksende lila Farbe.

Francourt war davon offenbar geschockt, so wie er auf den schwarzen, sicher ziemlich teuren Bohlenboden starrte. Der Architekt gab sich einen Ruck und drehte sich zu Cédric. »Ist die Durchsuchung meines Büros nun endlich beendet? Ich habe zu tun.«

Zwischen den Tischen mit Odettes Kunst hätten sich Francourts *style costume-cravate assortis* und die sorgsam geföhnten Haare für eine Werbestrecke in einem Magazin geeignet.

»Immerhin haben Sie Zeit für einen Besuch bei Madame Hurtois.«

»Das Dach hat eine undichte Stelle, das musste ich mir ansehen. Ich bin …«

»Der Vermieter von Madame, ich weiß. Sie haben dieses Gebäude entworfen.« Cédric kühlte seinen Ton ab. »Mit Häusern wie auch Haustechnik kennen Sie sich aus, nicht wahr?«

Francourts blonde Augenbrauen zuckten, aber er hob nur ein wenig das Kinn.

Cédric wartete. Sollte ihn Francourt nur mustern, mit diesem Maß nehmenden Blick aus vor Zorn funkelnden Augen. Wer sich ärgerte, kam schneller ins Reden.

»Warum haben Sie eine Beleuchtungsanlage an Ihrem Haus installiert?«, fragte Cédric betont langsam.

»Im Ernst?« Francourt ließ den Blick erst zur Decke, dann zu Odettes Hintern im grünen Maleranzug und den lila Pinseltropfen wandern. »Ist das Ihr Ergebnis der Hausdurchsuchung?«

Cédric stieg vorsichtig über einen Farbeimer, dessen Deckel nur aufgelegt war. »Antworten Sie mir bitte.«

»Hör dir das an, Odette! Dafür zahlen wir Steuern.«

Francourt schaute hoch, Odette schwang aber ihren breiten Pinsel, als hörte sie dabei Samba.

Cédric wartete und ließ seinen Kiefer ein winziges bisschen hängen. Das entspannte die Wangen und bewirkte einen gelangweilten Gesichtsausdruck.

Francourt lächelte falsch. »Jeder weiß – und die Polizei rät Eigentümern auch dazu, nicht wahr? –, dass automatische Lichtanlagen an Häusern Einbrecher abhalten.«

Cédric wich einem der lila Farbkleckse aus und trat in Francourts Blickachse. »Gewiss. Aber warum haben Sie Ihre ausgerechnet in der Mordnacht ausgeschaltet?«

Francourt zog das Kinn zurück. »Habe ich nicht. Und schon gar nicht nachts.«

Cédric ging um ihn herum, als betrachtete er eine Statue auf einem Sockel im Museum. Francourt drehte sich mit. Cédric hörte, dass die Pinselstriche Odettes auf der Leinwand aussetzten.

»Auszuschalten war Ihr erster Fehler.«

Francourt setzte die Füße um wie beim Wiener Walzer.

»Die Sensoren reagieren nicht nur auf Einbrecher.« Cédric kreiste einfach weiter und war sich mit jedem Schritt, den ihm Francourt folgte, gewisser. »Auch wer das Haus verlässt, quert die Sensorstrahlen, und die Lampen draußen springen an.«

Vor den großen Atelierfenstern badete Francourt geradezu in Sonnenlicht. Seine Gesichtszüge verhärteten sich. Helle Linien in der Haut, wo sonst Fältchen die Lider umspielten. Cédric stieg über den Farbeimer mit dem Orange, trat zur Leiter hin, wo Odette Hurtois ganz still oben hockte.

»Es zu leugnen, ist Ihr zweiter Fehler. Sie hätten ganz einfach behaupten können, dass Sie die Anlage ausgeschaltet haben, damit man Sie nicht sieht, wie Sie das Haus verlassen für Ihren derben Flaschen-Scherz mit Matthieu Vellot. Sie hätten mir antworten können, dass Sie nicht wollten, dass man Sie schwarz gekleidet an Ihrer Haustür sieht.«

Francourt fuhr sich mit einer jungenhaften Geste durch die blonden Haare. »Monsieur le Commissaire. Wer würde sich von den Nachbarn schon Gedanken machen, wie ich leger gekleidet spät aus dem Haus gehe?« Er lächelte wie angeknipst. »Allenfalls würden die Leute denken, dass ich einen bei Chantal trinken gehe.«

»Mag sein, aber dort waren Sie im Anzug eingekehrt, mit Matthieu, der seine Ladenschürze trug. Darauf haben Sie beide an dem Abend Wert gelegt.«

Lila Farbe kleckste neben Cédrics Fuß. Odette fuchtelte knapp über seinem Ohr mit dem Pinsel. »Aber sicher hat Francourt das. Sonst wäre der Spaß nur halb so groß geworden. Was wollen Sie eigentlich? Die beiden haben die Aktion doch längst zugegeben. Ist doch klar, dass die Leute in Lézy nicht gleich darauf kommen sollten, wer die Champagnerflaschen aufgehängt hat. Das Rumrätseln sollte ja Sylvain die Show stehlen.«

Nicht gleich ... echote es in Cédric. Die Zeit war gedehnt worden. Was nicht ging, objektiv, aber die Zeit für eine Reaktion konnte man dehnen. *Rückwärts ... Denke es einfach rückwärts.*

»Sie«, Cédric hob den Zeigefinger bis direkt vor Francourts Gesicht, »Sie haben Ihre Lichtanlage aber abgeschaltet, weil Sie in Wirklichkeit schon früher als mit Matthieu Vellot abgesprochen umgekleidet aus dem Haus gegangen sind. Und in genau diesem Zeitraum ist Sylvain Clouet zu Tode gekommen.«

»Das beweist gar nichts. Ich bin früher zum vereinbarten Treffpunkt mit Matthieu zur *Belle-mère* gelaufen, weil ich halt schon fertig umgezogen war.«

»Haben Sie die Anlage ausgeschaltet oder nicht?«

Francourts Kiefermuskeln zuckten. »Nein.« Er sah Cédric direkt in die Augen.

Seine Augen waren noch dunkler geworden. Er log. Cédric war sich sicher, aber Francourt war intelligent genug, jetzt nicht seine Aussage zu revidieren.

»Sagen Sie mir, wo Sie das Haus verlassen haben.«

Trictrac, von Cédrics Ohr weg und zurück, Francourts Blickfokus verriet, dass seine Gedanken rasten. »Über die Ruelle des biches natürlich. Die ist dunkel und außerdem eine Abkürzung zum Vieux Pont.«

»Noch ein Fehler, Monsieur.« Cédric gönnte sich ein provozierendes Lächeln. »Es gibt Beweise, dass es so nicht gewesen sein kann.« Cédric schnappte sich eine rostige Dose von einem Tisch.

»Liegen lassen, das ist mein Kunstwerk!«

Er warf sie zurück. Sie klackte metallisch auf den Haufen und kullerte hintüber. »Ihr lang gehegter Plan, Francourt, ist ein Meisterwerk, das gebe ich zu. Sie haben Ihr

Haus zur Straße hin verlassen, wahrscheinlich liefen Sie geduckt im Schatten der Garage zum Trottoir. Wichen dort den wenigen Straßenlampen aus.«

Zeit entzerrte sich. Überlagerte Erinnerungen dehnten sich in Cédrics Kopf auseinander, der Innenhof im alten Couvent, der leere Schuppen der alten LKW-Waage. Es war Francourt, der ihm erzählt hatte, dass Clouet die eifersüchtige Emma beim abendlichen Empfang auf später vertröstet hatte. Bei ihr war der frisch gekürte *président* der Vigne d'Or aber nur kurz geblieben. Weil Emma gar nicht log. Clouet hatte tatsächlich noch etwas vor: sich mit Francourt zu treffen. Es war ganz einfach.

»Sie haben Clouet im Innenhof des alten Couvent zur alten LKW-Waage bestellt.«

»Das ist völlig absurd. Womit hätte ich Clouet nach seinem Triumph, der Wahl zum Präsidenten, in solch einen abgelegenen Schuppen locken können?«

Cédrics Schwiegervater hatte Clouet bei einer Veranstaltung wettern hören: *Die Saudi-Prinzen kriegen keine Doppelwannen mit goldenen Wasserhähnen in unserem Hameau.*

Cédric durchschaute aber jetzt das Spiel über die Bande, das Francourt inszeniert hatte, weil Emma ihrem Liebhaber Clouet stecken würde, was sie im Architekturbüro mitbekam.

»Sie lockten Sylvain Clouet mit Bauplänen für private Luxusappartements, mit denen er die endgültige Abstimmung über das Hameau Royal gewinnen würde. Wenn er enthüllte, was Duvert mit den Investoren abgekartet hatte. Die Fassade des angeblich angestrebten Hotelbetriebs wäre zusammengebrochen.«

»Das spricht doch eher gegen Notar Duvert als gegen mich. Architekten bauen bloß, was Bauherren bezahlen. Sie verrennen sich.«

Auch wenn es tatsächlich Notar Duvert gewesen war, der die Grundstückstransaktionen verschleiert hatte, vertraute Cédric sich selbst, weil sich die Details ineinanderfügten und er immer ruhiger wurde.

»Die Wahlnacht war die Chance, auf die Sie lange gewartet haben, weil Matthieus Scherz mit den Champagnerflaschen Ihnen sogar ein kompliziertes Alibi verschaffte. Sie legten es darauf an, dass man Sie beide früher oder später enttarnen würde als Flaschensäbler.«

Francourt lächelte nicht mehr. Er hatte den Kopf zur rechten Schulter geneigt. »Aber warum, *mon Dieu*, sollte ich Sylvain Clouet überhaupt töten wollen?«, fragte er langsam, als spräche er mit einem Kind.

Rückwärts … einfach rückwärts in der Zeitachse. In Cédric flackerten die Bilder und Textzeilen aus den Fallnotizen ineinander.

Die Textnachricht des Polizeilabors, die Danièle Clouet und auch Lacoste entlastet hatte, drängte sich noch einmal vor. Aber in einem anderen Licht: *Erpresserbrief min. 4 max. 24 Wochen alt.*

»Weil Clouet Sie erpresst hat, mit einem Brief. Wir kennen den Text.«

»Das ist absurd, Bresson. Der Mann war zehnmal reicher als ich!«

»Wer sagt denn, dass er Sie um Geld erpresst hat?«

»Was denn sonst?« Francourt hob den Kopf zur Leiter. »Was meinst du, Odette? Ich habe keine Erfahrungen mit so etwas.«

Sie stieg langsam von der Leiter herab. »Sie erheben schwere Vorwürfe.« Mit dem Fuß kickte sie den Deckel vom nächststehenden Farbeimer. »Erklären Sie es uns lieber, Monsieur le Commissaire, bevor er Sie wegen Verleumdung verklagt.«

Etwas kitzelte in Cédrics Nase wie jedes Mal, wenn ein entscheidendes Detail in seiner Erinnerung auftauchte.

»Im Hameau Royal, im königlichen Jagdsaal, dem Hauptquartier der Vigne d'Or, haben Sie gesagt, dass Sie wegen Ihrer Scheidung und zu viel Arbeit auf die Kandidatur zur Präsidentschaft verzichtet haben. Aber das war nicht der wahre Grund.« Viviane hatte ihm sogar die damaligen Bemühungen des Notars bestätigt. »Duvert hatte noch versucht, Sie zu beknien, aber Sie haben die Kandidatur in Wahrheit nur zurückgezogen, weil Clouet nachgeholfen hat mit seiner Erpressung.«

»Die Präsidentschaft der Vigne d'Or ist ein Amt mit Prestige, zweifellos.« Er breitete die Arme aus. »Aber mein Ruf als Architekt in der Region ist gewiss nicht so schlecht, wie Sie vielleicht denken, nur weil Sie keine Ahnung haben. Weil Sie aus Paris kommen und jetzt lieber in den verdammten Weinbergen im Schlamm rumstehen.« Francourt zeigte mit dem Finger auf seine Brust. »Ich habe die Präsidentschaft nicht nötig. Weder persönlich noch finanziell. Ich habe schon eine Karriere.«

»Das stimmt.« Odette tauchte neben Francourt den Pinsel in den Eimer mit dem schreienden Orange.

»Fragen Sie, wen Sie wollen.«

»Das Finanzamt vielleicht?«

Cédric fuhr herum. Viviane stand im offenen Fensterflügel des Ateliers.

»Frage ihn mal, wie er seine Scheidung finanziert hat. Seine Ex-Frau Géraldine hat ihn ausgepresst wie eine Zitrone.«

»Ich muss mir das nicht anhören.« Francourt drehte sich auf dem Absatz herum, nur leider stand der Tisch mit dem Dosenhaufen im Weg. »Géraldines Geschwätz beweist gar nichts.« Er schlängelte sich am Hindernis vorbei und machte große Schritte zwischen den Kisten.

Cédric wollte ihm schon über den Farbeimer hinweg in den Weg springen. Doch hinter Viviane tauchte noch jemand im Fenster auf.

»Was machst du denn hier?«

Sein Schwiegervater trug vollen Weinbergsornat, wie er es nannte: Gummistiefel, eine wattierte Jacke und alte Jeans. Er streckte die Arme aus, blockierte das Atelierfenster hinter Vivianes Taille.

»Schön dringeblieben, Monsieur!«

»Lassen Sie mich vorbei!« Francourt stieß ihn an der Schulter, aber Viviane schnappte sich dessen Arm und zerrte ihn zurück ins Atelier.

Cédric nutzte den Moment und schob Francourt noch den Tisch mit dem halben Pappmaché-Kind vor die Füße. Odette warf den nassen Pinsel gegen die Leinwand, von der er mit einem platschenden Geräusch abprallte.

»Ein Energieentladungsfleck schadet nicht«, sagte sie mehr zu sich selbst, bevor sie sich zurück zu ihnen drehte.

»Schauen wir erst mal, ob Viviane nicht doch recht hat.« Sein Schwiegervater zog eine dicke Fernbedienung aus der Jackentasche. »Dieses Teil haben Cédrics Leute bei Ihnen im Haus gefunden.«

Warum wusste er nichts davon? »Was wird das?«

»Mein Fund!« Odette streckte die linke Hand aus, die Fingernägel leuchteten im Grün ihres Maleranzugs.

Draußen schwebte eine schwarze Weinbergsplane vertikal ausgebreitet heran. Jemand trug sie vom Tor her über den strapazierten Rasen heran.

»Das ist die Folie, die ich im Weinberg gefunden habe, mittendrin, an einem Pfosten«, rief Odette.

Lacostes Haaransatz spitzte über der Folienkante heraus. Er sollte doch Matthieu Vellot herholen. »Was soll das jetzt?«, rief Cédric über die Köpfe hinweg.

»Madame Lemonnier hat eine Theorie zum Fall«, keuchte Lacoste hinter der Folie. »Und nach dem Fund bei der Hausdurchsuchung konnte ich ihr nicht mehr abschlagen, das Beweisstück heranzuschaffen.«

Lacoste senkte die Plane, holte noch einmal Schwung wie beim Bettenmachen und breitete sie auf dem Rasenstück direkt vor den Fenstern aus. »Am besten fragst du Madame Lemonnier selbst.«

»Weißt du, als ich im kleinen Turm aus dem Dach zurückgeklettert bin und im runden Zimmerchen darunter überlegt habe, ob ich daraus ein Gäste-Kinderzimmer mache …«, Viviane zwinkerte seinem Schwiegervater und Demnächst-Opa zu, »da habe ich über die Reben zu euch Cherriots geblickt und überlegt, ob ich Maryse ein bisschen ablenken gehen sollte.«

Viviane neigte doch sonst nicht zum Herumfaseln.

»Und da erschien sozusagen ein Zeichen am Himmel«, seufzte sie mit engelsgleichem Timbre. »Schaut alle selbst.« Viviane zerrte so fest am Arm Francourts, dass er mit ihr nach draußen blicken musste.

»Lassen Sie mich sofort los.« Er schüttelte sie ab. »Das ist ja grotesk.«

Das Wort passte eher zum Geräusch, das sich auf einmal vernehmbar machte. Ein Brummen wie von einer riesigen Hummel, in das sich ein Sirren von Mauerseglern gemischt hatte.

»Woher kommt das?« Odette schlüpfte zwischen ihren Kunstobjekten und Krimskrams nach vorn.

»Von dort hinten.« Cherriot senior zielte mit der dicken Fernbedienung in den blauen Sommerhimmel. »Wir haben Glück mit der Reichweite.«

Er schwor auf Technik und machte alle Trends mit.

Etwas surrte hörbar näher. »Deine Weinbergdrohne?«

»Nicht meine, Cédric. Unsere steht schön brav in der Remise. Die dort oben gehört Monsieur Francourt.«

Cédric ahnte auf einmal, worauf Viviane hinauswollte.

Francourt hob wie angeekelt die Oberlippe. »Was beweist das? Ich habe meine geerbten Weinberge seit Jahren verpachtet. Ich verschaffe mir gern topographische Übersicht bei Planungen.«

»Die Drohne da oben ist aber ein besonderes Luxusteil.« Schwiegervater zielte mit der Fernbedienung darauf. »So eine haben wir im Verband getestet, als sie uns beigebracht haben, wie wir unsere Hänge filmen können. Für die Spritzmittelreduktion bei Laubkrankheiten und dergleichen.«

Drohnennutzung – noch so ein Kapitel der Weinbergsarbeit, das Cédric noch vor sich hatte.

Jetzt surrte das Fluggerät mit den vier Propellern leiser, weil es direkt über ihren Köpfen in der Luft anhielt.

»Von meinem Turmzimmer habe ich gestern eine bei

der Mühle Patou zwischen den Windflügeln durchsausen sehen. Mein erster Gedanke war, dass so der Täter den optimalen Rundgang zwischen den Kunstobjekten ausgetüftelt haben könnte. Mit einer Vogelschau. Bis ich verstanden habe, was diese Geräte heute leisten können.«

»Besonders die Luxusteile wie das da oben«, fügte sein Schwiegervater hinzu.

Odette zeigte auf die Drohne über ihnen. »Etwa mit den Kiefern dieses Plastikinsekts?«

Viviane schob sich in ihrem dunkelblauen Kostüm mit einer eleganten Hüftbewegung vor Francourt. »Ganz Lézy sprach von der Hausdurchsuchung, also bin ich hingefahren. Hätte ich dich dort gefunden, Cédric, hätte ich dir natürlich sofort meinen Verdacht ausgebreitet.« Sie drehte den Kopf. »Dafür war dein Co sehr aufgeschlossen für meine Theorie.«

Lacoste fuhr sich mit der Hand über den Nacken. »Na ja, Chef. Madame war beharrlich. Aber Amadou hat nur in die Hände geklatscht und gesagt: ›Da haben wir was Konkretes, da sucht es sich besser.‹«

»Und die Fernbedienung gibt Viviane recht.« Cherriot senior zeigte sie allen. »Die südkoreanische Drohne ist die teuerste am Markt.«

Viviane ließ ihren Blick von Francourts Hosen nach oben wandern. »Cédrics Kollegen und Kolleginnen fanden es doch sehr sonderbar, dass Sie als Architekt das leistungsfähigste Modell einer Weinbergdrohne besitzen, und wollten herausfinden, wo Sie das gute Stück geparkt haben.«

»Im Haus oder Büro haben wir es sofort versucht.« Lacoste kniete sich auf die Plane.

»Das Ding kam von der Scheune angeflogen.« Odette stemmte die Hände an die Hüften. »Die wird neu verputzt und ist eingerüstet, die Drohne kann nur auf dem Dach gestanden haben.«

»Und ich denke, ich weiß jetzt auch, wofür genau Monsieur Francourt die Drohne benutzt hat.« Lacoste straffte sich. »Sie erlauben, Chef?«

Cédric hatte Mühe, dass er die anflutende Welle von Indizien in seinem Kopf gebändigt bekam, und begriff es. »Nur zu.«

»Monsieur Cherriot, lassen Sie die Drohne bitte landen.«

Sein Schwiegervater schwenkte die Fernbedienung. Das Ding kam herunter wie eine Spinne, die Klammern als Beine. Die vier Propeller auf der Oberseite entschleunigten. Die Drohne senkte sich und landete halb auf der schwarzen Plane, halb auf dem Rasen. Das Surren lief aus.

Lacoste beugte sich zum Rand der Folie und schlug ihn um. Seine langen Finger zeigten auf hellere Stellen im Plastik. »Ich habe die Abdrücke ausgemessen.«

»Diese Luxusvariante ist für Nachteinsatz mit Infrarot ausgerüstet. Die Drohe kann auch Pakete transportieren oder Baumaterial. In Südkorea machen die das schon und …«

Viviane hieb seinem Schwiegervater den Ellenbogen in die Seite. Lacoste zerrte an der Folie. »Chef, überprüfen Sie es bitte selbst.«

Cédric eilte nach draußen.

Er hob die schwarze Drohne an, die für ihre sechzig mal sechzig Zentimeter erstaunlich leicht war. Er nahm die Folie an der Stelle in die Hand, an der sich ein längliches Oval mit Querrillen eingeprägt hatte. Er hielt den Abdruck an eine der Trageklammern der Drohne. »Passt genau.«

Viviane betrachtete die Folie einen Moment. »Francourt hat zwar mit Vellot die Champagnerflaschen aufgehängt, aber was ich immer noch nicht verstehe, wozu er sie überhaupt gebraucht hat?«

Cédric versetzte sich gedanklich in die Mordnacht. Eine Bildsequenz formte sich. Er konnte nur summen, was er imaginierte. »Schwarz. Schwarz wie die Nacht.«

»Er hat doch nicht getrunken. Oder benebeln einen deine Farben?« Cherriot senior reckte den Kopf.

Odette aber war verschwunden.

Lacoste stieß ihn an. »Chef?«

Cédric verschränkte die Arme vor Francourt. »Und ich kaute noch daran herum, wann genau der Täter den Leichnam von Clouet über die alte Bahnbrücke geschafft und unter der *Schwurhand* abgelegt hat. Denn Madame Ciboux bezeugt, dass sie auf ihrer nächtlichen Hundetour das Geräusch gehört hat, als die Draisine im Fluss versank. Allerdings liegt der Zeitpunkt unseren Ermittlungen zufolge vor dem Eintreffen von Vellot und Ihnen an der *Schwurhand*. Die Leiche hätte Ihnen beiden auffallen müssen. Wo aber befand der Tote sich also in der Zwischenzeit?«

Cédric hätte in jeder anderen Situation über die grübelnden Mienen von Viviane und Cherriot senior gelacht.

»Hätte der Täter den Leichnam zwischendurch abgelegt, hätten wir Spuren von Zweigen, Gräsern, Erde und dergleichen an Clouets Kleidern finden müssen, die nicht zum Fundort gehören. Die gab es aber nicht. Weil der Täter ihn eingepackt hat!«

Viviane deutete auf die schwarze Weinbergplane. »Damit etwa?«

»Genau.« Cédric hob den Zeigefinger. »Niemand anderer als Sie, Francourt, deckte die Leiche nach dem Transport über den Bahndamm zur *Schwurhand* sicherheitshalber noch damit ab. So hätten Sie sich notfalls, als Sie kurz darauf zusammen mit Vellot am Kunstwerk aufkreuzten, entsetzt zeigen können, falls Vellot die Leiche doch entdeckte. Die Nacht war mond- und sternenlos. Sie selbst sorgten dafür, dass kein Licht auf den ausgestreckten Leichnam fiel. Denn bei der Aktion leuchteten Sie nach eigener Aussage mit der Taschenlampe voraus. An der *Schwurhand* hielten Sie sie dann zwischen den Zähnen, während Sie Matthieu Vellot mit verschränkten Händen die Stütze für seinen Fuß gaben, damit er die Champagnerflasche anknüpfen konnte. Matthieu hat in der Dunkelheit gar nicht gesehen, dass Clouet bereits tot unweit seiner Füße lag. Mit dem angeblich zerrissenen, von Ihnen aber so präparierten Seil um dem Hals. Mit dem Sie Clouet erdrosselt haben, nachdem Sie ihn im lkw-Schuppen betäubt haben.«

»Und die Folie hat Francourt später in der Nacht einfach mit der Drohne abtransportiert«, ergänzte sein Schwiegervater. Er drückte auf die Fernbedienung. Die Tragekrallen griffen ins Nichts. »Nur dass die Fracht leider über dem Weinberg dahinten, wo Odette sie gefunden hat, abgestürzt ist.«

»Fehler Nummer drei. Sie, Francourt, haben die Drohne auf dem Dach Ihrer Scheune geparkt und sicherlich registriert, dass die Plane fehlte. Diese später zu holen, wäre aber viel zu verräterisch gewesen.«

»Was für ein kompletter Schwachsinn.« Francourt stemmte die rechte Hand in die Seite. »Zählen Sie lieber Ihre eigenen Fehler, Bresson. Dieses Ding kann jeder auf das Dach dirigiert oder abgestellt haben. Das Gerüst steht ja noch.«

Es würde sich kaum beweisen lassen, wo diese konkrete Drohne gekauft worden war. Wahrscheinlich irgendwo in der Pariser Banlieue bei einem der Hehler, die sogenannte Grauware unklaren Ursprungs gegen Bares vertickten und sich prinzipiell nie an ihre Kunden erinnerten.

Francourt zog sich die Ärmel des Anzugs gerade. »So leid es mir für Sie tut: Ich war es nicht. Eine Erpressung wegen der Präsidentschaft der Vigne d'Or? Das ist lächerlich. Warum, ich frage Sie noch einmal, sollte ich Clouet töten?«

Dessen Erpresserbrief stammte aus der Zeit viele Wochen vor der Wahl. Der Tote hatte etwas gewusst, was Francourt erst zum Verzicht auf die Kandidatur, aber dann sogar zum Mord getrieben hatte.

Aber noch etwas lag ebenfalls so weit zurück: Francourts Scheidung.

Sie starrten ihn alle an und warteten auf seine Antwort. Francourt hielt das Kinn noch immer gereckt wie die Statue eines siegreichen Feldherrn auf einer *Place de la Victoire*. Viviane hatte die Hand unter ihre Brosche gelegt wie eine Königin. Sein Schwiegervater wog die Fernbedienung in der Hand.

Odette war noch immer verschwunden.

Und Lacoste starrte ihn an, lauernd wie früher die Kollegen in Paris, ob Spürnase auch diesmal die Fährte roch.

Ja, da war noch etwas. Es fühlte sich wie das Emportauchen an, wenn er beim Rafting in einem wilden Fluss gekentert war und sich an die Wasseroberfläche zurückkämpfte.

Sie alle standen vor dem Atelier, dessen weiß gestrichene kubische Form bei Lézys historischer Substanz so fremdartig war. So neu. Cédric machte einen Schritt von der Plane am Boden weg, drehte den Kopf zurück zu … Und auch die Zeit bewegte sich irgendwie rückwärts … Die Scheune hinter dem Atelier war vor einigen Monaten noch ziemlich heruntergekommen gewesen, halb zerfallen.

Und hatte gebrannt!

Cédric hörte den Kollegentratsch wie ein leises Echo. »Lacoste. Mein erstes Mittagessen mit dir und den Kollegen in der Grenouille bleue. Da hat Corinne etwas über die Scheune von Francourt gesagt.«

Lacoste kippte aus der Hocke mit den Knien auf die Plane. »Dass die Leute reden, Odette hätte sie angezündet.«

»Frechheit«, rief es aus dem Atelier. Odette tauchte auf und drehte sich vor den anderen. Auf ihrem Stirnband prangte eine Internetkamera. »An dem Tag war ich in Paris, das wisst ihr genau. Das ist amtlich.«

»Was machst du mit dem Ding auf dem Kopf?«, fragte Cédrics Schwiegervater.

»Ich videoblogge – live.«

Viviane griff sich an die Stirn. »Wenn ihre Regie so ist wie ihre Kunst …«

Odette stellte sich mitten auf die Plane vor Cédric. »Die Fuzzis von der Versicherung haben mich damals gelöchert, bis ich ihnen die Fotos von dem Workshop bei Bernard Coustin gezeigt habe.«

»Keine Sorge.« Cédric winkte ab. »Die Kollegin Corinne erzählte mir, Brandursache seien die alten Leitungen gewesen. Und Sie stellen sofort Ihre Kamera aus, Madame.«

»Ich denke nicht daran. Es herrscht Meinungsfreiheit in Frankreich.«

»Konfiszieren, Lacoste!« Cédric winkte ihn heran. »Sie haben auch Mitwirkungspflichten, Madame, wenn es um die Ermittlungen in einem Mordfall geht.«

»Bemühe dich nicht, Guy.« Odette riss sich Kamera samt Stirnband vom Kopf und warf beides Lacoste zu. »Brauche ich aber wieder.«

Francourt hielt sich gerade.

Cédric ging wieder um ihn herum. »Erinnern wir uns: Sylvain Clouet war Berater für Sicherheitskonzepte. Ihm ist zuzutrauen, dass er einen Verdacht geschöpft hatte.«

»Die Versicherung hat anstandslos bezahlt.« Francourt steckte die Hände in die Hosentaschen. »Fragen Sie ruhig nach.«

»Eher bezahlt aus Mangel an Beweisen. Denn es gab einen Verdacht, sonst hätte man Madame Hurtois nicht belästigt.«

»Ihr nächster professioneller Fehler, Bresson. Reine Mutmaßungen.«

»Ich erinnere mich an die Flammen in der Nacht«, sagte Viviane leise. »Vom Schloss aus konnte ich nicht genau erkennen, wo es brennt.«

»Du hast bei uns angerufen«, sagte sein Schwiegervater. »Maryse hatte mir an dem Abend das erste Mal von Cédric erzählt.«

»Und du warst alles andere als begeistert von einem Pariser Kommissar für deine Tochter. Wie ich, gebe ich zu.«

»Du siehst ja, wohin es geführt hat. Ich steuere fremde Drohnen, statt im Keller die Dosage zu regulieren.«

Herrje, machte das am Ende Maryse? Sie sollte doch gar nichts mehr tun. Er musste hier fertigwerden. »Was, wenn Sylvain Clouet in der Nacht Francourt selbst beobachtet hat, wie dieser Feuer an seiner Scheune legt?«

Francourt lachte frei heraus. »Noch eine blanke Spekulation.«

»Keineswegs. Madame Clouet hat erwähnt, dass ihr Mann vor ein paar Monaten ihr einen Anzug in die Hand gedrückt hatte, der nach Emmas Parfüm und Räucherkammer zugleich gerochen hatte.« Cédric streckte den Arm Richtung Scheune aus. »Und das spricht dafür, dass Sylvain nach einem Besuch bei seiner Geliebten das abgebrannte Gebäude inspiziert hat.«

»Noch eine reine Mutmaßung.« Francourt spuckte die Silben geradezu aus. »Bresson. Sie brauchen Beweise.«

Viviane stieß seinen Schwiegervater an.

Er hielt die Fernbedienung hoch. »Hier haben Sie Ihren Beweis, Monsieur. Die Drohne lässt sich nämlich nur mit der originalen steuern. Sie wissen ja wohl, wo Viviane und ich diese hier gefunden haben.« Viviane machte eine Verbeugung wie bei einem Barocktanz vor Francourt, der vor ihr zurückschrak.

Cédric hatte sich wohl verhört. »Du hast die beiden bei

der Hausdurchsuchung *mitmachen* lassen?« Ein Untersuchungsrichter würde …

»Lacoste wusste davon nichts, weil er mit der Sicherheitsabteilung des Herstellers in Paris telefonierte, aber Corinne. Sie ist die Tochter von Gustave aus Saint Félix. Sie kennt mich von«, Cédrics Schwiegervater hielt die Hände auf Kniehöhe an die Gummistiefel.

Viviane reichte ihm die Hand wie zum Tanz. »Sag's lieber schnell. Der arme Monsieur Francourt langweilt sich sonst.«

Schwiegervater hob zwei aneinandergelegte Finger und legte sie an die Schläfe wie zum Gruß. »Wir haben die Steuerung in Ihrem Büro gefunden.«

Viviane machte so etwas wie Tanzschritte auf der Plane. »Interessanterweise war sie versteckt *in* einem Architekturbildband.«

Odette hielt sich die Hand hinters Ohr. »In?«

Schwiegervater grinste wie bei einer Rechnung, in der der Lieferant einen fetten Posten vergessen hatte. »Du hast richtig gehört: in ausgehöhlten Seiten.«

»Fragen wir doch mal den Herrn Architekten, warum er das Ding so verstecken muss, wenn es ganz harmlos ist?«, fragte Lacoste.

»Fehler Nummer vier«, sagte Cédric.

Francourt knurrte, holte mit dem rechten Arm aus und stieß Odette so gegen die Schulter, dass sie vor Cédrics Schwiegervater und Viviane auf der Plane zu Boden ging. Die beiden stolperten rückwärts gegen Lacoste.

Cédric hörte nicht, was sie riefen, er spurtete Francourt hinterher, der geradezu akrobatisch um alle herumsprang bis zur Mauer, sein teures Fahrrad schnappte, darauf stieg und antrat.

Cédric wäre nach vorn gehechtet, leider hatte das Edelfahrrad keinen Gepäckträger, den er hätte packen können, um Francourt zurückzuhalten. Cédric rannte über den strapazierten Rasen hinterher.

Aber der Architekt war ein geübter Radfahrer und wich den ausgetretenen sandigen Stellen aus.

Meter für Meter gewann er Abstand.

Lacoste keuchte hinter Cédric. »Ich habe die Kollegen verständigt. Er kommt nicht weit.«

»Fangen müssen wir ihn trotzdem!«

31

Sirenen von Polizeiwagen dröhnten hinter ihnen zwischen den Häusern von Lézy-le-Sec und den Hang herauf. »Wo will er verdammt noch mal hin?« Lacoste keuchte vom Dauerlauf.

»Zum alten Couvent? Vielleicht hat er dort einen Fluchtwagen geparkt.«

So weit weg war unwahrscheinlich.

Hunde kläfften böse, nur dreißig Meter weg, wo der Pfad auf die Kreuzung an der Schlehenhecke stieß.

»Tiff, fass!«, rief Hélène Ciboux.

Ein Schmerzensschrei Francourts.

»Hélènes Labrador.« Lacoste verlangsamte und blieb stehen.

Etwas krachte metallisch, wahrscheinlich das Fahrrad, auf etwas hartes, wahrscheinlich den Asphalt.

»Chef, den Hunden entkommt keiner.«

Cédric ging auch der Atem aus. Sie gingen schnaufend die letzten Meter nebeneinanderher.

Tiff, Gernot und Nounou sprangen gegen Francourt, der sich mit ausgestreckten Armen wehrte, mit den Beinen ausholte und nach den Tieren trat. Aber drei waren zu viele.

Der große schwarze Labrador warf sich mit seinem ganzen Gewicht gegen die Körpermitte, als wäre er darauf trainiert worden, elegant und um seine Wirkung wissend. Francourt ging zu Boden, Tiff packte ihn mit der Schnauze an der Kehle. Der Schäferhund Gernot fasste einen Fuß und die kleine Nounou ein Handgelenk.

Hélène Ciboux stand, eine Leine in der Hand, wie die Jagdgöttin Diana hinter ihren Tieren.

Mit einem Labradorgebiss an der Kehle hätte Cédric auch geschwiegen.

»War doch gut, dass ich mich gleich auf den Weg gemacht habe, als Odettes Videoblog zusammengebrochen ist. Was soll ich mit ihm machen, Bresson?«

Hélène als heimlicher Odette-Fan. Oh Lézy, ob ihr euch liebt oder hasst – Hauptsache, es war was los. »Warten wir, bis Lacoste ihm die Handschellen angelegt hat.«

Es klickte schnell.

»Aus, Tiff, aus.«

Die Hunde zogen sich zurück. Lacoste half Francourt beim Aufstehen.

Hinter ihnen erschienen auf dem Weinbergpfad Viviane, Cédrics Schwiegervater und Odette.

Der Dienstwagen der Kollegen kam von Lézy hochgerast und hielt, die Sirene ebbte ab. Amadou stieg aus. Und mit ihm Matthieu Vellot. »Der Untersuchungsrichter lässt ihn sowieso nachher frei«, rief der Kollege übers Wagendach.

»Sichert die Straße.«

Matthieu Vellot ging oder besser wankte auf Francourt zu. Cédric trat ihm aber nur halb in den Weg, weil Tränen in dessen Augen glitzerten. Hélène zog die Hunde hinter sich zurück, die sich auch brav ablegten.

»Und ich habe geglaubt, du hilfst mir bei einer verrückten Idee.«

Matthieu wischte sich mit dem Handrücken über Mund und Nase. »Einer Aktion wie früher. Wenn wir Lézy aufgemischt haben. Ein paar aufgeblasenen Leuten die Luft rauslassen. Das war doch die Idee.«

»Halt den Rand.«

»Du hast mich benutzt, Paul, von Anfang an.« Matthieu schloss für einen Moment die Augen. »Du hast immer wieder die Rede darauf gebracht, wie gut ich Flaschen sabrieren kann. Und wie man es machen könnte. Und ich Idiot habe geglaubt, ich komme selber drauf.«

Francourt ruderte mit den Armen vor dem Bauch, weil ihn die Handschellen behinderten.

»Du hast darauf bestanden, dass ich die Flasche am Soldatenmonument allein aufhänge und wir uns an der *Belle-mère* treffen.« Matthieu wurde lauter. »Du hast darauf bestanden, dass wir uns schwarz anziehen, Rucksäcke mitnehmen und uns unter der Pont Neuf die Klamotten vom Abend wieder anziehen und darin bei Chantal auflaufen. Du wolltest, dass ich das alles bei mir unter Altholz verbrenne, damit die Polizei bei dir keine Spuren finden kann.« Matthieus Stimme überschlug sich. »Dabei wusstest du, dass auf dem Dach von Fayences Mancy Kameras installiert sind. Du wolltest mir den Mord unterschieben!«

»Matthieu. Immer nur Opfer.« Francourt keuchte. »Du schiebst deinen eigenen Anteil bloß weg. Wie immer. Die erste Frau weg? Schuld ist der Kerl aus Châlons. Weingut halb pleite, Schuld ist der Staat mit den hohen Steuern. Die Schwester Emma wird die Maitresse von Arschloch Clouet? Schuld ist das viele Geld, das er hat. Nie hast du einen Anteil an irgendwas.«

Matthieu holte aus, Cédric sprang dazwischen, aber die Faust sauste schon auf Francourts Nasenbein. Es knackte mehr, als dass es knirschte.

Der Schmerzenslaut war dumpf, ging unter im Hundegebell, das über sie alle hereinbrach. »Jetzt ist aber Schluss.« Cédric zerrte Matthieu weg, machte Lacoste und Amadou Zeichen, die beisprangen und Francourt zwischen sich nahmen.

Über ihnen röhrte etwas im Himmel, wurde rasch lauter. Keine Drohnen, ein Helikopter flog schnell aus westlicher Richtung heran.

»Wer hat Paris informiert?«

Lacoste und Amadou schüttelten die Köpfe.

Odette zuckte mit den Schultern. »Mein Videoblog?«

»Unsinn.« Viviane trat zu Cédric heran. »Ich habe Theuilly-Bazet vorhin noch aus dem Architektenbüro angerufen.«

»Das erklärt aber nicht, warum sich so ein Verwaltungsfürst gleich die Mühe macht und herkommt«, sagte Cédrics Schwiegervater.

Cédric schaute nach oben. Der Ausstieg am Helikopter öffnete sich. Wenn seine Augen ihn nicht täuschten, war es tatsächlich der Chef de cabinet. Aus der Luke wurde ein Kran ausgeschwenkt. Er klinkte selber eine Bergungshose daran, zog sie bei und fädelte mit den Beinen ein. Die Geschwindigkeit musste man trainiert haben.

»Militärs bleiben Militärs. Das ist das ganze Geheimnis.«

An der Seilwinde sackte Theuilly-Bazet rasend schnell nach unten. Der Aufprall war hörbar hart. Die Bergungshose sackte auf den Asphalt.

Theuilly-Bazet stöhnte leise, stieg aber aus der Halte-vorrichtung. Der zerknitterte Anzug schien ihm egal, er zog nicht mal die Falten in den Ärmeln glatt, sondern betrachtete sie alle reihum.

»Ich muss mich bei Ihnen bedanken, Bresson.«

Der Staatssekretär beugte sogar seinen Nacken mehr als zu einem kleinen Nicken. Früher hätten die neidi-schen Kollegen daraus gelesen, dass er schon im nächsten Monat befördert werden würde. Früher hätte Cédric mit sich kämpfen müssen, dass er nicht stolz grinste wie der letzte Depp, der vier Richtige im Lotto gewonnen hatte.

Aber jetzt?

Theuilly-Bazet wandte sich um zu Francourt, dem aus der Nase Blut auf das Hemd rann. Amadou wischte es ihm gerade mit spitzen Fingern mit einem Papiertaschen-tuch ab.

Der Staatssekretär trat bis auf Handbreite an ihn heran, die Ellenbogen fuhren an seinen Seiten zurück, die Fäuste ballten sich, die Knie federten ein wenig, als spränge er ihm gleich an die Gurgel.

Der Architekt wich mit dem ganzen Körper zurück, aber Lacoste blockte ihn mit der Schulter von hinten.

»Sie also …« Theuilly-Bazets Kiefer zuckten, nur kurz, unter Hochspannung kontrolliert, von einem eisernen Willen, doch sein Gesicht verzerrte sich für ein, zwei Sekunden wie in einem Horrorfilm. Er beugte sich ganz langsam zu Francourts Ohr und zeigte Zähne, als wollte er es abbeißen.

»Sylvain hat mir damals im Tschad das Leben geret-tet, als die Botschaft evakuiert werden musste. Ohne ihn wäre ich bei den Aufständischen in Geiselhaft verreckt.«

Nur Cédric, Lacoste und Amadou standen nahe genug und konnten es hören.

»Sie werden nie wieder einen Fuß in die Freiheit setzen«, flüsterte Theuilly-Bazet. »Selbst wenn man Sie irgendwann in die Freiheit entlassen sollte, werden Sie keinen Tag *in Frieden* leben. Dafür sorge ich.«

Theuilly-Bazet trat zurück, mit einem Gesichtsausdruck wie vor einem Haufen verfaulten Fleischs. »Verlassen Sie sich darauf.«

Francourt schnaubte irgendwas und spuckte Blut, aber zur Seite, vor Amadous Füße.

Cédric gab einen Wink mit dem Kinn.

»Ab geht's.« Lacoste zerrte den Architekten Richtung Dienstwagen, der die Straße nach Lézy blockierte.

Theuilly-Bazet reichte Viviane die Hand. »Madame, ich habe Ihre Unterstützung sehr geschätzt.«

Sie winkte mit einer eleganten Bewegung aus dem Handgelenk ab. Viviane hatte selten Prinzessinnen gespielt, eher Damen mit Geheimnis. Dennoch reichte sie ihm huldvoll die Hand. »Mord hat keinen Platz in Lézy-le-Sec.« Ihr Blick richtete sich auf Cédric. »Einen Wunsch sollte der leitende Commissaire dafür frei haben, finden Sie nicht auch?«

»Dass Bresson befördert wird, steht außer Frage.«

Eine Sekunde war es ihm, dass sie seine Gedanken mitlas. *Ich will nicht rauf auf der Karriereleiter, selbst wenn ich stolz bin, dass ich es wieder mal geschafft habe. Ich will davon runter und lieber als Winzer zeigen, was ich draufhabe.* Viviane lächelte.

»Das meine ich nicht«, sagte sie.

»*Non*, Monsieur, *oui*, Madame. Wie lange soll das hier

noch gehen? Ich bin ja von dem Hubschrauber da oben schon ganz taub.« Sein Schwiegervater reckte die Arme in die Höhe. »Vier Tage hat unser Cédric gebraucht, den Kerl zur Strecke zu bringen, und nebenbei noch einen Gärtank vor der Explosion gerettet und tausend Flaschen Champagner zum Versand geschafft. Davon, dass seine Frau hochschwanger ist und er auch noch meine Tochter gehätschelt und ihre Launen ertragen hat, will ich gar nicht reden. Darauf bin ich stolz. Nun fragen Sie ihn endlich mal direkt, Monsieur Innenministerium, was *er* möchte!«

Sein Schwiegervater hasste Pariser Getue. Odette klatschte in die Hände. Die Hunde bellten. Und Theuilly-Bazet lachte mit Viviane.

»Also, Bresson?«

Cédrics Diensthandy klingelte, aber nicht mit dem üblichen Gepiepe, sondern mit dem Harfenklang, den er für die wichtigste Nummer eingerichtet hatte. *Maryse* blinkte über dem pulsenden grünen Hörer.

»*Chérie*?«

»Es ist so weit.« Sie war völlig außer Atem. »Einer von euch muss mich jetzt ins *hôpital* bringen. Papa oder du.«

»Ich! Wer sonst? Ich brauche drei Minuten.«

Sein Schwiegervater rannte schon voraus. »Komm, der Wagen ist startklar, die gepackte Tasche steht auf dem Rücksitz.«

Cédric warf Lacoste das Diensthandy zu. Der schnappte es gerade noch so mit der Linken knapp über dem Asphalt. Ins Hundegebell und Helikoptergebrumm rief Cédric: »Die Beförderung ist schon okay, aber stellen Sie mich endgültig vom Dienst frei! Ich kümmere mich

jetzt um den nächsten Jahrgang Cherriot …« Cédric musste lächeln, weil Theuilly-Bazet und Viviane gleichzeitig mit dem Handrücken winkten, und rannte davon.
»Auf die nächste Generation bei Champagnes Cherriot-Bresson müssen wir bestimmt nicht lange warten, so wie ich Maryse kenne!«

17 Monate später …

Papa Cédric hat uns jetzt am Hals,
Maman Maryse schläft im Stehen,
aber sie sind verrückt nach uns!
Louise und Constantin

Zwei Quart-Flaschen von Champagnes Cherriot-Bresson schmückten die Karte. Auf den Etiketten prangten die rosigen Gesichter des Zwillingspärchens. Humor hatte Bresson, das musste er der Spürnase lassen.

Theuilly-Bazet schob den Aktenordner auf dem Louis-xiv-Schreibtisch im Ministerbüro von sich weg.

Die Geheimnisse der République galt es zu wahren. Er suchte Bressons Nummer aus dem Verzeichnis.

Leider würde er sein Versprechen nicht halten können, ein paar Monate alte Zwillinge hin oder her. Die Schatten der Vergangenheit duldeten keine Rücksicht. Er brauchte den Besten.

Der Ruf ging durch …

Carlo Feber

Carlo Feber studierte Politische Wissenschaften an der FU Berlin und am Institut d'études politiques de Paris. Bevor er sich ganz seiner Liebe zur Literatur widmete, war er als Arbeitswissenschaftler bei der Fraunhofer Gesellschaft und als Projektmanager in einer Berliner Medienagentur tätig. Seit 1995 schreibt er Kriminal- und Historische Romane unter verschiedenen Pseudonymen und gibt Creative-Writing-Seminare. Als 65er-Jahrgang aus dem »Weinland Pfalz« hatte Carlo Feber schon immer einen Gaumen für gute Weine. Auf einer Reise durch die Champagne – während der er seine Leidenschaft für Champagne demi-sec entdeckte – kam ihm die Idee für Cédric Bressons ersten Fall.

KAMPA VERLAG

Alex Lépic
Lacroix und der blinde Buchhändler
von Notre-Dame
Sein fünfter Fall
Kriminalroman

Commissaire Lacroix in der Welt der Bouquinistes –
der lebenden und der toten.

Nicht nur Touristen lieben die Bouquinistes, deren grüne
Klappkästen voller Bücher die Pariser Seineufer schmücken. Auch Commissaire Lacroix nutzt das herrliche
Frühlingswetter, um nach dem *déjeuner* an den Verkaufs-
ständen entlangzuschlendern. Aber muss der alte Mann
mit der dunklen Brille ihm ausgerechnet einen Maigret-
Roman empfehlen – wo doch jeder weiß, dass Lacroix
seinen Spitznamen nicht leiden kann? Erst später begreift
der Commissaire: Das war der berühmte blinde Buchhändler Hugo, der die literarischen Vorlieben seiner Kunden allein am Geräusch ihrer Schritte erkennt. Er wollte
Lacroix nicht provozieren, sondern ihm lediglich ein gutes Buch empfehlen. Ein wenig beschämt kehrt Lacroix
ins Kommissariat zurück, wo ihn der Chef der Pariser
Kriminalpolizei erwartet: Ein junger Mann – auch er ein
Bouquiniste – wurde tot aus der Seine geborgen, und seine
Freundin ist von einem Verbrechen überzeugt.

»Hochspannung mit französischem Flair.«
Ulli Wagner / Saarländischer Rundfunk

Kampa Krimi

Inspector Gamache
Three Pines in Québec (Kanada)

Eine Autostunde von Montréal entfernt, an der Grenze zu Vermont, liegt Three Pines, mitten in den Wäldern versteckt, sodass es auf keiner Landkarte zu finden ist. In dem idyllischen Dorf gibt es alles, was das Herz begehrt: eine Bäckerei, eine Pension, einen Krämerladen, ja sogar eine Buchhandlung. Aber ohne die Bewohner mit ihren Ecken und Kanten wäre Three Pines nicht komplett. Einer von ihnen ist Armand Gamache, der sich hier am Wochenende von seiner aufreibenden Arbeit erholt. Unter der Woche wohnt er in Montréal, wo er es vom einfachen Inspector bis zum Chief Superintendent der Sûreté du Québec, dem obersten Polizeichef, geschafft hat. Und das, obwohl er immer einfühlsam ist, gute Manieren hat und selten die Contenance verliert. Gamache ist ein Kommissar zum Verlieben ... Nur leider ist er schon vergeben: Seit über 30 Jahren ist er mit Reine-Marie verheiratet.

400 Seiten | Klappenbroschur
€ (D) 17,90 | sFr 24,50 | € (A) 18,40
ISBN 978 3 311 12006 3

LOUISE PENNY
Das Dorf in den roten Wäldern
DER ERSTE FALL FÜR GAMACHE

Der erste Fall

**13 Fälle
bereits erschienen**

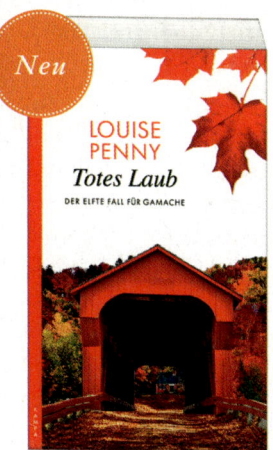

Neu

LOUISE PENNY
Totes Laub
DER ELFTE FALL FÜR GAMACHE

ca. 448 Seiten | Klappenbroschur
ca. € (D) 18,90 | ca. sFr 25,50 | ca. € (A) 19,40
ISBN 978 3 311 12032 2

Seit einem Jahr genießt Armand
Gamache, ehemaliger Chief
Inspector der Sûreté du Québec,
seinen vorzeitigen Ruhestand in
Three Pines, als man ihm den
Posten des Chief Superintendent
anbietet. Gamache hat eigentlich
nicht vor, den Dienst wieder
aufzunehmen, aber kann er die
Füße stillhalten? Zumal eines
Nachmittags ein neunjähriger
Junge tot im Straßengraben
gefunden wird. Scheinbar ein
Fahrradunfall, aber Gamache hat
daran so seine Zweifel. Der Junge
mit der blühenden Phantasie war
erst am Vortag mit der wahn-
witzigen Geschichte über eine
riesige Kanone und ein Monster
im Wald in Oliviers Bistro ge-
platzt. Was steckt dahinter?

SPIEGEL-
Bestseller

LOUISE PENNY
Heimliche Fährten
DER SECHSTE FALL
FÜR GAMACHE

LOUISE PENNY
*Bei Sonnen-
aufgang*
DER SIEBTE FALL
FÜR GAMACHE

LOUISE PENNY
*Unter dem
Ahorn*
DER ACHTE FALL
FÜR GAMACHE

LOUISE PENNY
*Der vermisste
Weihnachtsgast*
DER NEUNTE FALL
FÜR GAMACHE

LOUISE PENNY
*Wo die Spuren
aufhören*
DER ZEHNTE FALL
FÜR GAMACHE

Simon Serrailler

Inspector in Lafferton (Südengland)

Im südenglischen Städtchen Lafferton ticken die Uhren langsamer als im nahe gelegenen London: Alles ist noch persönlicher, traditioneller. Niemals würde Simon Serrailler in die Hauptstadt wechseln, obwohl der sympathische Chief Inspector, der in seiner Freizeit liest und malt, eine rekordverdächtige Erfolgsquote hat. Aber das hat seinen Preis, denn so mühelos er seine Fälle löst, so kompliziert ist Serraillers Verhältnis zu seiner Schwester, zu seinem Vater und zu den Frauen. In *Schattenrisse*, dem ersten Fall, ermittelt er gemeinsam mit einer jungen Kollegin, die sich in ihn verliebt. Aber nicht nur der berufliche Stress bedroht die Beziehung …

Der erste Fall

SUSAN HILL

Schattenrisse
DER ERSTE FALL FÜR
INSPECTOR SERRAILLER

SUSAN HILL

Herzstiche
DER ZWEITE FALL FÜR
INSPECTOR SERRAILLER

560 Seiten | Klappenbroschur
€ (D) 18,90 | sFr 25,50 | € (A) 19,40
ISBN 978 3 311 12018 6

464 Seiten | Klappenbroschur
ca. € (D) 18,90 | ca. sFr 25,50 | ca. € (A) 19,40
ISBN 978 3 311 12022 3

Eduard »Ed« Koch
Kommissar auf Sylt

Eduard Koch liebt sein Sylt. Lieber bleibt er in der ungewöhnlichen Hausgemeinschaft mit seiner Ex-Frau und ihrem neuen Freund wohnen, als die Insel zu verlassen – denn auf Sylt eine bezahlbare Bleibe zu finden, ist nahezu unmöglich. Immerhin ist er so noch eine Weile bei seinen Kindern, bis diese zum Studium aufs Festland ziehen. Heimlich schwärmt Ed für Elsa, seine Chefin bei der Westerländer Polizei, und in seinem neuen Fall ermittelt er endlich an ihrer Seite: Wochen vor dem traditionellen Sylter Biikebrennen hat jemand ein Reetdachhaus angezündet – und es bleibt nicht bei dieser einen Brandstiftung. Auch bei seiner Jagd auf den Feuerteufel bekommt Ed es mit der angespannten Immobilienlage auf Sylt zu tun.

256 Seiten | Klappenbroschur
ca. € (D) 16,90 | ca. sFr 21,90 | ca. € (A) 17,40
ISBN 978 3 311 12045 2

Der erste Fall

MAX ZIEGLER

Sylter Flammenmeer

DER ERSTE FALL FÜR ED KOCH

Marco Pellegrini
Commissario am Lago di Como

Commissario Pellegrini ermittelt am Lago di Como – da, wo andere Ferien machen. Er wäre selbst fast Hotelier geworden, ist dann aber doch zur Polizia di Stato gegangen, statt in das Familienunternehmen einzusteigen. Ohne Espresso löst er keinen Fall, und die Kaffeemaschine bedient er mindestens so gut wie seine Dienstwaffe. Pellegrini ist kein George Clooney, macht aber immer eine *bella figura* – ob in Uniform oder in Zivil. In seinem ersten Fall muss Pellegrini den Mord an einem Studenten aufklären, der erwürgt in seiner völlig verwüsteten Wohnung aufgefunden wurde. Schnell zeigt sich, dass der Tote über außerordentlich viel Geld verfügte. Musste er deswegen sterben?

240 Seiten | Klappenbroschur
€ (D) 14,90 | sFr 19,90 | € (A) 15,30
ISBN 978 3 311 12005 6

DINO MINARDI

Ein Espresso für den Commissario
PELLEGRINIS ERSTER FALL

Der erste Fall

> »Wunderschönes italienisches Flair, Atmosphäre
> und ein sehr sympathischer Commissario.«
> *Cornelia Hüppe / RBB*

256 Seiten | Klappenbroschur
€ (D) 14,90 | sFr 19,90 | € (A) 15,30
ISBN 978 3 311 12010 0

272 Seiten | Klappenbroschur
€ (D) 14,90 | sFr 19,90 | € (A) 15,30
ISBN 978 3 311 12027 8

Ein toter Carabiniere ist Angelegenheit der Carabinieri. Marco Pellegrini von der Polizia di Stato darf nicht ermitteln. Und das, obwohl er den Mann kannte. Salvatore Bianchi, vierzig Jahre im Dienst in Brunate, wurde von der Standseilbahn überrollt, die Touristen und Einheimische in das Dorf befördert. Zwar ist Pellegrini von den Ermittlungen ausgeschlossen, aber dass er in der Bar della funicolare Augen und Ohren offen hält, kann ihm niemand verbieten. Zufällig liegt die Bar nur wenige Meter vom Fundort der Leiche entfernt, und bei einem *caffè* gerät so mancher ins Plaudern.

Als sein bester Freund Luca tödlich verunglückte, wollte Marco Pellegrini die gut gemeinten Ratschläge seiner Familie und Freunde nicht hören. Der Mann, den er sein ganzes Leben lang gekannt hat, mit dem er aufgewachsen ist, soll in Drogengeschäfte verstrickt gewesen sein. Hat Pellegrini sich so in Luca getäuscht? Sieben Jahre später wird der Fall neu aufgerollt. Plötzlich geht es nicht mehr nur um Drogenhandel, von Zwangsprostitution, ja von Mord ist die Rede. Pellegrini wird Zeuge in einem Fall, der viel bedeutsamer ist, als er für möglich gehalten hat.

Massimo Capaul
Engadin in der Schweiz

Der verschrobene Massimo Capaul hat gerade die Polizeiausbildung abgeschlossen, als er seine erste Stelle antritt. Nicht nur die ungewohnte Höhe bereitet ihm Kopfschmerzen, auch die Sprache und die Mentalität der Oberengadiner sind ihm fremd. Was Capaul bei seinen Ermittlungen hilft: Er wird leicht unterschätzt. Und als beste Waffe erweisen sich seine großen braunen Kuhaugen, die Vertrauen erwecken und denen nichts verborgen bleibt. Kaum im Engadin angekommen, muss Massimo Capaul zu seinem ersten Einsatz: In Zuoz brennt eine Scheune, und nur wenig später stirbt ihr Besitzer.

Der erste Fall

GIAN MARIA CALONDER

Engadiner Abgründe

EIN MORD FÜR MASSIMO CAPAUL

224 Seiten | Klappenbroschur
€ (D) 15,90 | sFr 19,90 | € (A) 16,40
ISBN 978-3-311-12003-2

»Sämtliche Bände haben ein Abonnement
in den Schweizer Bestsellerlisten.«
Jürg Zbinden / NZZ am Sonntag

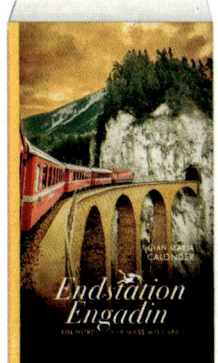

208 S. | € (D) 15,90 | sFr 19,90 | € (A) 16,40
ISBN 978 3 311 12009 4

Capaul macht einen Ausflug im
Zug durch das Engadin: 144
Brücken, 42 Tunnel gibt es zu
entdecken – und zwei Morde
aufzuklären.

192 S. | € (D) 15,90 | sFr 19,90 | € (A) 16,40
ISBN 978 3 311 12015 5

Doppellader, Schrot und Patro-
nen – unter Jagdgesellen kann es
gefährlich werden.

192 S. | € (D) 15,90 | sFr 19,90 | € (A) 16,40
ISBN 978 3 311 12039 1

Herzrasen im Engadin – aber
nicht die Höhenluft, sondern ein
Beziehungsdrama ist schuld.

128 S. | € (D) 14,90 | sFr 19,90 | € (A) 15,30
ISBN 978 3 311 12043 8

Weihnachten im Engadin. Tief-
blauer Himmel, schneeweiße
Berge – aber kein friedliches Fest.

Die Realität ist immer noch schlimmer.

224 S. | € (D) 16,90 | sFr 19,90 | € (A) 17,40
ISBN 978 3 311 12038 4

Wer tut so etwas? Eine unbegreifliche Tat. Ein verstörendes Protokoll. Ein Roman, der auf wahren Begebenheiten basiert.

Ein Fall für Landjäger Caminada

336 S. | € (D) 16,90 | sFr 19,90 | € (A) 17,40
ISBN 978 3 311 12040 7

Chur 1952: Seltsame Morde erschüttern den Ort. Und der Teufel, der am Werk war, muss auch ein Künstler sein.

Zwei hässliche Morde in der Bergidylle

SCHWEIZ-KRIMIS

400 S. | € (D) 18,90 | sFr 25,50
€ 19,40 | ISBN 978 3 311 12017 9

Kauz, Kriminaler a. D., zieht sich ins Walliser Goms zurück. Dort erwartet ihn eine Leiche, die an einem Balken baumelt.

Mord in einem verwunschenen Park

272 S. | € (D) 16,90 | sFr 19,90 | € (A) 17,40
ISBN 978 3 311 12025 4

Bei einer Hochzeit an einem der schönsten Orte des Tessins wird ein Mann getötet – ausgerechnet der Patenonkel der Braut.

Mina Settembre
Neapel

Gelsomina Settembre, Mina genannt, ist Sozialarbeiterin in einem der verkommensten Stadtteile Neapels. Sie selbst stammt aus besseren Verhältnissen, und so mancher wundert sich darüber, mit welcher Verve sich die »Lady« für die Armen und Kranken einsetzt. Nach dem Eheaus mit Claudio, einem distinguierten Richter, der ihr immer noch hinterhertrauert, ist die 42-Jährige eher widerwillig bei ihrer Mutter eingezogen. Doch es gibt einen Hoffnungsschimmer: den tollpatschigen, dafür umso attraktiveren Arzt Domenico. Wenn Domenico doch nur endlich in die Gänge käme … Unterdessen ist Claudio mit einem rätselhaften Fall befasst: Ein Serienmörder macht die Stadt unsicher, nach jedem seiner Morde findet man eine Vase mit zwölf Rosen am Tatort, einige verblüht, andere frisch. Was Claudio nicht weiß: Mina bekommt nicht nur jeden Tag eine Rose, sondern hat eigene Ermittlungen aufgenommen.

288 Seiten | Gebunden mit Farbschnitt
€ (D) 17,90 | sFr 24,50 | € (A) 18,40
ISBN 978 3 311 12550 1

Commissaire Lacroix
Paris

Beim Spazierengehen kann Lacroix, Chef des Kommissariats im 5. Arrondissement in der Nähe von Notre-Dame, am besten nachdenken. Er liebt das alte Paris, die breiten Boulevards, die Ufer der Seine. Er ist ein Nostalgiker: Ein Handy kommt ihm nicht in die Manteltasche, er trägt Hut und raucht Pfeife, obwohl ihn sein enger Mitarbeiter, der Korse Paganelli, immer wieder ärgert, indem er ihn Maigret nennt. Lacroix' Methode ist genauso altmodisch: Er setzt auf Intuition und Menschenkenntnis. Die wichtigste Stütze in Lacroix' Leben ist seine Frau, auch wenn sie selbst Karriere macht als Bürgermeisterin im schicken 7. Arrondissement. Sein erster Fall führt Lacroix an die Ufer der Seine: In drei aufeinanderfolgenden Nächten wurden drei tote Clochards unter dem Pont Neuf gefunden.

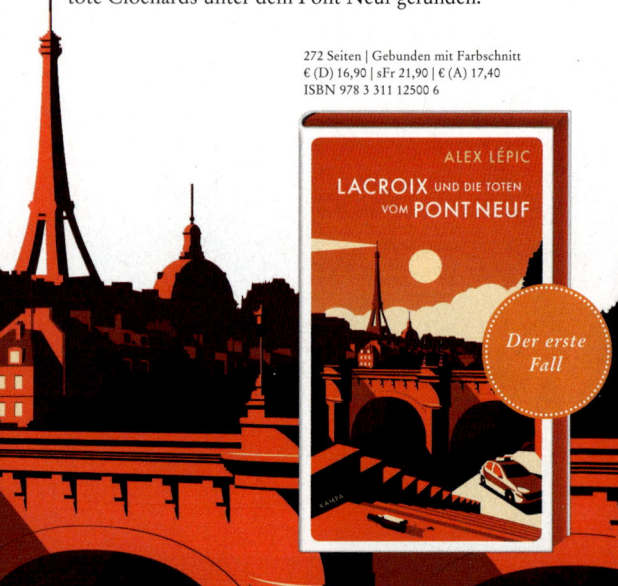

272 Seiten | Gebunden mit Farbschnitt
€ (D) 16,90 | sFr 21,90 | € (A) 17,40
ISBN 978 3 311 12500 6

ALEX LÉPIC

LACROIX UND DIE TOTEN
VOM PONT NEUF

Der erste Fall

>»Dieser Lépic kann Romane schreiben! Kaum
ausgelesen, sehnt man sich nach dem nächsten!«
>*Andreas Wallentin / WDR*

208 S. | € (D) 16,90 | sFr 21,90 | € (A) 17,40
ISBN 978 3 311 12509 9

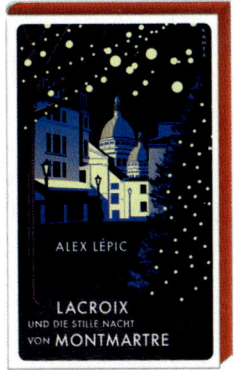

208 Seiten | € (D) 12,– | sFr 16,50 | € (A) 12,30
ISBN 978 3 311 15036 7

Das beste Baguette der Stadt
und ein erschlagener Bäcker-
meister: Commissaire Lacroix'
zweiter Fall.

Weiße Weihnachten in Paris,
doch vor Heiligabend muss
Lacroix noch einen vermeint-
lichen Weihnachtshasser fassen,
der sein Unwesen treibt.

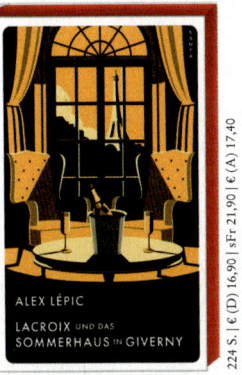

224 S. | € (D) 16,90 | sFr 21,90 | € (A) 17,40
ISBN 978 3 311 12540 2

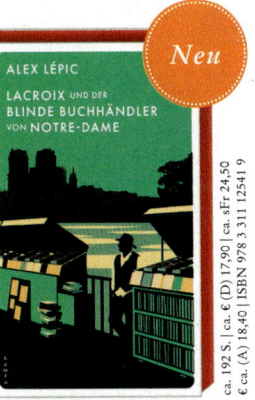

Neu

ca. 192 S. | € (D) 17,90 | ca. sFr 24,50
€ ca. (A) 18,40 | ISBN 978 3 311 12541 9

Eine Grande Dame aus Paris,
ein Sommerfest in der Norman-
die und ein kleines Döschen mit
Arsen ...

Commissaire Lacroix in der Welt
der Bouquinistes – der lebenden
und der toten.

Renée Ballard
Police Detective in L.A.

Es gibt viele Orte, an denen man nachts in L.A. nicht sein möchte. Der schlimmste ist die Late Show, die berühmt-berüchtigte Nachtschicht des LAPD. Hier arbeitet im Hollywood Revier Renée Ballard. Sie stammt aus Hawaii, ist jung und ehrgeizig, nicht zuletzt weil ihr Vater schon Cop war. Ihr Chef hat sie in die Nachtschicht des LAPD verbannt, wo sie nach Schichtende jeden Fall abgeben muss. Was sie aber nicht tut. Besonders nicht, als sie einem korrupten Kollegen auf die Schliche kommt …

»Verblüffend, wie Michael Connelly sich von Mal zu Mal steigert. Jedes Buch ist besser als das vorige.«
Stephen King

Eine Polizistin auf einsamem Posten.

Aus zwei Einzelgängern wird ein Ermittlerduo.

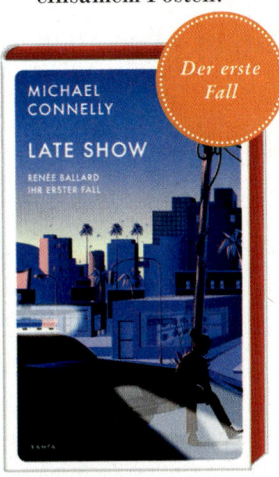

Der erste Fall

432 Seiten | Taschenbuch
€ (D) 13,– | sFr 18,– | € (A) 13,30
ISBN 978 3 311 15507 2

448 Seiten | Gebunden mit Farbschnitt
€ (D) 19,90 | sFr 26,90 | € (A) 20,50
ISBN 978 3 311 12536 5

Niemand im Police Department von L.A. arbeitet gern in der Nachtschicht. Auch Detective Ballard nicht – und sie tut es nicht freiwillig. Nachdem die junge Frau ihren Vorgesetzten wegen sexueller Nötigung angeklagt hat, ist sie in die Late Show strafversetzt worden. Zwei Fälle kann sie nicht vergessen: Eine Frau wurde halb tot auf dem Santa Monica Boulevard gefunden, und in derselben Nacht wurden in einem Club fünf Menschen erschossen. Renée beginnt auf eigene Faust zu ermitteln. Tagsüber. Wenn die Sonne über L.A. die Schattenseiten der Stadt so dunkel macht, als wäre es tiefste Nacht.

Als Renée Ballard in den frühen Morgenstunden von einem Routineeinsatz zurückkehrt, erwischt sie einen grauhaarigen Unbekannten mit Schnurrbart, der sich an den Aktenschränken zu schaffen macht. Der Mann ist kein Geringerer als Harry Bosch. Der pensionierte Detective hat versucht, die Akte der fünfzehnjährigen Prostituierten Daisy Clayton mitgehen zu lassen, deren Leiche vor neun Jahren in einem Müllcontainer gefunden wurde. Kurzerhand schmeißt Ballard den Ex-Ermittler raus – um wenig später zu erkennen, dass der Fall einen zweiten Blick lohnt und die beiden Ermittler gemeinsam viel erreichen können.

Kinny Glass
Polizeipsychologin in Jerusalem

Kein Wunder, dass Kinny Glass immer wieder zu laufenden Ermittlungen hinzugezogen wird: Die Jerusalemer Polizeipsychologin steht im Ruf, eine messerscharfe Analytikerin zu sein. Auch die politische Lage Israels beobachtet sie aufmerksam und mit einem feinen Gespür für die Sorgen und Nöte ihrer Landsleute. In Kinnys Privatleben geht es indes so turbulent zu wie nie: Tochter Mia nimmt ihr die Scheidung von Ariel übel, Kinnys Vater leidet unter der Säkularisierung seiner Familie, Nissim ist gleichzeitig ihr Kollege und Liebhaber, und ihrem Bruder, der in New York mit den Dämonen der Vergangenheit kämpft, kann sie nicht recht helfen. Als mitten im Lockdown die Knesset-Abgeordnete Ruchama Wacholder und ihr Mann auf offener Straße erschossen werden, zeigen sich nicht nur die gesellschaftlichen Probleme Israels in neuem Licht, sondern auch Kinnys persönliche.

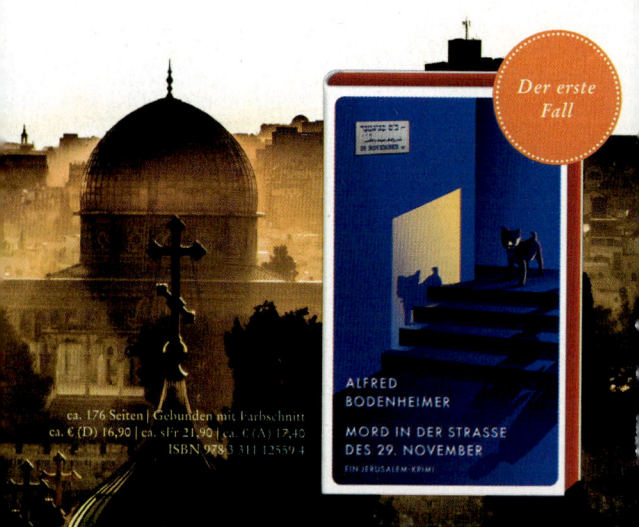

Der erste Fall

ALFRED BODENHEIMER

MORD IN DER STRASSE DES 29. NOVEMBER

EIN JERUSALEM-KRIMI

ca. 176 Seiten | Gebunden mit Farbschnitt
ca. € (D) 16,90 | ca. sFr 21,90 | ca. € (A) 17,40
ISBN 978 3 311 12559 4

Cédric Bresson
Ex-Kommissar in der Champagne

Dank seines Talents und Ehrgeizes hat Cédric Bresson sich bei der Pariser Kriminalpolizei schnell hochgearbeitet. Trotzdem zögert er nicht, seine Karriere an den Nagel zu hängen, als er die faszinierende Winzertochter Maryse kennenlernt. Bald nach der Heirat zieht er zu ihr in das beschauliche Dörfchen Lézy-le-Sec in der Champagne, um im traditionsreichen Champagnerhaus Cherriot mit einzusteigen. Doch sein Ruf als beste Spürnase von Paris holt ihn ein: Als in den Weinbergen die Leiche des mächtigen Präsidenten der Winzervereinigung Vigne d'Or gefunden wird, zwingt das Innenministerium Cédric, die Ermittlungen zu übernehmen. Wie er als werdender Vater und neben der Arbeit im Weingut einen Mord aufklären soll, ist ihm schleierhaft. Zum Glück bekommt er Unterstützung von Maryses Tante Viviane, einer ehemaligen Filmdiva, die die Ränkespiele hinter den Kulissen des Champagergeschäfts bestens kennt.

352 Seiten | Gebunden mit Farbschnitt
ca. € (D) 17,90 | ca. sFr 24,50 | ca. € (A) 18,40
ISBN 978-3-311-12555-6

CARLO FEBER

DER TOTE CHAMPAGNER-PRÄSIDENT

CÉDRIC BRESSONS ERSTER FALL

Der erste Fall

Illustration: © Alexey Lezdov

Jack McEvoy
Polizeireporter in Denver

Eigentlich wollte Jack McEvoy, nussbraune Augen, hellbraunes Haar, Bart und Brille, Schriftsteller werden, landete aber – nach einigen verbummelten Jahren in New York und Paris und einem Journalistik-Studium in Chicago – in der Medienbranche. Zurück in seiner Heimatstadt Denver wird er Polizeireporter bei den *Rocky Mountain News*. Der Tod ist sozusagen sein Ressort, und Jack McEvoy kennt die wichtigste Regel: Man darf ihn nie an sich heranlassen, man darf nicht zulassen, dass der Tod einem ins Gesicht atmet. Doch als sein Zwillingsbruder Sean, Detective bei der Mordkommission, ermordet wird, ändert sich alles. »Damals glaubte ich, etwas über den Tod zu wissen. Ich glaubte, über das Böse Bescheid zu wissen. Aber ich wusste überhaupt nichts.« In seinen drei Fällen kommt Jack McEvoy ihm dann doch gefährlich nahe, viel zu nahe: dem Tod in Gestalt eines Serienkillers.

MICHAEL CONNELLY

TÖDLICHES MUSTER

EIN NEUER FALL FÜR JACK MCEVOY

ca. 384 Seiten | Gebunden mit Farbschnitt
ca. € (D) 19,90 | ca. sFr 26,90 | ca. € (A) 20,50
ISBN 978 3 311 12554 9

»Der Beste unter den US-Thrillerautoren.«
Los Angeles Times

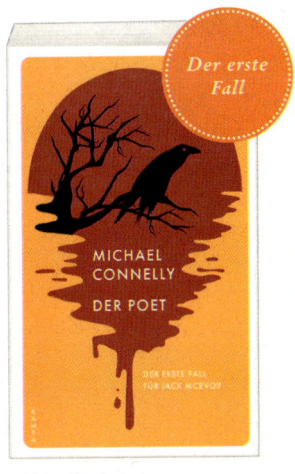

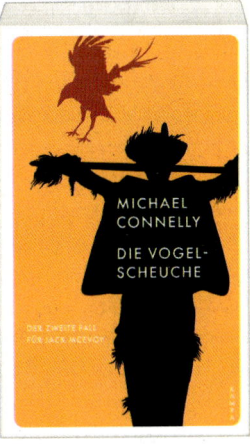

Der erste Fall

668 Seiten | Taschenbuch
ca. € (D) 15,– | ca. sFr 20,50 | ca. € (A) 15,40
ISBN 978 3 311 15517 1

ca. 464 Seiten | Taschenbuch
ca. € (D) 14,– | ca. sFr 19,– | ca. € (A) 14,40
ISBN 978 3 311 15518 8

Als Polizeireporter ist der Tod Jack McEvoys Ressort, doch diesmal geht es um seinen Zwillingsbruder Sean, Detective bei der Mordkommission. Er hat sich in seinem Auto erschossen, als Abschiedsbrief die Worte *Jenseits von Raum. Jenseits von Zeit* auf der Windschutzscheibe hinterlassen – ein Zitat von Edgar Allan Poe. Jack glaubt nicht an Selbstmord. Und er entdeckt, dass Sean nicht der einzige Polizist ist, der unter ungeklärten Umständen umgekommen ist – eine Mordserie, ist Jack sich sicher. Aber wer ist dieser »Poet«, der es vor allem auf Polizisten abgesehen hat? Was ist sein Motiv? Und wer wird das nächste Opfer sein?

Jack McEvoy ahnt schon, was ihm blüht, als er ins Büro seines Chefs bei der *L.A. Times* zitiert wird. Auch ihm wird aus Kostengründen bei der Zeitung gekündigt. Zwei Wochen darf er noch bleiben – um seine blutjunge Nachfolgerin Angela Cook einzuarbeiten. Jack willigt ein, denn er will noch einen letzten Scoop landen: Ein schwarzer Jugendlicher steht unter Verdacht, eine Tänzerin brutal ermordet zu haben. Doch McEvoy hält ihn für unschuldig, er glaubt, dass ein Serienkiller sein Unwesen treibt, der seine Opfer in Vogelscheuchen verwandelt.

Harry Bosch
Police Detective in L.A.

Harry Bosch ist Mordermittler des Los Angeles Police Department, wo er mit seiner ruppigen Art und seinem fehlenden
Teamspirit nicht selten aneckt. Er leidet unter Schlafstörungen
und Albträumen, trinkt Bier und raucht Kette. Und er arbeitet
viel zu viel. Den einzigen Luxus, den er sich gönnt: sein Haus in
den Hollywood Hills mit einem sensationellen Ausblick. Dort
hört er am liebsten Jazz, natürlich auf Vinyl, wenn er nach Feierabend Akten wälzt – immer auf der Suche nach einem Detail,
das er vielleicht übersehen hat, immer im Kampf für Gerechtigkeit. In *Schwarzes Echo* erkennt Bosch bei einem Routineeinsatz in einem toten Junkie einen ehemaligen Kameraden aus dem
Vietnamkrieg. Hat sich Billy Meadows wirklich den goldenen
Schuss gesetzt?

»Der beste Detective –
ever.« *Stephen King*

512 Seiten | Taschenbuch
€ (D) 13,– | sFr 18,– | € (A) 13,30
ISBN 978 3 311 15508 9

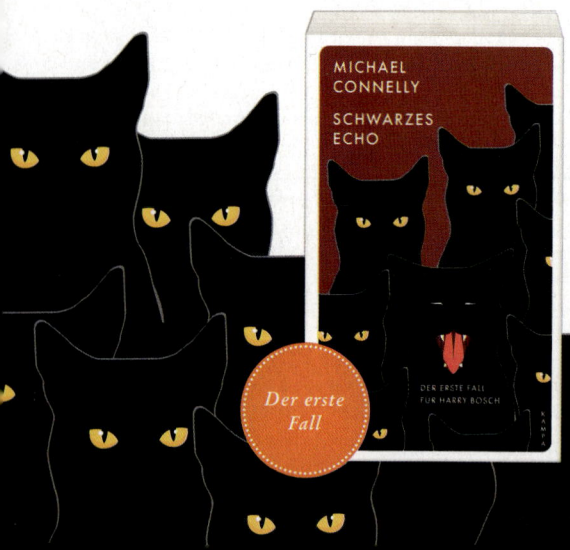

Illustration: © Envato, Black Cats Pattern

»Ein Ermittler mit Seele, mit Abgründen, dessen
private Geschichte den Gang der Ermittlungen prägt.«
Brigitte

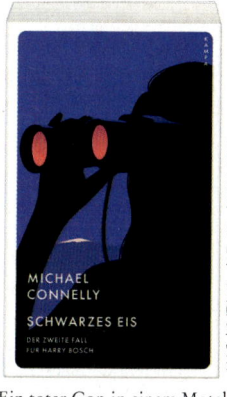

464 S. | € (D) 13,– | sFr 18,– | € (A) 13,30
ISBN 978 3 311 15512 6

Ein toter Cop in einem Motel.
Bosch glaubt nicht an Selbstmord: Der Cop ermittelte wegen
der Modedroge »Schwarzes Eis«.

558 S. | € (D) 14,– | sFr 19,– | € (A) 14,40
ISBN 978 3 311 15513 3

Bosch ist sicher, den »Puppen-
mörder« erschossen zu haben,
der elf Frauen ermordet hat. Bis
ein neues Opfer gefunden wird.

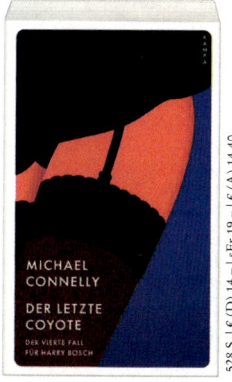

528 S. | € (D) 14,– | sFr 19,– | € (A) 14,40
ISBN 978 3 311 15514 0

Bosch stellt sich seiner Vergangenheit. Er muss den Mörder der
Prostituierten Marjorie Lowe
finden – seiner Mutter.

544 S. | € (D) 14,– | sFr 19,– | € (A) 14,40
ISBN 978 3 311 15515 7

Ein toter Pornoproduzent in
einem Rolls-Royce. Es geht um
viel Geld. Mafia? Bosch folgt den
Spuren bis nach Las Vegas.

Rabbi Kleins unorthodoxe Methoden

256 S. | € (D) 19,90 | sFr 26,90 | € (A) 20,50
ISBN 978 3 311 12530 3

Ein Mord an der deutschen Grenze, eine Krise in seiner Zürcher Gemeinde und Ehekrach. Lauter Ärger für Rabbi Klein.

Der ultimative Mafia-Thriller

640 S. | € (D) 24,90 | sFr 34,– | € (A) 25,60
ISBN 978 3 311 12510 5

Vom Aufstieg des kleinen Vito aus Sizilien zum gefürchteten Paten der amerikanischen Mafia. Und von seiner Rache.

Ein Auftragskiller wird gefühlsduselig.

96 S. | € (D) 14,90 | sFr 19,90 | € (A) 15,30
ISBN 978 3 311 12522 8

Das Mädchen, der Killer, die Liebe und der Tod ... Eine Hetzjagd von Istanbul über Frankfurt und Paris bis nach Mexiko.

Hochschwanger muss Tess vom Bett aus ermitteln.

192 S. | € (D) 16,90 | sFr 21,90 | € (A) 17,40
ISBN 978 3 311 12514 3

Warum ist die Frau im grünen Regenmantel verschwunden? Und wohin?

Manz
Kriminaldirektor a.D. in Berlin

Hunderte Mordfälle hat er im Laufe seiner Karriere gelöst, viele Verbrecher hinter Gitter gebracht. Jetzt ist Manz pensioniert. Er hat sich behaglich eingerichtet in seinem Ruhestand, rudert auf der Elbe, kümmert sich um seine Enkelkinder. Doch dann reißt ihn ein Brief der Staatsanwaltschaft Berlin aus seinem Alltag: Manz soll vor Gericht aussagen. Es geht um einen Mord im Jahr 1990, seinen letzten Fall in Berlin, den er nicht mehr abschließen konnte, weil er nach Dresden versetzt wurde. Über zwanzig Jahre später scheint der Mörder gefunden. Und es geschieht, was Manz nie wollte: Er versinkt in der Vergangenheit. Haben sie bei ihren Ermittlungen einen Fehler gemacht? Und auch ein Mord in der Nähe eines Berliner Gymnasiums, der Jahrzehnte zurückliegt, lässt ihn nicht los. Manz, Kriminaldirektor a. D., wird wieder zum Ermittler. Auch in eigener Sache.

Der erste Fall

MATTHIAS WITTEKINDT
DIE SCHÜLERIN
EIN ALTER FALL VON KRIMINALDIREKTOR A. D. MANZ

MATTHIAS WITTEKINDT
VOR GERICHT
EIN ALTER FALL FÜR KRIMINALDIREKTOR A. D. MANZ

ca. 320 Seiten | Gebunden mit Farbschnitt
ca. (D) 19,90 | ca. sFr 26,90 | ca. € (A) 20,50
ISBN 978 3 311 12556 3

320 Seiten | Gebunden mit Farbschnitt
(D) 19,90 | sFr 26,90 | € (A) 20,50
ISBN 978 3 311 12537 2

Neue Fälle für Sherlock Holmes

272 S. | € (D) 17,90 | sFr 24,50 | € (A) 18,40
ISBN 978 3 311 12508 2

Neue Fälle für den genialen Ermittler aus der Baker Street Nr. 221 B von u.a. Stephen King, Anthony Horowitz, Anne Perry.

Die legendären Kille Kille Geschichten

160 S. | € (D) 15,90 | sFr 21,50 | € (A) 16,40
ISBN 978 3 311 12506 8

E. W. Heines Sinn für das Makabre und den Drahtseilakt zwischen Unterhaltung und rabenschwarzem Humor ist einzigartig.

Der ungewöhnlichste Detektiv Londons

256 S. | € (D) 16,90 | sFr 21,90 | € (A) 17,40
ISBN 978 3 311 12501 3

Wenn Duffy Geld braucht, arbeitet er als Detektiv. Und Geld braucht er immer. Sein Auftrag führt ihn in sein altes Revier.

Wenn Luftfracht sich in Luft auflöst …

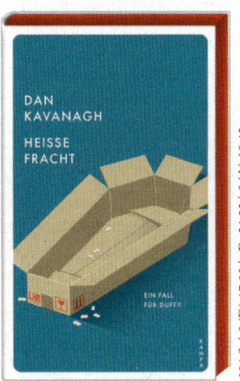

256 S. | € (D) 17,90 | sFr 24,50 | € (A) 18,40
ISBN 978 3 311 12539 6

Duffy, der wohl ungewöhnlichste Londoner Ermittler, bekommt es am Heathrow Airport mit einem üblen Schieberring zu tun.

Der Hotelinspektor
Mallorca

Er hat einen Traumjob: In Fünfsternehotels an den schönsten
Orten der Welt übernachten, in Gourmetrestaurants schlemmen,
sich im Spa verwöhnen lassen – und dabei noch Geld verdienen.
Ben Martin ist Hotelinspektor der exklusiven Hideaway Hotels
Group und reist inkognito um die Welt, immer mit dem Auftrag, Ausstattung und Service der Hotels auf Herz und Nieren
zu prüfen. Ihm entgeht nichts: kein Staubkorn unter dem Bett,
keine Falte im Hemd des Barchefs. Ist der Dry Martini perfekt
gerührt, das Frühstücksei auf den Punkt gekocht? Aber keine
Nachlässigkeit im Service ist so schlimm wie ein Mord, wie er
im Hotel Amagat auf Mallorca passiert, wo die fünf Sterne des
Hauses so gar nicht zu den zwei Toten und vielen Ungereimt-
heiten passen.

288 Seiten | Gebunden mit Farbschnitt
€ (D) 16,90 | sFr 21,90 | € (A) 17,40
ISBN 978 3 311 12516 7

Illustration: iStock / Svetlana Agarina

Kommissar Maigret
Paris und Frankreich

Muss Maigret, laut Jean-Luc Bannalec »der Kommissar der Kommissare«, überhaupt noch vorgestellt werden? Er ist eine Legende, sofort erkennbar an seiner Pfeife und seinem schweren Mantel, seinem Büro am 36, Quai des Orfèvres mit Sicht auf die Seine und dem Kanonen- ofen, der nur im Sommer nicht vor sich hinblubbert. »Verstehen und nicht urteilen«, lautet die Devise Mai- grets. Er sucht keine Beweise oder Indizien, sondern versetzt sich in das Opfer und die Verdächtigen, begibt sich in ihr Milieu und versucht, sie zu verstehen. Mehr braucht er nicht, um den Täter zu finden … Doch, ab und zu ein Glas Bier oder etwas Hochprozentiges und etwas im Magen. Zum Glück gibt es in Frankreich an jeder Straßenecke ein Bistro oder Restaurant. Oder Madame Maigret hat zu Hause am Boulevard Richard-Lenoir etwas für ihren stets hungrigen Mann gekocht.

240 Seiten | Gebunden
€ (D) 17,90 | sFr 24,50
€ (A) 18,40
ISBN 978 3 311 13001 7

Der erste Fall

SIMENON
Maigret
Maigret und
Pietr der Lette

Maigret ermittelt auf ungewohntem Terrain.

Maigret

240 Seiten | Gebunden
€ (D) 18,90 | sFr 25,50 | € (A) 19,40
ISBN 978 3 311 12553 2

Seit einem Jahr ist Maigret im Ruhestand, nichts fehlt ihm zu seinem Glück. Da wendet sich ein amerikanischer Millionärssohn an ihn: Sein Vater werde bedroht, er brauche Maigrets Hilfe. Der muss nicht lange überlegen und besteigt mit dem jungen Mann ein Schiff nach New York. Kaum von Bord, verschwindet sein Auftraggeber spurlos. Maigret macht sich dennoch an die Arbeit, durchstreift die Bronx, das Greenwich Village. Mit dem American way of life allerdings kommt er gar nicht zurecht. Immerhin erhält er Unterstützung von seinem alten Freund O'Brien vom FBI und von einem Privatdetektiv.

Die Sammleredition: 60 der 75 Bände sind bereits erschienen.

Illustration: Mathieu Persan © Kampa Verlag

Frau Helbing

Pensionierte Fleischereifachverkäuferin und Hobbydetektivin in Hamburg

Frau Helbing wohnt im Hamburger Grindelviertel. Vierzig Jahre lang stand sie hinter der Theke ihrer Metzgerei, ihr Messerset hält sie auch nach ihrer Pensionierung noch in Ehren. Wenn sie nicht in einem Mordfall ermittelt, liest sie am liebsten Krimis oder kauft auf dem Isemarkt ein. Jeden Sonntag besucht Frau Helbing Hermann auf dem Ohlsdorfer Friedhof. Schließlich waren sie 42 Jahre verheiratet. Da wäre es doch unhöflich, ihn nicht über den Stand ihrer Ermittlungen auf dem Laufenden zu halten. Und unhöfliche Menschen kann Frau Helbing gar nicht leiden.

Cover: © Tomasz Majewski | © 2021 Lara Flues, Kampa Verlag / ISBN 978 3 311 80145 0

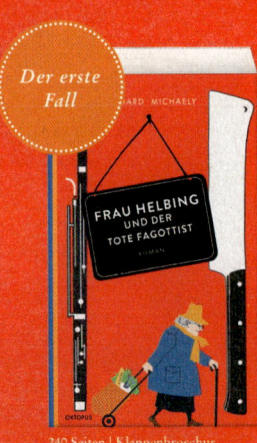

Der erste Fall

FRAU HELBING UND DER TOTE FAGOTTIST

240 Seiten | Klappenbroschur
€ (D) 14,90 | sFr 19,90 | € (A) 15,30
ISBN 978 3 311 30008 3

FRAU HELBING UND DER VERSCHOLLENE KAPITÄN

224 Seiten | Klappenbroschur
€ (D) 14,90 | sFr 19,90 | € (A) 15,30
ISBN 978 3 311 30009 0

Oktopus · Bücher im Kampa Verlag

Schicken Sie eine E-Mail an newsletter@kampaverlag.ch oder eine Postkarte mit Ihrer Adresse an Kampa Verlag. Hegibachstr. 2, 8032 Zürich in der Schweiz. Wir erschlagen Sie nicht mit Werbung, sondern schicken Ihnen nur halbjährlich unseren Kriminewsletter oder Krimiprospekt.

NEWSLETTER ODER KATALOG

www.kampaverlag.ch